ullstein

CHRISTINE JAEGGI, geboren 1982, lebt mit ihrem Mann in Meggen (Schweiz) und arbeitet als HR & Office Managerin. In ihrer Freizeit treibt sie gerne Sport, liest viel und – schreibt! Für ihren Debütroman *Fatale Schönheit* wurde sie 2015 mit dem ersten e-ditio Independent Publishing Award ausgezeichnet. In ihren Romanen verbindet sie leichte Krimis mit Familiendramen und historischen Ereignissen.

Von Christine Jaeggi sind in unserem Hause außerdem erschienen:
Das Geheimnis der Muschelprinzessin • *Unvollendet* • *Das Gemälde der Tänzerin* • *Wellenglanz und Inselträume* • *Die Magnolienfrauen*

CHRISTINE JAEGGI

Die Kastanien-schwestern

Roman

Ullstein

Besuchen Sie uns im Internet:
www.ullstein.de

Originalausgabe im Ullstein Taschenbuch
1. Auflage Oktober 2025

Bei Fragen zur Produktsicherheit wenden Sie sich bitte an
produktsicherheit@ullstein.de
Umschlaggestaltung: bürosüd° GmbH, München
Titelabbildung: © Anne Krämer/Arcangel (Frau);
© www.buerosued.de (Landschaft)
Gesetzt aus der Albertina powered by *pepyrus*
Druck und Bindearbeiten: ScandBook, Litauen
ISBN 978-3-548-06887-9

Figurenübersicht

Gegenwart:

Cara Raneri
Lily Raneri – Caras Tochter
Katrin Raneri – Caras Mutter
Patrizia Raneri – Caras Großmutter
Neve Raneri – Caras Schwester
Casimiro Casoli – Lilys Vater
Fulvia Casoli – Casimiros Zwillingsschwester
Pietro Casoli – Casimiros Vater
Magalie Casoli – Casimiros Mutter
Umberto Casoli – Casimiros Onkel
Felice Casoli – Casimiros Cousin/Umbertos Sohn

Vergangenheit:

Mariella »Mella« Leone
Valentina Leone – Mellas Schwester
Dino Gagliardi – Mellas bester Freund
Tadeo Gagliardi – Dinos Bruder
Rinaldo Gagliardi – Dinos Bruder

Valerio Casoli – Weingutbesitzer
Aurora Casoli – Valerios Frau
Fausto Musso – Bürgermeister

Prolog

Morcote/Schweiz, September 2023

Keuchend kämpfte sie sich den Waldpfad hinauf, vorbei an Kastanienbäumen und Wildsträuchern. Ihr Puls raste, Schweiß rann ihr über die Stirn. Früher hatte sie diese Strecke mühelos bewältigt, war wie ein Wiesel den Hang hochgejagt, doch seit Monaten spürte sie, wie ihre Kräfte nachließen – das Alter forderte unübersehbar seinen Tribut. Zu allem Elend pochte heute ein stechender Schmerz in ihren Schläfen, und leichter Schwindel raubte ihr gelegentlich die Orientierung. Ihre Knochen und Gelenke schmerzten bei jeder Bewegung, als wären sie angesägt worden. Nur dank ihres Gehstocks gelang es ihr, die Balance zu halten. Trotz allem war der Gedanke, auf diesen Gang zu verzichten, unvorstellbar – besonders heute, am fünften September. Sie war es dem Mädchen schuldig. *Neve. Neve* wie Schnee.

Ganz in der Nähe hämmerte ein Specht unermüdlich gegen einen Baum, und es kam ihr vor, als wolle er sie mit seinem Trommelwirbel anspornen. *Na los, alte Frau, weiter! Du schaffst das!* Aber sie konnte nicht mehr, sie brauchte eine Pause. Nach ein paar Schritten blieb sie stehen, lehnte sich an einen Kastanienbaum und legte die Hand auf ihr heftig klopfendes Herz. Der milde Herbstwind wirbelte bunte Blätter umher, ließ sie tanzen in der Luft. Vereinzelte Sonnenstrahlen brachen durch die Baumkronen, und die dichten Nebelschwaden hüllten den Wald in ein gedämpftes Licht. Es raschelte und knisterte hinter ihr, kurz darauf flatterte ein Vogel aus dem Unterholz.

Sie sah sich um. Nichts als Bäume und Sträucher, zu ihren Füßen ein Teppich aus braunen, gelben und rostroten Blättern. Darauf lagen verstreut die stacheligen Schalen der Kastanien; aufgebrochen wie kleine Truhen, die ihre Schätze preisgaben.

Sie atmete den vertrauten Duft nach feuchtem Moos, Erde, Pilzen und verrotteten Wurzeln tief ein. Er vermischte sich mit dem süßlichen Aroma der reifen Kastanien.

Unwillkürlich dachte sie an die Zeit, als sie und ihre Schwester durch die Kastanienwälder des Piemont gestreift waren. Man hatte sie *die Kastanienschwestern* genannt. Nicht nur, weil sie die braunen Früchte so eifrig sammelten, sondern auch, da ihre Haarfarbe vergleichbar war mit der von frisch geernteten Kastanien: Braun mit einem purpurroten Schimmer.

Wie ein Blitzschlag durchzuckte sie der Schmerz. Jedes Mal, wenn sie sich ihren Erinnerungen überließ, fiel sie in ein tiefes Loch, denn die Bilder dieser Zeit waren gezeichnet von der Erkenntnis des Verrats und des Verlusts. Es gab keine Kastanienschwestern mehr.

Welch Ironie des Schicksals, dass sie hier im Dorf einen ähnlichen Namen trug: *la donna castagna*. Die Kastanienfrau. Sie mochte die Bezeichnung, da sie sehr passend war. Von den Kindern allerdings wurde sie nur *Hexe* genannt, und wenn sie im Dorf auftauchte, rannten sie vor ihr davon. Verübeln konnte sie es ihnen nicht, welches Kind fürchtete sich nicht vor einer alten Einsiedlerin, die in einer Hütte im Wald lebte wie die Hexe aus *Hänsel und Gretel*?

So, weiter geht's, sonst werde ich nie ankommen!

Als der Boden endlich wieder flacher wurde, erschien die Holzbrücke über dem Bach, ganz in der Nähe rauschte der kleine Wasserfall. Unmittelbar vor der Brücke stand eine Kastanie, die sie vor zwanzig Jahren selbst gesät hatte. Der Baum war inzwischen ein stolzer Anblick, mit kräftigen Ästen und über drei Meter in die Höhe ragend. Sie ließ sich auf die Knie sinken, ihre Brust hob und senkte sich. Mit zitternden Fingern legte sie das geflochtene Blumenkränzchen vor die Kastanie. Sie fand diesen Ort schon damals passend als Gedenkstätte: als würde der Baum Neves Seele beschützen.

Außer ihr kam niemand hierher. Anfangs hatte sie sich darüber gewundert, bis sie erfuhr, dass Neves Großmutter ihren Trauerort auf dem Friedhof hatte und die Mutter ein paar Monate nach der Tragödie weggezogen war mit ihrer anderen Tochter, Neves Schwester Cara.

Sie hatte Cara ab und zu von Weitem gesehen bei ihren seltenen Dorfgängen, und einmal war sie ihr im Wald begegnet. Vor Schreck war Cara weggerannt. Das Mädchen hatte es nach Neves Tod schwer gehabt, und sie empfand tiefes Mitleid für sie, schließlich wusste sie, wie es sich anfühlte, wenn man eine Schwester verlor.

Ein paar Worte murmelnd strich sie über den Stamm der Kastanie, spürte eine innere Kraft, die nur der Wald ihr geben konnte. Möge Neve in Frieden ruhen. Manchmal bereute sie zutiefst, damals geschwiegen zu haben, und an manchen Tagen fühlte es sich an, als würde das schlechte Gewissen sie innerlich zerreißen. Das Geheimnis war eine Bürde, aber sie musste es um jeden Preis bewahren.

Kapitel 1

Zürich/Schweiz, September 2023
Cara

Düstere Wolken hatten sich am Himmel zusammengeballt und entluden erste Regentropfen. Kalte Luft stieß ihr ins Gesicht, doch sie stand noch immer wie versteinert vor dem Fitnessstudio, ihrem geplatzten Traum. Fassungslos, dass es tatsächlich aus und vorbei war. Vorhin, in Anwesenheit des Immobilienverwalters, hatte sie sich zusammengerissen und starr wie ein Roboter die Übergabe durchgestanden, aber jetzt erfasste sie tiefe Traurigkeit und schien sie einzuhüllen wie die dunklen Wolken über ihr. Das war nicht nur ihr Traum gewesen, sondern auch ihre Existenz.

Sie starrte auf die Schaufensterfront des Studios, einst geschmückt mit bunten Fitness-Accessoires und durch warme Deckenspots beleuchtet, jetzt leer, nur Laub wirbelte vorbei. Cara wischte sich eine Träne von der Wange und warf einen letzten Blick auf die silbergraue Beschriftungstafel mit dem Aufdruck
Caras Fitness.

»Das Leben geht weiter«, murmelte sie und wandte sich ab, schritt auf ihr Fahrrad zu, dachte dabei an den Spruch im Küchenkalender: *Hinfallen, aufstehen, Krone richten, weitergehen*. Eine Krone besaß sie nicht, dafür setzte sie ihren Helm auf und schwang sich aufs Fahrrad.

Ratternde Straßenbahnen, hupende Autos. Der Feierabendverkehr hatte die Stadt fest im Griff. Inzwischen regnete es in Strömen, und innerhalb kürzester Zeit war Cara durchnässt. Sie fror von Kopf bis Fuß, aber ihre Gedanken drehten sich um etwas anderes. Wie hatte es nur so weit kommen können? Sie schob es auf eine Verkettung unglücklicher Umstände. Dabei war der Start vor vier Jahren so vielversprechend gewesen. Unerwartet erhielt sie die Möglichkeit, das kleine Fitnessstudio zu übernehmen, in dem sie gearbeitet hatte. Im Trendquartier Zürich-West gelegen, unmittelbar im Zentrum von erfolgreichen Unternehmen, Start-ups, florierender Gastronomie und Kultur, sah sie eine sichere Option. Viel Zeit, Kreativität und Herzblut hatte sie in die Renovierung des Studios gesteckt, unermüdlich an Plänen zur Verbesserung des Angebots gearbeitet. Mit Erfolg. Die Kunden waren zufrieden, wenn auch gelegentlich bemängelt wurde, dass das Studio keinen Wellnessbereich mit Schwimmbad vorweisen konnte, sondern lediglich eine kleine Sauna. Doch Caras Konzept überzeugte mit maßgeschneiderten Angeboten, vielen Kursen von Body Pump, Zumba, Kickpower bis hin zu Ballett-Work-outs.

Dann kam die Pandemie. Dank Onlinekursen und den Rücklagen hielt sich Cara über Wasser und war erleichtert, als sie den Betrieb endlich wieder aufnehmen durfte, wenn auch mit Maskenpflicht, verschärften Hygiene- und Abstandsregeln.

Zur selben Zeit eröffnete ein paar Straßen weiter ein Spa mit Schwimm- und Sprudelbädern, riesiger Saunalandschaft, Fitnessstudio und Massageangebot. Anfangs blieb Cara optimistisch, schließlich konnte sie eine treue Stammkundschaft vorweisen. Aber dann sprangen die Leute nach und nach ab. Die Konkurrenz winkte nicht nur mit verlockenden Preisen und Angeboten wie einer Gratismassage beim Kauf eines Abonnements, sondern auch mit innovativen Kursen wie Anti-Gravity-Training in einer Stoffschaukel oder Astronauten-Work-outs. Trotzdem ließ sich Cara nicht unterkriegen und erarbeitete ein neues Konzept mit Ernährungsberatung und persönlichen Fitnesslektionen. Es sah zunächst gut aus, bis zu diesem fürchterlichen Vorfall vor einem halben Jahr, der sie am Ende in den Konkurs getrieben hatte.

Denk nicht mehr daran! Sie schluckte den Kloß aus Wut und Entmutigung hinunter und legte einen Gang zu, raste über die Wipkingerbrücke, unter ihr die rauschende Limmat. Als sie in ihre Wohnstraße einbog und den schwarzen Range Rover mit Tessiner Kennzeichen entdeckte, fiel sie beinahe vom Fahrrad.

Casimiro! Der hatte ihr gerade noch gefehlt. Sein glänzender Wagen wirkte vor dem schäbigen Fünfzigerjahre-Wohngebäude so fehl am Platz wie ein Ufo. Direkt dahinter parkte der alte, petrolfarbene Fiat Cinquecento ihrer Mutter, davor der orangefarbene Hippiebus der benachbarten Wohngemeinschaft. Während Cara das Fahrrad unters Dach stellte, fragte sie sich, was Casimiro hier wollte. Normalerweise tauchte er nur auf, um ihre gemeinsame Tochter Lily abzuholen oder zurückzubringen. Ein ungutes Gefühl beschlich sie, als sie die Stufen zum dritten Stock hinaufstieg. Kaum hatte sie die Wohnungstür geöffnet, rannte ihr schon eine aufgeregte Lily entgegen.

»Mama, endlich! Papa ist hier!« Sie musterte Cara mit einem breiten Zahnspangenlächeln von oben bis unten. »Oje, du bist ja ganz nass! Bist du in eine Pfütze gefallen?«

Cara lachte, während sie Regenjacke und Helm an die Garderobe hängte und die Sneakers auszog. »Was will er denn?«

»Er möchte mit dir reden«, antwortete Lily geheimnisvoll. »Er wartet mit Oma im Wohnzimmer.«

»Aha.« Vielleicht sollte sie ihn absichtlich noch ein wenig länger allein mit ihrer Mutter lassen, überlegte Cara.

Ihre Mutter konnte ihn nicht ausstehen, und Casimiro fühlte sich in ihrer Gegenwart immer sichtlich unwohl. Bestimmt hatte sie ihm Brennnesseltee und die alten Vollkornkekse serviert.

Cara kicherte schadenfroh, doch als ihr Blick in den Wandspiegel fiel, verstummte sie abrupt.

Ach herrje, sie sah aus wie ein Gespenst! Ihr langes, dunkles Haar hing feucht und platt herunter, und die Wimperntusche hatte auf ihrem blassen Gesicht Spuren hinterlassen. Hektisch wischte sie mit einem Taschentuch darüber, drehte das Haar zu einem Dutt und versuchte vergeblich, die zerknitterte Bluse zu glätten.

»Du siehst gut aus, Mama. Jetzt komm!« Lilys blaue Augen, die sie von Casimiro geerbt hatte, trafen Caras braune im Spiegel.

»Ich muss etwas Trockenes anziehen«, erklärte Cara und verschwand im Schlafzimmer, froh darüber, ein wenig Aufschub zu bekommen, bevor sie Casimiro gegenübertreten musste.

Es war nicht so, dass es ihr so wichtig war, was er dachte, aber sie konnte nicht leugnen, dass sie sein Urteil nicht ganz kaltließ. In seinen Augen wollte sie stets perfekt sein, und das ärgerte sie, weil gerade *er* es nicht verdient hatte. Sie öffnete den Kleiderschrank und hätte am liebsten nach dem schwarzen, figurbetonten Strickkleid gegriffen, wählte stattdessen eine Leggings und ein graues, weites Sweatshirt.

Du musst ihm nicht gefallen! Nicht mehr. Er war zwar Lilys Vater, Grund genug also, mit ihm auszukommen, aber mehr auch nicht.

Kurz darauf betrat sie das Wohnzimmer und wurde sofort eingehüllt in einen Duftcocktail aus Räucherstäbchen und Brennnesseltee. Aus dem alten CD-Player erklang Janis Joplins *Kozmic Blues*, Mutters Lieblingsmusik.

Und da saßen sie: ihre Mutter entspannt im Schaukelstuhl – in einer Folklore-Bluse und Jeans, die grauen Locken wie immer wild vom Kopf abstehend –, auf ihrem Schoß ihre schnurrende Katze Kitkat, und ihr gegenüber auf dem Sofa Casimiro und Lily. Auf dem Salontisch entdeckte Cara eine dampfende Teekanne und die zuckerfreien Vollkornkekse, die ihre Mutter vor zwei Wochen gebacken hatte und die weder Lily noch Cara schmeckten.

Amüsiert stellte Cara fest, dass Casimiro, der soeben in einen Keks gebissen hatte, heftig zu husten begann. Sein schwarzes Hemd war voller Krümel.

»Casimiro, was für eine Überraschung.« Cara setzte ein Lächeln auf, während er ruckartig aufstand. Da er noch immer hustete, wartete sie kurz, bis sie ihn zur Begrüßung etwas steif umarmte.

»Und, was führt dich hierher?« Cara sprach Italienisch mit ihm. Sie war im Tessin aufgewachsen, dem italienischen Teil der Schweiz. Ihre aus Zürich stammende Mutter hatte ihr Deutsch beigebracht, ihr Vater und ihre Großeltern Italienisch. Als Cara im Alter von dreizehn Jahren mit ihrer Mutter von Morcote nach Zürich zog, wurde Italienisch immer weniger Teil ihres Alltags. Eine Ausnahme bildeten die Gespräche mit ihren Großeltern und später dann mit Casimiro. Nach wie vor liebte sie die Sprache und wechselte gelegentlich sogar mit Lily ein paar Worte auf Italienisch, das diese dank ihres Vaters nahezu perfekt beherrschte.

»Ich war in der Gegend«, erklärte er. »Hatte einen Termin bei einer Weinhandlung in Zürich.« Etwas unsicher schaute er zu ihrer Mutter, die ihn beäugte wie eine Staatsanwältin einen Angeklagten, während sie die schnurrende Kitkat streichelte. Casimiro ließ sich für gewöhnlich durch niemanden einschüchtern, aber Caras Mutter gelang es immer wieder, ihn zu verunsichern.

»Können wir uns kurz allein unterhalten?«, fragte er an Cara gewandt.

»Ja, lass uns in die Küche gehen.«

»Schau doch bitte mal nach der Suppe«, rief ihre Mutter ihr nach.

In der kleinen Küche brodelte eine Gemüse-Curry-Suppe vor sich hin, Cara blickte kurz in den Topf und stellte den Herd ein paar Stufen zurück. Eine Duftwolke aus Curry und Kohl hüllte sie ein, der Dampfabzug hatte kürzlich den Geist aufgegeben, und die Verwaltung hielt es offenbar nicht für notwendig, jemanden vorbeizuschicken. Auch für den seit Wochen brummenden Kühlschrank nicht.

Cara mochte die alte Küche aus den Siebzigerjahren mit den rot-orangenen Wandfliesen trotzdem. Ihre Mutter hatte die ursprüngliche Neonlampe durch eine marokkanische Pendelleuchte ersetzt, die zwar nur spärlich Licht abgab, dem Raum dafür einen orientalischen Touch verlieh.

Casimiro setzte sich an den kleinen Tisch und starrte auf das Chaos aus Rechnungen, Werbebriefen, Kugelschreibern, Schlüsseln, Mutters Sudokuheft und einer Packung Schokobonbons.

Cara entschuldigte sich gar nicht erst für die Unordnung. »Möchtest du etwas trinken?«, fragte sie und öffnete den Schrank.

Er setzte sein typisches Casimiro-Lächeln auf. Spitzbübisch, wobei sich sein Mund leicht schräg verzog. »Danke, aber ich hatte schon genug Brennnesseltee.«

Cara füllte ein Glas Wasser und nahm selbst Platz. »Und, worüber willst du reden?«

»Zuerst wollte ich dich fragen, wie es dir geht. Lily hat vorhin erzählt, dass du heute den Schlüssel fürs Studio abgegeben hast. Das war sicher nicht leicht für dich.«

»Mir geht's gut. Danke der Nachfrage.« Sie hielt sich verkrampft am Glas fest und wich Casimiros eindringlichem Blick aus. Bestimmt wusste er, dass sie flunkerte, aber er bohrte nicht nach. Sie hatte keine Lust, mit ihm darüber zu reden. Der Tag lastete schwer auf ihr, und es fühlte sich an, als hätte sie einen Teil von sich selbst verloren. Ihre Existenz, ihr Traum: vorbei. Ein dumpfer Schmerz breitete sich in ihrer Brust aus, und sie zwang sich, ihn herunterzuschlucken.

»Hast du schon einen Job gefunden?«, fragte er.

»Ich kann Kurse geben in einem anderen Fitnesscenter. Und ein paar Kundinnen haben mich als Personal Trainerin engagiert. Mutter verdient auch noch mit ihren Akupunktur-Therapien. Es sieht also ganz gut aus. Ich bringe mich und Lily schon durch, du musst dir keine Sorgen um sie machen.«

Das war nur die halbe Wahrheit, doch Cara wollte auf keinen Fall, dass Casimiro auf die Idee kommen könnte, Lily würde es hier an etwas fehlen.

Tatsächlich sah es nicht ganz so rosig aus. Sie hatte bisher erst eine einzige Anfrage als Personal Trainerin bekommen und verhandelte noch immer mit der potenziellen Kundin um ihr Honorar. Und die Akupunktur-Therapien ihrer Mutter liefen gerade nicht besonders gut, weil sie wegen chronischer Hüftschmerzen nur noch eingeschränkt arbeiten konnte und deshalb einige Patienten abgesprungen waren. Immerhin war Cara von einem Fitnessstudio für ein paar Bauch-Beine-Po- und Kickpower-Kurse gebucht worden. Doch sie musste zugeben, dass sie noch nie so froh gewesen war über Casimiros Alimente. Seit Lilys Geburt bezahlte er viel mehr, als er gesetzlich müsste. Lange war sie zu stolz gewesen, den zusätzlichen Betrag anzunehmen, hatte aber eingesehen, dass sie damit Lily nur schaden würde. Warum sollte ihre Tochter unter ihrem Stolz leiden, wenn ihr Vater ihr doch alles bieten konnte, was sie wollte? Reit- und Geigenunterricht, Handy, Notebook, tolle Spielsachen, trendige Klamotten, Konzertkarten, Ferien. Um Lily nicht zu sehr zu verwöhnen, hatte Cara das Geld jedoch vorsichtig verwaltet und einen Teil davon für deren Zukunft angelegt.

Casimiro legte die Hände auf den Tisch, sein dunkelblondes Haar leuchtete im Schein der orientalischen Lampe.

Zerknirscht musste sich Cara eingestehen, dass sie ihn noch immer attraktiv fand. Doch wäre er nicht Lilys Vater gewesen, hätte sie ihn schon vor Jahren aus ihrem Leben verbannt.

»Ich mache mir aber Sorgen«, erwiderte Casimiro. »Und zwar um dich. Ich kenne dich, Cara, du kannst mir nichts vormachen. Es geht dir nicht gut. Der Verlust des Fitnessstudios und diese schlimme Geschichte haben dir stark zugesetzt. Deshalb will ich dir helfen. Du …«

»Ich brauche keine Hilfe, aber danke. Den Vorfall habe ich gut verarbeitet. Also, Casimiro, weshalb bist du hier?«

Für einen kurzen Augenblick wirkte er irritiert, fing sich jedoch schnell.

»Lily hat dir bestimmt schon erzählt, dass wir nächstes Jahr unser hundertjähriges Jubiläum feiern?«

»Ja, hat sie.« Casimiros Familie gehörte das *Tenuta Casoli*, ein Weingut in Morcote, das er zusammen mit seiner Familie leitete.

»Wir planen, anlässlich dieses Jubiläums ein Buch herauszubringen. Es soll unter anderem die Geschichte des Weinguts, insbesondere Valerios und Auroras Leben, erzählen.«

Valerio und Aurora waren Casimiros verstorbene Großeltern, die zweite Generation, die dem Weingut zu internationaler Bekanntheit verholfen hatte.

Cara hatte die beiden kaum gekannt. Valerio verstarb 2008, und Aurora war damals im Sommer 2009, als Cara auf dem Gut gearbeitet hatte, in Amerika gewesen. Später, als Lily zur Welt kam, vergötterte Aurora den Säugling bei Caras seltenen Besuchen auf dem Weingut regelrecht und schenkte Cara niedliche, selbst gestrickte Babysachen. Sie starb, als Lily zwei Jahre alt war.

»Wir möchten, dass du dieses Buch schreibst«, sagte Casimiro.

Sie horchte auf. »Wie bitte? Ich?«

»Ja. Du bist schließlich Autorin, Cara *Fox.*« Er zwinkerte.

Cara seufzte. Natürlich, Lily musste es ihm erzählt haben. Vor ein paar Jahren hatte sie begonnen, eine Romanreihe zu schreiben und unter dem Pseudonym Cara Fox im Eigenverlag über einen Onlineanbieter von E-Books zu veröffentlichen.

»Ich habe ehrlich gesagt noch keines deiner Bücher gelesen«, fuhr er fort.

Das erstaunte Cara nicht. Casimiro, der, bevor er das Weingut übernahm, Mathematik studiert hatte, las keine Romane. Nur die Zeitung und Sachbücher, höchstens mal eine Biografie über Winston Churchill oder Stephen Hawking.

»*Liebesgeschichten* sind nicht so mein Ding«, fügte er hinzu und betonte das Wort leicht spöttisch.

»Es sind keine Liebesromane. Meine Reihe ist ein Krimi.«

Er schenkte ihr ein – mitleidiges? – Lächeln. »Wie auch immer. Ich finde es schön, dass du wieder schreibst. Du hattest schon immer Talent. Schade nur, dass du nicht mehr daraus gemacht hast. Du wolltest doch immer Journalistin werden?«

»Oh, ich hatte es mir auch anders vorgestellt«, rutschte es aus ihr heraus, und sie war selbst erstaunt über den verbitterten Ton in ihrer Stimme. Aber Casimiro hatte ein wundes Thema angeschnitten. Das Schreiben war seit jeher ihre große Leidenschaft gewesen, ob Tagebucheinträge, Geschichten, Artikel, Essays. Das Spiel mit Worten heiterte sie stets auf, ermöglichte ihr, in eine andere Welt einzutauchen und dem Alltag zu entfliehen. Die Lehrer liebten ihren Stil, und sie gewann sogar Preise für Essays und Kurzgeschichten. Sie hatte Journalismus studieren wollen und davon geträumt, eines Tages um die Welt zu reisen und fesselnde Artikel zu schreiben. Und irgendwann ein Buch: prägende Literatur wie die von Jane Austen, Virginia Woolf, Herman Melville, Mark Twain, Thomas Mann, Ernest Hemingway. So hatte sie es sich zumindest vorgestellt. Doch es kam alles anders, und Casimiro war dafür genauso verantwortlich wie sie. Er wusste es, deshalb griff er mit schuldbewusster Miene nach ihrer Hand, aber Cara zog sie weg. »Ach, Cara. Warum kannst du mir nicht endlich verzeihen? Es ist so lange her.«

Sie starrte ihn an, diesen Mann, in den sie einmal so verliebt gewesen war. In seine blauen Augen, das Lächeln, sogar in seine leicht schiefe Nase. Er hatte ihr Herz gebrochen, nicht nur gebrochen, sondern in Stücke gerissen.

Sie nahm ein Schokobonbon und wickelte es aus dem Papier, schob es in den Mund.

»Ich war jung und dumm«, fuhr Casimiro fort, »aber du …«

»Bitte hör auf. Das führt zu nichts.« Sie massierte sich die Schläfen und stand auf, trat an den Herd und rührte in der Suppe, froh darüber, Casimiro nicht mehr anschauen zu müssen. Der Curry- und Weißkohlgeruch stieg ihr direkt in die Nase.

»Du hast recht«, sagte Casimiro. »Tut mir leid.«

Sie rührte weiter. *Jetzt reiß dich zusammen! Du bist doch längst über diesen Mann hinweg!* Außerdem musste sie sich an die eigene Nase fassen, schließlich war sie damals leichtgläubig genug gewesen, auf ihn hereinzufallen.

Doch in gewisser Weise war sie sogar dankbar dafür, denn ohne Casimiro und ihre Naivität wäre Lily nicht auf der Welt gewesen, und sie liebte ihre Tochter mehr als alles andere und konnte sich ein Leben ohne sie nicht vorstellen.

Trotzdem verabscheute sie Casimiro für sein unreifes Benehmen damals, genauso wie seine Zwillingsschwester Fulvia, die ihn dazu verleitet hatte.

Und ihre Karriere als Schriftstellerin war zwar nicht die geworden, die sie sich einst vorgestellt hatte, aber immerhin hatte sie sich ihren Jugendtraum ein Stück weit erfüllt. Ihre Romanreihe konnte man zwar nicht als Weltliteratur bezeichnen, doch *Hotel 66* über ein Luxushotel in Los Angeles und das turbulente Leben von vier unterschiedlichen Menschen, die alle im Hotel arbeiteten und in einen Mordfall verstrickt waren, kam bei der Leserschaft sehr gut an. Sie hatte damit zwar nie die Bestsellerlisten gestürmt und schon gar keine Literaturpreise gewonnen, aber es machte Spaß, außerdem kam monatlich eine kleine Summe von den Tantiemen rein, die sie für Freizeitaktivitäten und Ferien zurücklegte.

Leider hatte sie das Geld in den letzten Monaten zur Begleichung der Miete und anderer Fixkosten wie Krankenkasse und Steuern gebraucht.

»Cara!«

Erschrocken drehte sie sich um. Casimiro schaute sie erwartungsvoll an. »Können wir jetzt bitte weiterreden? Lass doch die Suppe mal in Ruhe.«

Cara setzte sich wieder und warf ihm einen trotzigen Blick zu.

»Also, um wieder zum Thema zurückzukommen: Wir möchten dich als Autorin für das Jubiläumsbuch engagieren.«

Cara verschränkte die Arme. »Fulvia etwa auch?« Sie konnte sich unmöglich vorstellen, dass Fulvia, die Cara noch nie gemocht hatte, diese Idee unterstützte. Fulvia kümmerte sich um die Events und das Marketing des Weinguts, und Cara wusste von Lily, dass sie diese Aufgabe sehr ernst nahm.

Casimiro rieb sich über das Gesicht. »Na ja, also Mutter und Felice fanden meinen Vorschlag super, bei Fulvia brauchte es ehrlich gesagt … ein wenig Überzeugungskraft.«

Cara lachte, aber ehe sie etwas sagen konnte, meinte Casimiro schnell: »Doch selbst sie findet inzwischen, dass du die Richtige bist. Sonst wäre ich nicht hier. Also, Cara, ich glaube, das Jubiläumsbuch wäre eine Chance für dich. Du erhältst natürlich eine sehr großzügige Gage. Wir dachten an zwanzigtausend Franken.«

Cara schnappte nach Luft. »Zwanzigtausend?« Das war ein Haufen Geld für ein Buch. Sie wusste von einer befreundeten Autorin, die gelegentlich Aufträge als Ghostwriterin annahm, dass man bei solchen Projekten je nach Umfang mit fünf- bis zehntausend Franken rechnen konnte. Natürlich spielte Geld bei den vermögenden Casolis keine Rolle, aber trotzdem vermutete Cara, dass Casimiro sie mit diesem überdurchschnittlich attraktiven Angebot locken wollte.

»Ja. Zwanzigtausend«, bestätigte er. »Dazu freie Kost und Logis auf dem Gut während deiner Recherche. Ich dachte, ihr könntet in Lilys Herbstferien kommen, vom 7. bis zum 22. Oktober. Dann hast du zwei Wochen Zeit, um zu recherchieren. Unsere Archivunterlagen stehen dir zur Verfügung. Ich habe bereits mit Lily geredet, und sie ist begeistert von der Idee. Sie …«

»Warte!« Cara schwirrte der Kopf. »Du hast das schon alles organisiert? Ohne meine Zustimmung abzuwarten?«

»Ich dachte, du freust dich. Das ist ein super Angebot. Du kannst schreiben und verdienst sogar noch Geld. Und kannst diese ganze Sache mit dem Fitnessstudio hinter dir lassen, abschalten … Zudem kann Lily Zeit mit mir und ihrer Großmutter verbringen. Du weißt, wie gern sie in Morcote ist.«

»Ja, aber ich nicht.«

Er schaute sie verständnisvoll an. »Wegen Neve.«

Nickend legte sie sich die Arme um die Brust. Es fröstelte sie, wie immer, wenn sie an ihre verstorbene Schwester dachte.

»Verstehe«, sagte er.

»Ich würde Lily selbstverständlich erlauben, in den Herbstferien trotzdem nach Morcote zu kommen. Einfach ohne mich.«

»Sie hat mir aber gesagt, dass sie es toll fände, mit dir zusammen Kastanien zu sammeln.«

Cara seufzte. Typisch Lily. Am liebsten wäre es ihr, wenn sie beide Elternteile immer um sich hätte, das hatte sie einmal zu ihrer Großmutter gesagt, ohne zu wissen, dass Cara gelauscht hatte.

»Es wäre ja nur für zwei Wochen«, fügte Casimiro hinzu. »Vielleicht bist du ja sogar schneller mit der Recherche, dann kannst du wieder nach Hause und das Buch dort zu Ende schreiben. Überleg's dir, ja?«

Cara hätte ihm am liebsten sofort eine Abfuhr erteilt. Nicht nur, weil sie sich nicht gerne in Morcote aufhielt, sondern aus Stolz. Doch sie durfte diesen Stolz nicht über die Tatsachen stellen, und zwar, dass sich Lily darüber freuen würde, mit ihr und Casimiro ihre Ferien zu verbringen. Außerdem könnte sie das Geld wirklich gut brauchen, und ein Tapetenwechsel wäre sicher auch nicht schlecht. Das Buch würde sie vom Fitnessstudio ablenken. Und sie musste zugeben, dass sie der Gedanke an das Stöbern in den Archivunterlagen des Weinguts reizte. Geschichte hatte damals mit zu ihren Lieblingsfächern gehört, und in ihr schlummerte schon seit Längerem der Wunsch, einmal ein Buch mit historischem Hintergrund zu schreiben. Nur hatte ihr bisher die Zeit für die intensive Recherche gefehlt. Vielleicht hatte Casimiro recht, und dieses Buch war tatsächlich eine Chance für sie.

»Also gut. Ich werde es mir überlegen.«

Nachdem sich Casimiro wenig später verabschiedet hatte, sprach Cara mit ihrer Mutter und Lily darüber.

Lilys Augen weiteten sich. »Oh bitte, bitte, Mama! Das wäre so cool!«

»Lily!«, sagte Caras Mutter streng. »Das ist allein die Entscheidung deiner Mutter.«

»Ja, Oma, aber sie hat doch sowieso gerade keine Arbeit. Und Papa meint es nur gut!«

Cara zuckte kurz zusammen über Lilys schonungslose Darstellung ihrer Situation, fühlte sich zudem wie ein Sozialprojekt von Casimiro. Aber sie konnte Lily verstehen, sie liebte Morcote und das Weingut, wollte mehr Zeit mit ihrem Vater und ihrer Großmutter – Casimiros Mutter Magalie – verbringen, wer konnte ihr das verübeln?

Casimiro war ein guter Vater und liebte Lily über alles, das schätzte Cara an ihm. Lily stand trotz seiner Arbeit immer an erster Stelle, er verreiste oft mit ihr, letzten Sommer waren sie zwei Wochen in Kalifornien gewesen.

Es freute Cara, dass Lily dank Casimiro so viele Möglichkeiten hatte, aber manchmal tat es weh, dass *sie* ihr ein solches Leben nicht bieten konnte. Dennoch, Lily beklagte sich nie. Sie hatte im Sommer sogar darauf bestanden, bloß zwei Wochen mit Casimiro wegzufahren, weil sie mit ihrer Mutter und Großmutter noch in die Wanderferien wollte. Welche Dreizehnjährige verzichtete freiwillig auf eine weitere Woche Amerika, um zu *wandern*?

Cara legte Lily eine Hand auf die Schulter. »Ich denke darüber nach.«

Später, als Lily im Bett war, stand Cara mit ihrer Mutter auf dem winzigen Balkon und trank Tee. Es regnete nicht mehr, doch die Feuchtigkeit lag nach wie vor in der Luft. Ein Auto fuhr über die nasse Straße, irgendwo kläffte ein Hund. Ihre Mutter rauchte einen Joint, was sie nur tat, wenn Lily nicht dabei war. Gegen die Hüftschmerzen, wie sie betonte.

»Du wirst zusagen.« Sie blies den Rauch in die schwarze Nacht hinaus.

Es erstaunte Cara nicht, dass ihre Mutter ihre Entscheidung schon kannte, bevor sie selbst es tat. Niemand wusste besser, wie sie tickte, als ihre Mutter.

»Ja, ich denke schon. Lily zuliebe. Außerdem brauchen wir das Geld.«

»Mach es bitte nicht nur wegen des Geldes. Ja, zwanzigtausend Franken sind sehr viel, aber wir kommen schon durch.«

»Es ist nicht nur das Geld. Ich glaube, das Stöbern in den Archivunterlagen würde mir tatsächlich gefallen. Und mich ablenken vom Fitnessstudio.«

»Na gut. Aber lass dich von Casimiro bloß nicht bezirzen, Liebes. Er wird dich nur wieder unglücklich machen.«

»Ach, Mama, das weiß ich doch.« Sie stellte die Teetasse auf den Balkontisch. »Glaubst du wirklich, dass ich nach allem, was er mir angetan hat, jemals wieder auf ihn hereinfallen werde?«

»Ich bin nicht blind. Ich merke doch, wie du ihn anschaust. Er gefällt dir noch immer. Und du ihm auch.«

Cara hob die Hände in einer resignierten Geste. »Okay, du hast recht. Ich finde ihn nach wie vor attraktiv. Aber das heißt nicht, dass ich mich erneut auf ihn einlasse. Außerdem werde ich bei Nonna wohnen, nicht auf dem Weingut. Sie beklagt sich sowieso ständig, dass ich sie zu selten besuche.« Sie schaute ihre Mutter ernst an. »Mit Casimiro komme ich klar, wirklich. Mir graut viel mehr vor den Erinnerungen an Neve. Wie soll ich mit Lily im Wald Kastanien sammeln, wenn …« Ihre Stimme brach ab, und ihre Mutter nahm sie in die Arme.

Kapitel 2

Santa Castagna/Italien, Oktober 1942
Mella

Was für ein perfekter Herbstmorgen, dachte Mella, während sie mit ihrer Schwester Valentina durch den Wald schritt. Knirschendes Laub unter den Füßen, gelegentlich ein Rascheln im Unterholz oder das energische Klopfen eines Spechtes, ansonsten vollkommene Stille. Die ersten Sonnenstrahlen stachen wie Nadeln durch die Kronen der Kastanienbäume und ließen sie in einem goldenen Kupferton leuchten.

Mella kam es vor, als könnte jeden Moment ein Fabelwesen hinter den Bäumen auftauchen: ein Einhorn, eine Fee oder eine Elfe, wie in ihrem Märchenbuch. Ein tiefes Glücksgefühl durchflutete sie, und sie vergaß sogar für einen Moment den Krieg und ihre Angst.

Sie liebte den Wald, besonders die Kastanienbäume. *Sie beschützen uns, Mella,* pflegte Valentina zu sagen, und heute hatte Mella tatsächlich das Gefühl, dass sie dies taten. Besonders die massiven Stämme und Äste der älteren Bäume boten ideale Verstecke, falls Unheil nahen würde – was in diesen Zeiten leider durchaus möglich war.

Einst war der Wald ein Ort des Friedens und der Ruhe gewesen, doch seit dem Ausbruch des Krieges trieben sich öfter Schmuggler, Partisanen, Deserteure oder Banditen herum. Seit Mai auch noch mehr Juden, die in die Schweiz flüchteten, wobei man von ihnen nichts zu befürchten hatte, denn sie wollten nur eines: Italien so schnell wie möglich verlassen. Seit sie zu Zwangsarbeit verpflichtet worden waren, befürchteten sie ein ähnliches Schicksal wie das der Juden im Deutschen Reich. Meistens wurden sie von Fluchthelfern oder Schmugglern begleitet, da sie den anspruchsvollen Marsch über die Schweizer Grenze in den Tessiner Bergen nicht allein bewältigen konnten. Auch die Schmuggler, die Ware in die Schweiz brachten, waren grundsätzlich harmlos, doch es gab Ganoven unter ihnen, und es war schon vorgekommen, dass sie Geld wollten – was Mella und Valentina nicht hatten – oder sie belästigten.

Mella erschauderte bei der Erinnerung daran. Wie gut, dass es bisher immer glimpflich ausgegangen war, entweder kam jemand zu Hilfe, sie konnten sich verstecken, oder Valentina gelang es, sich dank des alten Jagdgewehres ihres Großvaters selbst zu verteidigen.

Ihre Schwester besaß eine ungewöhnliche Furchtlosigkeit und Kraft für ein Mädchen, und Mella bewunderte sie. Sie hoffte, dass sie auch mal so stark und vor allem mutig werden würde. Mut sei die wertvollste Eigenschaft, die man haben konnte, so Valentina, und wenn man ihn nicht besaß – so wie Mella –, konnte man ihn lernen.

Mella stöhnte. Leichter gesagt als getan. Sie war der größte Angsthase in ganz Italien, oder auf der ganzen Welt, und konnte deshalb nur hoffen, eines Tages einen Mann zu finden, der sie vor allem Unheil beschützen würde. Einen attraktiven *Conte* aus Mailand vielleicht, kräftig und groß, auf einem schwarzen Pferd. Er würde sie mitnehmen in sein *castello,* und dort könnte sie dann den ganzen Tag ihrer Leidenschaft nachgehen: dem Kochen und Backen. Der *Conte* würde ihre Mahlzeiten lieben, besonders ihre leckeren Kastanienkuchen, oh ja.

»Mella!«

Valentinas scharfe Stimme riss Mella aus dem Tagtraum, und sie bemerkte, dass ihre Schwester schon einige Meter vor ihr war und bei einer Buche auf sie wartete. Ein aufgeschrecktes Eichhörnchen huschte den Stamm hinauf.

»Du trödelst schon wieder! Komm endlich und träum nicht die ganze Zeit vor dich hin.«

»Jaja, ich komme ja schon.« Mella beschleunigte ihre Schritte. Unmut stieg in ihr auf.

Trotz ihrer Bewunderung für Valentina wünschte sie sich manchmal, diese würde ihr mehr Nachsicht mit ihrer Verträumtheit entgegenbringen und nicht von ihr erwarten, genauso furchtlos durch das Leben zu gehen wie sie. Andererseits: Eine bessere Lehrerin als Valentina gab es nicht, sagte sich Mella.

Sie musste an die Schule denken, der sie in letzter Zeit wegen der Ernte oft ferngeblieben war. Ihr Lehrer, der alte Signor Ferraro, hatte Verständnis für ihre Abwesenheit, weil auch andere Kinder ihre Eltern während der Erntezeit auf den Feldern, Kastanienplantagen und Rebbergen unterstützen mussten, insbesondere jetzt, wo die meisten Männer im Krieg kämpften, wie auch Mellas Vater. Und da ihre Mutter nicht mehr lebte und ihr älterer Bruder vor einem halben Jahr im Krieg gefallen war, lag es an den beiden Mädchen, für ihren Lebensunterhalt zu sorgen.

Doch gestern Abend hatte Lehrer Ferraro sie aufgesucht und Valentina eine Standpauke gehalten, nachdem er von Dorfbewohnern erfahren hatte, dass Mella zusammen mit Valentina die Wälder aufsuchte. Er könne eine solch gefährliche Aktivität nicht dulden und würde das Thema mit dem Bürgermeister, Fausto Musso, besprechen. Ferraro sei durchaus bewusst, dass die Mädchen sich dann nicht mehr selbst versorgen könnten, aber man müsse eben eine Lösung suchen.

Mella graute bei dem Gedanken an mögliche Konsequenzen und sprach Valentina erneut darauf an. »Was, wenn Signor Ferraro schon heute mit Bürgermeister Musso spricht? Vielleicht stecken sie uns dann in ein Waisenhaus in Verbania?«

Valentina blieb stehen und drehte sich ruckartig um. »So ein Unsinn! Wir haben Krieg! Die Waisenhäuser sind überfüllt. Außerdem mag Bürgermeister Musso Signor Ferraro nicht. Und er ist froh über unsere Kastanien aus den Wäldern, besonders jetzt, da ein paar seiner eigenen Bäume krank geworden sind und gefällt werden mussten. Der wird nichts unternehmen, das habe ich dir gestern schon gesagt. Ah, und heute ist Sonntag, da müsstest du sowieso nicht zur Schule, also wird Signor Ferraro bestimmt erst morgen mit Musso reden, wenn überhaupt.« Sie verdrehte die Augen. »Er übertreibt sowieso! So schlimm ist es in den Wäldern gar nicht, zudem lernst du hier viel mehr als in der Schule. Zum Glück wirst du nächstes Jahr fünfzehn und bist aus dem schulpflichtigen Alter heraus, genau wie ich. Dann gehen wir zusammen nach Verbania und suchen uns eine Anstellung als Dienstmädchen.«

Mella starrte auf den Boden. Sie wollte Valentina nicht sagen, dass sie eigentlich gerne weiter in die Schule gehen würde. Es brachte ohnehin nichts, sie waren auf das Geld angewiesen.

Valentina marschierte weiter. »Komm, beeil dich.«

Nach einer Weile erreichten sie eine ihrer Lieblingsstellen; dickstämmige Kastanienbäume wuchsen hier auf einer ziemlich geraden Fläche, wodurch man gut ernten konnte. Erst gestern hatten sie den gleichen Platz aufgesucht, aber leider nicht alle Früchte mitnehmen können. Mehr als vier große Jutebeutel und zwei Rucksäcke konnten sie nicht tragen. Da es bereits spät geworden war und sie vor der Dämmerung zurück sein wollten, hatten sie beschlossen, tags darauf – heute – wiederzukommen.

Sie blieben stehen, besahen sich die *cupule*, die stacheligen Kugeln, welche die Kastanienfrüchte umhüllten. Mella runzelte die Stirn. Die Kugeln waren leer! Sie ging weiter und schaute sich um, aber keine der Kastanien enthielt mehr Früchte.

»Hier war heute schon jemand!«, rief Valentina. »Komm, wir gehen weiter.«

Wenig später stellten sie fest, dass auch die weiteren Plätze abgeerntet worden waren.

»Verdammt!« Valentina ließ sich auf einem Baumstumpf nieder, umgeben von einer Pilzkolonie, die sich dicht um das verrottende Holz ausbreitete. »Wir sind zu spät!«

»Aber gestern waren doch noch so viele übrig.« Mella wühlte mit ihrem Stock in dem Kugelhaufen, als könnte darunter noch etwas verborgen sein.

»Wären wir bloß früher losgegangen.« Valentina fluchte vor sich hin, ehe sie nach ihrem Rucksack griff und eine Blechflasche mit Wasser herauszog. Sie reichte sie Mella, die gierig ein paar Schlucke trank. Der Marsch hierher, stetig den steilen Wald hinauf, war anstrengend gewesen.

Valentina kniff die Augen zusammen. »Ich frage mich, wer das gewesen sein könnte. Bestimmt niemand aus Santa Castagna.«

»Mhm.« Valentinas Gedanke war gerechtfertigt. Jetzt während des Krieges wagten sich die Menschen aus Santa Castagna kaum noch in den Wald. Auch die Männer, die nicht an der Front kämpften, hielten sich lieber zurück. Die Frauen mieden den Wald hauptsächlich, weil sie genau wussten, was ihnen drohen könnte. So blieben lediglich ein paar Knaben übrig, die entweder zu faul für den weiten Marsch waren oder den Ernst der Lage nicht begriffen.

Den Mutigeren unter ihnen hatte Valentina längst klargemacht, dass sie die Plätze im Wald für sich beanspruchte.

Mella wäre es grundsätzlich lieber gewesen, auf den sicheren Kastanienplantagen, den sogenannten Selven, zu ernten, was sie gelegentlich auch taten. Nur mussten sie dort sämtliche Kastanien dem Selvenbesitzer und Bürgermeister Musso abgeben, erhielten dafür bloß einen geringen Lohn. Die Bäume im Wald jedoch besaß niemand, und deren Ernte war nicht von den Rationierungsmaßnahmen betroffen. Alles, was man erntete, durfte man für den eigenen Bedarf behalten oder verkaufen, sofern man sich im erlaubten Gebiet aufhielt. Da Valentina und Mella auf diese Einnahmen angewiesen waren, durchforsteten sie wochenlang die steilen Hänge der Wälder nach den Früchten der sogenannten *Brotbäume*, die jetzt während des Krieges noch wertvoller geworden waren.

»Es muss jemand aus Soracielo gewesen sein!« Auf Valentinas Wangen breitete sich eine Röte aus. »So sieht's aus!«

»Aber das ist nicht erlaubt.«

»Glaub mir, das hindert die nicht. Die verfluchten Schweine aus Soracielo wissen, dass es hier in unserem Gebiet die besten Ernteplätze gibt.«

Mella überlegte. Könnten es wirklich Bürger aus Soracielo gewesen sein? Vor ein paar Jahren kam es zwischen den benachbarten Dörfern Santa Castagna und Soracielo immer wieder zum Streit um die begehrten Kastanienerntestellen in den Wäldern, und so teilte man die Gebiete inoffiziell auf. In den Grenzbereichen herrschte manchmal Unklarheit, obwohl diese mit Grenzsteinen markiert worden waren. Doch der Platz, an dem sie sich jetzt aufhielten, gehörte eindeutig zu Santa Castagna. In letzter Zeit hatten sich die Bewohner von Soracielo öfter über die Gebietsaufteilung beschwert und wollten sie wieder abschaffen, weil sie der Ansicht waren, Santa Castagna habe das größere Waldgebiet erhalten. Insbesondere seit der Rückkehr von ein paar frustrierten Kriegsverletzten hatte die Unruhe zugenommen. Sie fühlten sich grundsätzlich unverstanden und unfair behandelt vom Staat, aber da sie nichts gegen die Politik ausrichten konnten, sorgten sie im kleinen Rahmen für ihre eigene Gerechtigkeit: durch stille Sabotage. Sie halfen Deserteuren bei der Flucht oder gaben absichtlich falsche Informationen an die Behörden weiter. Manchmal reichte es ihnen schon, ein Gesetz zu missachten.

»Und was tun wir jetzt?« Mella nahm noch einen Schluck Wasser und wollte die Flasche wieder Valentina geben, aber die richtete sich gerade ihr hellblaues Kopftuch zurecht, das sie bei ihren Waldgängen immer trug. Damit sich kein Ungeziefer in ihrem Haar festsetzen konnte, wie sie betonte. Valentina besaß wie Mella kastanienbraune, lange Locken, und sie beide hatten die großen, braunen Augen vom Vater geerbt, was ihnen den Spitznamen die *Kastanienschwestern* verschafft hatte.

Valentina schoss plötzlich hoch, und ein Vogel flatterte auf. »Ich habe eine Idee! Die Riesenkastanie!«

»Wir dürfen dort nicht ernten!« Mella widersprach Valentina höchst ungern, aber in diesem Fall war ihr Plan schlichtweg zu riskant. Die Riesenkastanie, die sie vor vielen Jahren zusammen mit dem Vater bei einer Wanderung entdeckt hatten, gehörte seit der Aufteilung der Erntegebiete zu Soracielo.

»Wir haben keine andere Wahl«, erwiderte Valentina. »Sie haben uns unsere Kastanien gestohlen, jetzt schnappen wir uns ihre.« Sie griff nach der Wasserflasche und trank ein paar Schlucke, während Mella angestrengt überlegte, wie sie Valentina von dem Vorhaben abbringen konnte.

»Wir wissen nicht mit Sicherheit, dass sie es waren. Vielleicht war es ja doch jemand aus Santa Castagna.«

»Das sind doch alles Faulpelze oder Angsthasen! Keiner von denen traut sich momentan so tief in den Wald. Und den paar Halbstarken habe ich deutlich gemacht, dass sie *unser* Gebiet zu meiden haben.«

Das hatte sie in der Tat. Valentina gelang es meistens, die männlichen Dorfbewohner um den Finger zu wickeln. Sie brauchte nur mit den Wimpern zu klimpern oder an ihrem Ausschnitt zu spielen, und schon wurden selbst die härtesten Kerle unter ihnen zu Lämmchen.

»Also los!«, rief Valentina. »Auf zur Riesenkastanie.«

»Und wenn sie uns erwischen?«

»Unmöglich! Kaum jemand tut sich den Weg dorthin an. Selbst von Soracielo aus ist es weit und steil.«

»Eben!« Mellas Magen schnürte sich zusammen. Nebst dem Risiko, erwischt zu werden, geriet sie auch bei dem Gedanken an den weiten und vor allem steilen Trampelpfad in Angst. Es brauchte nur einen falschen Schritt oder ein Stolpern über eine Wurzel, und sie würde umfallen und sich verletzen, wie vor einem Jahr, als sie an einer besonders kritischen Stelle einige Meter den Abhang runtergestürzt war, sich Prellungen geholt und den Knöchel verstaucht hatte. Dick angeschwollen hatte er wie ein Geschwür ausgesehen, und Valentina hatte schon gescherzt, dass man den Fuß würde amputieren müssen.

Mella erinnerte Valentina an diesen Vorfall, in der Hoffnung, sie würde zur Besinnung kommen, aber diese fegte den Einwand mit einer energischen Handbewegung weg. »Du musst einfach vorsichtiger sein. Wie oft habe ich dir schon gesagt, dass du nicht die ganze Zeit vor dich hinträumen sollst, hm?«

Mella starrte auf ihre dreckigen Schuhe. Valentina hatte recht, sie war nun mal eine Tagträumerin. Doch sie dachte sich nicht bloß Geschichten aus, sondern auch Rezepte für neue Gerichte und Backwaren. Leider hatten sie momentan wegen der Rationierung nicht viele Lebensmittel zur Verfügung, auch wenn Valentina gelegentlich ein paar zusätzliche Eier, Butter, Mais, Reis und Zucker ergatterte, und selten sogar Fleisch. Längst nicht ausreichend für die ganzen Kreationen, die Mella vorschwebten. Aber auch aus wenig ließ sich mit ein wenig Ideenreichtum einiges zaubern. Besonders mit Kastanien gelang es ihr, die unterschiedlichsten Gerichte herzustellen. Nur brauchte sie dazu Nachschub. Sie gab sich einen Ruck. »Also gut, gehen wir.«

Valentina lief bereits los, als hätte sie damit gerechnet, dass Mella nachgeben würde.

Je tiefer sie in den Wald drangen und je steiler der Weg wurde, umso ängstlicher wurde Mella. Der Pfad schlängelte sich, wurde überwuchert von Farn, Brennnesseln und Dornensträuchern. Mehrmals rutschte Mella auf dem Laub aus, musste sich von Valentina ein »Pass auf!« anhören. Valentina selbst bewegte sich trittsicher und flink wie ein Reh.

Nach einer Stunde hatte Mella das Gefühl, als wären sämtliche Kräfte aus ihrem Körper gewichen, aber sie bemühte sich, mit Valentina mitzuhalten. Dann endlich erblickte sie die Riesenkastanie. Wie ein Wächter des Waldes stand sie da, die Äste schwer beladen mit reifen Früchten. Überall am Boden lagen die stacheligen Schalen verstreut, wie kleine Igel, die den Stamm beschützten. Kurz verspürte Mella eine innere Ruhe, als würde ihre Angst in den Wurzeln der Kastanie versickern. Der Baum zählte mit einem Stammumfang von fast sieben Metern zu den ältesten in der Gegend. Ihr Vater hatte damals gesagt, er sei womöglich über fünfhundert Jahre alt. Während andere alte Kastanienbäume oft kränkelten, strotzte dieser Baum noch immer vor Kraft und warf eine ertragreiche Ernte mit schönen Früchten ab. Da er nicht von regelmäßigen Rückschnitten der abgestorbenen Äste profitierte wie die Kastanien auf den Selven, war dies umso bewundernswerter.

Mella hätte sich gerne eine Verschnaufpause gegönnt, aber als sie bemerkte, dass Valentina bereits ihre Lederhandschuhe überzog, holte auch sie ihre aus dem Rucksack. Sie begann, die glänzenden Kastanien aus den stacheligen Fruchtbechern zu entfernen, gab sie in ihren Beutel. Während sie arbeitete, summte sie vor sich hin und genoss die Ruhe. Für einen Moment konnte sie ihre Angst vergessen, die alte Kastanie schien über sie zu wachen. Doch jedes Mal, wenn ein leises Knacken die Stille durchbrach und eine Kastanie zu Boden fiel, kehrte das beklemmende Gefühl zurück.

Valentina war bei der Ernte nicht sehr gesprächig, sie komme sonst nicht voran, sagte sie stets. Mella betrachtete eine der Kastanien, ein besonders großes und wohlgeformtes Exemplar. Sie würde damit gute Gerichte und Mehl zubereiten können, und wie immer würden sie einen Teil der Früchte an Bürgermeister Musso verkaufen. Sie hatten das Geld bitter nötig.

Bedrückt dachte Mella an das schwere Schicksal, das ihre Familie erlitten hatte. Vor sechs Jahren starb die Mutter an einer Lungenentzündung, und vor einem halben Jahr fiel ihr älterer Bruder Giulio im Krieg. Von ihrem Vater, der irgendwo in Nordafrika kämpfte, hörten sie nur selten etwas, und wenn, dann beschränkten sich seine Briefe auf ein paar wenige Zeilen, besonders seit dem Tod von Giulio, der ihn schwer getroffen hatte. Mella hoffte, dass wenigstens er heil aus dem Krieg zurückkehrte.

»Was denkst du, wie lange dauert dieser Krieg noch?«, fragte sie Valentina, die soeben zwei Kastanien einer Kugel entnahm und sie in den Beutel warf.

»Ach, Mella, woher soll ich das denn wissen? Denk einfach nicht darüber nach. Komm, mach weiter.«

Sie füllten jeweils einen Rucksack und zwei Jutebeutel pro Person, bis Valentina meinte, es sei Zeit, zu gehen, mehr würden sie nicht tragen können.

»Hätten wir doch einen Esel!«, jammerte Mella. Vor ein paar Jahren, als es ihnen noch gut gegangen war, hatten sie einen besessen. Einen hübschen Braunen mit weißen Augenringen. Etwas stur manchmal, aber im Großen und Ganzen ein robustes und zuverlässiges Tier, das sich trittsicher durch die Wälder bewegt hatte. Mella trauerte ihm besonders heute nach.

»Haben wir aber nicht. Egal. Es ist, wie es ist.« Valentina schnürte die Jutesäcke zusammen.

Mella rollte die Augen. *Es ist, wie es ist.* Ein typischer Valentina-Spruch. Sie selbst wollte die Welt aber *so, wie sie ist,* nur ungern akzeptieren. Stellte man sich vor, *dass es so ist, wie es eben nicht ist,* machte das Leben viel mehr Spaß. Dazu gehörte allerdings viel Fantasie, und Mella wusste, dass Valentina damit nicht gesegnet war, sie gehörte dafür zu den Realistinnen und Macherinnen.

Valentina band zwei Jutesäcke an die beiden Enden eines Holzstockes und legte ihn Mella über den Nacken. Schon jetzt spürte Mella, wie das Gewicht schwer auf ihren Schultern lastete und der Stock ihr in den Hals drückte. *Na toll, jetzt bin ich selbst ein Esel!*

Valentinas Säcke waren noch voller als die von Mella, aber ihre Mimik blieb unverändert, als sie sich mit der schweren Last belud. Als ob die Säcke mit Federn gefüllt wären, dachte Mella.

Sie wollten gerade losmarschieren, als ihnen von der anderen Seite drei Burschen entgegenkamen, denen ein hellgrauer, struppiger Esel nachtrottete.

Panik keimte in Mella auf. Es handelte sich um Mitglieder der Gagliardi-Familie aus Soracielo. In Santa Castagna hielt man die Gagliardis für übles Gesindel, von denen man sich fernhalten sollte. Der Großvater war ein inhaftierter Sträfling, der einen Mann getötet hatte, der Vater ein Säufer, der seine schwangere Frau und Kinder für sich arbeiten ließ. Gerüchten zufolge war der älteste Sohn kürzlich mit einer Verletzung aus dem Krieg zurückgekehrt.

Es wurde gemunkelt, dass er seither einen Schwarzmarkt in Verbania betrieb und für die Organisation von Schmuggelware von Italien in die Schweiz verantwortlich war.

Mella hatte die drei Burschen, die nun vor ihnen standen, bereits an Dorffesten gesehen und immer einen weiten Bogen um sie gemacht. Der Größte versperrte Valentina den Weg, stand breitbeinig da wie ein unüberwindbares Tor. Rabenschwarzes Haar fiel ihm in die Stirn, und auf der rechten Wange hatte er eine Narbe in der Form eines Tannenzapfens. Seine dunklen Augen beäugten Valentina lauernd wie ein Raubvogel, der leichte Beute witterte. Die markante Hakennase ließ ihn tatsächlich wie einen Habicht wirken, dachte Mella.

»Was habt ihr bei unserem Baum verloren?«, fragte er harsch und trat auf Valentina zu.

»Das ist nicht euer Baum«, entgegnete sie.

»Und ob! Dieses Gebiet gehört zu Soracielo. Und *ihr* seid nicht aus Soracielo!« Eine fast schon greifbare Woge der Feindseligkeit schwappte auf sie zu. Valentina wollte nach ihrem Gewehr greifen, doch wegen ihres Gepäcks war sie zu langsam, und der Habicht zog in Sekundenschnelle eine Pistole hervor und richtete sie auf Valentina. Mella unterdrückte einen Schrei und blickte Hilfe suchend zu den Brüdern. Einer von ihnen, der seinen dicken Bauch wie einen Panzer vor sich herschob, trat neben den Habicht und verschränkte die Arme. Mella fragte sich, wie er sich im Krieg diese Reserven hatte anlegen können. Etwas weiter hinten stand ein Junge mit Schiebermütze, der die Zügel des Esels festhielt und das ganze Geschehen mit zusammengekniffenen Augen beobachtete. Er war eindeutig jünger als die anderen, Mella schätzte ihn auf ihr eigenes Alter.

Valentina, die recht gelassen blieb in Anbetracht der Tatsache, dass eine Waffe auf sie gerichtet war, hob die Schultern. »Du hast recht. Wir sind nicht aus Soracielo, sondern aus Santa Castagna. Aber ihr habt in unserem Gebiet geerntet, deshalb tun wir es jetzt bei euch.«

»Wie bitte? Gar nichts haben wir. Oder siehst du hier irgendwo volle Säcke?« Der Habicht zeigte zu dem Esel, auf dessen Rücken nur leere Jutesäcke festgebunden waren. Sie hatten offenbar wirklich noch nichts gesammelt, außer, sie hätten die Ernte bereits wieder nach Soracielo zurückgebracht, aber das wäre von der Zeit her fast unmöglich gewesen, es sei denn, sie wären mitten in der Nacht losmarschiert.

»Ist mir egal, wer es war«, erwiderte Valentina. »Es muss zumindest jemand aus Soracielo gewesen sein. Und deshalb bedienen wir uns jetzt bei euch. So einfach ist das.«

»Du bist ziemlich frech für ein verdammtes Weibsstück!« Der Habicht setzte den Lauf der Waffe nun direkt auf Valentinas Brust, woraufhin sie nach hinten taumelte, durch die Last der Kastaniensäcke stürzte und mit dem Hintern in einem Laubhaufen landete. Sie wollte nach ihrem Gewehr greifen, aber der Habicht trat auf sie zu, entriss es ihr und warf es mit einem »Hier, Franco, fang!« dem dicken Bruder zu.

»Jetzt fehlen der frechen Göre plötzlich die Worte«, sagte er grinsend, und Franco stieß ein gackerndes Lachen aus, das an ein aufgescheuchtes Huhn erinnerte.

Der Junge mit der Schiebermütze trat auf seine Brüder zu.

»Hört auf! Lass sie gehen, Tadeo. Es gibt doch hier noch genug Kastanien für uns alle und …«

»Misch dich nicht ein, Dino! Außerdem …« Etwas Teuflisches glomm in den Augen des Habichts, Tadeo, auf. »Wieso sollen wir selbst ernten, wenn die Weiber es schon für uns gemacht haben?«

Franco lachte hämisch. »Geniale Idee, Tadeo! Wir klauen ihnen die Säcke!«

Tadeo grinste. »Und eine Tracht Prügel bekommen sie obendrauf.«

Mella schaute zu Valentina, die sich mit vor Wut verzerrtem Gesicht langsam erhob. Was hatte sie vor? Sie würde doch nicht … Doch, sie würde.

Wie ein wildes Tier sprang Valentina Tadeo an, der mit dem Rücken zu ihr gewandt mit seinen Brüdern sprach. Sie riss ihn mit sich zu Boden.

»Valentina, nicht! Er hat eine Waffe!« Eine Welle kalten Entsetzens überkam Mella, sie wollte nur noch eines: weg! Aber sie konnte Valentina nicht einfach im Stich lassen, das wäre feige gewesen. Hilflos sah sie zu, wie sich ihre Schwester mit Tadeo im Laub wälzte. Plötzlich schrie er und fasste sich zwischen die Beine.

»Renn weg!«, zischte Valentina ihr zu. »Na los!«

Mella zögerte kurz, dann ließ sie ihren Stock fallen und rannte davon.

»Rennt ihr nach!«, hörte sie Tadeo seinen Brüdern zurufen. »Die hat den Rucksack voller Kastanien.«

Mella rannte, was im steilen Gehänge des Waldes und mit einem schweren Rucksack gar nicht so einfach war. Immer wieder stolperte sie beinahe über Wurzeln oder rutschte auf dem Laub aus.

»Bleib stehen, dumme Gans!«, rief Franco hinter ihr, aber Mella dachte nicht daran, auch wenn ihr der Schweiß schon nach kurzer Zeit nur so über das Gesicht rann, ihre Lunge brannte und ihre rechte Wade schmerzte, sie hatte sich wohl irgendwo aufgeschürft. Doch sie musste weg! Sie durfte nicht zulassen, dass dieser Franco ihr die Kastanien wegnahm.

Ihr fiel ein, dass er Valentinas Gewehr hatte. Würde er auf sie schießen? Bis jetzt hatte er es nicht getan.

Da hörte sie, wie er ausrutschte und »*Cazzo!*« schrie. Sie hoffte, dass er bald aufgeben würde, und rannte weiter. Zweige peitschten ihr ins Gesicht, sie musste vom üblichen Pfad abgekommen sein, vor ihr nichts als Bäume und viel Laub in steilem Gehänge. Hier und da ein Vogel, der aufflatterte. Dann ebnete sich das Gelände, Mella gelangte auf eine Lichtung und blieb, wie vom Donner gerührt, stehen. Ein Felsabgrund, darunter ein Flussbecken, in das von der anderen Seite ein Wasserfall hineinsprudelte. Es ging nur etwa drei Meter nach unten, und sie hätte springen können. Das türkisblaue Wasser sah klar und tief aus, aber Mella blieb festgewurzelt stehen wie der Baum neben ihr. Sie konnte nicht springen! Rascheln und Gekeuche hinter ihr zwangen sie aus ihrer Starre heraus, und sie drehte sich um.

Ihr Verfolger tauchte hinter den Bäumen auf, mit hochrotem, verschwitztem Gesicht – ohne Gewehr zum Glück. Als er ihre Ausweglosigkeit erkannte, grinste er so breit, dass seine schmalen Augen in den gedunsenen Wangen fast verschwanden wie Rosinen in einem Teig. Mella fiel auf, dass er eine breite Lücke zwischen den Vorderzähnen hatte.

»Ooohh!«, gurrte er gespielt mitleidig. »Das kleine Mädchen hat Angst, zu springen! Na los, her mit dem Rucksack, dann passiert dir nichts.«

»Das sind meine Kastanien!«

Er trat auf sie zu, packte sie fest an den Schultern. Sie wehrte sich, doch er schüttelte sie grob und riss ihr den Rucksack so heftig herunter, dass sie rücklings zu Boden stürzte und in ein Grüppchen Pilze fiel. Tränen schossen aus ihren Augen.

»Blöde Heulsuse!«

»Gib ihr sofort den Rucksack wieder, Franco!«, hörte Mella eine Stimme sagen und schaute auf. Der Junge mit der Schiebermütze.

»Dino! Was soll das? Tadeo hat gesagt, wir sollen uns die Kastanien holen. Immerhin lass ich das Mädchen gehen, obwohl sie ordentlich Prügel verdient hätte.«

»Wenn du ihr den Rucksack nicht sofort gibst, dann erzähl ich Serafina, wer wirklich der Verfasser der Liebesbriefe und Zeichnungen ist.«

Franco erblasste. »Das würdest du nicht tun!«

Dino verschränkte die Arme, und seine Miene wurde bitterernst. »Willst du es darauf ankommen lassen?«

»*Cazzo!*« Franco schien hin- und hergerissen. Diese Serafina schien ihm etwas zu bedeuten.

»Also gut! Aber kein Wort zu Tadeo, kapiert? Sag ihm einfach, das Mädchen ist uns entwischt.«

»Abgemacht.« Dino zwinkerte Mella zu, und schon schleuderte Franco den Rucksack in ihre Richtung.

»Heute ist anscheinend dein Glückstag, du blöde Kröte.« Kopfschüttelnd wandte er sich ab und stampfte fluchend davon.

Dino trat auf Mella zu und reichte ihr die Hand. Zögernd ergriff sie sie und stand auf, wischte sich das Laub und die weißen Pilzstückchen von den Kleidern.

»Geht's?«

»Mhm. Danke.«

Er beäugte Mella mit zusammengekniffenen Augen, und auch sie musterte ihn genauer. Er war etwas blass und hatte zahlreiche Sommersprossen im ganzen Gesicht. Unter seiner Schiebermütze schauten ein paar Locken hervor, die genauso dunkelbraun waren wie seine Augen.

»Warum bist du eigentlich nicht gesprungen?«, fragte er stirnrunzelnd. »Ist doch gar nicht so hoch, und du wärst im Wasser gelandet. Den Kastanien hätte es auch nicht geschadet.«

»Ich hätte mich an einem Stein verletzen oder mir eine Erkältung holen können. Oder beides.«

»Ach so.« Wieder dieser eindringliche Blick – offenbar verwendete er diese Mimik häufiger, die ihm etwas Misstrauisches verlieh, als müsste er aufpassen, mit wem er es zu tun hatte.

»Danke, dass du mich verteidigt hast«, sagte Mella rasch und legte den Rucksack über die Schultern.

»Schon gut.«

»Was ist mit meiner Schwester?«, fragte sie besorgt. »Weißt du etwas?«

Er hob die Schultern. »Ich denke mal, die prügelt sich noch immer mit meinem Bruder.«

»Ich hoffe, er hat ihr nichts angetan!«

»Bestimmt nicht. Tadeo wirkt zwar manchmal etwas rau, aber er ist ein guter Kerl.«

Mella blieb skeptisch. Sie traute diesem Tadeo ganz und gar nicht, und auch Dino nicht, auch wenn er sie aus einer brenzligen Lage befreit hatte und offenbar nicht an ihren Kastanien interessiert war. Aber sie kannte ihn nicht, wusste nur vom Dorfgerede, dass man sich von den Gagliardis fernhalten sollte.

»Ich muss schnell zu ihr!« Gerade als sie loslaufen wollte, wurde ihr bewusst, dass sie keine Ahnung hatte, wo sie war. Selbst diesen Fluss hatte sie noch nie gesehen. Sie musste auf der Flucht vom Pfad abgekommen sein! Verzweifelt schaute sie sich um. Wie kam sie zurück zur Riesenkastanie?

»Du weißt nicht, wo du bist«, stellte Dino fest.

»Ich … nein.«

»Du kannst mit mir kommen, ich bringe dich zurück.«

»Danke.«

Schweigend gingen sie nebeneinanderher. Die Sorge um Valentina nagte weiter an Mella, doch ihre Gedanken kreisten um eine Frage, die sie schließlich nicht länger für sich behalten konnte.

»Sag mal, wer ist eigentlich der Verfasser von den Briefen und

Zeichnungen an Serafina? Du hast Franco damit gedroht, die Wahrheit ans Licht zu bringen.«

Eine leichte Röte überzog seine Wangen. »Ich«, murmelte er verlegen.

Sie blieb stehen. »Du? Aber warum hast du das getan?«

»Na ja, also Franco kann weder gut schreiben noch zeichnen, Serafina mag das aber. Und er will ihr imponieren, weil er verliebt in sie ist. Darum helfe ich ihm.«

»Serafina denkt also, dass die Briefe und Zeichnungen von Franco stammen.«

»Ja.« Er biss sich auf die Unterlippe, und für einen kurzen Augenblick spiegelte sich ein Funken Schuldbewusstsein in seinem Gesicht. »Ich will Franco ja nur helfen.«

»Hm.«

»Was ist?«

»Ach nichts.« Mella hätte ihm gerne die Meinung gesagt, aber sie traute sich nicht. Sie bemerkte wieder Dinos forschenden Blick, mit dem er sie betrachtete. Als wollte er in sie hineinsehen und ihre tiefsten Geheimnisse entlocken.

»Du findest es nicht gut, oder? Kannst es ruhig zugeben. Dein Gesicht spricht Bände.«

»Ich, nun … Du hast recht … Ich finde es nicht gut. Ihr macht dem Mädchen etwas vor, und das ist … nicht besonders nett.« Sie sah auf und bemerkte zu ihrer Erleichterung, dass Dino nicht verärgert wirkte.

»Stimmt, aber sie muss es ja nicht erfahren.«

»Irgendwann wird sie das. Spätestens, wenn sie verheiratet sind und Franco ihr nichts mehr vormachen kann. Oder … willst du ihm etwa bis an dein Lebensende helfen?«

Er blieb abrupt stehen, nahm die Mütze vom Kopf und strich

sich durch das strubbelige Haar. »So weit habe ich nie gedacht. Also, dass die beiden mal heiraten könnten.«

»Ihr solltet besser damit aufhören.« Mella erschrak über ihre Worte. Was war nur in sie gefahren? »Tut mir leid. Es geht mich nichts an, was ihr treibt. Komm, wir müssen jetzt weiter.« Sie wollte gerade wieder los, da legte ihr Dino vorsichtig die Hand auf den Arm.

»Hier geht's lang. Wir müssen dort rauf.«

Skeptisch blickte sie den steilen Hang hinauf, doch ehe sie etwas sagen konnte, war Dino schon losmarschiert.

Während sie sich mit Mühe zwischen Bäumen und Unterholz nach oben kämpfte, schien die Angst um Valentina mit jedem Schritt schwerer auf ihr zu lasten. Was, wenn Tadeo ihr etwas angetan hatte? Gedankenverloren stolperte sie über eine Wurzel und geriet ins Straucheln.

»Alles in Ordnung?«, erkundigte sich Dino.

»Jaja. Nichts passiert. Sind wir hier auch richtig?« Sie vermisste den sicheren Pfad.

»Ja, keine Angst. Es kann nicht mehr allzu weit sein bis zur alten Kastanie. Du bist ein ganzes Stück runtergerannt, deshalb müssen wir jetzt alles wieder hoch.«

Obwohl in seiner Stimme nicht der Hauch eines Vorwurfs mitschwang, schämte sich Mella plötzlich für ihre Flucht, und sie hatte das Gefühl, sich rechtfertigen zu müssen.

»Dein Bruder wollte mir die Kastanien stehlen.«

»*Unsere* Kastanien«, entgegnete Dino. »Ihr wart in unserem Territorium.«

»Du hast recht, aber wir waren nur hier, weil jemand zuvor in unserem Gebiet die besten Plätze abgeerntet hat. Valentina ist überzeugt, dass es jemand aus Soracielo war.«

»Und ihr denkt, dieser Jemand waren wir?«

»Es ist ziemlich naheliegend. Ihr …« Sie brach ab und spürte, wie ihr die Hitze in die Wangen schoss.

»Was *ihr?*«, fragte er herausfordernd. »Na los, sag schon!«

»Nun … äh … also, ihr habt nicht gerade den besten Ruf.«

»Und deshalb denkst du gleich, dass wir Diebe sind?«

»Aber nein! Es kann ja auch jemand anderes aus Soracielo dahinterstecken.«

»Warum glaubt ihr, dass es jemand aus Soracielo war?«

»Aus Santa Castagna kann es niemand gewesen sein, da ist sich Valentina absolut sicher.« Sie erklärte Dino die Gründe, und er blickte sie skeptisch an.

»Hat deine Schwester wirklich das Gefühl, sämtliche Bewohner in Santa Castagna so gut zu kennen, dass sie vollkommen ausschließen kann, dass jemand auch eure bevorzugten Erntestellen aufsucht? Das ist doch Schwachsinn! Glaubst du das etwa auch?«

Sie schwieg. Dino hatte recht. Valentinas Argumente waren so überzeugend gewesen, aber jetzt zweifelte sie selbst daran. Doch sie musste ihre Schwester verteidigen. »Ja, ich glaube das auch. Bestimmt war es ein frustrierter Kriegsrückkehrer. Es gab in letzter Zeit öfter Missmut deswegen.«

Dino sah sie überrascht an, und Mella hakte nach.

»Habe ich etwa recht? Kennst du jemanden, dem es zuzutrauen wäre?«

»Nein«, sagte er schnell. »Wir halten uns an die Regeln, nicht so wie ihr. Ich glaube, dass …« Er blieb abrupt stehen. »Oh, wir sind gleich da. Siehst du dort oben, da ist die alte Kastanie.«

»Ah ja! Aber … ich kann Valentina nirgends sehen.«

»Sie sind vermutlich auf der anderen Seite des Baumes. Komm.«

Sie eilten den Hang hinauf, bis sich Dino unerwartet duckte, Mella am Arm packte und zu sich herunterriss.

»Was ist?«

»Pst! Da stimmt etwas nicht«, flüsterte er. »Ich sehe Tadeo und deine Schwester, aber da sind auch noch weitere Leute.«

Mella hob jetzt auch den Blick und sah die vor der Kastanie versammelte Menschengruppe, unter ihnen Valentina und Tadeo – beide wirkten ziemlich ramponiert. Ihre Schwester trug kein Kopftuch mehr, und ihre Locken erinnerten an früher, als sie als Kinder den ganzen Tag auf der Sommerwiese herumgetollt waren. An ihrem Kleid klebten Blätter und Erde. Auch Tadeos Haare standen in wilden Büscheln vom Kopf ab, er hatte eine Kratzwunde auf der Stirn. Doch die Leute, mit denen sie zu diskutieren schienen, boten ein noch erbärmlicheres Bild. Offenbar eine Familie, bestehend aus Vater, Mutter, zwei Kleinkindern und einem Säugling, den die Mutter in einem Tuch um die Brust trug. Ausgezehrt und zerlumpt standen sie da, aber es waren ihre Mienen, die Mella noch mehr erschreckten. Todesangst stand ihnen regelrecht ins Gesicht geschrieben. Der Mann hatte zudem eine aufgeplatzte Lippe und ein blaues Auge. Er musste am Bein verwundet sein, ein blutgetränktes Tuch war um seinen Oberschenkel geschlungen. Die Frau mit dem Säugling wirkte auf Mella, als hätte sie seit Tagen ununterbrochen geweint. Ihre Augen waren stark gerötet und verquollen. Sie schien Valentina und Tadeo etwas zu erzählen, wedelte verzweifelt mit den Händen.

»Ich glaube, das sind Flüchtlinge«, flüsterte Mella.

»So sieht's aus. Und ich denke nicht, dass deine Schwester und Tadeo in Gefahr sind. Komm, lass uns nachsehen.«

Als sie sich näherten, blickten alle alarmiert in ihre Richtung. »Mella!«, rief Valentina und kam auf sie zu, schloss sie in die Arme. »Ich habe mir solche Sorgen gemacht! Alles in Ordnung?« Sie strich ihr über das Haar, und Mella nickte, ganz gerührt von Valentinas Geste. Trotz ihrer Stärke und der manchmal schroffen Art hatte sie ein großes Herz, das sie jedoch nur selten zeigte.

»Ja, alles gut. Dino hat mich gerettet, als mir Franco den Rucksack stehlen wollte. Aber sag, was ist hier los? Wie siehst du nur aus?«

Valentina wischte sich ein paar Blätter vom Kleid. »Tadeo und ich haben uns weiter gerangelt, als du weggelaufen bist«, erklärte sie, als wäre dies nichts Besonderes. »Dann kamen diese Leute. Es sind jüdische Flüchtlinge aus Verbania. Sie wollen in die Schweiz und haben uns gerade erklärt, dass sie unterwegs überfallen wurden.«

Die Frau mit dem Säugling trat auf Mella zu, ihre Augen glänzten fiebrig. »Es waren drei Männer, wir hatten keine Chance. Mein Mann hat sich gewehrt, aber sie haben ihm ins Bein gestochen. Dann nahmen sie uns alles weg, auch den Schmuck. Dabei haben wir dem Fluchthelfer bereits unser ganzes Erspartes für die Reise gegeben. Der muss mit ihnen unter einer Decke stecken, denn er ist nach dem Überfall mit den Banditen verschwunden! Und am schlimmsten ist, dass wir jetzt nicht wissen, wie wir in die Schweiz kommen. Wir haben keine Ahnung, wo wir hier sind. Und mein Mann ist verletzt, meine Tochter hat sich den Fuß verstaucht, und ich …« Sie brach ab. Tränen schimmerten in ihren Augen, hingen an ihren Wimpern wie Regentropfen.

Einen kurzen Moment lang herrschte Stille, lediglich ein paar Vögel trällerten in den Baumkronen, bis der Säugling plötzlich zu schreien begann. Vergeblich versuchte die Frau, ihn zu beruhigen, und sprach auf ihr Kind ein, aber es plärrte weiter, und Mella vermutete, man würde sie sogar in Santa Castagna hören.

Dann trat Tadeo auf den Mann zu. »Ich bringe euch über die Grenze. Ich kenne den Weg.« Seine Augen glühten vor Entschlossenheit. »Na los, kommt!«

Die Familie blickte unsicher zu Valentina. Tadeo wollte bereits weiter, als Valentina sich ihm in den Weg stellte.

»Sag mal, spinnst du? Siehst du nicht, dass sie viel zu geschwächt sind für diesen langen Marsch und zuerst eine Pause brauchen? Und der Mann hat eine Wunde, die versorgt werden muss. Das Mädchen einen verstauchten Fuß. Dann der Säugling … Proviant brauchen sie auch!«

Mella blickte erschrocken zu Tadeo. Wie würde er auf Valentinas scharfe Worte reagieren?

Tatsächlich starrte er sie finster an, die Kiefermuskeln angespannt. Doch er schwieg. Vermutlich wusste er, dass Valentina recht hatte. »Na gut, du Oberschlaue. Dann verrate mir, wo du sie hinbringen willst? In unserem Dorf werden Flüchtlinge nicht gern gesehen. Bei euch etwa schon?« Seine Worte schossen wie Pfeile auf Valentina zu, aber sie zuckte nur die Schultern.

»Wen kümmert's! Wir machen es einfach. Wir bringen sie nach Santa Castagna.«

Mella wurde flau im Magen. Nach Santa Castagna? »Aber Valentina, wir können sie nicht nach Santa Castagna mitnehmen. Denk an Bürgermeister Musso!«

Der Bürgermeister war überzeugter Faschist und Antisemit. Erst kürzlich hatte er eine Gruppe jüdischer Flüchtlinge, die Zuflucht gesucht hatte, erbarmungslos aus dem Dorf verjagt. Musso bekam alles mit, was in Santa Castagna geschah. Unmöglich würden sie Juden verstecken können.

Valentina schloss kurz die Augen. »Na gut, dann holen wir eben Proviant und Verbandszeug.«

Dino, der sich bisher zurückgehalten hatte, wandte sich an Tadeo. »Warum bringen wir sie nicht zu Dottore Acribaldo? Ihm können wir vertrauen. Dort könnten sie die Nacht verbringen.«

Zum ersten Mal erhellten sich die Gesichter der Flüchtlinge.

»Das wäre gut!« Die Frau streichelte dem Säugling, der sich wieder etwas beruhigt hatte und nur noch leise wimmerte, über das Köpfchen.

»Und morgen in der Früh marschieren wir los Richtung Schweiz.« Tadeos Stimme klang fest und bestimmt.

»Ich begleite euch«, sagte Valentina, und Mella erstarrte.

»Valentina, das ist zu gefährlich! Und was ist mit mir? Soll ich etwa allein zurücklaufen? Wenn die Banditen wiederkommen und …«

»Meine Güte, Mella! Reiß dich zusammen! Diese Menschen hier haben gar nichts mehr und brauchen jetzt meine Hilfe.«

»Aber Tadeo und Dino können ihnen helfen. Und ihr Bruder, dieser Franco.« Mella schaute sich um. Wo war Franco überhaupt?

Sie sah zu Tadeo, in der Hoffnung, er würde ihre Schwester ebenfalls von dem Plan abbringen wollen, aber er musterte sie finster. »Hör zu, Kleine, wenn deine Schwester unbedingt mitkommen will, soll sie eben mit. Ich werde sie nicht davon abhalten. Außerdem kann ich wirklich jede Hilfe brauchen. Und deine Schwester hat mir vorhin bewiesen, wie mutig sie ist. Und wie scharf ihre Krallen.« Schmal grinsend fuhr er sich über die Kratzwunde auf der Wange und schaute anerkennend zu Valentina. In seinem Blick erkannte Mella zudem dieselbe Begierde, mit der alle Männer ihre Schwester betrachteten.

Seufzend strich Valentina ihr eine Strähne aus dem Gesicht. »Ach, Mella, mein kleines Kastanienmädchen.« Ihre Stimme war sanfter und leiser als zuvor. »Denkst du, ich lasse die armen Flüchtlinge einfach in den Händen von diesen Gagliardis? Wer weiß, was sie mit ihnen vorhaben.«

Mella nickte. Valentina hatte recht. Dino wirkte zwar harmlos, aber diesem Tadeo traute sie nicht.

»Nach Hause schaffst du es auch ohne mich, du bist flink und schlau.«

»Kann ich nicht wenigstens mit dir mitkommen?«

»Nein, auf keinen Fall. *Das* wäre zu gefährlich für dich. Außerdem muss zu Hause jemand die Stellung halten, sonst schicken sie einen Suchtrupp los.« Sie legte Mella die Hände auf die Schultern. »Hör zu, wenn jemand nach mir fragt, dann sagst du, ich hätte eine sehr starke Grippe und könne nicht aus dem Haus. Verstanden?«

Mella schluckte. Sie sollte lügen? Sie war eine furchtbar schlechte Lügnerin! »Aber, Valentina, ich …«

»Verstanden?«, wiederholte Valentina in einem Tonfall, der keine Widerrede duldete.

»Ja. Verstanden. Wann bist du wieder zurück?«

»In ein paar Tagen?« Sie sah zu Tadeo, der ihr zunickte.

»Wenn wir gut vorankommen, dauert die Reise etwa zwei Tage. Aber ich bezweifle, dass wir das tun. Also eher drei Tage pro Weg.«

»Was? Fast eine ganze Woche? Das …« Bevor Mella ausreden konnte, klatschte Tadeo in die Hände. »So, Leute, los geht's.«

Dino wandte sich an Mella. »Mach dir keine Sorgen, Tadeo schafft das. Er hat das schon öfter gemacht. Und er wird auf deine Schwester aufpassen.« Er zeigte zu ihren Kastaniensäcken, die noch immer vor dem Baum lagen. »Du kannst sie haben. Sie gehören dir.«

Doch die Kastanien interessierten Mella nicht mehr. Sie konnte nur noch hilflos zusehen, wie die Gruppe davonschritt und irgendwann hinter Bäumen verschwand. Ach herrje, wo war Valentina da nur reingeraten?

Kapitel 3

Morcote/Schweiz, Oktober 2023
Cara

Der alte Fiat Cinquecento rumpelte über die Straße, während Tancredis *Isole* aus Lilys Handy dröhnte und sie laut mitsang. Es blieb ihnen nichts anderes übrig, als das Handy zu nutzen, denn der Fiat hatte nur einen kaputten Kassettenrekorder. Trotzdem liebte Cara den Wagen ihrer Mutter – nicht nur wegen seiner Petrol-Farbe, sondern auch, weil er dasselbe Geburtsjahr hatte wie sie: 1991. Ihre Mutter hatte wegen finanzieller Schwierigkeiten schon überlegt, das Auto zu verkaufen, aber da es kaum noch etwas wert war und ihre Mutter emotional daran hing, kam das nicht infrage. Ebenso wenig, wie es verschrotten zu lassen. Wie durch ein Wunder hatte der Fiat sogar die letzte Fahrzeugprüfung bestanden.

Caras Vater hatte den damals vier Jahre alten Gebrauchtwagen wenige Wochen vor seinem Tod für ihre Mutter gekauft, weil sie sich ein Auto so sehr gewünscht hatte. Cara war zu klein gewesen, um sich daran zu erinnern, doch es gab Fotos: der Fiat, geschmückt mit einer roten Schleife an der Antenne, und ihre Mutter, lachend, mit dem Autoschlüssel in der Hand. Zwei Monate später starb Caras Vater bei einem Arbeitsunfall, als er auf einer Baustelle von einer Betonplatte erschlagen wurde. Als man ihn aus den Trümmern holte, war er bereits tot.

Es folgte der nächste Song auf Lilys Playlist: Taylor Swifts *Anti-Hero*. Wieder begann Lily mitzusingen. Cara staunte, wie gut sie schon Englisch konnte. Und sie traf jeden Ton, ihre Stimme war weich und klar. Kurz warf Cara ihr einen Blick zu, bevor sie sich wieder auf die Straße konzentrierte. Mit ihrer fröhlichen Art erinnerte Lily sie oft an Neve. Oder besser gesagt, an die *alte* Neve, bevor sie sich verändert hatte.

Neve.

Mit jedem Kilometer, den sie Morcote näher kamen, spürte Cara, wie Neve mehr Raum einnahm – so wie jedes Mal, wenn sie in die Heimat zurückkehrte. Ihre Hände krallten sich fester um das Lenkrad, während ein eisiger Schauer ihren Rücken hinablief. Es waren zwanzig Jahre vergangen, seit Neve bei einem Unfall im Wald gestorben war. Und dennoch tat sich jedes Mal ein Abgrund in ihr auf, wenn sie daran dachte. Die Welt erschien ihr dann düster und bedrohlich – genau wie die Nacht des Unfalls.

Neve hatte damals mit Freunden, darunter Casimiro und Fulvia, im Wald übernachtet. Alle hatten gekifft. Irgendwann verschwand Neve, um mit ihrer Videokamera Filmaufnahmen für ein Schulprojekt zu drehen. Unter anderem wollte sie die *donna castagna*, die Kastanienfrau, filmen, eine im Wald lebende Einsiedlerin. Dabei musste sie von der alten Holzbrücke in der Nähe des kleinen Wasserfalls gestürzt und mit dem Kopf an einem Stein aufgeschlagen sein. Am nächsten Morgen wurde sie von der Kastanienfrau tot am Bachrand aufgefunden.

Cara, die sich schon als Kind vor der Kastanienfrau – für sie der Inbegriff einer Hexe – gefürchtet hatte, war nach Neves Tod überzeugt, dass diese etwas damit zu tun hatte. Seither mied sie den Wald komplett. Schon jetzt graute ihr vor dem Kastaniensammeln, das sie Lily versprochen hatte. Aber sie musste ihre Ängste irgendwann hinter sich lassen, schließlich war sie kein Kind mehr.

Lilys lauter Refrain riss sie aus den Gedanken, und Caras Stimmung hellte sich wieder auf. Sie musste das Ganze positiv sehen, immerhin dachte sie kaum mehr an das Fitnessstudio und den tragischen Vorfall, der sich dort abgespielt hatte.

Als sie wenig später Morcote erreichten, begann Caras Herz zu pochen. Morcote war ein Paradies: Malerisch zwischen dem türkisblauen Luganer See und bewaldeten Hügeln gelegen, war es 2016 sogar zum schönsten Dorf der Schweiz gekürt worden. Die Kirche *Santa Maria del Sasso* ragte hoch über dem See am Hügel empor, umgeben von viel Grün: Wäldern, Zypressen, Palmen. Die Straße gesäumt von reich geschmückten Patrizierhäusern mit ihren Arkaden.

Cara parkte den Wagen am Seeufer der Riva dal Garavèll, nur ein paar Meter zu Fuß entfernt bis zum Geschäft ihrer Großmutter. Seit Jahrzehnten führte sie ein kleines Lebensmittelgeschäft mit frischen Backwaren und italienischen Delikatessen, das ihren Schwiegereltern gehört hatte, gleich neben der Weinhandlung *Cavallini* und dem Buchladen *Gabriotti*.

Als Cara und Lily die Straße überquerten, stand ihre Großmutter bereits vor dem Laden und winkte ihnen zu, neben ihr zwei Weinfässer, auf denen ein Korb mit Amaretti-Packungen und Limoncello-Flaschen stand.

Patrizia Raneri trug das weiße Haar wie immer zu einem strengen, hohen Dutt, und ihre schmale Figur steckte in einer cremefarbenen Bluse mit Spitzenkragen, einem wadenlangen, schwarzen Rock, darüber trug sie eine rote Strickjacke. Alle Frauen in Caras Familie waren schlank und zierlich gebaut, bis auf Cara selbst. Sie kam eher nach ihrem Großvater, Alberto Raneri, der sein Leben lang übergewichtig gewesen war und 2015 an einem Herzinfarkt verstarb. Sein Tod war Cara sehr nahegegangen, weil sie sich von ihm immer verstanden gefühlt und er oft die Rolle des Ersatzvaters übernommen hatte. Cara hatte nicht nur seinen Humor geschätzt, sondern auch, dass er stets ein liebes Wort für sie übriggehabt hatte, sie seine *schöne Cara* nannte, auch wenn sie sich als Kind alles andere als schön gefühlt hatte.

Als sie später anfing, Sport zu treiben, und abnahm, hielt er eines Tages eine Hand auf sein Herz und sagte: »Alles, was zählt, ist *das* hier. *Il cuore!* Vergiss das nie, meine schöne Cara, auch wenn du jetzt wie die junge Monica Bellucci aussiehst.«

Die Erinnerung daran entlockte Cara ein Lächeln. Ihr Großvater hatte mehr Zeit vor dem Fernseher verbracht als sonst irgendwo und sich mit Filmstars besser ausgekannt als sie. Sie hatte oft mit ihm zusammen TV geschaut, ob Fußball, Filme, Seifenopern oder alte Italowestern aus den Sechzigerjahren, was ihre Großmutter jedoch stets kritisiert hatte. *Geht besser raus an die frische Luft und bewegt euch,* hatte sie gepredigt, womit sie, im Nachhinein betrachtet, recht gehabt hatte. Damals fand Cara ihre Großmutter aber vor allem nervig, da sie an fast allem etwas auszusetzen gehabt hatte. Der einzige Ort, an dem sie sich mit ihr immer gut verstanden hatte, war die Küche gewesen. Sie hatte ihr stets gern geholfen, wenn sie in der Backstube ihre Köstlichkeiten für den Laden zubereitete. Ihre Großmutter liebte das Kochen, und dass Großvater und Cara damals Gewichtsprobleme gehabt hatten, verdankten sie zu einem großen Teil auch ihr.

»Bisnonna!«, rief Lily und sprang auf Patrizia zu, direkt in deren Arme.

»*La mia bella bambina!* Du bist schon wieder gewachsen! Bald wirst du mich überragen!«

Lily kicherte und ließ sich von ihrer Urgroßmutter die Wange tätscheln und sich Komplimente geben. Cara stand geduldig daneben.

An einem Gartentisch saß Signor Cavallini von der Weinhandlung nebenan, rauchte und las Zeitung. Er sah auf und grüßte Cara mit einem Nicken, ehe er sich wieder dem Artikel widmete.

Cara blickte kurz zur Bücherei nebenan, einem weiteren Zufluchtsort ihrer Kindheit, wenn sie traurig gewesen war. Das Ehepaar Gabriotti hatte ihr so manch lesenswertes Buch empfohlen. Der Laden wurde nun von deren Tochter geführt, einer Freundin von Caras Großmutter.

»Hallo, Cara.« Ihre Großmutter wandte sich ihr zu. Die Begrüßung fiel nicht ganz so herzlich aus wie bei Lily. Obwohl sie ein gutes Verhältnis zueinander hatten, hatte ihre Großmutter nie verkraftet, dass Cara mit neunzehn ungewollt schwanger geworden war, dann auch noch Casimiros Heiratsantrag abgelehnt und stattdessen ein uneheliches Kind zur Welt gebracht hatte. Dass Cara keinen Mann heiraten wollte, der sie nur auf Druck seiner Familie ehelichen wollte, hatte Patrizia nicht nachvollziehen können. Monatelang hatte sie sich nicht mehr in die Kirche getraut, aus Angst vor dem Klatsch der Dorfbewohner. Cara habe Schande über die Familie gebracht, hatte sie ihr einmal an den Kopf geworfen, und es grenzte an ein Wunder, dass sie Cara nicht verbannt hatte – vermutlich nur dank der Fürsprache des Großvaters. Doch als Lily zur Welt gekommen war und Patrizia ihre Urenkelin zum ersten Mal in den Armen hielt, fiel Cara auf, wie sich der harte Ausdruck im Gesicht ihrer Großmutter löste. Der Vorwurf, die Strenge – all das schien in diesem Moment zu verblassen. Lily hatte ihr Herz im Sturm erobert.

Cara warf einen Blick auf die Kreidetafel vor dem Geschäft, auf der *Torta di Castagna* angekündigt wurde. Allein der Gedanke an

Großmutters berühmten Kastanienkuchen ließ ihr das Wasser im Mund zusammenlaufen.

»Ihr habt sicher Hunger«, sagte Patrizia und streichelte Lily über den Kopf. »Ich schließe jetzt gleich den Laden, dann essen wir. Ich habe bereits vorgekocht. Es gibt *Parmigiana* und zum Nachtisch *Torta di Castagna.*«

Lilys Augen wurden riesig. »Lecker!«

Mit vollen Mägen saßen sie eine Stunde später am Esstisch in Patrizias Wohnung, die über dem Laden lag. Während Patrizia Lily erklärte, wie sie ihre *Torta di Castagna* zubereitete, lockerte Cara den Gurt ihrer Hose. Ihre Großmutter kochte einfach zu gut, da konnte man gar nicht anders, als zu viel zu essen. Cara erinnerte sich, wie sie sich als Kind oft heimlich vor dem Schlafengehen an den Kühlschrank geschlichen hatte, um noch ein wenig von den Resten des Abendessens zu naschen – und ein oder zwei Schokoriegel.

Seit sie zurückdenken konnte, war sie pummelig gewesen, weil sie ständig Hunger hatte und zu allem Elend nicht mit dem besten Stoffwechsel gesegnet war. Nach Neves Tod ging sie aber richtig auseinander wie ein Hefekloß. Während sich ihre Mutter und Großmutter damals fast ununterbrochen stritten und sich gegenseitig die Schuld an Neves Tod gaben, verkroch sich Cara noch mehr in ihrem Schneckenhaus und füllte ihre Trauer mit Schokolade, Kuchen, Eiscreme, Chips und Tiefkühlpizza. Aus Anstand nach einem Todesfall ließen sie ihre Mitschüler anfangs noch in Ruhe, doch irgendwann begannen sie, Cara zu quälen, sahen in ihr das perfekte Opfer. Das dicke Mädchen mit der Hippie-Mutter. Bücher waren Caras Rettung gewesen, genau wie das Schreiben selbst. Erst als ihre Mutter und sie nach Zürich zogen, Cara in eine neue Schule kam und eine Freundin fand, begann sie, abzunehmen. Sabrina, ihre damals beste Freundin, war ein richtiger Sportfreak und animierte sie, dem Volleyball- und Schwimmteam beizutreten. So kam Cara auf den Geschmack und machte irgendwann auch allein Sport; drehte jeden Morgen eine Joggingrunde, ging schwimmen oder Rad fahren. Ihre Mutter unterstützte sie, indem sie auf Caras Ernährung achtete. Und da Cara nicht mehr in den Genuss der leckeren, aber kalorienreichen Mahlzeiten ihrer Großmutter kam, purzelten die Pfunde nach und nach.

»Cara!« Patrizia riss sie aus ihren Gedanken. Sie und Lily hatten sich bereits erhoben und starrten sie an.

»Hm?«

»Ich muss dir und Lily etwas zeigen.«

Cara erhob sich etwas schwerfällig und folgte ihrer Großmutter und Lily ins Wohnzimmer, das durch zahlreiche Kartonschachteln noch enger und düsterer wirkte. Seit Jahren hatte sich an der Einrichtung nichts verändert, die Wohnwand aus dunklem Holz nahm weiterhin fast eine ganze Seite des Raumes ein. Sie war komplett überladen mit dem riesigen Fernseher, den zahllosen Büchern, Fotorahmen und Porzellanfiguren. Plastikblumen in allen erdenklichen Farben schmückten die Regale, und Cara bemerkte die dicke Staubschicht, die sich auf einem Rosengesteck angesammelt hatte. Früher hatte ihre Großmutter jeden Samstag geputzt und auch sie und Neve dazu verpflichtet. Diese Zeiten schienen vorbei zu sein.

»Was ist das alles?«, fragte Lily und öffnete bereits eine Kartonbox, zog eine Lavalampe in Rot-Violett heraus. »Wow, die sieht ja toll aus! Von wem ist die?«

»Die gehörte Neve.« Cara schluckte den Kloß im Hals runter. »Sie hat sie damals von Mama zu Weihnachten bekommen.«

»Cool!« Lily betrachtete die Lampe, die an eine Rakete erinnerte, fasziniert und blickte dann Patrizia erwartungsvoll an. »Kann ich die haben?«

»Natürlich, *cara mia*. Deshalb habe ich das alles ja heruntergeholt, damit ihr es euch durchschauen und mitnehmen könnt, was ihr wollt.« Sie wandte sich an Cara. »Ich räume momentan den Dachkeller auf, dabei stieß ich auf alte Sachen von dir und Neve. Deine Mutter hat damals so vieles hiergelassen, als ihr nach Zürich gezogen seid.«

Der vorwurfsvolle Ton in ihrer Stimme entging Cara nicht. Ihre Großmutter hatte nie verstehen können, dass ihre Schwiegertochter Morcote verlassen hatte, um nach Zürich zurückzukehren. Auch Cara fiel es schwer, die vertraute Umgebung hinter sich zu lassen und ein neues Leben in der Stadt zu beginnen. Doch nach dem Tod ihres Mannes und ihrer Tochter zog es ihre Mutter zurück zu ihren Eltern, in ihre Heimat und zu den Freunden, die sie einst der Liebe wegen aufgegeben hatte. Das Angebot einer ehemaligen Studienfreundin, die in Zürich eine Praxis für Traditionelle Chinesische Medizin gegründet hatte und dringend nach Therapeuten suchte, kam da wie gerufen.

Cara wandte sich ab und öffnete eine Schachtel, zog eine Puppe in einem rosaroten Kleid hervor, die sie einmal sehr geliebt hatte. Mia. Neve hatte ihr eines Tages gesagt, dass Mia eine böse Puppe sei und sie töten werde. Irgendwann in der Nacht, wenn Cara schliefe. Die Erinnerung fiel unbarmherzig über Cara her, und sie sah sich plötzlich als zwölfjähriges Mädchen im Kinderzimmer, verängstigt und abwechselnd zu Mia und Neve schauend.

»Ist nicht wahr!«, hatte sie verzweifelt gerufen. »Mia ist nicht böse!«

Neves dunkel geschminkte Augen blitzten in ihrem blassen Gesicht, und sie zeigte auf Mia. »Doch. Schau sie dir doch mal *ganz genau* an.«

Allein der unheimliche Klang in Neves Stimme ließ Cara frösteln, und sie schaute in Mias große, blaue Augen, die sie starr – und tatsächlich böse! – musterten.

Neve beugte sich zu Cara und besah sie mit einer Mischung aus Mitleid und Verachtung. »Du musst dieses kleine Biest loswerden, und zwar schnell.«

Obwohl Cara mit ihren damals zwölf Jahren noch kindlich naiv gewesen war, war ihr durchaus bewusst gewesen, dass sie Neve, die sich stark verändert hatte in den letzten Monaten, nicht mehr vertrauen konnte. Dennoch hatte sie Neve nach wie vor vergöttert. Ihre Schwester war damals alles, was Cara nicht war – und gerne gewesen wäre. Außerdem hatte sie diesen tollen Namen. Neve wie Schnee, weil sie im Januar auf die Welt gekommen war, als es laut ihrer Mutter einen Tag lang ununterbrochen geschneit hatte und sie und Vater deswegen beinahe nicht rechtzeitig im Krankenhaus angekommen wären.

Cara bewunderte aber weit mehr als nur Neves Namen und ihre Charaktereigenschaften. Seit diese sich von einem fröhlichen Teenager mit Vorliebe für pinkfarbene Röcke und bauchfreie Tops in einen dunklen Goth verwandelt hatte, umgab sie etwas Geheimnisvolles, das Cara zwar ängstigte, aber auch faszinierte. Sie wollte deshalb nichts mehr als wieder von Neve gemocht werden, so wie früher. Aus diesem Grund tat sie alles, was Neve sagte, und so verfrachtete sie ihre Lieblingspuppe Mia noch am selben Tag auf den Dachkeller – sie ganz zu entsorgen brachte sie nicht übers Herz.

Ein lautes »Iiih« von Lily katapultierte Cara zurück in die Gegenwart. »Die Puppe ist richtig gruselig, Mama! Wie aus einem Horrorfilm.« Lily betrachtete Mia so angewidert, als hätte diese eine ansteckende Krankheit.

»Ich habe sie einmal sehr geliebt«, erklärte Cara, doch Lily kramte bereits weiter in der Box und zog ein schwarzes Samthalsband hervor, an dem ein in Silber eingefasster blauer Stein angebracht war.

»Wow! Das ist ja cool!« Sie rannte zum Spiegel und legte es sich um den Hals, Cara blickte ihr entsetzt nach.

»Leg es wieder ab!«, rief Cara, doch Lily bewunderte ihr Spiegelbild. »Ist das nicht das Halsband, das Neve auf dem einen Foto im Flur trägt?« Ehe sie die Worte ausgesprochen hatte, eilte sie in den Flur, Cara hinterher.

»Ja! Da ist es!« Lily wies auf ein Bild, das neben einem Jesuskreuz hing. Es zeigte Cara und Neve zusammen am See, ihr letztes gemeinsames Foto. Auch Caras Mutter besaß einen Abzug davon. Es war im Sommer vor Neves Tod entstanden, an dem Geburtstag ihres Großvaters. Cara wusste noch, dass Neve sich zuerst geweigert hatte, mit ihr fotografiert zu werden, weil sie ihr Outfit lächerlich fand. Außerdem, so Neve, wirkten ihre Beine wie Baumstämme, und ihre Pausbacken ließen sie aussehen, als hätte sie zwei Tennisbälle im Mund. Wie gemein ihre Schwester gewesen war, dachte Cara und betrachtete ihr damaliges Ich.

Sie trug ihr altes Lieblings-T-Shirt, ein weißes mit Minnie Maus, das sich über ihrem runden Bauch spannte, und weiße Shorts mit schwarzen Punkten. Ihre Beine waren kräftig und hell, ihr schulterlanges Haar zierte ein roter Samthaarreif mit Schleife. Ihre vollen Wangen verliehen ihrem Gesicht etwas Weiches. Sie war, genau so, ein schönes, liebenswertes Mädchen gewesen. Keineswegs *lächerlich*, wie Neve behauptet hatte.

»Es ist wirklich das Band, siehst du!«, rief Lily und zeigte zu einem anderen Foto, einer Porträtaufnahme von Neve. »Ach, es ist so schade, dass ich sie nie kennenlernen konnte.« Sie seufzte, ohne den Blick von Neve abzuwenden. »Meinst du, sie hätte mich gemocht?«

»Bestimmt«, sagte Cara und dachte an Neve, die ein Schild mit den Worten *Verpiss Dich!* an der Zimmertür angebracht hatte und die letzten Monate vor ihrem Tod kaum mehr jemanden gemocht hatte. Aber auch Neve hätte diese Phase irgendwann überwunden, hätte sie weiterleben dürfen.

»Wie war sie eigentlich so?«, fragte Lily. Sie war schon immer fasziniert gewesen von ihrer Tante, die so jung gestorben war. Cara hatte Lily nur erzählt, dass Neve im Wald unglücklich gestürzt sei, die mysteriösen Umstände hatte sie verschwiegen. Sie hatte auch Casimiro gebeten, Lily nichts zu erzählen.

»Sie war eine tolle Schwester. Wir haben viel gespielt, hörten zusammen Musik und tanzten gerne im Zimmer herum zu den Backstreet Boys, Britney Spears, den Spice Girls. Aber dann …« Sie hielt inne, sah Neve vor sich, schwarz gekleidet und blass geschminkt mit dunklen Lippen, wie sie Caras Sammlung Wendy-Magazine verbrannte und ihrem Barbie-Pferd die Mähne abschnitt, weil Cara aus Versehen auf ihre Lieblings-Gothic-CD getreten und die Hülle kaputtgegangen war.

»Was dann?«, hakte Lily nach.

»Kurz nach ihrem vierzehnten Geburtstag begann sie, sich zu verändern. Sie bekam andere Interessen.«

»Was für andere Interessen?«

Cara zögerte einen Moment.

»Also, weißt du, was die Gothic-Szene ist?«

»Klar! Ein wenig wie in der Netflixserie *Wednesday*, oder? Schwarze Klamotten, total blasses Make-up, dunkler Lippenstift und so.«

»Ja, das gehört dazu. Jedenfalls haben sich Neve und ihre damals beste Freundin, das war übrigens deine Tante Fulvia, irgendwann dafür zu interessieren begonnen.«

»Ist nicht wahr! Tante Fulvia, also *Barbie-Fulvia*, war früher ein *Goth?*«

Cara schmunzelte. Lily nannte ihre Tante gerne *Barbie-Fulvia*, weil kaum etwas an ihr echt war, weder die Lippen, die Haare, die Brüste noch die Nase.

»Kein richtiger Goth, eher ein Möchtegern. Sie und Neve hatten einfach wieder mal so eine Phase. Nachdem sie einen Horrorfilm im Kino gesehen hatten, der im Wald spielte und in dem es um Hexen ging. Danach waren sie ganz fasziniert von der schwarzen Szene. Neve ersetzte alle Poster von den Spice Girls und den Backstreet Boys durch Bilder von Gothic-Bands. Und sie …« Cara brach ab, nein, das konnte sie Lily nicht erzählen.

»Was?«

»Nichts. Jedenfalls hat sie sich ziemlich verändert.«

»Ich finde sie jedenfalls sehr cool.« Lily strich über das Samtband. »Oh, ich will schauen, was noch so von Neve zu finden ist.« Sie rannte wieder ins Wohnzimmer. Cara bemerkte ihre Großmutter, die im Türrahmen stand und sie eigenartig ansah, fast so, als witterte sie Gefahr.

Kapitel 4

Santa Castagna, Oktober 1942
Mella

Mella spürte jeden Knochen, als sie endlich Santa Castagna erreichte. Ein leichter Wind wehte, und am Himmel türmten sich dicke weiße Wolken, die die Sonne immer wieder verschluckten. Mückenscharen flogen tief. Bestimmt gäbe es heute noch ein Gewitter. Mella erstarrte. *Valentina!*

Ihre Erschöpfung, aber auch ihre Furcht vor den Gefahren des Waldes hatten sie auf dem Marsch ins Dorf die Sorge um Valentina fast vergessen lassen, doch jetzt krallte sich der Gedanke an ihre Schwester, die sich irgendwo mit diesem unheimlichen Tadeo herumtrieb und vielleicht bald Blitz und Donner ausgesetzt wäre, wie eine kalte Faust um ihr Herz. Was, wenn Tadeo die Flüchtlinge töten und Valentina ebenfalls etwas antun würde? Warum nur hatte sie nicht darauf beharrt, Valentina zu begleiten, oder noch besser, sie von dem blöden Plan abzuhalten? *Weil du schwach bist!* Mella spürte, wie Tränen ihre Wangen herunterliefen, und sie wischte sie weg. Heulen brachte sie auch nicht weiter. Mella versuchte, sich einzureden, dass Dino recht gehabt hatte mit seiner Behauptung, Tadeo sei ein *guter Kerl*.

Sie durchquerte die Selven und begrüßte die Leute, die mit dem

Pflücken beschäftigt waren und Körbe mit den Kastanienfrüchten füllten. In normalen Zeiten hätte man sonntags geruht, aber jetzt zählte jede Hand und jede Stunde. Es wäre wirklich viel einfacher, hier zu sammeln, würden die Plantagen nicht Bürgermeister Musso gehören. Mella mochte ihn nicht. Er hatte kürzlich einen ganzen Hain abholzen lassen, weil er wegen des Krieges viel Geld für das Holz erhielt. Immerhin, einige der Bäume waren krank gewesen.

Mella trat auf Vittoria und Marina zu, zwei ältere Frauen, die ihre Kastaniensäcke neugierig musterten.

»Ah, unser kleines Kastanienmädchen ist zurück. Hast ordentlich was gesammelt in den Wäldern?«, fragte die fast zahnlose und bucklige Vittoria, die einen breiten Strohhut trug. »Ich kann leider mit meinen alten Gelenken nicht mehr durch die Wälder streifen. Die Zeiten sind vorbei.«

Marina blickte neidisch auf Mellas Säcke. »Es ist auch nicht klug, momentan in den Wäldern zu sammeln, wer weiß, was da alles passieren kann. Das habe ich dir und Valentina schon mehrmals gesagt. Zwei junge Mädchen allein im Wald! Töricht!«

Mella war Marinas Gezeter gewöhnt, aber heute ertrug sie es kaum. Bestimmt war es Marina gewesen, die Lehrer Ferraro von ihren Waldgängen erzählt hatte, diese Tratschtante!

Mella wollte sich verabschieden, da tauchte Vittorias Sohn Adriano hinter einem Baum auf. Als kleiner Junge litt er an Kinderlähmung und hinkte seither, deshalb musste er nicht in den Krieg. »Wo hast du denn deine Schwester gelassen?«, fragte er und betrachtete die Säcke, als hätte Mella Valentina darin versteckt.

Sie hilft zusammen mit Tadeo Gagliardi Flüchtlingen über die Grenze, hätte Mella beinahe gesagt, hielt sich aber zurück. Sie erinnerte sich an Valentinas Ausrede. »Sie fühlte sich nicht besonders gut und ist schon früher zurückgekehrt. Sie muss bereits zu Hause sein.«

Vittoria schnaubte. »Heilige Maria, und sie hat dich einfach allein gelassen?«

Marina runzelte die Stirn. »Absolut unverantwortlich! Warum hast du sie nicht begleitet?«

»Merkwürdig«, fügte Adriano hinzu. »Ich habe sie gar nicht vorbeikommen sehen. Sie hätte doch die Ernte abgeben müssen.«

Mella spürte, wie ihre Wangen ganz warm wurden. »Ich … ich … ich habe Valentina selbst gesagt, sie solle schon mal vorausgehen. Aber ich hab dann noch weitergesammelt, weil es so viele Kastanien gab … Valentina nahm bestimmt den anderen, kürzeren Heimweg, weil es ihr nicht gut ging. Und ihre Ernte … hat sie wohl mitgenommen. So, ich muss jetzt los. Macht's gut.« Mella ging rasch weiter. Sie hasste es, zu lügen!

Als sie bei den *metati*, den Trockenhütten aus Stein, ankam, legte sie den Stock mit den Säcken nieder und streifte sich den Rucksack von den Schultern. Sie spürte einen stechenden Schmerz vom Nacken in den Kopf ziehen. Ob sie irgendwann im Alter genauso einen Buckel bekäme wie Vittoria? Bestimmt!

»Mariella!«

Sie sah auf. Bürgermeister Musso kam auf sie zu, das Gesicht so düster wie die Wolken am Himmel. Im Gegensatz zu Valentina, die ihn als lächerliche Figur abtat, hatte Mella Respekt vor ihm. Er war recht groß, zumindest größer als andere Männer im Dorf, und viele Frauen hielten ihn für gut aussehend. Mella konnte dem nicht zustimmen, sie fand Musso eher abstoßend mit seinem pomadisierten Haar und der hohen Stirn mit den Geheimratsecken. In seinen schmalen, dunklen Augen, die Mella an einen Fuchs erinnerten, lauerte etwas Fieses und Hinterlistiges. Zudem musterte er Valentina oft länger als nötig und mit einem Ausdruck, der keinen

Zweifel daran ließ, was in seinem Kopf vorging. Und das, obwohl er verheiratet war und zwei kleine Töchter hatte.

»Signor Musso, guten Tag.« Mellas Herz schlug schneller vor Aufregung, und erst als sie bemerkte, dass sich Mussos Gesicht beim Anblick der prallen Kastaniensäcke etwas erhellte, beruhigte sie sich.

»Da ist ja ganz schön was zusammengekommen.« Er sah sich um. »Wo ist Valentina?«

»Zu Hause?« Ungewollt klang Mellas Antwort wie eine Frage. Wie dumm von ihr. Mussos Gesicht verfinsterte sich wieder, er kniff die Lider zusammen. »Du weißt es nicht?«

»Äh, doch, sie … sie fühlte sich nicht gut … und sie wollte heim.«

»Soso. *Nicht gut.*« Seine Augen ruhten auf ihr. »Bist du ganz sicher?«

»Natürlich.«

»*Cazzo!*« Dem Fluch folgte ein Gemurmel, das Mella nicht verstand. »Ich brauche euch hier noch! Die beiden Alten und der Krüppel kamen nicht gut voran heute.«

»Das tut mir leid.«

Seufzend deutete er auf die Säcke. »Also, was ist damit? Willst du alles verkaufen?«

Mella hätte am liebsten sämtliche Kastanien behalten, weil Musso einen schlechten Preis bezahlte, aber sie brauchten das Geld. »Einen Teil davon.«

»Gut, ich schaue sie durch. Nicht, dass du mir noch faule Früchte unterjubelst. Im Anschluss machst du dich an die Arbeit.«

»Arbeit?«

»Ja! Arbeit! Wie gesagt, es gibt noch einiges zu tun. Wäre mir ja lieber gewesen, wenn deine Schwester auch geholfen hätte, aber dann muss ich mich halt mit dir begnügen.«

»Aber …« Sie wollte so gerne nach Hause, denn sie spürte die Müdigkeit in all ihren Gliedern, nur traute sie sich nicht, dem Bürgermeister eine Abfuhr zu erteilen.

»Was aber?«, fauchte er, trat auf sie zu und tippte ihr mit dem Zeigefinger auf die Stirn. »Du bist mir sowieso noch einen Gefallen schuldig! Signor Ferraro, dein Lehrer, hat mich heute schon wieder aufgesucht. Es gefällt ihm nicht, dass du dich in den Wäldern herumtreibst, und er verlangte, dass ich etwas dagegen unternehme. Ich habe ihm gesagt, dass wir auf eure Ernte angewiesen sind. Schau also, dass ich meine Aussage nicht nochmals überdenke.«

Mella, erleichtert darüber, dass ihr von Signor Ferraro offenbar kein Ärger mehr blühte, nickte schnell. »Natürlich, Signor Musso. Vielen Dank. Ich mache mich gleich an die Arbeit.«

Entkräftet begann Mella mit der Ernte. Nach einer Stunde rauschte ihr der Wind stark um die Ohren, und die dunklen Wolken hingen so tief, dass sie das Gefühl hatte, sie würden ihr gleich auf den Kopf fallen. Von fern grollte der Donner. Sie erschauderte. Durch den immer heftiger werdenden Wind fielen nach und nach weitere Kastanien von den Bäumen, und Marina klagte über die gefährlichen Arbeitsbedingungen. Vittorias Hut flatterte, und sie versuchte, ihn festzubinden.

»Wir müssen aufhören«, sagte Adriano, als ihm eine Kugel auf den Kopf fiel. »Das wird zu riskant.«

In der Tat konnten besonders schwere Kastanienfrüchte sogar Verletzungen verursachen, wie Mella wusste.

Sie verließen die Selven und suchten die *metati* auf. Zehn bis dreißig Tage dauerte es, um die Kastanien darin auszutrocknen, danach drosch man sie in Stoffsäcken gegen einen Baum, um die Schalen von den Früchten zu trennen. Mella liebte das Dreschen, genau wie sämtliche Kinder im Dorf, die jeweils mithalfen. Anschließend waren die Kastanien für das Mahlen und die Produktion von Mehl bereit.

Einige Früchte einer früheren Ernte waren bereits reif, sodass Mella sie herausnehmen konnte und in Holzbottiche leerte. Sie brachte sie in eine Hütte und begann, die Kastanien zusammen mit Vittoria und Marina so lange zu entrinden, bis sie weiß wurden. Als sie mit ihrer Arbeit fertig war, kaufte sie sich mit dem Geld der verkauften Kastanien einen Sack Mehl aus dem Lager und konnte es kaum erwarten, damit Gerichte zuzubereiten. Aber nicht mehr heute.

Erschöpft kehrte sie nach Hause zurück, so müde, dass sie ihre Sorge um Valentina beinahe erneut vergaß. Die Bäume, die die Straßen säumten, bogen sich mittlerweile im Wind, und der Nieselregen formte sich zu Tropfen. Ihr kleines Steinhaus stand eingezwängt zwischen anderen Häusern.

Als Mella die Hütte betrat, schlug ihr modrige Kälte entgegen, und sie machte ein Feuer im Kamin, setzte sich anschließend an den Tisch und aß Kastanienbrot. Sie fühlte sich so einsam wie noch nie. Die Hütte wirkte leer ohne Valentina, dabei bestand sie nur aus zwei kleinen Räumen und dem winzigen Obergeschoss; einem größeren, in dem sich nebst der Küchennische ein Esstisch und eine Kommode befanden, und einem kleineren, das winzige Schlafzimmer des Vaters, das sie aber nicht benutzten. Über eine Treppe gelangte man zu einer Galerie mit den Schlafplätzen von Mella und Valentina.

Mella war dermaßen erschöpft, dass sie kurz nach dem Essen zu ihrem Schlafplatz hochkletterte und sich auf die Matratze aus Maiskolbenblättern fallen ließ. Das gewohnte Geraschel der Blätter fühlte sich heute erstaunlich beruhigend an. Daunenmatratzen waren ein Privileg der Reichen.

Dann betete sie für Valentina und bat Gott gleichzeitig um Verzeihung für ihre Notlügen.

Die darauffolgenden Tage wurden für Mella zur Qual. In der Schule fiel es ihr schwer, sich zu konzentrieren – ihre Gedanken kreisten unaufhörlich um Valentina. Neben der Angst lastete auch die ständige Lügerei schwer auf ihr.

Gelegentlich kamen die Dorfbewohner mit Suppen und Eintöpfen für Valentina vorbei, und jedes Mal musste Mella dieselbe Ausrede wiederholen. »Es geht ihr etwas besser, aber sie ist noch hoch ansteckend wegen der Grippe«, erklärte sie geduldig, während sie die besorgten Blicke ertrug. Als Vittoria eine dampfende Gemüsesuppe brachte und vorschlug, einen Arzt zu rufen, winkte Mella hastig ab. »Das ist nicht nötig.«

Neun Tage nach Valentinas Verschwinden wurde ihre Unruhe zur Panik. Laut Tadeo sollte der Marsch hin und zurück höchstens eine Woche dauern. War Valentina etwas zugestoßen? Sollte sie endlich die Wahrheit sagen, damit das Dorf nach ihr suchte? Doch sie hatte Valentina versprochen zu schweigen.

Sie zog in Erwägung, die Gagliardis aufzusuchen. Vielleicht wusste Dino mehr. Allerdings könnte es gut sein, dass Dino seinen Bruder begleitet hatte, in diesem Fall hätte sie den weiten Weg nach Soracielo vergeblich auf sich genommen.

Mella seufzte, sie musste einfach abwarten.

Die Abende allein in der kalten, dunklen Hütte empfand sie als besonders schlimm, und nur durch das Backen gelang es ihr, ihre Gedanken zu verdrängen. Heute hatte sie nach der Schule ein Kastanienbrot mit Rosmarin, Oliven und gedörrten Tomaten zubereitet und das Rezept danach in ihr altes Heft eingetragen, dessen Seiten schon fast alle vollgekritzelt waren. Mella hoffte deshalb, dass sie bei dem Kastanienfest demnächst beim Backwettbewerb den

Hauptpreis gewinnen würde: ein wunderschönes Rezeptbuch. Sie hatte im Gemeindehaus, als sie sich für den Wettbewerb angemeldet hatte, bereits einen Blick darauf ergattert und sich sofort verliebt. Das Buch war dick und besaß einen festen Einband in Hellblau, verziert mit weißem Blümchenmuster. Auf der Vorderseite gab es ein rechteckiges Feld mit Linien wie auf einem Schulheft, um einen Namen einzutragen. *Mellas Rezepte* könnte dort stehen. Sie musste es einfach haben, deshalb würde sie sich die beste Kreation überlegen und den Backwettbewerb gewinnen. Sie wollte es mit einer *Torta di Castagna* versuchen, ihrer Spezialität. Doch nebst Kastanien würde sie dazu auch Eier, Butter und Zucker brauchen. Und eine besondere Zutat, um ihre Torte von den anderen abzuheben. Schokolade zum Beispiel. Nur grenzte es an ein Wunder, diese während des Krieges zu bekommen. Valentina hatte ihr versprochen, sich um die Zutaten zu kümmern, sie musste sie unbedingt daran erinnern.

Plötzlich wurde Mella wieder bewusst, dass Valentina ja nicht hier war, und sie schämte sich dafür, dass sie an etwas Banales wie ihren Backwettbewerb dachte, während ihre Schwester vermutlich gerade unzähligen Gefahren ausgesetzt war. Erbarmungslos fiel die Realität über sie her, und ihre Augen füllten sich mit Tränen. Sie schob das Heft zur Seite und legte den Kopf in ihre Arme auf dem Tisch, weinte bitterlich, bis ihre Ärmel von den Tränen ganz nass waren. In dem Moment fasste sie einen Entschluss. Sie würde am nächsten Tag nach Soracielo gehen und versuchen, die Gagliardis zu finden, selbst wenn es vergeblich sein sollte. Aber sie brauchte einen Hoffnungsschimmer. Überwältigt von Trauer und Müdigkeit schlief sie ein, bis sie irgendwann von lautem Klopfen aus dem Schlaf gerissen wurde.

Das Feuer im Kamin war längst erloschen, das Kerzenlicht flackerte nur noch spärlich vor sich hin. Mella starrte in Richtung Tür, die sie fest verriegelt hatte. Jemand rüttelte daran, dann folgte erneut ein dumpfes Hämmern. Die Angst presste ihr das Herz zusammen, und sie saß wie erstarrt am Tisch und krallte sich mit den Fingern in die Tischplatte. Ein Einbrecher! Dann hörte es auf, was bei Mella jedoch keineswegs für Erleichterung sorgte. Und schon pochte jemand gegen das Fenster. Zuerst erkannte sie nur einen dunklen Umriss, bis das Licht einer Laterne ein Gesicht enthüllte. Valentina!

Mella sprang auf und rannte zur Tür, entriegelte sie und riss sie auf. »Valentina!« Sie fiel ihrer durchnässten Schwester in die Arme.

»Warum hast du nicht geöffnet?«, fragte diese aufgebracht. »Ich klopfe seit einer Ewigkeit!«

»Ich dachte, du wärst ein Einbrecher! Ach, Valentina, ich habe mir solche Sorgen gemacht!«

»Ist ja alles gut. Jetzt bin ich wieder hier.«

Nachdem sie sich trockene Sachen angezogen hatte, setzte sich Valentina vor den Kamin und löffelte die Suppe, die Mella ihr aufgewärmt hatte. Sie aß, als hätte sie seit Tagen nichts mehr zu sich genommen. Zudem wirkte sie erschöpft, hatte dunkle Schatten unter den Augen und blasse Haut. Was sie wohl alles erlebt hatte? Mella, ganz erpicht darauf, ihre Schwester auszufragen, hielt sich zurück, damit Valentina in Ruhe essen konnte, und erst, als sie wenig später im Bett lagen, fragte sie: »Und, wie war es?«

»Ach, Mella, das war vielleicht ein Abenteuer. Wo soll ich nur beginnen …«

»Am Anfang?«

»Gut.« Valentina rückte näher an Mella. Ihr Haar roch wie das Fell eines nassen Hundes, doch Mella schwieg, so erleichtert war sie über Valentinas Rückkehr.

»Als wir in Soracielo ankamen, half uns Dottore Acribaldo«, begann Valentina. »Die Wunde von Jacobo war zum Glück nicht so tief wie vermutet. Das Problem war vielmehr der verstauchte Fuß von Ava. Aber wir hatten immerhin den Esel, der sie tragen konnte.«

»War Dino auch dabei?«

»Dino?«

»Tadeos Bruder!«

»Ah, der. Nein, Tadeo schickte ihn schon vorher nach Hause … Zuerst ging alles gut, doch dann zog ein Gewitter auf.«

»Hier auch. Deshalb habe ich mir so schreckliche Sorgen gemacht.«

»Das tut mir leid. Aber das musstest du nicht. Ich weiß mir immer zu helfen, und ich hatte ja Tadeo an meiner Seite.« Ihre Stimme klang beinahe zärtlich, und als Mella nachhaken wollte, fuhr Valentina bereits fort.

»Wir fanden in einer Hütte Unterschlupf. Unglücklicherweise wurden wir von einer Gruppe Schmuggler überrascht, die auf dem Rückweg aus der Schweiz waren. Sie hatten Waffen und bedrohten uns.«

»Du meine Güte! Was habt ihr dann gemacht?«

»Tadeo gelang es, sie zu beruhigen. Er erklärte, dass wir nur die Flüchtlinge über die Grenze bringen wollten. Sie sahen den schreienden Säugling und die Kleinkinder und nahmen die Waffen runter. Als Tadeo dann noch erwähnte, dass sein älterer Bruder Rinaldo ein Schmugglernetz betreibe und er selbst schon Ware in die Schweiz gebracht habe, wurden sie richtig freundlich. Viele von ihnen kannten Rinaldo und arbeiteten mit ihm zusammen. Sie gaben uns sogar Proviant und warnten uns davor, dass die Grenzpatrouillen verschärft worden waren. Sie zeigten uns auf der Karte einen anderen Weg. Ab dann ging fast alles gut. Wir schliefen tagsüber und marschierten nachts. Am Ende brachten wir die Familie sicher nach Brissago, wo sie auch schon längst von einem weiteren

Helfer erwartet wurde. Dann kehrten Tadeo und ich zurück.« Sie brach ab, und Mella fragte ungeduldig nach. »Und?«

Valentina atmete tief durch. »Wir wurden von einem Grenzwächter gesehen, und er verfolgte uns, schoss sogar auf uns. Tadeo hat einen Streifschuss am Arm abbekommen und …«

»Um Himmels willen!«

»Pst! Es ging ja alles gut. Wie gesagt, nur ein Streifschuss. Wir konnten entkommen. Aber wir mussten einen Umweg in Kauf nehmen.«

»Und geschlafen habt ihr zu zweit in einer Hütte?«

»Mhm.«

»Nur du und er?«

»Ja. Nur er und ich.« In ihrer Stimme schwang etwas Bedeutendes mit, wie schon zuvor, als sie über Tadeo gesprochen hatte, und Mella konnte endlich die Frage stellen, die ihr schon die ganze Zeit auf der Zunge lag. »Blieb er … anständig?«

»Natürlich blieb er anständig! Tadeo ist ein wunderbarer Mann. Mutig, stark, gut aussehend …«

Mella versuchte, sich an Tadeos Gesicht zu erinnern. Als gut aussehend hatte sie ihn nicht empfunden. Weniger wegen der Narbe oder der Habichtsnase, sondern weil er auf sie düster gewirkt hatte.

»Mir gefällt er«, betonte Valentina, als könnte sie Mellas Gedanken lesen. »Er ist kein Schönling, aber … diese Augen … Und seine Hände, ach, Mella, er hat ganz wunderschöne Hände.«

»Bist du etwa verliebt?«

»Blödsinn! Ich doch nicht!«

»Gut, schließlich wollte Tadeo unsere Kastanien stehlen, vergiss das nicht.«

»Genau genommen waren es nicht *unsere* Kastanien, immerhin haben wir in ihrem Gebiet geerntet.«

Mella erstaunte es, dass ausgerechnet Valentina diesen Tadeo verteidigte, wo sie sich doch mit ihm geprügelt hatte. Offenbar hatte das gemeinsame Erlebnis die beiden einander nähergebracht. Das beunruhigte Mella, denn sie traute den Gagliardi-Brüdern ganz und gar nicht.

»Es war trotzdem nicht in Ordnung, dass sie uns die Ernte stehlen wollten«, sagte sie deshalb.

»Das haben wir geklärt. Tadeo war verzweifelt. Sie brauchen das Geld, leben in bitterer Armut, der Vater ist ein Säufer. So ist das.«

»Wir sind auch arm.«

»Schon, aber ihnen geht es noch schlechter.«

»Sie haben einen Esel.«

»Der war nur ausgeliehen. Jetzt hör mir doch mal zu: Tadeos Familie muss noch die Großmutter und drei kleine Geschwister durchfüttern. Der ältere Bruder, Rinaldo, hat eine Kriegsverletzung und handelt mit Schmuggelware, ist kaum zu Hause. Die Mutter ist schon wieder schwanger.«

»Hm.«

»Aber jetzt sag, wie lief es hier?«

Mella berichtete von all den Dorfbewohnern, die sich nach ihr erkundigt hatten, und dass sie tapfer bei ihrer Lüge geblieben war. Sie erzählte noch weiter, von der Schule, ihren Backexperimenten, dem bevorstehenden Wettbewerb, bis sie merkte, dass Valentina eingeschlafen war.

Mella hatte insgeheim gehofft, Valentina würde sich nach der anstrengenden Aktion mit den Flüchtlingen etwas erholen wollen. Aber sie erlaubte sich nur einen Tag Entspannung mit viel Schlaf und einem Bad, und schon am darauffolgenden Morgen weckte sie Mella noch früher als üblich, um vier Uhr.

»Aber ich muss zur Schule«, erwiderte Mella mit schläfriger Stimme, doch Valentina ließ nicht locker und riss ihr die Decke weg.

»Raus aus den Federn! Schau mal aus dem Fenster.«

Mella drehte sich auf die Seite und blickte raus. »Es ist dunkel.«

»Siehst du nicht, wie klar der Himmel ist? Kein Regen mehr. Und auch kein Nebel.«

Mella rieb sich die Augen. Tatsächlich, der Vollmond und die Sterne erleuchteten den Himmel, sodass er dunkelblau strahlte. Dabei hatte es am Abend zuvor abermals gestürmt.

»Durch den Sturm wird es heute reichlich Ernte geben, und diesmal müssen wir die Ersten sein.« Mit diesen Worten kletterte Valentina bereits die Treppe hinunter.

Wenig später stiefelten sie durch den Wald, Mella gähnte im Sekundentakt und musste sich immer wieder von Valentina, die mit einer Laterne vorausging, ein ungeduldiges »Na los, du Schlafmütze« anhören. Wütend stampfte Mella ihr nach, rutschte beinahe aus. Der Regen hatte den Boden aufgeweicht, was den Marsch erschwerte. Ihre Füße waren bereits nach kurzer Zeit komplett durchnässt. Sie bräuchte dringend neue Schuhe, aber von welchem Geld?

Als sie den Sammelplatz erreichten, war die Dunkelheit der Morgendämmerung gewichen, und Mella bemerkte sofort die neuen Kastanien am Boden. Stachelige Kugeln weit und breit, wie Tausende kleine Igel.

Sie und Valentina machten sich an die Arbeit, jeder in seine Gedanken versunken, und Mella summte wie immer vor sich hin, dachte dabei an ihren Kastanienkuchen, mit dem sie den Backwettbewerb gewinnen wollte. Nur gelang es ihr heute nicht recht, sich auf das Rezept zu konzentrieren, die Müdigkeit schien ihre Kreativität zu dämpfen.

Als sie wenig später mit ihren aufgefüllten Beuteln und Rucksäcken den Rückweg antreten wollten und Valentina Mella mit dem Festbinden der Beutel half, hörte Mella plötzlich Stimmen, Schritte und das Getrampel von Hufen. Valentina griff bereits nach ihrem Gewehr, als hinter einer Kastanie eine Gruppe auftauchte. Tadeo, Dino und Franco, begleitet von einem Mädchen und einem jungen Mann, die mit ihren dunkelblonden Haaren herausstachen. Mella schätzte die beiden auf Valentinas Alter und vermutete, dass es sich um Geschwister handelte, da sie sich sehr ähnelten.

Das Mädchen trat vor. Wut loderte in ihren großen, auffallend himmelblauen Augen, ihre Wangen wiesen rote Flecken auf. »He, weg da! Das ist unser Sammelplatz!«

Mella erhob sich langsam, während Valentina aufsprang wie ein aufgeschrecktes Reh und auf das Mädchen zustürmte. »Stimmt nicht! Der gehört zu Santa Castagna. Haut sofort ab! Wart ihr das etwa, die hier kürzlich geerntet haben?«

»Ja. Wir dürfen ernten, wo wir wollen.«

Valentina schnaubte und wandte sich an Tadeo. »Was soll das, Tadeo?«

Tadeo kratzte sich am Kopf. Er wirkte peinlich berührt, und auch in Dinos Augen erkannte Mella Schuldbewusstsein. Er hatte ihr doch bei ihrem Zusammentreffen gesagt, dass er nicht wisse, wer hier geerntet haben könnte?

Das Mädchen stemmte die Hände in die Hüften und sah zu Tadeo. »Du kennst die?«

Tadeo setzte ein Lächeln auf. »Mhm. Alles gut, Giada, lass uns weiterziehen und woanders ernten.«

»Nein! Wir haben das Recht, hier zu ernten. Wir wurden bei der Einteilung benachteiligt.« Sie blickte mit unverhülltem Zorn zu Valentina. »In eurem Bereich gibt es viel mehr Kastanienbäume.«

»Tja, so ein Pech aber auch.« Valentina wandte sich an Mella. »Komm, lass uns gehen.«

Mella bemerkte gerade noch, wie Giada auf ihre Schwester losging, doch ehe sie Valentina warnen konnte, verpasste Giada ihr einen heftigen Stoß. »Du verdammtes Miststück!«

Valentina prallte mit dem Kopf gegen einen Baum und sank zu Boden.

»Valentina!« Mella rannte zu ihr und beugte sich herab, schüttelte sie, doch sie blieb regungslos. »Oh, Valentina!« Sofort riss sie Valentinas Kopftuch weg und bemerkte, dass sie am Hinterkopf blutete. Sie drückte das Tuch fest darauf. »Valentina, nein! Du darfst nicht sterben! Bitte nicht!« Sie schaute zu Giada. »Du hast sie getötet!«

»Geht's noch, du dummes Huhn! Sie ist gestürzt, da bin ich nicht schuld dran. Außerdem ist sie sowieso nur ohnmächtig.« Sie wandte sich an die anderen. »Kommt, hauen wir ab.«

Tadeo jedoch kniete sich neben Valentina und legte seine Finger auf ihren Hals. »Sie lebt«, flüsterte er erleichtert. Behutsam schob er Mellas Hand beiseite, die noch immer das Tuch auf die Wunde drückte.

»Lass mich das mal ansehen.« Seine Finger zitterten kaum merklich, als er fast schon zärtlich das Haar wegstrich und die Verletzung begutachtete. »Verdammt«, murmelte er. »Das sollte genäht werden. Sie muss zu einem Arzt.«

»A-a-ber w-w-wie?« Mellas Stimme zitterte vor Verzweiflung. »W-w-ie bring ich sie zu-zurück nach S-santa Castagna? Es ist u-unmöglich!«

Dino rieb ihr über den Rücken. »Hey, bleib ganz ruhig. Atme tief durch, ja?«

Mella starrte ihn an und folgte seinem Ratschlag, sog die Luft tief ein und wieder aus. Als sie sich etwas beruhigt hatte, fuhr sie fort. »Valentina hasst unseren Dorfarzt.« Sie dachte an den alten Arzt Dottore Scarabello, der seine heilenden Hände bei jungen Mädchen nicht nur auf die kranken Körperstellen legte. »Er ist ein Grapscher!«, hatte Valentina vor einem Jahr gesagt, als sie eine Wunde am Bein hatte nähen lassen müssen. Und als Mellas verstauchter Fuß versorgt worden war, wich Valentina bei der Untersuchung nicht von ihrer Seite.

»Er ist ein Grapscher!«, wiederholte Mella Valentinas Worte und erntete einen verwirrten Blick von Tadeo.

»Wie bitte?«

»Na, der Arzt!« Ihr fiel ein, dass Tadeo einen Arzt in Soracielo erwähnt hatte, zu dem er die verletzten Flüchtlinge gebracht hatte.

»Ihr habt doch diesen Dottore in Soracielo?«

»Dottore Acribaldo, mhm. Willst du, dass ich Valentina zu ihm bringe?«

»Bist du verrückt, Tadeo?« Giada verpasste ihm einen Klaps gegen den Hinterkopf, woraufhin er aufsprang und sie anfunkelte.

»Nein, Giada, bin ich nicht! Wenn, dann du! Du bist für Valentinas Zustand verantwortlich. Und ich werde es wiedergutmachen. Ich bringe sie zum Dottore.« Er legte seine kräftigen Arme unter Valentinas Rücken und hob sie hoch. Giada blieb stumm, merkte, dass Tadeo keine Widerrede duldete.

Der Marsch war anstrengend, und Tadeo, Franco und ein junger Mann namens Bruno, der sich als Giadas Bruder vorgestellt hatte, wechselten sich mit dem Tragen ab. Giada murmelte die ganze Zeit fluchend vor sich hin, doch keiner beachtete sie. Mella bildete mit Dino die Nachhut, sprach aber nicht mit ihm. Er half ihr zwar beim Tragen ihrer mit Kastanien gefüllten Beutel, aber sie war enttäuscht von ihm, weil er sie belogen hatte.

»Bist du wütend?«, fragte er, als sie eine Steinbrücke überquerten.

Mella schwieg, um sich die richtigen Worte zurechtzulegen. »Du hast mich das letzte Mal angelogen. Du wusstest genau, wer bei uns geerntet hat. Giada und Bruno.«

»Ja, du hast recht. Tut mir leid.«

»Und heute wolltet ihr hier zusammen ernten.«

»Jeder muss schauen, dass er durchkommt. So ist das Leben.«

»Das ist nicht richtig. Man sollte sich gegenseitig unterstützen.«

»Das tun wir ja jetzt. Tadeo hilft dir mit Valentina.«

»Ist auch richtig so. Immerhin hat diese Giada Valentina angegriffen.«

»Es war ein Unfall. Giada hat ...«

»Sie ist wach!«, rief Tadeo plötzlich.

»Wirklich?« Mella legte ihre Kastanienbeutel nieder und eilte auf ihn zu, wäre beinahe auf dem feuchten Laub ausgerutscht.

»Valentina, wie geht es dir?«

»Wo bin ich?«, flüsterte sie.

»In Sicherheit«, sagte Tadeo, der sie hielt, als wäre sie eine Feder. »Du hast eine Kopfverletzung und wir bringen dich zum Arzt.«

»Ich brauche keinen Arzt«, krächzte sie. »Schon gar nicht einen alten Lüstling wie Scarabello.«

»Keine Angst«, sagte Mella. »Es ist nicht Scarabello. Wir bringen dich zu Dottore Acribaldo nach Soracielo.«

Sie stöhnte. »Ich will selbst gehen! Lass mich runter!« Sie wand sich wie ein Wurm in Tadeos Armen.

»Kommt nicht infrage.« Tadeo marschierte trotz Valentinas Protest weiter. Mella beobachtete, wie Giada den beiden zornig nachsah. Als sie Mellas Blick auf sich bemerkte, fauchte sie sie an. »Was glotzt du so, du kleines Miststück?«

»Hör auf, Giada!«, rief Dino ihr zu und flüsterte Mella ins Ohr: »Sie ist in Tadeo verliebt und sehr eifersüchtig.«

Als sie Soracielo nach einer Weile erreichten, fühlte sich Mella so erschöpft, dass sie sich am liebsten unter die alte Eiche beim Dorfeingang gelegt hätte, um ein Nickerchen zu machen. Aber sie durfte jetzt nicht schlafen, sie musste mit Valentina zum Arzt, konnte sie auf keinen Fall mit Tadeo und den anderen allein lassen.

Soracielo war ein Dörfchen, ähnlich wie Santa Castagna. Die meisten der kleinen Steinhäuser verschmolzen geradezu miteinander. Die Kirche mit dem Glockenturm, umgeben von Kastanien- und Buchenbäumen, war nebst dem Gemeindehaus das mit Abstand größte und schönste Gebäude. Mella hatte das Gefühl, dass hier alles etwas schäbiger wirkte und die Leute ausgezehrter.

Während Dottore Acribaldo, ein älterer Herr mit freundlichem Lächeln, Valentina verarztete, warteten Mella, Dino und Tadeo draußen auf einer Bank. Franco, Bruno und Giada waren schon vor einer Weile gegangen, und Mella hatte beobachtet, wie Giada Tadeo beim Abschied etwas zuflüsterte und ihm dabei zärtlich über den Rücken strich.

Als Valentina wenig später mit einem Verband um den Kopf zu ihnen stieß und mitteilte, dass es zum Glück nur eine kleine Wunde sei, bemerkte Mella Tadeos Erleichterung. Und da war noch etwas anderes. Bewunderung?

Auch Valentinas Gesichtsausdruck, als sie Tadeo sah, sprach Bände. Ihre Züge wurden sanft, als hätte sie soeben den Duft von Rosen eingeatmet. Sie mochte ihn, das war eindeutig.

Mella spürte ein tiefes Unbehagen in sich aufsteigen. Valentina sollte sich besser nicht mit Tadeo einlassen, das würde nicht gut gehen. Aber was sollte sie schon dagegen unternehmen?

Kapitel 5

Morcote, Oktober 2023
Cara

Der Nachmittag bei ihrer Großmutter und insbesondere die Erinnerungen an Neve hatten Cara durcheinandergebracht, und sie konnte nicht verhindern, dass ihre Gedanken immer wieder zu ihrer Schwester glitten. Warum nur hatte ihre Großmutter den ganzen Kram nicht einfach entsorgt?

Sie hatte Lily nach der Sache mit dem Samthalsband nicht mehr länger in den Sachen stöbern lassen und gemeint, es sei Zeit, zum Weingut zu fahren, ihr Vater würde sie erwarten. Ihrer Großmutter war nicht entgangen, dass es sich nur um eine Ausrede handelte, doch sie schwieg. Cara hatte ihr beim Abschied gesagt, sie werde erst spät zurückkommen, da sie bereits in den Archivunterlagen stöbern wolle. Sie hoffte, dadurch Ablenkung zu finden und nicht mehr ständig an Neve denken zu müssen. Und tatsächlich spürte sie jetzt auf der Fahrt zum Weingut, wie sie sich allmählich entspannte, auch wenn sie nicht allzu große Lust auf die Begegnung mit Casimiro hatte. Aber der Anblick der Weinberge, die in der späten Nachmittagssonne leuchteten, als wären sie in Honig getaucht, beruhigte sie.

Das Weingut der Casolis lag eingebettet zwischen Olivenhainen, Zypressen, Palmen und Kastanienbäumen. Oberhalb des Anwesens erhob sich das *Castello di Morcote,* eine Ruine aus dem Hochmittelalter. Einst diente die Burg zur Überwachung des Seeverkehrs und wechselte im Laufe der Jahrhunderte oft den Besitzer. Sie wurde wiederholt belagert und erobert und gehörte zeitweise den Herzögen von Mailand. Heute konnte man sich kaum vorstellen, was sich an diesem idyllischen Fleckchen Erde einst zugetragen hatte.

Als sie den Kiesparkplatz auf dem Anwesen erreichten, wurde Cara wieder bewusst, wie schön es hier war: Das lachsfarbene Wohngebäude, ein Tessinerhaus mit Messingbalkonen, war umgeben von Zypressen und Palmen, genau wie auch das Herzstück des Weinguts, die sogenannte Weinlounge, ein altes Steinhaus, das vor vier Jahren komplett saniert wurde und den Weinkeller, Büros sowie einen Veranstaltungsraum für Events und Weinverkostungen beherbergte. Dieser lag in einem angebauten Wintergarten, dessen Fensterfront geöffnet werden konnte. Etwas abseits auf dem Gelände war die Fabrikationshalle.

Cara bemerkte einen Mann, der ein paar Weinkisten in seinen Land Rover verfrachtete. Sie erkannte die Aufschrift *Aurora* auf den Holzkisten. Ihr Lieblingswein. Dank des *Aurora* hatte das Weingut der Casolis Weltruhm erlangt. Es handelte sich um einen Merlot Ticino DOC, mit neunzig Prozent Merlottrauben und zehn Prozent Cabernet Sauvignon, der nach wie vor regelmäßig Auszeichnungen erhielt. Ein Traum aus dunklen Früchten, begleitet von einem Hauch Gewürzen, Lakritz und balsamischen Noten im Abgang.

Ab und zu brachte ihr Lily eine Flasche mit. »Ein kleiner Gruß von Papa«, sagte sie dann und verdrehte stets die Augen. »Ich kann echt nicht verstehen, wie ihr Erwachsenen so was Ekliges trinken könnt. Also ich werde mein Leben lang nie Wein trinken.«

Es war kein Wunder, dass der *Aurora* so fantastisch schmeckte – unter diesen idealen Bedingungen konnte kaum eine Rebe schlecht gedeihen. Am sonnigen Südhang der Voralpenkette gelegen, profitierte das Weingut von einem mediterranen Klima, thermischen Seewinden und einer mineralreichen Erde, die sich vor zweihundert Millionen Jahren aus rosafarbenem Porphyr, einem magmatischen Gestein, gebildet hatte.

Cara freute sich schon jetzt auf ein Glas, deshalb beschloss sie, später eine Flasche zu kaufen. Sie wusste, dass ihre Großmutter den Wein auch liebte, vielleicht konnten sie heute Abend ein Glas zusammen genießen?

Während Cara Lilys Gepäck aus dem Kofferraum lud, kam ihnen Magalie entgegen, Casimiros Mutter, und begrüßte sie und Lily mit einer innigen Umarmung und einem Schwall herzlicher Worte. Cara hatte Magalie schon immer sehr gemocht, sie war eine stets gut gelaunte Frau, die kräftig auf dem Weingut mit anpackte. Ihr graues Haar, noch immer dicht und lang, trug sie am liebsten zu einem Flechtzopf, ihre Haut war braun gebrannt, und ihre strahlend blauen Augen, die Casimiros und Lilys so ähnlich waren, funkelten voller Tatendrang. Als Cara damals schwanger wurde, hatte Magalie sich für sie eingesetzt und Casimiro gehörig die Leviten gelesen. Wegen seiner Mutter hatte er sich dazu verpflichtet gefühlt, Cara einen Heiratsantrag zu machen.

»Wo ist Papa?«, fragte Lily ihre Großmutter.

»In seinem Büro in der Weinlounge, Liebes.«

»Ich sage ihm kurz Hallo. Bis später, Nonna.« Und schon rannte sie davon.

Magalie sah ihr lächelnd nach und wandte sich an Cara. »Ich freue mich so sehr, dass ihr hier seid. Und dass du das Buch schreiben wirst … Allerdings war ich mir nicht sicher, ob du den Auftrag annimmst.«

»Eigentlich wollte ich zuerst ablehnen, muss ich gestehen. Aber Lily freut sich so sehr, zwei Wochen hier zu sein, und das mit beiden Elternteilen. Außerdem bin ich gespannt auf die Archivunterlagen.« Sie verschwieg, dass auch das Geld einen wesentlichen Einfluss auf ihre Entscheidung gehabt hatte.

Magalies Augen leuchteten. »Das kannst du auch sein. Ich habe dir bereits alle wichtigen Unterlagen rausgesucht. Casimiro hat dir sicher schon erzählt, dass wir den Fokus auf Valerio und Aurora setzen wollen, sozusagen das Glamour-Paar, das das Weingut so bekannt gemacht hat. Aber natürlich auch auf Pietro, der den Betrieb ins neue Jahrtausend geführt hat.«

Cara nickte und dachte an Pietro, Casimiros Vater, der 2014 an Krebs gestorben war und den sie sehr gemocht hatte. »Casimiro hat mir eine Liste per Mail geschickt, und ich habe bereits vorrecherchiert. Ich werde mich darauf konzentrieren.«

»Sehr gut, ich zeige dir gleich dein Arbeitszimmer. Du wirst es lieben!« Sie grinste verschmitzt, und Cara wollte bereits nachfragen, weshalb, als sie eine vertraute Stimme hörte.

»Hi, Cara.«

Cara drehte sich um. Da stand *Barbie-Fulvia,* in einer weiten beigefarbenen Hose und einem weißen Top, das einen schmalen Streifen ihres durchtrainierten Bauches freigab. Honigblondes Haar umrahmte ihr perfekt geschminktes Gesicht. Neben ihr tänzelte Amy, ihr hellbrauner Toypudel, der so knuffig aussah, dass Cara ihn am liebsten gleich geknuddelt hätte. Doch sie wusste von Lily, dass sich Amy außer von ihrem Frauchen nicht streicheln ließ und gerne mal zuschnappte.

Fulvia umarmte Cara steif, verströmte dabei einen Duft nach Kokos und Vanille. »Wie schön, dass ihr hier seid«, flötete sie. »Lily ist gerade an mir vorbeigerast. Sie wird immer hübscher. Kommt ganz nach uns Casolis.« Ihr Lächeln war so falsch und süffisant wie eh und je.

»Also ich finde, sie hat von Casimiro *und* von Cara das Beste abbekommen«, sagte Magalie und legte einen Arm um Cara. »Komm, ich zeige dir deinen Arbeitsplatz. Willst du uns begleiten, Fulvia?«

»Nein, sorry, ich bin auf dem Sprung.«

Gott sei Dank, dachte Cara.

Nachdem sie sich verabschiedet hatten, griff Cara nach Lilys Koffer. »Ich bringe den noch rasch rein.«

»Trifft sich gut, dein Arbeitsplatz ist sowieso im Haus.«

»Ich dachte, er wäre in der Weinlounge?«

»Nein, viel besser.« Sie zwinkerte.

Sie schritten zum Wohnhaus. Efeu rankte an den Wänden empor, und vor den breiten Terrassenfenstern standen Töpfe mit buschigen Oleandersträuchern, allerdings momentan ohne Blüten. Cara erinnerte sich, wie farbenprächtig diese geblüht hatten, als sie in jenem Sommer hier gearbeitet hatte. Bestimmt wuchsen im Garten nach wie vor weitere Sträucher. Dazu Hortensien, Rosen, Rhododendren und Kamelien. Der Garten war schon immer Magalies ganzer Stolz gewesen. Wenn Cara sie nicht im Gästehaus fand, wusste sie, dass sich Magalie dort aufhielt – außer an Sonntagen, wenn sie sich zum Lesen unter der mit Reben bewachsenen Pergola entspannte.

Im hinteren Teil des Gartens lag ein Swimmingpool, dahinter das Gästehaus, Magalies zweite Leidenschaft neben dem Garten. Sie führte das liebevoll renovierte Steinhaus – ein ehemaliger Stall – mit den vier Ferienwohnungen so engagiert, dass es fast immer ausgebucht war.

»Ach, Cara, bevor ich es vergesse …« Magalies Augen verdunkelten sich um eine Nuance, und sie schaute sich um, als würde sie sich vergewissern wollen, dass ihnen niemand zuhörte. »Umberto ist leider nicht gerade begeistert darüber, dass wir das Buch herausbringen. Am besten gehst du ihm, wenn möglich, aus dem Weg.«

Cara dachte an Umberto, Casimiros Onkel und den älteren Bruder von Casimiros verstorbenem Vater Pietro. Er war ihr damals, als sie auf dem Weingut gearbeitet hatte, nicht besonders sympathisch gewesen. Sie erinnerte sich, wie er damals zurück aus dem Urlaub kam und mit seinem roten Ferrari vorgefahren war, auf dem Beifahrersitz eine dunkelhaarige Schönheit im knappen Minikleid. Cara hatte gerade Wäsche aus dem Gästehaus gebracht, da rief er ihr zu, dass sie sein Gepäck ins Haus tragen solle. Etwas verdattert war sie dagestanden, und zum Glück erschien in dem Moment Magalie und sagte ihm, er könne das gefälligst selbst erledigen.

»Das ist gut zu wissen, danke, Magalie. Warum will er nicht, dass das Buch herauskommt?« Cara schien es, als sollte besonders ein Mann wie Umberto Interesse daran haben. Er hatte schon immer Wert auf Prestige und Oberflächlichkeiten gelegt.

Magalie schüttelte stirnrunzelnd den Kopf. »Ich weiß auch nicht, vielleicht ist es noch immer diese alte Geschichte. Er ist ja nicht gut auf seine Eltern zu sprechen, seit diese Pietro zum offiziellen Nachfolger des Weinguts wählten und nicht ihn. Weißt du, Umberto war schon immer eifersüchtig auf Pietro, schon als Kind. Vielleicht hat er das Gefühl, das Buch würde nur Valerio, Aurora und Pietro verherrlichen und er käme zu kurz. Dabei hat er nie wirklich zum Erfolg des Weinguts beigetragen, im Gegenteil.« Ihr Gesicht nahm einen verbitterten, harten Ausdruck an.

»Wie meinst du das?«

Magalie schien zu überlegen, dann winkte sie ab. »Egal, Umberto hat jedenfalls ziemlich erbost reagiert, als wir ihm die Idee mit dem Buch unterbreiteten. Am Ende waren wir aber in der Mehrzahl, sogar Felice hat dafür gestimmt.«

Felice, dachte Cara. Den gab es ja auch noch. Er war Umbertos Sohn, den dieser erst ziemlich spät, mit sechsundvierzig, bekommen hatte. Die Mutter war ein italienisches Mannequin und gut zwanzig Jahre jünger als Umberto. Die Ehe der beiden hatte erstaunlicherweise ganze vierzehn Jahre gehalten, dann ließen sie sich scheiden, und Felices Mutter zog wieder nach Rom, während Felice bei Umberto blieb. Felice war mit Neve, Casimiro und Fulvia zur Schule gegangen, und die vier waren eine Clique gewesen. Cara hatte ihre Mutter und Großmutter gelegentlich über Felice und Umberto reden gehört, sie sprachen über den *armen Jungen,* der es mit einem Vater wie Umberto nicht leicht hat. Cara erinnerte sich kaum noch an Felice, da er in jenem Sommer, als sie auf dem Weingut gearbeitet hatte, seine Semesterferien in England verbracht hatte. In ihrer Erinnerung war er der fünfzehnjährige schlaksige Junge mit der Zahnspange und den Pickeln.

»Er und Umberto sind gerade auf einer Weinmesse«, erklärte Magalie. »Sie kommen morgen zurück. Bestimmt kann Felice dir auch einige Informationen für das Buch geben.«

»Das wäre gut, danke.«

Cara folgte Magalie ins Haus. Das letzte Mal war sie 2014 hier gewesen, nach Pietros Beerdigung. Damals war es ein kalter Wintertag gewesen, das Haus dunkel und klamm. Jetzt aber empfing sie helles Licht und eine spürbar neue Atmosphäre. Von Lily wusste sie, dass das Haus vor vier Jahren zusammen mit den übrigen Gebäuden des Weingutes renoviert worden war: neue Fenster, Heizung, Küche, Bäder, Böden. Und offensichtlich hatte es sich gelohnt, fand Cara, die den Eingangsbereich und das Wohnzimmer dunkel und leicht modrig riechend in Erinnerung hatte. Nun war der braune Steinboden durch Eichenparkett ersetzt, ein zusätzliches Fenster ließ mehr Licht herein, und durch eine entfernte Wand waren Küche und Wohnraum direkt verbunden. Cara erkannte aber auch ein paar der alten Möbel wie die antike Stehuhr, den Wandschrank aus Nussbaumholz und den langen Holztisch wieder.

Das Parterre und der erste Stock waren Magalies Reich, in der zweiten und dritten Etage lagen jeweils eine Wohnung für Casimiro und Fulvia, die auch über eine Außentreppe zugänglich waren. Früher hatten Valerio und Aurora das oberste Stockwerk bewohnt. Umberto und Felice hingegen lebten in einem eigenen Haus am Rande des Anwesens.

»Komm, ich zeige dir deinen Arbeitsplatz«, sagte Magalie lächelnd und ging zur Treppe. »Lass Lilys Koffer ruhig hier unten, Casimiro kann ihn später hochbringen.«

Cara zögerte kurz, dann folgte sie Magalie hoch in den ersten Stock zur Bibliothek, einem Raum mit deckenhohen Regalen voller Bücher, der durch die Sonne in ein goldenes Licht getaucht wurde.

»Wir haben sämtliche relevanten Unterlagen aus dem Keller hierhergebracht, damit du einen schönen Arbeitsplatz hast.« Lächelnd wandte sich Magalie an Cara, die sich umschaute. Sie kannte den Raum noch von früher, und er entsprach dem Bild ihrer Erinnerungen. Dank einer verschiebbaren Leiter gelangte man zu sämtlichen Büchern, bequeme Ledersessel luden zum Verweilen ein. Vor dem breiten Fenster stand ein Schreibtisch, darauf einige Ordner und Schachteln, vermutlich das Archivmaterial. Dahinter der Blick auf Reben, See und Berge. Die Balkontür stand offen, und der weiße Vorhang flatterte im Wind.

»Es ist traumhaft, danke.« Hoffentlich konnte sie sich bei dieser Aussicht auf die Arbeit konzentrieren!

»Das war Casimiros Idee«, erklärte Magalie. »Du weißt, dass du auch bei uns wohnen könntest. Das Gästehaus ist zwar ausgebucht, aber hier im Haus haben wir zwei Gästezimmer auf dieser Etage. Dann hättest du sogar etwas Privatsphäre.«

»Ich weiß, danke.« Auch Casimiro hatte ihr das Angebot gemacht, als sie zugesagt hatte. Damit sie noch näher bei Lily wäre. Aber sie und Casimiro unter einem Dach? Nein danke. Zudem wollte sie wenigstens die Abende mit ihrer Großmutter verbringen, wenn sie sie schon so selten sah. Das sagte sie nun auch Magalie, die verständnisvoll nickte. Cara öffnete ihre Aktentasche und zog ein Notebook heraus, stellte es auf den Tisch.

»Ist es in Ordnung, wenn ich bereits beginne?«

»Bist du nicht müde von der Anreise?«

»Ich war es, aber jetzt nicht mehr.«

»Gut, dann lass mich einfach wissen, wenn du etwas brauchst. Und fühl dich wie zu Hause.«

Magalie erklärte Cara daraufhin das Archivsystem, nach dem sie die Unterlagen geordnet hatten. Sie und Casimiro hatten bereits ziemlich gute Vorarbeit geleistet und sämtliche relevanten Dokumente nach Jahren, Themen und Personen kategorisiert.

Magalie zeigte auf das Bücherregal. »Und hier findest du alte Fotoalben, aber auch Bücher über Wein, falls du was nachschlagen möchtest. Ansonsten helfen dir Casimiro und Felice natürlich gerne weiter.«

Nachdem Magalie sich verabschiedet hatte, trat Cara auf den Balkon und ließ den Blick über die Landschaft schweifen. Wie traumhaft schön es hier war!

Ihre Gedanken wanderten zurück zu jenem Sommertag 2009, als sie auf dem Weingut angekommen war. Damals lebte sie noch bei ihrer Mutter in Zürich, war frisch mit der Matura fertig und ohne Geld für die Sommerferien. Während ihr damaliger Freund Yannik mit seiner Familie auf Mallorca Urlaub machte, nahm Cara nach anfänglichem Zögern die Einladung ihrer Großeltern an. Die

Aussicht, den Sommer im Tessin zu verbringen, war verlockend, auch wenn es bedeutete, dass sie den Erinnerungen an Neve und den strengen Regeln ihrer Großmutter ausgesetzt wäre. So nahm sich Cara vor, den Wald zu meiden und sich den ganzen Tag am See zu sonnen und zu lesen. Doch bereits nach zwei Tagen erfuhr sie, dass Magalie Casoli dringend eine Aushilfe im Gästehaus suchte, da ihre Reinigungskraft sich das Bein gebrochen hatte. Das Geld war verlockend, und so war Cara auf das Weingut gekommen. Sie erinnerte sich gut an den Moment, als Magalie ihr das Gästehaus zeigte und sie anschließend unter der Pergola bei einer kühlen Limonade die Details besprachen. Unter den dicht bewachsenen Reben staute sich die Hitze, und der Schweiß rann ihr den Rücken hinunter. Dennoch bemühte sie sich, Magalie zuzuhören, auch wenn ihr Blick immer wieder sehnsüchtig zum glitzernden Swimmingpool wanderte. Plötzlich hörte sie eine Stimme: »Hallo, Mama, wir sind da!« Im nächsten Augenblick standen Casimiro und Fulvia auf der Terrasse, zurück aus Südfrankreich, wo sie ihre Semesterferien gestartet hatten, wie Cara später erfuhr. Sofort spürte Cara das vertraute Kribbeln im Bauch, das sie immer überkam, wenn sie Casimiro sah – ein Gefühl, das sie bei Yannik nie so intensiv erlebt hatte. Obwohl Casimiro früher, als er zu Neves Clique gehört hatte, nie Notiz von ihr genommen hatte, schienen seine Augen diesmal regelrecht an ihr zu haften. Magalie stellte Cara als neue Sommer-Aushilfe vor, und während Fulvia sie neugierig musterte, erklärte sie Casimiro: »Das ist Neves kleine Schwester, du erinnerst dich?«

Noch heute ärgerte sich Cara über ihre damalige Naivität. Casimiro und Fulvia hatten sich anfangs so freundlich gegeben, sie in ihrer Freizeit zum Baden, Shoppen und Feiern mit ihren Freunden mitgenommen. Nachdem Cara einen ersten Annäherungsversuch von Casimiro abgelehnt und erklärt hatte, dass sie bereits einen Freund habe, machte Casimiro ihr erst so richtig den Hof, umgarnte sie den ganzen Sommer über. Cara wies ihn immer wieder ab, einerseits wegen Yannik, andererseits weil sie intuitiv wusste, dass ihr Casimiro früher oder später das Herz brechen würde. Dann überredete er sie zu einer Wanderung mit Zelten in den Bergen – nur sie beide. In der Abgeschiedenheit zeigte er sich von einer völlig anderen Seite: nicht nur charmant und humorvoll, sondern auch nachdenklich und einfühlsam. Sie sprachen über Neve, und Cara vertraute ihm Dinge an, die sie nie zuvor jemandem gesagt hatte. Casimiro gestand ihr daraufhin, dass er Schuldgefühle habe, weil er Neve nicht davon hatte abhalten können, in der Dunkelheit im Wald Filmaufnahmen zu machen. Der gemeinsame Schmerz schuf eine unerwartete Nähe. Bis spät in die Nacht hinein sprachen sie über den Verlust, über Gott und die Welt, bis Casimiro sie irgendwann küsste. Diesmal ließ sie es geschehen, sie schlief mit ihm unter dem Sternenhimmel.

Am nächsten Tag, zurück auf dem Weingut, sagte sie ihm, dass sie mit Yannik Schluss machen werde – in der festen Überzeugung, dass sie und Casimiro nun ein Paar seien. Doch er winkte ab: »Das musst du nicht. Für mich war das nur eine einmalige Sache. Ich gehe eh bald wieder zurück an die Uni. Und du nach Zürich.«

Tief verletzt suchte Cara bei Fulvia Trost, doch diese reagierte bloß mit einem verärgerten »Mist, jetzt habe ich die Wette verloren« und erklärte ihr daraufhin gespielt mitleidig, dass sie und Casimiro gewettet hatten, ob er es schaffen würde, die bereits vergebene Cara ins Bett zu bekommen. Cara fühlte sich gedemütigt. Als sie wenig später erfuhr, dass sie schwanger war – die Pille hatte aus unerklärlichen Gründen versagt –, brach ihre Welt zusammen. Immerhin übernahm Casimiro, nach einem ernsten Gespräch mit seinen Eltern, Verantwortung für das Kind.

Ein Räuspern hinter sich riss Cara zurück in die Gegenwart.

Casimiro stand im Türrahmen, vierzehn Jahre älter als damals, aber noch genauso anziehend. Nach wie vor flatterte ihr Herz, sobald sie ihn sah. Kein anderer Mann hatte jemals dieses Gefühl in ihr hervorgerufen. Warum nur konnte sie nicht einfach auf einen Schalter drücken und es abschalten? Casimiro hatte sie so sehr verletzt, er hatte ihre Liebe nicht verdient. Dabei ging es ihr nicht mal nur um die Wette und den Sex, sondern um das Vertrauen, das sie ihm geschenkt und das er ausgenutzt hatte. Sie hatte ihm ihre Gefühle offenbart, ihm von Neve erzählt, und er hatte genau das verwendet, um sie herumzukriegen. Sicher, er hatte damals auch gelitten, daran zweifelte sie nicht. Und doch hatte er mit ihren Gefühlen gespielt. Der Gedanke daran traf sie nicht mehr mit derselben Wucht wie früher, aber ein bitterer Nachgeschmack blieb.

»Hey, ich wollte kurz nach dir schauen.« Er trat neben sie und legte die Hände auf die Brüstung. »Ich hoffe, der Arbeitsplatz ist in Ordnung für dich? Du kannst natürlich gern überall arbeiten, im Wohnzimmer, im Garten …«

»Danke, aber hier ist es perfekt«, sagte sie barsch.

»Ich bin dir wirklich dankbar, Cara. Niemand könnte dieses Buch so schreiben wie du.«

Cara unterdrückte eine spitze Bemerkung. Sie wollte keinen Streit mit ihm, aber seine Worte empfand sie als Farce. *Jeder* hätte dieses Buch so schreiben können, wie es ihm vorschwebte. Der einzige Grund, warum sie den Auftrag erhalten hatte, war *er*. Seit Jahren hatte sie das Gefühl, er versuche, seinen Fehler wiedergutzumachen – angefangen mit dem unbeholfenen Heiratsantrag. Selbst nach Lilys Geburt hatte er sich mehrfach bemüht, ihr näherzukommen, bis er irgendwann begriff, dass es vergebens war. Und nun dieses Buch. Ihr war klar, dass es lediglich ein weiterer Versuch war, sein schlechtes Gewissen zu erleichtern.

Sie sah ihn an. »Wenn du meinst. Ich denke, den Faktenteil

werde ich gut hinkriegen. Schwieriger wird es, Valerios und Auroras Geschichte zu schreiben. Ich kannte die beiden nicht.«

»Durch die Unterlagen wirst du sie besser kennenlernen. In den Archivdokumenten gibt es unzählige Artikel und Dokumente, ansonsten kannst du uns jederzeit fragen. Von Valerio existiert ja bereits eine Aufzeichnung seiner Biografie, die er selbst schrieb. Allerdings wirst du zu Auroras Vergangenheit nichts finden, das wurde mir schon klar, als ich ihre Beerdigungsrede verfassen musste. Wir wissen nichts über ihre Familie und aus ihrem Leben vor dem Weingut, das hat mir Vater damals auch bestätigt.« Er wirkte plötzlich bedrückt, und Cara erinnerte sich, dass ein paar Wochen vor Auroras Tod bei Pietro Prostatakrebs diagnostiziert worden war und er mit der Chemo hatte beginnen müssen. Casimiro hatte ihm deshalb zusammen mit Magalie viel Arbeit abgenommen und sich um Auroras Beerdigung und die Räumung der Wohnung gekümmert, damit Pietro sich erholen konnte. Leider verstarb er gut zwei Jahre später.

Casimiro atmete tief durch. »Und Großvater konnte ich damals nicht mehr fragen, weil er ja vor ihr starb. Aber die Vergangenheit von Aurora ist auch nicht besonders wichtig.«

Cara sah das anders. Gerade die Vergangenheit von Aurora, dieser mutigen Frau, dank derer das Weingut so bekannt geworden war, wäre interessant gewesen. Aber vielleicht fände sie ja etwas heraus.

»Wenn du Fragen hast, meldest du dich, ja? Wir sind alle gerne für dich da.«

»Mhm, danke.«

Casimiro grinste. »So leicht hast du bestimmt noch nie Geld verdient.«

Sie starrte ihn an. »Ja, da hast du wohl recht.« Sie spürte Wut in sich aufsteigen. Er verhielt sich so unbekümmert, als sei alles zwischen ihnen geklärt und als müsste sie ihm dankbar sein für diese Chance mit dem Buch. Aber so einfach würde sie es ihm nicht machen.

»Ich musste vorhin an unseren Ausflug in die Berge denken«, sagte sie und beobachtete befriedigt, wie sich sein selbstzufriedener Gesichtsausdruck veränderte.

»Aha«, erwiderte er, jetzt misstrauisch, als ahnte er, dass etwas im Argen lag. Sie hatten vor einigen Jahren schon mal darüber gesprochen, nachdem Casimiro vergeblich versucht hatte, sich bei Cara für alles zu entschuldigen. Das Gespräch hatte im Streit geendet. Tief im Inneren wusste sie, dass es falsch war, das alte Thema wieder aufzuwärmen, aber es bereitete ihr Genugtuung, ihn damit zu konfrontieren.

»Damals hast du mir gesagt, dass du dich schuldig fühlst wegen Neves Tod. Aber das war gelogen. Wie konntest du sogar davor keinen Respekt haben?«

Er schnaubte. »Ich habe nicht gelogen, das habe ich dir schon mal gesagt. Warum glaubst du mir nicht?«

»Ach komm, das ist doch offensichtlich. Du hast Neves Tod benutzt, um mein Vertrauen zu gewinnen.«

»So ein Unsinn! Ich hätte nie Neves Tod benutzt, um …« Er hielt inne und schloss die Augen.

»Um eine Wette zu gewinnen?«, ergänzte sie spöttisch.

Er hob die Hände. »Ja, ich wollte diese Wette unbedingt gewinnen, das gebe ich zu. Fulvia und ich haben in jenem Sommer ständig gewettet, und sie lag ein paar Punkte vor mir. Deshalb wollte ich dir auf der Wanderung näherkommen … Es war ein Fehler, dich in unser Spiel hineinzuziehen. Das habe ich dir schon gefühlt tausendmal gesagt, und ich habe mich mehr als einmal bei dir entschuldigt. Aber wenn es dir so viel Freude bereitet, dann sage ich es noch mal: Es tut mir aufrichtig leid! Ich war ein absoluter Vollidiot.« Er atmete tief durch und fuhr fort. »Was Neve angeht – das war nicht gelogen. Ich schwöre es. Ich habe wirklich Schuldgefühle.«

»Erzähl mir nochmals von dieser Nacht«, forderte Cara ihn auf.

»Bist du sicher?«

»Ja.«

Er zögerte kurz, dann stützte er die Hände auf der Brüstung ab. »Okay … Also, unsere Clique hatte sich damals schon ein wenig auseinandergelebt. Nicht nur wegen Neve und Fulvia, die plötzlich nur noch zu zweit herumhingen und in die Goth-Szene abdrifteten, sondern auch wegen mir. Ich war viel mit Anna-Maria unterwegs.« Er brach kurz ab, wirkte nachdenklich. Cara dachte an Casimiros damalige Freundin Anna-Maria, auf die sie so neidisch gewesen war, weil sie mit ihrem *heimlichen Schwarm* zusammen war. Dabei hätte sie selbst mit ihren erst zwölf Jahren ohnehin keine Chancen bei Casimiro gehabt.

Er fuhr fort. »Felice fand das schade und meinte, wir sollten wieder mehr Zeit zusammen verbringen. Dann kam Neve auf die Idee mit der Übernachtung im Wald. Mein erster Fehler war, dass ich Anna-Maria mitnahm. Das passte Neve und Fulvia gar nicht, und die Stimmung war sofort gereizt. Irgendwann fingen wir an zu streiten, vor allem Neve und Fulvia. Um die Lage zu beruhigen, schlug ich vor, Joints zu rauchen, die ich dabeihatte. Das war mein zweiter Fehler.« Er schüttelte den Kopf. »Wir waren total stoned. Mir war schlecht, und irgendwann weiß ich nicht mehr, was passiert ist. Als ich am nächsten Morgen aufwachte, suchten die anderen nach Neve. Fulvia erzählte irgendwas davon, dass sie Aufnahmen für ihr Schulprojekt machen und dabei die Kastanienfrau filmen wollte.« Er hielt inne, seine Stimme war brüchig. »Ich habe mir oft überlegt, dass es vielleicht anders gekommen wäre, hätte ich Anna-Maria nicht mitgenommen. Es hätte keinen Streit gegeben,

Neve wäre vermutlich bei uns geblieben. Und hätte ich nicht gekifft, hätte ich sie vielleicht davon abhalten können, so spät in der Nacht im Wald herumzulaufen.«

Cara blickte ihn an. Ungefähr dasselbe hatte er damals in den Bergen gesagt, und sie hatte ihm geglaubt. Genau wie jetzt. In seinem Gesicht lag die gleiche Schuld wie damals. Sie wusste, dass sein Schmerz echt gewesen war, aber die Wut und die Verletzung hatten sie all die Jahre dazu gebracht, sich das Gegenteil einzureden. Es war einfacher, ihn in ihren Augen negativer erscheinen zu lassen, als er tatsächlich war. Plötzlich hatte sie ein schlechtes Gewissen, weil sie alles wieder aufgewühlt hatte.

»Ich glaube nicht, dass du Neve davon hättest abhalten können. Offenbar wollte sie diesen Film unbedingt drehen, sonst hätte sie ihre Videokamera ja nicht mitgenommen.« *Diese verflixte Kamera,* dachte Cara. Neve hatte monatelang gebettelt, und schlussendlich hatte sie sie zu Weihnachten 2002 bekommen, eine Sony, mit der man die gedrehten Filme direkt auf dem Gerät anschauen konnte. Neve erhielt dafür kein Geburtstagsgeschenk im Januar und musste einen Teil ihres ersparten Taschengelds dazugeben. Danach war sie fast nur noch mit der Kamera herumgelaufen.

»Aber wir hätten sie begleiten können, wären wir nicht so zugedröhnt gewesen«, erwiderte Casimiro.

Cara hob die Schultern. »Dann trifft mich genauso viel Schuld, weil ich sie nicht verraten habe, als sie aus dem Haus schlich. Hätte ich Mama oder meine Großeltern informiert, hätten sie Neve zurückgehalten. Aber ich wollte sie nicht verpetzen, weil …« Sie brach ab, und Casimiro griff nach ihrer Hand. »Hey, du trägst auch keine Schuld.«

Cara zog die Hand weg. Dieses Gespräch erinnerte sie zu sehr an das in den Bergen damals. Déjà-vu. Aber sie war selbst schuld, sie hatte Casimiro schließlich damit konfrontiert. Ihr fiel etwas ein.

»Du hast gesagt, dass sich *vor allem* Neve und Fulvia gestritten hatten. Ich kann mich nicht daran erinnern, dass du das damals erwähnt hast. Ich dachte, ihr hättet euch alle gestritten?«

»Also hauptsächlich haben die drei Mädchen gestritten. Felice und ich wollten schlichten. Deshalb ja dann die Joints.«

»Aber du hast gesagt, *vor allem* Neve und Fulvia«, beharrte Cara.

»Ja, vor allem die beiden. Kommt ja nicht drauf an.«

»Worum ging es bei dem Streit?«

Er sah sie zweifelnd an. »Ich habe keine Ahnung mehr. Es ist schon so lange her. Und wie gesagt, mein Kopf war stark beeinträchtigt.«

Cara nickte langsam. Sie wurde das Gefühl nicht los, dass Casimiro ihr etwas verschwieg.

Kapitel 6

Santa Castagna, Oktober 1942
Mella

Zu Mellas großem Unmut waren sie und Valentina in den folgenden Tagen häufiger mit den Gagliardi-Brüdern im Wald verabredet. Valentina hatte mit Tadeo vereinbart, die Ernteplätze gerecht aufzuteilen. Mella wusste jedoch, dass Valentina nur zugestimmt hatte, weil sie Tadeo mochte – sie beide hatten ansonsten nichts davon. Als Mella versuchte, Valentina umzustimmen, wurde sie von dieser entschieden zurückgewiesen: Die Menschen aus Soracielo seien bei der Waldaufteilung benachteiligt worden, und es sei falsch, ein so antikommunistisches System zu unterstützen. Widerstrebend musste Mella sich fügen und mitziehen.

Der Ablauf war immer gleich. Zuerst sammelten sie Kastanien, dann aßen sie Mellas mitgebrachte Brote und unterhielten sich über allerlei Dinge, vor allem über den Krieg und die Politik – Themen, die Mella jedoch langweilten. Anschließend zogen sich Tadeo und Valentina für einen Spaziergang zurück, während Mella mit Dino und Franco wartete. Nach etwa einer Stunde kehrten Valentina und Tadeo zurück, mit geröteten Wangen, zerzaustem Haar und Blättern und Erde an ihren Kleidern. Es war offensichtlich, dass die beiden etwas miteinander hatten, und das missfiel Mella zutiefst. Warum musste sich ihre Schwester ausgerechnet mit einem Gagliardi einlassen? Ärger schien unausweichlich.

Mella dachte an Rinaldo, den ältesten Bruder, der ein Schmugglernetzwerk betrieb, an den inhaftierten Großvater – einen Mörder – und an den trinkenden und gewalttätigen Vater. Sie konnte nur hoffen, dass Valentinas Interesse an Tadeo bald nachlassen würde. Bis dahin blieb ihr nichts anderes übrig, als sich mit der Situation abzufinden.

Bei einem ihrer Treffen fragte sie sich, ob wohl auch Dino und Franco eine kriminelle Ader hatten, und warf verstohlen einen prüfenden Blick auf die beiden. Franco schlief gerade unter einer Kastanie und schnarchte vor sich hin. Sie mochte ihn nicht, da er sie immer Angsthase nannte. Als sie vor zwei Tagen wegen eines Eichhörnchens erschrak, hatte er laut gelacht. Aber gefährlich war er nicht, wenn man davon absah, dass er sie damals am Fluss bedroht hatte.

Dann war da noch Dino. Auch er wirkte harmlos mit seinem Zeichenblock, den er immer dabeihatte wie heute. Konzentriert strichelte er herum, sah dabei aus, als befände er sich in einer anderen Welt. Mella nahm ebenfalls ihr Notizheft heraus und feilte an ihrem Kuchenrezept. Bald würde das Kastanienfest stattfinden, und sie hatte noch immer keine Idee für ein außergewöhnliches Rezept. Schokolade würde sie vermutlich nicht bekommen, Valentina hatte ihr kürzlich gesagt, dass momentan niemand im Dorf an welche rankäme. Vielleicht könnte sie Mandeln, Wildkirschen oder Rosinen verwenden? Nur würde sich ihr Kuchen damit nicht von den anderen abheben.

»Was machst du?«, fragte Dino.

Mellas Kopf schoss hoch, sie legte sich ihre Worte zurecht. »Ich überlege, wie ich meinen Kastanienkuchen noch besser machen könnte, damit ich den Backwettbewerb beim Kastanienfest gewinne. Der erste Preis ist ein Rezeptbuch. Darin kann ich dann all meine Gerichte notieren.«

»Klingt toll. Du wirst sicher gewinnen.«

»Ich weiß nicht. Die Konkurrenz ist groß, deshalb brauche ich ein spezielles Rezept. Ich habe überlegt, das Eiweiß zu Schnee zu schlagen, damit der Kuchen fluffiger wird. Und ich mache aus den Kastanien zuerst Püree, damit er noch saftiger wird. Aber ein paar feste Stückchen würde ich trotzdem hinzugeben, für den Biss. Leider fehlt mir noch eine besondere Zutat wie Schokolade, damit sich mein Kuchen von den anderen abhebt. Mit Schokolade könnte ich eine Glasur machen oder ...« Mella hielt inne. »Oh, entschuldige, das ist sicher langweilig für dich.«

»Nein, ich finde es interessant.« Dino beäugte sie aufmerksam, kniff dabei wie üblich die Augen leicht zusammen. »Backen ist deine große Leidenschaft, hm?«

»Ja, Backen und Kochen. In diesem Bereich bin sogar ich mutig.«

»In anderen nicht?«

»Nicht so wie Valentina.« Mella schlug ihr Heft zu.

»Dafür hat sich Valentina eine Wunde am Kopf geholt.«

»Ja, aber sie hat zusammen mit Tadeo Flüchtlinge über die Grenze gebracht. So was könnte ich nie! Ich springe ja nicht mal von drei Metern Höhe in den Fluss. Hast du selbst erlebt.«

Dino sprang auf, verstaute seinen Zeichenblock im Rucksack und griff nach ihrer Hand. »Das lässt sich ändern, komm!«

»Was? Nein!«

»Willst du nun mutiger werden oder nicht?«

»Schon, aber es ist kalt.« Das stimmte nicht, es war ein außergewöhnlich milder Herbsttag.

»Du kannst dich ja danach sonnen.«

Sie gab sich geschlagen, weil sie vor Dino nicht als Weichei dastehen wollte. »Also gut … Was ist mit ihm?« Sie zeigte auf Franco, der tief und fest schlief. Ein Wunder, dass die Bäume um ihn herum noch standen, mit seinem lauten Schnarchen klang er wie eine Säge.

Dino grinste. »Den lassen wir hier.«

Wenig später standen sie in Unterwäsche an derselben Stelle beim Felsen, wo Franco Mella damals hingetrieben hatte. Es hatte Mella einiges an Überwindung gekostet, sich bis auf den Unterrock auszuziehen, allerdings badete sie im Sommer ja auch im Unterkleid zusammen mit den Knaben aus dem Dorf. Und bei ihr gab es sowieso noch nichts zu sehen. Befriedigt stellte sie fest, dass auch Dino blass und schmächtig war.

Sie starrte runter in das Flussbecken, in das der Wasserfall sprudelte. Es glitzerte in einem tiefen, klaren Türkisblau.

»Ich kann nicht!«, sagte sie.

»Wovor hast du Angst? Du kannst doch schwimmen, und es ist nicht hoch, hat keine Steine im Wasser. Tadeo, Franco und ich springen im Sommer übrigens ständig. Und wir leben noch.«

»Im Sommer! Aber es ist Herbst. Ich könnte mich erkälten.«

»Heute ist es so warm, und wie gesagt, du kannst dich danach in die Sonne setzen auf den großen Stein dort drüben, dann trocknest du schnell.« Er zeigte auf das andere Ufer zu einem flachen Stein, auf dem gerade ein Vogel umherhüpfte.

Mella schüttelte den Kopf.

»Kennst du das Geheimnis von mutigen Menschen, Mella?«

»Nein, aber du wirst es mir sicher gleich verraten.«

»Sie denken nicht zu viel nach. Und vor allem nicht an mögliche Konsequenzen. Sie tun es einfach.«

»Einfacher gesagt als getan.«

»Okay, dann lass uns zusammen springen. Hand in Hand? Was meinst du? Und wenn du es schaffst, dann schenke ich dir Schokolade für deinen Kastanienkuchen. Damit du den Wettbewerb gewinnst.«

»Schokolade? Wie willst du die bekommen?« *Etwa stehlen?*, hätte sie beinahe hinzugefügt.

»Das siehst du dann. Also, springen wir?«

»Na gut. Und wehe, das mit der Schokolade ist nur ein Trick!«

Er griff grinsend nach ihrer Hand, und Mellas Herz schlug laut gegen ihre Brust. »Also, auf drei … Eins, zwei … drei.«

Sie sprangen. Im nächsten Moment waren sie im Wasser. Es war eiskalt, und als Mella wieder auftauchte, spürte sie den Schock der Kälte in ihren Gliedern. Sie sah Dino, der lachend neben ihr an die Oberfläche kam, und spritzte ihm Wasser ins Gesicht.

»Es ist eiskalt! Ich hole mir bestimmt den Tod.« Schnell schwamm sie ans Ufer und kletterte auf einen Felsen, um sich in der Sonne aufzuwärmen.

Dino folgte ihr, noch immer lachend. »Und, wie fühlst du dich?«

Mella blinzelte ihn an. »Einfach großartig! Und, wann bekomme ich die Schokolade?«

Das Kastanienfest war in vollem Gange. Menschen aus allen umliegenden Dörfern und sogar aus der Stadt Verbania waren nach Santa Castagna gekommen, um die zahlreichen Kastanienköstlichkeiten zu genießen, Spiele zu spielen, zu tanzen und den Krieg für einen Tag zu vergessen. Der Himmel strahlte in einem leuchtenden Kobaltblau, und die Sonne tauchte die bunten Laubbäume in warmes Licht. Eine wahre Farbexplosion aus Moosgrün, Rostbraun, Orange und Gelb.

Mella, die ihren Kastanienkuchen für den Wettbewerb eingereicht hatte, blickte gespannt zur dreiköpfigen Jury hinüber. Vor dem mit Kastanienblättern und Blumen geschmückten Stand probierten sie gerade den letzten Kuchen des Wettbewerbs – ihren.

Sie schwitzte. Aber nicht nur vor Aufregung, sondern auch, weil die Sonne geradewegs auf ihren Kopf herunterbrannte. Nur vereinzelt wirbelte ein Lüftchen ein paar Blätter umher.

»Was denkst du?«, fragte sie Dino. »Mögen sie ihn oder nicht?«

»Schwierig zu sagen. Sie verziehen zumindest nicht das Gesicht.«

»Aber sie lächeln auch nicht.«

»Das machen sie mit Absicht. Keine Angst, ich bin überzeugt, dass du gewinnen wirst. Dein Kuchen sah mit Abstand am schönsten aus!«

Mella seufzte. Ja, das tat er mit seinen Buttercremehäubchen auf der glänzenden Schokoladenglasur. Aber ob er auch schmeckte? Sie hatte ihn nur einmal vorab gebacken, obwohl sie es am liebsten zehnmal getan hätte, aber sie konnte die Lebensmittel nicht unnötig verschwenden.

Dino hatte Wort gehalten und ihr nicht nur Schokolade gebracht, aus der sie die Glasur gezaubert hatte, sondern auch ein bisschen Vanille! Sie hatte noch nie in ihrem Leben Vanille verwendet, nur davon gehört. Das Gewürz war ein Luxusgut und stammte aus fernen Ländern. Es war kaum erhältlich, und schon gar nicht während des Krieges. Dass Dino es hatte beschaffen können, wenn auch nur wenig, bestätigte Mellas Verdacht, dass er die Ware von seinem gut vernetzten Schmuggelbruder Rinaldo bekommen hatte.

Die Jury erklärte, dass sie sich zur Beratung zurückziehen würde. Die Bäckersfrau, der Wirt aus der kleinen Pension und die Sponsorin, Romana Musso – die Frau von Bürgermeister Musso. Vor ihrem Urteil fürchtete sie sich am meisten.

Romana Musso stammte aus einer reichen Familie aus Verbania, und mit ihrem goldfarbenen Haar erinnerte sie Mella an eine Prinzessin aus dem Märchenbuch. Doch auf ihrem Gesicht lag stets ein verbitterter Ausdruck. Es wurde gemunkelt, dass Romana sehr darunter litt, noch keinen Sohn zur Welt gebracht zu haben, nur zwei Töchter. Offenbar wollte der Bürgermeister aber unbedingt einen Stammhalter.

Mella empfand kein Mitleid, weil ihr Romana Musso höchst unsympathisch war. Sie hatte sie vor ein paar Wochen auf der Poststelle gesehen. Romana Musso hatte getobt, weil kein Päckchen aus der Stadt angekommen war, auf das ihr Mann angeblich seit Wochen wartete. Sie hatte den armen Postbeamten beschimpft und ihm die Schuld gegeben. Dann war sie hinausgestürmt, wobei sie Mella in die Seite stieß. »Was stehst du da im Weg, du dumme Göre?«, hatte sie gezischt.

»Ich … Bitte entschuldigen Sie, Frau Bürgermeister.«

Angewidert starrte sie Mella an. »Wie schmutzig du bist! Wäschst du dich gar nicht?«

»Ich … doch … aber ich komme direkt von der Ernte und …«

Weiter brauchte Mella gar nicht zu sprechen, da Romana Musso die Augen verdrehte, ihren Rock raffte und wegrauschte.

Die Begegnung und weitere Aussagen von Dorfbewohnern, die ähnliche Erfahrungen mit der Frau des Bürgermeisters gemacht hatten, untermauerten Mellas Meinung.

Immerhin musste sie heute nicht um eine Bemerkung wegen ihres Aussehens fürchten, sie hatte sich mit Valentinas Hilfe hübsch gemacht, trug das hellrosa Sonntagskleid mit dem weißen Bubikragen. Valentina hatte ihr das Haar zu zwei Zöpfen geflochten und am Hinterkopf mit einer rosafarbenen Schleife zusammengebunden. Und sie hatte ihr, bevor sie das Haus verlassen hatte, ein wenig Lippenstift aufgetragen.

»Du bist wunderhübsch, mein kleines Kastanienmädchen. Genau wie dein Kuchen«, sagte Valentina zu ihr. »Du wirst garantiert gewinnen. Ich übrigens auch.« Dann war sie zwinkernd mit einem Haufen anderer Mädchen im Gemeindehaus verschwunden, um sich für den Wettbewerb zur Kastanienprinzessin bereit zu machen.

Mella atmete tief durch. Hätte sie doch auch so viel Selbstbewusstsein wie Valentina.

Dino, der ihre Aufregung spürte, verwickelte sie in ein Gespräch, und sie war dankbar, dass sie mit ihm einen so guten Freund gefunden hatte. Seit ihrem gemeinsamen Sprung in den Fluss sah sie einen Vertrauten in ihm.

Nach einer halben Stunde kehrte die Jury zurück, und Dino griff nach Mellas Hand. Ihr Herz schlug ihr bis zum Hals, und als Romana Musso ihren Namen verkündete, meinte sie, sich verhört zu haben. »Das bist du!«, rief Dino, und sie starrte ihn sprachlos an.

»Ich habe tatsächlich gewonnen?«

Erst als ihr Romana Musso persönlich den Preis überreichte, das hellblaue Rezeptbuch, realisierte sie, dass sie nicht nur geträumt hatte. Überglücklich fiel sie Dino in die Arme, und sie blätterten durch das noch leere Buch. »Ich werde alle meine bestehenden Rezepte eintragen, und die neuen natürlich auch.«

Dinos Augen leuchteten. »Wenn du möchtest, könnte ich dir Zeichnungen zu den Gerichten machen. Ein passendes Bild, zum Beispiel von den Zutaten? Kastanien, Äpfel, Mais, Nüsse … oder auch vom Wald und den Tieren.«

Mella blickte ihn unverwandt an. Das würde bedeuten, noch mehr Zeit mit Dino zu verbringen. Die Vorstellung gefiel ihr. Dino schien ihr Schweigen als Ablehnung zu deuten. Eine leichte Röte überzog seine sommersprossigen Wangen. »Aber wenn du nicht willst … Ich dachte nur, es würde dein Buch vielleicht verschönern.«

»Ja, ja! Du hast recht. Und ich würde mich sehr freuen, wenn du Zeichnungen machen würdest.«

Er grinste. »Schön.«

Kurz darauf sahen sie sich die Handwerks- und Essensstände an, als Tadeo zu ihnen stieß, mit missgelaunter Miene, die Hände in den Hosentaschen vergraben.

»Wo ist Valentina?«, fragte er.

»Sie macht bei der Wahl zur Kastanienprinzessin mit. Hat sie dir gar nichts davon erzählt?« Mella, die Tadeo noch immer nicht mochte, bereitete es insgeheim Genugtuung, ihm Valentinas Wahlteilnahme auf die Nase zu binden. Sie wusste von Valentina, dass Tadeo ihr verboten hatte, mitzumachen. Als würde sich ihre Schwester etwas verbieten lassen!

Seine Augen verdunkelten sich. »Doch, aber ich wollte das nicht. Sie macht also wirklich mit?«

»Ja. Warum auch nicht? Sie hat gute Chancen.«

»Mhm. Ich dachte halt, dass sie kein typisches Weibsbild ist, das sich um solchen Kram schert.«

Da musste Mella ihm recht geben. Und tatsächlich hatte sich Valentina nur angemeldet, um das Preisgeld, zweihundert Lira, zu gewinnen. Aber das behielt sie für sich.

Um Punkt siebzehn Uhr begann die Wahl zur Kastanienprinzessin, und als Valentina in einem wunderschönen roten Kleid erschien, mit Lippenstift und hochgestecktem Haar, blieb allen die Luft weg, bis schließlich erste Pfiffe und Rufe der Bewunderung erklangen. Mella hörte, wie Tadeo neben ihr tief durchatmete.

Es erstaunte sie nicht, als Valentina kurz darauf gekürt wurde, eine Krone, eine Schleppe und einen Blumenstrauß erhielt und zusammen mit Bürgermeister Musso auf dem geschmückten Umzugswagen durch das Dorf fahren durfte. Sie winkte den jubelnden Menschen zu und warf Kusshände.

»Ihr Glücksschwestern! Jetzt habt ihr heute beide gewonnen«, sagte Dino und schob sich eine geröstete Kastanie in den Mund.

»Ja, ist das nicht großartig? Ach, ich bin so glücklich und freue mich für Valentina.«

Tadeo, der seit der Krönung ungewöhnlich still gewesen war, stellte sich nun vor Mella, das Gesicht vor Wut verzerrt. »Deine Schwester hat nur gewonnen, weil sie mit dem Bürgermeister schläft.«

Sie starrte ihn sprachlos an, es war schließlich Dino, der das Wort ergriff. »Was erzählst du da für einen Mist?«

»Das ist kein Mist. Sie ist eindeutig eine Hure. Schau doch, wie sie sich aufgebrezelt hat.«

Mella fauchte ihn an. »Wie kannst du nur so über meine Schwester reden!«

»Beruhig dich, Kleine.« Er schob die Hände wieder in die Hosentaschen und schlenderte davon, Mella sah ihm nach.

»Dein Bruder ist unmöglich!«

»Ich glaube, dass er deine Schwester eigentlich mag.«

»Ja, das denke ich auch. Sie schleichen im Wald ja immer zusammen weg!« Sie erstarrte und schlug sich die Hand vor den Mund. Dieses Thema vor Dino anzusprechen war ihr peinlich. Was würde er nur von ihr denken?

Aber er lachte bloß. »Tadeo ist ein Frauenheld, er könnte jedes Mädchen im Dorf haben. Doch ich habe in den vergangenen Jahren festgestellt, dass er zu denen, die er wirklich mag, nicht nett ist. Ich glaube, er schützt sich dadurch.«

Dinos Erklärung ergab für Mella keinen Sinn, und sie fragte sich, ob es der Frauenheld Tadeo ernst meinte mit Valentina. Ihr fiel das Mädchen mit den himmelblauen Augen und dem blonden

Haar wieder ein, Giada. Ihre eifersüchtige Reaktion, und wie sie Tadeo berührt hatte. Offenbar eine weitere Frau in Tadeos Leben. Ob Tadeo ihre Schwester nur ausnutzte?

Es gelang ihr nicht mehr, ihre Gedanken weiterzuverfolgen, denn Dino griff nach ihrer Hand. »Komm, die Kastanienspiele finden gleich statt.«

So viel Spaß wie bei den Kastanienspielen hatte Mella schon lange nicht mehr gehabt. Beim Kastanienlauf klemmte sich jedes Kind eine Kastanie zwischen die Knie und hüpfte damit zu einem Korb, der etwa zehn Meter entfernt im Ziel stand. Nachdem die Frucht abgeliefert worden war, musste man so schnell wie möglich zum Startpunkt zurückrennen, um die nächste zu holen. Mella war zwar beim Hüpfen zu langsam, hatte aber beim anschließenden Kastanienwerfen mehr Glück – ganz im Gegensatz zu Dino, der zwar den Lauf gewann, beim Werfen jedoch einer der Schlechtesten war.

Hier und da bemerkte Mella abschätzige Seitenblicke und leises Getuschel, vermutlich, weil sie mit Dino zusammen war, aber sie ignorierte es. Doch später am Abend, als Dino die leeren Obstsaftgläser zum Stand zurückbrachte, packte Marina sie plötzlich am Arm und zog sie zur Seite. »Einen Gagliardi-Jungen? Du weißt schon, dass die einen furchtbaren Ruf haben und …« Ein Räuspern ließ die alte Frau innehalten und erstarren. Sie und Mella drehten sich gleichzeitig um. Da stand Dino mit einem amüsierten Funkeln in den Augen. »Bitte entschuldigen Sie, Signora, aber ich verspreche hoch und heilig, heute ausnahmsweise kein Verbrechen zu begehen. Es sei denn, Tanzen gilt als eines?« Mit einem Zwinkern wandte er sich an Mella.

»Darf ich bitten?«

Mella musste ein Grinsen unterdrücken, bevor sie nach seiner Hand griff. »Sehr gerne.« Ihr Herz machte unerwartet einen kleinen Sprung bei dieser Berührung, und Wärme breitete sich in ihr aus. Während sie mit Dino zur Bühne eilte, spürte sie Marinas empörten Blick förmlich in ihrem Rücken brennen. Doch das kümmerte sie nicht. Auf der Bühne wirbelten sie im Rhythmus der heiteren Handorgelmusik umher, und Mella fühlte sich so lebendig und glücklich wie noch nie. Ob das an Dino lag? Sie war sich nicht sicher, aber der Gedanke ließ sie noch ein wenig breiter lächeln.

In der Menge entdeckte sie Valentina, die gut gelaunt über die Tanzfläche schwebte, umringt von Bürgermeister Musso und einer ganzen Schar Männer. Sie winkte Mella zu, bevor sie sich wieder in den Takt stürzte.

Die Zeit verging wie im Flug. Erst als die Musik langsamer wurde, meinte Dino mit einem bedauernden Lächeln:

»Ich sollte langsam los. Der Weg nach Soracielo dauert über eine Stunde.«

»Ich gehe auch nach Hause.« Mella gähnte. »Ich gebe noch Valentina Bescheid. Wir haben vereinbart, zusammen heimzugehen.« Auch wenn der Rückweg nur etwa zehn Minuten dauerte, so wussten die Mädchen, dass man zu zweit sicherer war. In den vergangenen Jahren war es schon vorgekommen, dass Frauen nach dem Fest von betrunkenen Männern belästigt worden waren.

Mella schaute sich um, konnte Valentina aber auf der Tanzfläche nicht mehr entdecken.

»Komm, ich helfe dir, sie zu suchen«, meinte Dino.

Doch Valentina blieb unauffindbar, war weder bei den Ständen noch an den Tischen und auch nicht im Wirtshaus. Verzweifelt fragte Mella Rosanna, ein schwarzhaariges Mädchen in einem grünen Kleid, das auch an der Wahl teilgenommen hatte. Rosanna verzog spöttisch den Mund. »Keine Ahnung, wo das feine Prinzesschen ist«, lallte sie. »Vielleicht in einem Gebüsch?«

»Warum sollte sie in einem Gebüsch sein?«, fragte Mella, und

Dino griff nach ihrer Hand, zog sie mit sich. »Blöde Kuh!«, rief er Rosanna hinterher.

»Was …? Oh …« Erst jetzt wurde ihr bewusst, was Rosanna gemeint hatte. »Sie war schon immer neidisch auf Valentina!«, erklärte sie Dino und folgte ihm über die Wiese zu einer Pergola, von der fröhliches Gelächter drang. Dort saß eine Gruppe älterer Männer, die Rotwein tranken und rauchten.

»Wo ist sie nur?« Mella blickte sich verzweifelt um.

»Vielleicht ist sie doch ohne dich nach Hause gegangen?«

»Das kann ich mir nicht vorstellen. Sie selbst hat mir eingeschärft, ich dürfe auf keinen Fall allein gehen.«

Dino schien nachzudenken, da stieß Loretta zu ihnen, Valentinas Freundin. Sie hatte ebenfalls bei der Wahl mitgemacht.

»Mella, ich habe mitbekommen, dass du nach Valentina suchst.«

»Weißt du, wo sie sein könnte?«

»Sie hat vor etwa einer halben Stunde die Tanzfläche zusammen mit dem Bürgermeister verlassen. Sie sind in Richtung Gemeindehaus gegangen.«

Mella und Dino schlugen den Weg zum Gemeindehaus ein, und da kam ihnen auch schon Valentina wie eine Furie entgegen, hocherhobenen Hauptes. Ihr Haar war zerzaust, der Lippenstift verschmiert.

»Valentina! Was ist passiert?«

»Bürgermeister Musso! Dieser Lustmolch! Hat tatsächlich gedacht, ich würde …« Sie stoppte und winkte ab. »Egal, ich habe ihm klar gesagt, was ich von ihm halte.« Sie schritt weiter, Mella und Dino folgten ihr. »Warum bist du mit ihm mitgegangen?«

»Warum wohl? Weil er mir noch mein Preisgeld schuldig war. Er sagte mir, er werde es mir im Gemeindehaus übergeben, doch dann fing er an, mich anzufassen, und hat versucht, mich zu küssen. Er war betrunken und wollte einfach nicht aufhören. Ich stieß ihn weg, da sagte er, er könne mir noch mehr Geld geben, wenn ich …« Sie verstummte. »Ach, ich will es gar nicht aussprechen, so widerlich ist das. Aber nicht mit mir! Ich habe ihm eine Ohrfeige verpasst und ihm klar gesagt, dass ich dafür nicht zu haben bin.« Sie wandte sich an Dino, und in ihren Augen keimte Hoffnung auf. »Ist Tadeo auch hier?«

»Nein, wir haben ihn seit der Wahl nicht mehr gesehen.«

Valentina nickte schweigend, und Mella fiel ihre Enttäuschung auf. Auch Dino schien dies zu spüren, und er versuchte, Valentina aufzumuntern, indem er ihr zu ihrem Sieg gratulierte und sie fragte, wie sie sich als frisch gebackene Kastanienprinzessin fühle.

Während Valentina mit ihm plauderte, warf Mella nochmals einen Blick zurück zum Gemeindehaus und zuckte zusammen. Am beleuchteten Fenster stand Bürgermeister Musso, der finster zu ihnen starrte.

Kapitel 7

Morcote, Oktober 2023
Cara

Nachdem Cara passende Musik ausgesucht hatte – sie entschied sich für eine Playlist von Jacobs Piano mit klassischer Klaviermusik –, nahm sie sich vor, die Unterlagen durchzuschauen und zu sortieren, was ihr durch Magalies und Casimiros Vorarbeit leichtfiel. Sie hatte bereits zu Hause zur Geschichte des Weinguts recherchiert und einen groben Handlungsablauf geschrieben, den sie durch die Sichtung der Unterlagen nach und nach ergänzen würde. So ging sie auch bei ihren Romanen vor. Es handelte sich um die sogenannte Schneeflockenmethode, die Caras Ansicht nach perfekt geeignet war, um Lücken zu schließen zwischen der ersten Idee und dem fertigen Buch. Anfangs fasste man die Geschichte in einem Satz zusammen, und nach und nach wurden weitere Sätze hinzugefügt. Auch wenn sie hier keinen Roman schrieb, würde ihre Methode auch dieses Mal funktionieren, davon war sie überzeugt.

In Absprache mit Casimiro hatte sie das Jubiläumsbuch in verschiedene Kapitel gegliedert: die Geschichte des Weinguts inklusive Gründung, wichtige Meilensteine und Entwicklungen; die Familiengeschichte mit Informationen über die Casolis, hauptsächlich Valerio und Aurora; die Weinproduktion von der Herstellung über Traubensorten bis hin zu Anbaupraktiken; regionale Besonderheiten der Weinregion, des Terroirs und des Klimas; Traditionen und Innovationen; besondere Jahrgänge; Auszeichnungen und Anerkennungen; Kunden und Märkte; Zukunftsausblick über die Visionen und Pläne; Bilder und Dokumente mit historischen Fotos, alten Etiketten, Dokumenten.

Cara las ihre Skizzen, die sie sich zu den ersten beiden Kapiteln gemacht hatte, nochmals durch, um in die Geschichte des Weinguts einzutauchen.

Die Burgruine, 2. Jahrhundert vor Christus bis 1900

Die über Morcote gelegene Burgruine zeugt von einer bewegten Geschichte. Ursprünglich wurde die Burg von den Römern als Wachturm errichtet und später zu einer Festung ausgebaut. Verschiedene Burgherren kämpften um sie, verteidigten und bewachten sie, bis sie schließlich von den Franzosen erobert und später von Schweizer Eidgenossen geplündert wurde. Im Jahr 1517 gelangte sie in den Besitz der Familie Paleari, die sich in den folgenden vier Jahrhunderten der Landwirtschaft und dem Weinbau widmete. Anfang des zwanzigsten Jahrhunderts begann der Ingenieur Giuseppe Paleari – Nachkomme des letzten Burgherrn des Castellos und eine der treibenden Kräfte bei der Verbreitung der Rebsorte Merlot im Tessin –, auf den steilen und schmalen Rebterrassen rund um die Burg mit aus Frankreich importierten Rebsorten wie Merlot und Pinot herumzuexperimentieren. Dadurch entstanden die ersten Flaschen mit dem Namen *Castello di Morcote.*

Ein junges Ehepaar namens Oreste und Hildegard Casoli verliebte sich bei einem Besuch nicht nur in Morcote, sondern auch in die Burg und den guten Wein. Sie beschlossen, ein Weingut zu gründen.

Oreste und Hildegard Casoli, 1924–1950

Oreste Casoli stammte ursprünglich aus einer angesehenen mailändischen Bankiersfamilie. Nach dem Tod seines Vaters erbte er ein beträchtliches Vermögen. Vom Bankgeschäft wollte er nichts wissen und überließ es seinem Bruder, studierte stattdessen Ingenieurwesen. Eine Arbeitsstelle führte ihn nach dem Ersten Weltkrieg nach Indien, wo er seine zukünftige Frau Hildegard Klauser kennenlernte, Tochter eines Schweizer Kaufmanns, der mit Tee- und Kaffeehandel reich geworden war. Sie heirateten und bekamen einen Sohn namens Valerio. Hildegard wollte, dass ihr Sohn in der Schweiz aufwuchs, und so zog die Familie in Hildegards Heimatort Basel. Doch bald begannen sie, das milde Klima zu vermissen. Während eines Besuchs bei Hildegards Großtante in Lugano verliebten sie sich in die Region, insbesondere in Morcote. Eine alte Burgruine und ein guter Rotwein hatten es ihnen besonders angetan, und so erwarben sie ein Anwesen von insgesamt hundertsiebzig Hektar und gründeten einen landwirtschaftlichen Betrieb. Es sollten noch ein paar Jahre vergehen, bis Oreste den Paleari-Brüdern auch die Ruinen der Burg und deren Umland abkaufte, 1940, dank des unermesslichen Erbes von Hildegard, die das Unternehmen ihres verstorbenen Vaters verkauft hatte.

Oreste plante die Restaurierung der Burg, aber ein Schlaganfall setzte seinem Leben ein jähes Ende. Ein Jahr später starb auch Hildegard, ihr ohnehin schwaches Herz verkraftete den Verlust nicht. Es war ihr Sohn Valerio, der sich fortan der Aufgabe seines Vaters widmete und unter der fachkundigen Leitung von Giuseppe Paleari Merlot anbauen ließ.

Valerio und Aurora Casoli, 1950 – 1980

In den Fünfzigerjahren entwickelte Valerio den Rotwein *Aurora*, und dank Auroras Geschick wurde dieser weltbekannt. Aurora traf 1949 anlässlich des Filmfestivals in Locarno auf die Filmlegende Hanna Miller, eine Deutschschweizerin, die es nach Hollywood geschafft hatte und deren Film *Unvollendet* auf dem Festival gezeigt wurde. Aurora ging auf Hanna zu und bot ihr das Weingut als Drehort für eine Szene in ihrem nächsten Film an. Niemand jedoch hätte geahnt, dass Hanna, die 1950 für *Unvollendet* ihren ersten Oscar erhielt, die Produzenten tatsächlich überzeugen würde, ein Drehbuch schreiben zu lassen, das unter anderem in der Schweiz in Morcote spielte.

So entstand der Film *Aurora, eine Diebin mit Herz* und mit ihm die weltberühmte Filmszene zwischen Hanna Miller und ihrem männlichen Co-Star Archie Harper auf *Tenuta Casoli*, perfekt in Szene gesetzt: der Rotwein *Aurora*.

Es war kein Wunder, dass das Weingut nach der Ausstrahlung des Films Bestellungen aus der ganzen Welt erhielt und der *Aurora*, nicht nur dank Hanna Miller, sondern auch wegen seines guten Geschmacks, zu einem der bekanntesten Weine wurde. Bis heute wird der Wein mit Auszeichnungen gekürt, auch nachdem der alte Weinberg, der für den modernen Weinbau nicht mehr als geeignet galt, in den Siebzigerjahren weitgehend gerodet wurde und in den späten Achtzigerjahren ein neuer Weinberg mit Merlot, etwas Cabernet Franc, Cabernet Sauvignon und später Chardonnay neu bepflanzt wurde. Der *Aurora* blieb der Klassiker.

Umberto, Pietro und Magalie Casoli, 1980 – 2014

Valerio hatte nebst dem Wein eine zweite Leidenschaft: die Imkerei. Er führte sie in den Achtzigerjahren ein, später noch einen Olivenhain, aus dem natives Olivenöl hergestellt wurde. Valerio und Aurora hatten zwei Söhne, Umberto und Nesthäkchen Pietro. Um sich mehr um die Imkerei kümmern zu können, übertrug Valerio das Weingut Anfang der Zweitausenderjahre seinem jüngeren Sohn Pietro. Umberto übernahm die Olivenölherstellung.

2001 gründete Magalie ein Gästehaus mit Ferienwohnungen.

Felice, Casimiro und Fulvia Casoli, 2014 – heute

2014 verstarb Pietro an einer Krebserkrankung, sein Sohn Casimiro übernahm die Leitung zusammen mit seinem Cousin Felice – Umbertos Sohn –, einem gelernten Önologen. Casimiros Zwillingsschwester Fulvia wurde zur Marketing- und Eventchefin.

2015 begann die Umstellung des Weinbergs auf die biologische Landwirtschaft. Es wurde entschieden, auf chemische Produkte und synthetische Düngemittel zu verzichten. 2018 erhielt der Betrieb die staatliche Bio-Zertifizierung.

Cara starrte auf ihr Notebook. Vor ihr lagen die wichtigsten Fakten, auf denen sie ihr Buch aufbauen wollte. Sie fragte sich erneut, was Umberto getan hatte, um nicht die Leitung des Weinguts zu bekommen und stattdessen mit der Olivenölherstellung vorliebnehmen zu müssen – immerhin war er der erstgeborene Sohn. Sie nahm sich vor, ein Kapitel über die Olivenölherstellung zu schreiben und Umberto dazu persönlich zu befragen, auch wenn Magalie ihr nahegelegt hatte, ihn zu meiden.

Wie von Casimiro verlangt, würde sie den Schwerpunkt auf Valerio und Aurora legen. Aurora – diese Frau faszinierte sie. Sie hatte nicht nur ihren Mann dazu inspiriert, einen Wein nach ihr zu benennen, sondern auch den Mut aufgebracht, eine Filmschauspielerin anzusprechen und sie davon zu überzeugen, einen Film auf dem eigenen Weingut zu drehen. Und als Krönung trug die Hauptfigur im Film sogar ihren Namen.

Plötzlich wurde Cara bewusst, dass sich die wichtigsten Fakten, die sie zusammengetragen hatte, ausschließlich um die Familie der Casolis drehten – Valerios Vorfahren. Von Auroras Herkunft hatte sie nichts einfließen lassen, weil sie schlichtweg nichts wusste. Casimiro hatte erwähnt, dass über Auroras Vergangenheit und ihre Familie nichts bekannt sei, selbst bei der Vorbereitung für die Beerdigungsrede habe er nichts gefunden. Vielleicht hatte er einfach nicht gründlich genug gesucht. Cara war zuversichtlich, dass sie auf etwas stoßen würde.

In den kommenden Stunden schaute sie die ersten Archivboxen und Ordner durch und legte alle Unterlagen auf verschiedene, nach ihren Kapiteln eingeteilte Stapel, von denen sie dachte, sie für das Buch verwenden zu können. Sie fand einen Ordner voller Zeitungs- und Zeitschriftenartikel über das Weingut, dabei sprang ihr ein Bericht mit der Überschrift *Ein Weingut mit Herz* – eindeutig eine Anspielung auf den Hollywoodfilm – wegen des Fotos sofort ins Auge.

Die Schwarz-Weiß-Aufnahme zeigte Aurora und Valerio mit der Filmschauspielerin Hanna Miller in der Mitte, im Hintergrund die Aussicht auf Reben, See und Berge. Natürlich stach die schöne Hanna Miller heraus, doch auch Valerio und Aurora konnten sich sehen lassen. Valerio kam nach seiner blonden Mutter Hildegard und erinnerte Cara ein wenig an den Schauspieler Lex Barker, der Old Shatterhand in den Winnetou-Filmen verkörpert hatte. Und dann war da noch Aurora. Sie war einen guten Kopf kleiner als Hanna Miller und Valerio und wirkte dadurch fast ein wenig mädchenhaft, auch wenn sie ihr dunkles Haar zu einer eleganten Hochsteckfrisur trug. Ihre großen, dunklen Augen stachen hervor in dem schmalen, sehr hübschen Gesicht. Sie ähnelte Audrey Hepburn. Ihr Lächeln und ihre Züge kamen Cara bekannt vor, und dann wusste sie es. Sie ähnelte Lily, abgesehen von der Augenfarbe.

In dem Artikel wurde Aurora gefragt, wie es zu ihrer Begegnung mit Hanna Miller beim Festival gekommen war und ob sie nicht nervös gewesen war, als sie die berühmte Filmschauspielerin ansprach.

Natürlich war ich nervös. Ich war mit meiner Schwiegermutter Hildegard dort, die den Präsidenten des Festivals kannte. Als ich Hanna Miller sah – ich liebe ihre Filme! –, witterte ich plötzlich diese Chance, nahm all meinen Mut zusammen und ging einfach auf sie zu. Sie war zum Glück sehr nett. Wissen Sie, nur mit Mut kommt man im Leben weiter.

Cara legte den Artikel weg. So einfach war es dann doch nicht mit dem Mut. Sie war ebenfalls mutig gewesen, als sie das Fitnessstudio eröffnet hatte – und gescheitert.

Irgendwann, kurz nach neun, fühlte sich Cara müde und leicht frustriert, weil sie noch nichts über Auroras Vergangenheit herausgefunden hatte. Sie beschloss, für heute Schluss zu machen und zu ihrer Großmutter zu fahren. Bevor sie ging, wollte sie sich von

Lily verabschieden und suchte sie in ihrem Zimmer, aber es war leer. Als sie die Treppe hinunterging und den Flur durchquerte, hörte sie Stimmen und Gelächter aus dem Wohnzimmer. Neugierig spähte sie hinein.

Casimiro und Lily saßen auf dem Sofa. Casimiro hielt eine Spielkarte bereit und verkündete: »Okay, jetzt wird's wieder ernst. Das nächste Thema ist: *Tiere im Zoo*. Eins, zwei, drei!«

Während er laut »Löwe« rief, schrie Lily gleichzeitig »Affe!«.

Sie lachten.

»Wieso denkst du, dass ich Affe sagen würde?«, fragte Casimiro amüsiert. »Du weißt doch, dass ich immer sofort zu den Löwen will.«

»Aber du hast beim letzten Mal erwähnt, dass du die Affen viel lustiger findest!«

Cara schmunzelte. Die beiden spielten offenbar *Zwei Doofe – ein Gedanke*, ein Spiel, bei dem man die Antwort erraten musste, die der Mitspieler geben würde. Für jede Übereinstimmung gab es einen Punkt.

»Okay, weiter«, meinte Casimiro. »Etwas, das ich zum Frühstück esse. Bereit? Eins, zwei, drei.«

»Pizza!«, brüllten sie beide im Chor und starrten sich dann für einen Moment verblüfft an, bevor sie in schallendes Gelächter ausbrachen.

»Du bist so verrückt, Papa!« Lily verdrehte die Augen. »Pizza zum Frühstück!«

»Und du erst! Dass du überhaupt darauf kommst, dass mir so was einfällt.«

Cara beobachtete das Ganze amüsiert. Es gefiel ihr, den beiden zuzusehen.

Plötzlich traf sie Lilys Blick. »Mama! Willst du auch mitspielen? Zwei Doofe – ein Gedanke? Sind wir halt drei Doofe!« Lily grinste und schaute zu Casimiro, der Cara ebenfalls mit einem Nicken einlud. »Ja, komm, spiel mit.«

»Ich … nein, ich glaube nicht. Ich bin müde. Aber ich wünsche euch noch viel Spaß.« Sie bemerkte Lilys enttäuschtes Gesicht und bekam sofort ein schlechtes Gewissen. Sie hatte Lily den Grund für ihre Abneigung gegenüber Casimiro nie erzählt. Lily ging davon aus, dass ihre Eltern damals, als sie gezeugt wurde, ein verliebtes Paar gewesen waren. Und dabei würde es bleiben. Lieber nahm sie in Kauf, dass ihre Tochter sie für zickig hielt, als dass sie die Wahrheit kannte. Lily wäre am Boden zerstört, wenn sie erführe, dass sie wegen einer bescheuerten Wette ihres Vaters entstanden war.

Kapitel 8

Santa Castagna, Oktober 1942
Mella

Am Sonntag nach dem Kastanienfest trafen Mella und Valentina bei der Riesenkastanie auf Tadeo, Dino und Franco, die bereits eifrig Kastanien sammelten. Eine milde Herbstbrise fuhr durch die Baumkronen, und vereinzelte Sonnenstrahlen tanzten auf einem Meer aus stacheligen Kugeln.

Als Tadeo sie bemerkte, sprang er auf. »Haut ab hier!«, rief er und musterte Valentina, als wäre sie eine schmutzige Katze. »Das ist unser Gebiet!«

»Häh?« Überrascht sah Dino seinen Bruder an. »Wir hatten uns doch mit ihnen geeinigt, dass sie …« Tadeos wütender Blick ließ ihn verstummen. Während Mella wie versteinert dastand, tat Valentina so, als wäre nichts, und sammelte Kastanien ein. Tadeo bahnte sich einen Weg durch das Stachelmeer und kickte ein paar der Kugeln in Valentinas Richtung.

»Hey!« Sie schnellte hoch. »Was soll das?«

»Ihr sollt verschwinden!«

»Was hast du eigentlich für ein Problem?«

Er stieß die Luft aus. »Ich soll ein Problem haben? Du bist doch die mit dem Problem.«

»Ich? Weshalb?«

»Du hast es offenbar nötig, dich wie eine Puppe oder vielmehr wie eine Hure zu präsentieren und ...«

Valentina verpasste ihm eine Ohrfeige, ohne vorher ihren Lederhandschuh auszuziehen. »Untersteh dich! Rede nie wieder in diesem Ton mit mir, kapiert?« Fluchend kniete sie nieder und fuhr mit der Arbeit fort. Tadeo fixierte sie, verdutzt, aber auch belustigt. Dann ging auch er in die Knie und warf ebenfalls Kastanien in den Korb. Mella, Dino und Franco beobachteten die beiden irritiert, ehe sie schulterzuckend mit der Ernte fortfuhren.

Während sich der Wald in den folgenden Wochen in ein leuchtendes Farbenmeer verwandelte, sammelten Mella und Valentina zusammen mit Tadeo, Dino und Franco unzählige Kastanien und Pilze.

Sobald sich Valentina und Tadeo zu ihrem täglichen Spaziergang zurückzogen und Franco ein Nickerchen machte, suchten Mella und Dino ihren Lieblingsplatz am Fluss auf, um zu reden oder Mellas Rezeptbuch zu füllen. Nachdem sie ihr erstes Rezept, *Mellas Torta di Castagna,* in ihrer schönsten Handschrift notiert hatte, zeichnete Dino wie versprochen eine passende Illustration dazu: die alte Riesenkastanie, umgeben von einem Meer aus Kastanienkugeln. Nach und nach kamen immer mehr Rezepte und Zeichnungen hinzu.

Mella liebte das Buch, Dinos und ihr gemeinsames Werk. Er hatte sie sogar zu einem Rezept inspiriert, einem Kastanienhackbraten. Entstanden war die Idee durch eine Diskussion zwischen Dino, Franco und Tadeo, die schon länger kein Fleisch mehr gehabt hatten und es vermissten. Dino meinte, man müsse sich einfach vorstellen, dass es Fleisch wäre, vielleicht könne man ja etwas aus Polenta formen, das so aussehe wie ein Kaninchen oder ein Huhn.

Da reifte in Mella eine Idee heran. Ein Hackbraten ganz ohne Fleisch, aus Kastanien, Pilzen und Walnüssen, der mit Eiern und Brotbröseln zusammengehalten werden sollte. Sie hatte ihn am Vorabend für Tadeo, Franco, Dino und Valentina gekocht, und er hatte allen geschmeckt, sogar Tadeo und Franco.

Mella benannte das Rezept nach Dino, und tags darauf zeichnete er dazu einen Korb voller Kastanienfrüchte, die aus ihren halb geöffneten stacheligen Kugeln hervorlugten. Im Vordergrund war ein Kaninchen abgebildet, das zufrieden grinste.

»Das ist einfach wunderschön!«, sagte Mella, nachdem er ihr das Buch überreicht hatte. »Vielen Dank!«

»Schon gut. Ich fühle mich geehrt, dass du deinen Hackbraten nach mir benannt hast.«

»Du hast mich dazu inspiriert. Es ist also nur gerecht.«

In dem Moment kamen Valentina und Tadeo von ihrem Spaziergang zurück, und Tadeo riss Mella das Buch aus den Händen. Er schnitt eine Grimasse. »Warum grinst das Kaninchen?« Valentina sah ihm über die Schulter und betrachtete die Zeichnung kritisch.

Dino verdrehte die Augen. »Versteht ihr das nicht? Es ist glücklich, weil es nicht im Hackbraten gelandet ist.«

Tadeo schüttelte verständnislos den Kopf. »Der Hackbraten war ja ganz in Ordnung, aber hätte ich die Wahl, würde ich immer den Hasen nehmen. Immer!«

»Ich auch«, sagte Valentina. »Fleisch schmeckt einfach besser.«

»Hat jemand Fleisch gesagt?« Franco erhob sich gähnend und rieb sich die müden Augen. Tadeo zeigte ihm das Hasenbild. »Dino hat ein grinsendes Karnickel gezeichnet.«

Franco prustete laut los. »Der Hase sieht aus wie Mella! Ein Angsthase!«

Tadeo und Valentina stimmten in sein Gelächter mit ein, und

Mella schaute sie verletzt an. War das der Dank dafür, dass sie sie bekocht hatte? Und Valentina sollte doch zu ihr stehen? Wenigstens Dino ergriff ihre Partei. »Hört auf! Mella ist kein Angsthase!«

»Ach, komm! Und ob sie das ist«, entgegnete Tadeo und trat auf Mella zu, musterte sie. »Aber das können wir ändern. Na, kleine Mella, bist du bereit für ein paar Mutproben? Um dich abzuhärten? Oder bist du zu feige?«

Dino schob Tadeo weg und schaute Mella eindringlich an. »Du musst dich da nicht drauf einlassen!«

Mella wäre am liebsten davongerannt, aber wie feige wäre das gewesen! Sie spürte Tadeos Blick auf sich wie einen brennenden Stich. Sie wollte es ihm und den anderen beweisen. »Ich mach's!«

In den kommenden Tagen dachte sich die Gruppe für Mella immer wieder neue gewagte Spiele aus. So musste sie unter anderem Bäume hochklettern, von nicht allzu hohen Felshängen in Laubbetten springen oder im Dorf aus einem Hühnerstall Eier klauen und sie danach wieder zurücklegen. Die Aufgaben kosteten sie jedes Mal große Überwindung, und eines Tages, als Tadeo von ihr verlangte, nachts allein im Wald zu übernachten, konnte sie sich nicht mehr zurückhalten.

»Das kann ich nicht! Unmöglich!«

»Sie hat recht«, sagte Valentina. »Das geht zu weit. Es ist schon tagsüber oft gefährlich im Wald, aber nachts? Auf keinen Fall!«

Dankbar blickte Mella sie an – froh, dass ihre Schwester endlich für sie eintrat.

Tadeo rieb sich über das Kinn. Selbst ihm musste bewusst sein, dass seine Mutprobe viel zu waghalsig war. Noch immer trafen sie im Wald oft auf Deserteure, Schmuggler, Flüchtlinge, die jedoch meistens ihr eigenes Ziel verfolgten: sich zu verstecken oder in die Schweiz zu flüchten. Nur einmal hatte ein Mann versucht, sie zu überfallen, da hatte Tadeo eine Waffe gezückt, woraufhin der Fremde abgezogen war. Aber nachts als Mädchen allein im Wald zu übernachten käme einem Selbstmord gleich.

»Also gut, dann was anderes.« Er dachte kurz nach, dann flüsterte er Valentina etwas ins Ohr. Sie verzog grinsend das Gesicht. »Eklig, aber gefällt mir.«

»Was?«, fragte Mella ungeduldig.

»In deinen nächsten Kuchen wirst du ein paar Würmer reinmachen und den deinem Lehrer schenken.«

»Pfui!«, riefen Mella und Dino gleichzeitig und taten so, als würden sie sich gleich übergeben. Sogar Franco schüttelte angewidert den Kopf. »Das ist wirklich eklig!«

»Niemals mache ich so was!«, erwiderte Mella. »Das verletzt zudem meinen Ehrenkodex als Köchin.«

»Das hat nichts mehr mit Mut zu tun«, pflichtete Dino ihr bei. »Das ist bloß ein gemeiner und sehr widerwärtiger Streich.«

»Ihr seid solche Spaßbremsen!« Tadeo rollte die Augen. »Aber okay, ich überlege mir etwas Neues.«

»Es müssen Mutproben sein, die Mella etwas bringen«, sagte Dino seinem Bruder, und es folgte eine hitzige Diskussion.

Mella reichte es. »Warum muss ich überhaupt mutiger werden?«

»Weil nur den Mutigen die Welt gehört«, antwortete Tadeo ernst.

»Und es macht dich stärker«, fügte Dino nachdenklich hinzu. »Wir haben Krieg, und wer weiß, wie lange er noch dauern wird und welche Gefahren auf uns zukommen werden. Mut könnte dir das Leben retten.«

Tadeo trat auf Mella zu. »Dino hat absolut recht. Und aus diesem Grund habe ich jetzt die nächste Aufgabe für dich. Folgt mir.«

Mella ahnte nichts Gutes. »Was … was hast du vor? Ich werde

keinen Wurmkuchen backen, damit das klar ist! Und ich esse auch selbst keine Würmer … oder Schnecken!«

»Jaaa, kapiert! Es ist nichts dergleichen. Jetzt halt die Klappe und komm mit.«

Sie folgten Tadeo, und nach gut einer Stunde bog er bei einer Verzweigung rechts ab. Nun wusste Mella, was er vorhatte.

»Nicht die Teufelsbrücke!« Sie blieb stehen. Von Soracielo aus führten zwei Wege zu dem kleinen Weiler Borgo Verde: eine kurvige Schotterstraße und ein schmaler Trampelpfad. Die Schotterstraße dauerte zu Fuß fast eine Stunde, während man über den Trampelpfad nur eine halbe benötigte. Da kaum jemand ein Fahrzeug oder eine Kutsche besaß, zogen es viele vor, die Abkürzung zu nehmen, auch wenn sie dafür die wackelige Hängebrücke überqueren mussten, die sich über eine tiefe Schlucht spannte. Diese alte Brücke hatte ihre besten Tage längst hinter sich – wenn sie jemals welche gehabt hatte. An mehreren Stellen waren die Seile eingerissen und die Holzplanken morsch oder gar nicht mehr vorhanden. Seit Errichtung der Schotterstraße kümmerten sich die Dörfler nicht mehr um die Instandhaltung der Brücke. Den Namen Teufelsbrücke erhielt sie, weil die Menschen die tiefe Schlucht mit der Hölle verglichen und glaubten, der Teufel warte nur darauf, dass jemand abstürzte. Bisher war jedoch niemand gefallen, aber zwei Selbstmörder hatten die Brücke genutzt, um in den Freitod zu springen: ein unglücklich Verliebter und ein Kriegsrückkehrer, der die Schrecken des Kriegs nicht hatte verarbeiten können.

Bei ihren wenigen Märschen nach Borgo Verde, um Ziegenkäse zu holen, hatte Valentina oft vorgeschlagen, die Brücke als Abkürzung zu nehmen, doch Mella hatte sich stets geweigert. Erstaunlicherweise war sie damit durchgekommen. Sie hatte immer gemutmaßt, dass Valentina insgeheim auch Angst vor der Brücke hatte.

»Das kannst du nicht von ihr verlangen«, sagte Dino nun. »Die Brücke ist gefährlich.«

»Finde ich auch«, stimmte Valentina ihm zu. »Das ist wirklich zu waghalsig.«

Tadeo sah Valentina überrascht an, als hätte er nicht mit ihrer Gegenrede gerechnet. »Ach was, wir gehen doch auch ständig drüber. Wenn man gut aufpasst, passiert nichts.«

»Ja, aber Mella ist noch nicht so weit«, entgegnete sie.

Franco, der bisher geschwiegen hatte, trat nun an Tadeos Seite, die Arme vor der Brust verschränkt. Seine Augen funkelten. »Also ich finde schon. Sie soll über die Brücke!«

Mella schüttelte den Kopf. »Nein!« Sie wollte umkehren, aber Tadeo stellte sich ihr in den Weg und legte ihr die Hände auf die Schultern.

»Stell dir vor, kleine Mella, der Feind ist hinter dir her, und dann rennst du auf die Teufelsbrücke zu und traust dich nicht darüber. Tja, was dann? Willst du dich dem Feind ausliefern lassen, der dich teeren und federn wird, oder gehst du über die Brücke?«

Dino schnaubte. »Tadeo, hör …«

Tadeo stieß ihn unsanft zur Seite. »Still! Ich will ihre Antwort hören. Also, kleine Mella, was würdest du tun? Und sag jetzt nicht, dass es dazu gar nicht erst kommen würde, denn das stimmt nicht. Wir sind im Krieg, es ist also durchaus möglich, dass du in eine solche oder ähnliche Situation gerätst.«

Mella trat von einem Bein auf das andere. Sie dachte an den Vorfall damals beim Felsabgrund mit Franco. Und sie dachte an das Gesindel, das sich im Wald herumtrieb. Bisher hatte sie immer Glück gehabt, aber das könnte sich ändern. Tadeo hatte mit seiner Schilderung ein durchaus realistisches Szenario erschaffen.

»Ich wette mit dir, dass sie es nicht tut«, sagte Franco zu Tadeo, und Valentina warf ihm einen wütenden Blick zu. »Hör auf!« Sie wandte sich an Mella. »Es ist nicht schlimm, wenn du es nicht tust! Du musst dich von ihnen zu nichts drängen lassen.«

Franco lachte. »Die Kleine zittert ja jetzt schon, die traut sich niemals!«

»Jetzt halt die Klappe, Franco!«, fauchte Valentina.

Wut und Trotz stiegen in Mella auf, dicht gefolgt von einem stachelnden Ehrgeiz. Sie wollte es ihnen zeigen!

Sie hob den Kopf. »Also gut, ich mach's.«

»Bist du sicher?«, fragte Dino.

»Oh ja!«

Als sie schließlich vor der Teufelsbrücke ankamen, betrachtete Mella die Konstruktion ehrfürchtig. Die Brücke erstreckte sich über gut zweihundert Meter und schwebte etwa hundertfünfzig Meter über dem Boden. Der kaum einen Meter breite Gehweg bestand aus morschen Holzplanken, die an Seilen befestigt waren. Einige der Planken fehlten, sodass Lücken von bis zu fünfzig Zentimetern entstanden waren – *perfekt, um durchzufallen und vom Teufel aufgefangen zu werden,* dachte Mella bitter. Aber auf der anderen Seite der Brücke erwartete sie dichter Wald. Goldene Bäume standen wie Zuschauer am Ziel, bereit, den Ankömmlingen zu gratulieren. Mella wusste jedoch, dass sie nicht nur einmal, sondern gleich zweimal darüber gehen müsste. Oh Gott, wie sollte sie das nur überstehen? Jeder Teil ihres Körpers zitterte.

»Wir gehen auch drüber!«, meinte Dino.

»Klar, kein Problem.« Tadeo betrat die Brücke, als handelte es sich um einen normalen Weg.

Valentina sah unsicher zu Mella. »Bist du wirklich sicher?«

»Ja, bin ich.«

»Na gut. Dann denk dran, immer auf den Boden schauen, wegen der Lücken!« Entschlossen setzte sie sich in Bewegung und wagte den ersten Schritt. Etwas zögernd folgte Franco den beiden, und Mella schaute ihm entsetzt nach. Würde die Brücke sein Gewicht überhaupt halten?

»Sollten wir nicht besser einzeln darüber gehen?«, rief sie besorgt, doch Tadeo lachte nur.

»Ach was, die hält das aus. Wir sind schon zu zehnt drauf gewesen.«

Dino sah sie ernst an. »Du schaffst das. Denk einfach an einen möglichen Feind. Und wenn etwas passiert, dann bin ich zur Stelle.«

Mella sah ihn entgeistert an. *Zur Stelle?* Wie konnte er zur Stelle sein, wenn die Brücke reißen würde und sie alle fünf in den Tod risse?

Sie beobachtete, wie Tadeo, Valentina und Franco über die Brücke schritten, wenn auch zaghaft, da sie leicht wackelte. Genauso wie Mellas Beine, als sie vorsichtig einen Fuß darauf setzte. *Denk an den Feind,* rief sie sich Dinos Worte in Erinnerung, aber plötzlich wurde der Gedanke in ihr übermächtig, dass sie gerade dem Tod entgegenlief. Ob sie sich doch ergeben sollte?. Andererseits, wer wusste schon, was der Feind mit ihr machen würde?

Sie ging weiter, einen Schritt nach dem anderen. Am liebsten hätte sie geradeaus geschaut, aber sie musste auf den Boden und ihre Füße achten, um möglichen Lücken auszuweichen. Dadurch präsentierte sich ihr geradewegs die tiefe Schlucht, die in einem reißenden Fluss endete. Mella wurde immer unruhiger, ihre Knie waren weich wie Pudding, und ihr Herz raste wie wild. Sie drehte sich zu Dino um. »Das halte ich nicht aus. Ich kann es nicht! Ich kann es einfach nicht!«

»Mella, schau mich an!«

Sie blickte ihm direkt in seine dunklen Augen.

»Gut. Atme tief durch.«

Das tat sie, wiederholte es mehrmals.

»Und jetzt drehst du dich um und gehst langsam voran. Schritt für Schritt.«

Und sie ging. Die ersten zwei Meter schaffte sie ohne weitere Angstanfälle, bis auch Dino die Brücke betrat und es noch mehr zu wackeln begann. Ihre Hände hielten sich verkrampft am Seil des Geländers fest.

Doch bald merkte sie, dass sie sich durch Dinos Anwesenheit beruhigte.

»Geht's?«, fragte er.

»Ja. Ich würde jetzt aber trotzdem viel lieber etwas backen.«

»Erzähl mir von deinem nächsten Rezept.«

»Vielleicht etwas mit Pudding. So fühlen sich meine Beine gerade an. Oder eine Kastaniencreme. Dazu könnte ich Rosinenkekse machen.«

»Das klingt gut.«

»Ich hoffe, wir stürzen nicht ab, damit wir noch in den Genuss kommen.«

Wieder lachte Dino, Mella stimmte zaghaft mit ein.

Die Hälfte der Brücke hatten sie geschafft. Valentina, Tadeo und Franco waren schon fast auf der anderen Seite. Mella nahm nach wie vor einen Tritt nach dem anderen und schaute konzentriert auf ihre Füße. Dann erlaubte sie sich, kurz aufzuschauen und über das Tal zu blicken.

Wie wunderschön! Dicht bewaldete Hügel erstreckten sich vor ihr, leuchtend in allen Farben des Herbstes. In der weiten Ferne glitzerte ganz klein der Lago Maggiore, umrahmt von den Bergketten. Der Himmel war strahlend blau, und ein paar zerzauste Wölkchen zogen gemächlich vorbei. Fantastisch.

Als hätte ihr der Anblick Antrieb verschafft, ging Mella weiter, und dann endlich hatte sie es geschafft. Valentina schloss sie in die Arme. »Ich bin so stolz auf dich!«

Als auch Dino ankam, jauchzte Tadeo. »War das nicht genial? Wie ein verdammter Schuss Leben!«

Mella grinste. Ein Schuss Leben! Ja, so fühlte es sich tatsächlich an.

Eine Weile saßen sie da und genossen den Ausblick. »Wir könnten noch weiter nach Borgo Verde«, schlug Tadeo vor. »Weit ist es nicht mehr. Ich hätte Lust auf guten Ziegenkäse.«

»Oh ja!«, stimmte Franco ihm bei. »Ich auch!«

»Nein, es wird bald dunkel«, entgegnete Valentina, und Mella atmete erleichtert auf.

»Wir müssen auch zurück.« Dino stand auf und reichte Mella die Hand. Ihr Herz begann zu flattern, nicht wegen der Aufregung vor der erneuten Brückenüberquerung, sondern wegen Dinos Berührung, die ein Kribbeln in ihrem Bauch verursachte. Als hätte sie einen Ameisenhaufen verschluckt.

»Schaffst du es nochmals?«, fragte er leise.

»Ich habe keine andere Wahl.«

Wieder gingen Tadeo, Franco und Valentina vor ihr her, hinter ihr Dino. Bis zur Mitte ging alles gut, bis Mella den Fehler machte und sich einen erneuten Blick über das Tal erlaubte. Als sie danach weiterging, achtete sie nicht auf den Boden, sondern weiterhin auf die Aussicht. Da geschah es.

Als hätte sie jemand – der Teufel? – heruntergerissen, rutschte Mella durch einen Spalt in den Planken. Ein Bein schoss durch die Öffnung, das andere verkeilte sich. Mit einem Aufschrei krallte sie sich am Seil fest.

»Hilfe!« Ihre Stimme überschlug sich vor Angst. Mit aller Kraft zerrte sie an ihrem Bein, versuchte, es hochzuziehen, aber es steckte fest. »Es klemmt, ich komm nicht raus!«

»Oh Gott, Mella!«, krächzte Valentina.

»Bleib ruhig und halte dich fest«, rief Dino. »Ich bin gleich bei dir.«

Mellas Arme zitterten, ihre Finger klammerten sich krampfhaft am Seil fest. Ihre Kräfte schwanden, sie konnte sich kaum noch halten. Ihr Körper hing schräg, der Abgrund lauerte unter ihr. Todesangst raste ihr durch die Adern. Sie würde sterben. Jetzt und hier. Der Teufel würde sie zu sich holen. Nackte Verzweiflung überwältigte sie. Dann plötzlich spürte sie Hände an ihren Armen. Ein Ruck, noch einer – Dino zog sie mit einem Keuchen nach oben.

Sie schluchzte vor Erleichterung, und er strich ihr über den Kopf. »Ist ja gut. Nichts passiert.«

Als sie es endlich auf die andere Seite geschafft hatten, zitterte Mella am ganzen Körper. Sie schüttelte den Kopf, als könne sie das Erlebte nicht begreifen. »Ich gehe nie wieder über diese Brücke! Nie wieder!« Ihre Stimme war heiser, ihr Atem ging schnell und unregelmäßig.

»Das war … das war zu viel!« Sie krallte sich in Dinos Arm und sah ihn mit weit aufgerissenen Augen an, als wäre der Boden unter ihren Füßen noch immer am Wackeln.

Kapitel 9

Morcote, Oktober 2023

Cara

Cara startete den Sonntag mit einer Runde Jogging. Die Luft war kühl, leichter Morgennebel hing über dem Luganer See, während sie die Straße zu Jains Song *Makeba* entlangrannte. Als sie um kurz vor sieben die Wohnung betrat, saß ihre Großmutter in der Küche bei einer Tasse Kaffee und löste ein Kreuzworträtsel. Sie trug ein schwarzes Kleid mit weißem Spitzenkragen – das gleiche, das sie seit Jahren zur Kirche anzog.

»So früh schon unterwegs?«

Cara nahm sich ein Glas und füllte es mit Wasser. »Ja, ich brauche das, um den Kopf frei zu kriegen … Ich gehe jetzt duschen und danach auf das Weingut. Ich will vorwärtskommen mit dem Buch.«

»Heute ist doch Sonntag. Du könntest mich später in die Kirche begleiten.«

Cara nahm ihre Baseballcap vom Kopf. Auf die Kirche hatte sie wirklich keine Lust, doch sie sah ein, dass es ihrer Großmutter viel bedeuten würde, wenn sie mitkäme. »Also gut, ich begleite dich zur Messe. Aber danach muss ich auf das Gut.«

»Du solltest es nicht übertreiben mit der Arbeit. Gestern bist du auch spät heimgekommen.«

»Für mich zählt das nicht als Arbeit im eigentlichen Sinne. Ich mag es, zu stöbern, und erfahre viele interessante Dinge. Und das Ganze hat noch einen anderen Effekt. Gestern fiel mir auf, wie ähnlich sich Aurora und Lily sehen. Also trage ich auch dazu bei, etwas über Lilys Vorfahren herauszufinden. Das ist ein schöner Gedanke.«

Patrizia rümpfte die Nase. »Aurora Casoli! Ich hoffe nur, Lily hat sonst nichts von ihr geerbt außer dem Aussehen.«

»Ach, Nonna. Immer noch diese alte Geschichte?« Ihre Großmutter hatte noch nie ein Geheimnis daraus gemacht, dass sie Aurora Casoli nicht mochte und öfter abschätzige Bemerkungen über sie fallen ließ. Die Abneigung entstand aus einem Vorfall in den frühen Achtzigerjahren, als Caras Großmutter beauftragt worden war, die Torte für das Hochzeitsfest von Magalie und Pietro Casoli zu backen. Aurora hatte eine Schokoladen-Himbeer-Torte bestellt, doch Caras Großmutter hatte anstelle von Himbeeren Erdbeeren verwendet, weil Aurora dies angeblich so geordert hatte. Aurora beschwerte sich daraufhin und weigerte sich, die Torte zu bezahlen.

»Sie wollte Erdbeeren, nicht Himbeeren!« Patrizias Wangen nahmen selbst einen beerenfarbenen Hautton an. »Und dann machte sie ein riesiges Drama draus, dabei hatte die Torte allen vorzüglich geschmeckt. Niemanden kümmerte die Beerensorte.«

»Sie war nun mal die Brautmutter. Die wollen, dass alles perfekt ist.«

»Dann hätte sie die Torte besser selbst machen sollen.«

»Ach, Nonna, vergiss das doch endlich. Zu mir war Aurora immer nett, auch wenn ich sie nur ein paar Mal getroffen habe. Und sie liebte Lily über alles.«

»Sie war ja auch *nett*. Jeder fand sie bezaubernd, charmant und klug. Aber wenn du mich fragst, hatte sie was sehr … Eigenartiges an sich. Ich kann es nicht recht beschreiben, aber ich hatte immer ein ungutes Gefühl in ihrer Gegenwart.«

Cara verdrehte die Augen und stellte das Glas auf den Tisch. »Wenn du meinst … So, ich gehe mal duschen.«

»Vergiss bitte nicht, mit Lily zusammen Neves Sachen durchzuschauen. Ich will diese Kartons so schnell wie möglich weghaben. Vielleicht heute?«

»Heute hat Lily keine Zeit. Sie geht mit Casimiro wandern, und morgen wollen wir zum Kastaniensammeln.« Als Cara das enttäuschte Gesicht ihrer Großmutter bemerkte, fügte sie rasch hinzu: »Vielleicht danach?«

»Das wäre mir recht … Kastanien sammeln also? Willst du tatsächlich in den Wald?«

»Lily wünscht sich das.« Cara hielt inne. »Sag mal, die Kastanienfrau, lebt sie noch?«

»*La donna castagna.*« Patrizia nickte. »Ja, sie lebt noch immer in der Waldhütte. Sie kommt einmal pro Monat ins Dorf, um ihre Besorgungen zu machen und ihre Kastanienprodukte abzuliefern.«

»Tatsächlich? Sie muss doch bestimmt schon über neunzig sein.«

»Ja, aber es geht ihr nach wie vor recht gut. Das letzte Mal, als sie bei mir im Laden war, hat sie zwar über Rückenleiden geklagt, doch sie meinte, Unkraut vergehe nicht. Ein Pflegeheim kommt für sie nicht infrage. Lieber stürbe sie irgendwann im Wald.«

»Aha … Na dann, ich gehe duschen.« Das Herz lag Cara auf einmal schwer wie Blei in der Brust, und sie zog sich rasch ins Bad zurück, warf die Kleider auf den Stuhl und stellte sich unter die Dusche, ließ das warme Wasser auf sich niederprasseln.

Die Kastanienfrau lebte! Als Kind hatte sie den Wald wegen

der Kastanienfrau, wie sie im Dorf genannt wurde, gefürchtet. Seit Jahrzehnten wohnte die schon damals ältere Frau als Einsiedlerin im Wald, in einem sogenannten *Rustico,* einem Steinhaus, auf einem Grundstück, das den Casolis gehörte. Sie stellte auf altmodische Art und Weise Produkte aus Kastanien her wie Mehl, Honig und Kekse, aber auch Tinkturen aus Kräutern. Regelmäßig hatte sie ihre Produkte ins Dorf in den Laden ihrer Großmutter gebracht, und für Cara war sie damals der Inbegriff einer Hexe gewesen. Fest überzeugt davon, dass die Hexe sie wie im Märchen *Hänsel und Gretel* eines Tages holen würde, fürchtete sie den Wald und hatte sogar Albträume. Wäre Neve nicht gewesen, die den Wald über alles liebte, hätte Cara keinen Fuß hineingesetzt. Doch Neve überzeugte sie, dass sie keine Angst haben müsse, und so waren sie stundenlang herumgestreift, um Kastanien zu sammeln oder zu spielen. Solange Neve bei ihr war, fühlte Cara sich sicher, bis zu jenem Herbsttag.

Sie war neun gewesen, Neve zwölf, und an ihrem schulfreien Nachmittag hatten sie den Wald aufgesucht. Neve war in Begleitung ihrer besten Freundin Fulvia gewesen, was Cara geärgert hatte. Sie mochte Fulvia nicht, die sich oft über ihr Gewicht lustig machte. Außerdem verhielt sich Neve anders in Fulvias Gegenwart, abweisender und zickiger. Cara erinnerte sich, dass die beiden damals noch in ihrer Girlie-Group-Phase steckten und auf dem dicht belaubten Trampelpfad ununterbrochen von den Spice Girls und deren Musik gesprochen hatten. Fulvia mit ihren wippenden Zöpfen, die sie wie ihr Vorbild Baby Spice trug, unterschied sich komplett von Neve mit ihrem langen dunklen Haar. Sie sammelten Kastanien ein, oder besser gesagt, Cara sammelte, und Neve und Fulvia hörten sich mit ihrem Discman eine CD der Spice Girls an, sangen *Wannabe.*

»Schau mal, wie groß die ist!«, rief Cara und rannte zu Neve.

»Jaja. Sehr hübsch.« Sie klang leicht genervt.

Fulvia verdrehte die Augen und machte eine Wischbewegung mit der Hand, als wäre Cara eine lästige Fliege. »Geh wieder Kastanien sammeln. Wir sind beschäftigt.«

Cara blickte erwartungsvoll zu Neve, damit sie Fulvia zurechtwies, aber Neve starrte bloß auf den Discman.

»Du, Neve, ich muss mal pinkeln«, sagte Cara.

»Dann geh hinter einen Baum oder Busch.«

»Kommst du mit?«

Fulvia schnaubte. »Du bist doch echt alt genug, um allein zu pissen!«

»Sie hat recht«, meinte Neve. »Du schaffst das.«

»Aber die Hexe könnte …«

Fulvia lachte laut. »Was denn? Dich fressen?«

»Fulvia!«, zischte Neve leise und wandte sich an Cara. »Also, Cara, zum tausendsten Mal: Die Frau ist keine Hexe, und du brauchst dich vor ihr nicht zu fürchten. Jetzt geh schon, na los!«

Cara nickte und trottete weg, zog sich hinter einen breiten Baumstamm zurück, um sich zu erleichtern. Dabei warf sie mehrmals einen prüfenden Blick über die Schulter. Diese blöde Fulvia. Warum nur musste sie immer dabei sein? In letzter Zeit kam es sogar vor, dass Neve und Fulvia mit mehreren Leuten aus der Schule abhingen. Marco, Felice, Anna-Maria und Fulvias Zwillingsbruder Casimiro.

Cara zog die Hose wieder hoch und wollte gerade zurück, da hörte sie ihren Namen und blieb hinter einer Kastanie stehen.

»Warum muss Cara immer mitkommen?«, sagte Fulvia vorwurfsvoll. »Sie ist richtig nervig! Ein fetter Klotz am Bein. Das hat Marco übrigens auch gesagt, als du sie ins Kino mitgeschleppt hast. Wir mussten wegen ihr den blöden Disney-Film schauen.«

»Der war doch ganz lustig … Ach, Fulvia, ich habe keine andere Wahl. Mama und Nonna arbeiten beide, und Nonno hat ein schwaches Herz, er muss sich schonen.«

»Du Arme. Zum Glück habe ich keine kleine Schwester. Du tust mir echt leid. Und dann ist sie noch so dick! Wie ein Schweinchen!« Fulvia lachte böse, Neve seufzte nur. »Hör auf, du bist gemein.«

Cara taumelte rückwärts und stürzte. Mit zitternden Händen raffte sie sich auf und rannte los. Tränen verschleierten ihren Blick, doch sie lief weiter, ohne nachzudenken, durch das dichte Unterholz und zwischen Bäumen hindurch. Plötzlich stolperte sie über eine Wurzel und fiel hart auf ihr linkes Knie. Ein brennender Schmerz durchzuckte ihren Körper. Jetzt waren die Tränen nicht mehr aufzuhalten. Mit Mühe kam sie wieder auf die Beine und erstarrte, als sie nur wenige Meter vor sich ein Steinhaus auf einer Lichtung entdeckte, umgeben von einem wild bewachsenen Garten. Ein eisiger Schauer lief ihr über den Rücken. Das musste das Hexenhaus sein!

In diesem Moment spürte sie plötzlich Hände auf ihren Schultern. Sie schrie vor Schreck auf und wirbelte herum. Dunkle Augen starrten sie an. Die Hexe! Sie sagte etwas, aber Cara hörte nicht hin, schrie weiter. Panik ergriff sie – sie war in die Fänge der Hexe geraten!

»Mädchen!« Die Stimme der Hexe wurde lauter, drängender. Cara schlug wild um sich, entkam dem Griff und rannte davon, ohne auf das stechende Knie und das Brennen in ihrer Lunge zu achten. Schließlich, nach einer Weile, sah sie Neve und Fulvia in der Ferne. Sie sprang die letzten Meter auf sie zu und warf sich ihrer Schwester weinend in die Arme.

»Cara! Wo warst du?«

»Ich bin der Hexe begegnet!« Sie schluchzte.

»Die Kastanienfrau«, korrigierte Neve.

»Nein, die Hexe!«

»Sie ist keine Hexe«, wiederholte Neve leicht genervt, dann fielen ihr Caras zerrissene Hose und die Wunde am Knie auf. »Du blutest ja! Was ist passiert?«

»Bin gestolpert. Und dann wollte mich die Hexe mitnehmen!«

»So ein Schwachsinn! Beruhige dich, okay?«

Fulvia grinste böse. »Hm, wenn ich es mir so recht überlege, könnte sie vielleicht doch eine Hexe sein. Und dann müsstest du dich wirklich vor ihr in Acht nehmen, Cara. Dick, wie du bist, wärst du das perfekte Opfer für sie. Sie müsste dich nicht mal mehr mästen!«

Cara drehte den Wasserhahn der Dusche zu und rieb sich die Augen. Diese verfluchten Erinnerungen. Könnte man sie nur irgendwie abschalten. Sie schnappte sich ein Frotteetuch und rieb sich trocken. Nach dem Vorfall hatte sie sich geschworen, sich vom Wald fernzuhalten, und nach Neves Tod bestätigte sich ihre Furcht. Die Kastanienfrau hatte ihre Schwester getötet, dessen war sie überzeugt gewesen.

Paradoxerweise mochte sie Jahre später die Wälder in der Deutschschweiz und hatte nie Angst, wenn sie joggen oder mit Lily spazieren ging. Sie sahen mit den hochstämmigen Tannen auch anders aus, waren weniger steil, heller und hatten breitere Wege, mehr Lichtungen. Aber hier in Morcote lauerten die Erinnerungen zwischen mächtigen Kastanienbäumen und Unterholz, rissen sie unbarmherzig zurück in die Vergangenheit. Doch sie würde ihnen trotzen und mit Lily zum Kastaniensammeln gehen, auch wenn ihr davor graute.

Wenig später machte sie sich auf den Weg zum Weingut. Schon

jetzt konnte man spüren, dass es ein freundlicher Tag werden würde, auch wenn sich der Morgen noch im Nebelkleid zeigte, das über den Weinbergen schwebte. Die Sonne drückte gegen den dichten Grauschleier, als wartete sie hinter einem Vorhang auf ihren großen Auftritt.

Lily begrüßte Cara stürmisch, sie war in Begleitung von Casimiro. Beide trugen Wanderklamotten und Rucksäcke. Sie wollten auf den Monte Generoso.

»Komm doch auch mit, Mama!« Lily warf ihren Rucksack in den Gepäckraum des Range Rovers.

»Ach, Liebes, du weißt doch, dass ich arbeiten muss. Aber morgen gehen wir Kastanien sammeln, versprochen.«

»Okay.« Sie umarmte Cara zum Abschied und setzte sich in den Wagen. Casimiro, der seinen eigenen Rucksack im Gepäckraum verstaute, zwinkerte ihr zu. »Falls du Fragen zum Buch hast, können wir heute Abend darüber sprechen.«

»Ich komme schon klar, aber danke.«

Er wollte gerade die Wagentür öffnen, als Magalie aus dem Haus gerannt kam, mit einer Tube Sonnencreme und Lilys Baseballcap. »Das lag noch auf dem Küchentresen.« Sie drückte die Sachen Casimiro in die Hände, der sie dankend entgegennahm, in den Wagen stieg und davonfuhr.

Magalie und Cara sahen dem Wagen nach. »Er macht das toll mit Lily«, bemerkte Magalie, und Cara nickte. Das tat er, und sie schätzte diese Seite an Casimiro sehr. Von Anfang an hatte er Interesse an Lily gezeigt, auch wenn Cara damals noch davon ausgegangen war, dass er es nur aus Verantwortung und auf Druck seiner Eltern tat. Aber schon bald stellte sie fest, dass mehr dahintersteckte: die Liebe zu seiner Tochter.

»Ich glaube, Lily würde sich freuen, wenn ihr mal zu dritt was unternehmen würdet«, meinte Magalie beiläufig.

»Magalie, ich …«

»Oh, Cara, bitte entschuldige, ich weiß, dass du das nicht willst, und es steht mir nicht zu, mich einzumischen. Ich finde nur …« Sie errötete. »Es wird doch endlich Zeit, die Vergangenheit hinter sich zu lassen. Versteh mich nicht falsch, Casimiro hat damals großen Mist gebaut, das will ich nicht beschönigen. Er war halt jung und wild. Aber er hat sich wirklich verändert. Besonders nach Pietros Tod. Und du siehst ja, wie er mit Lily umgeht … Vielleicht könnt ihr Freunde werden? Lily zuliebe.«

Cara fühlte sich überrumpelt. Sie mochte Magalie, aber in diese Angelegenheit hatte sie sich wirklich nicht einzumischen. »Hör zu, Magalie. Ich bin hier. Ich schreibe eure Familiengeschichte auf. Ich arbeite mit Casimiro zusammen. Aber für mehr bin ich nicht bereit. Nicht mal für Lily. Ich hoffe, du kannst das verstehen.«

Magalie nickte rasch. »Ja, natürlich. Tut mir leid. Komm, lass uns reingehen. Ich mache dir einen Kaffee.«

Gestärkt durch den Kaffee widmete sich Cara kurz darauf dem Jubiläumsbuch und vervollständigte die Chronik. Die Biografien von Oreste und Hildegard Casoli waren relativ schnell geschrieben, da sie bereits existierende Dokumentationen verwenden konnte. Auch Valerios Geschichte war einfach, da er seine Biografie einst selbst stichwortartig notiert hatte. Doch dann kam Aurora. Noch immer hatte sie nichts über sie gefunden. Sie stieß lediglich auf Casimiros Rede, die er an ihrer Beerdigung gehalten hatte, und las sie durch. Dort stand unter anderem, dass Aurora aus Italien stamme und sich für ihre Familie und das Weingut aufgeopfert hatte. Sie liebte zudem das Kochen und Backen und besaß die größte Sammlung an Kochbüchern, die Casimiro je gesehen hatte. Cara schmunzelte. Genau wie ihre Großmutter.

Dann wurde die Geschichte rund um den Hollywoodfilm erwähnt. Cara bewunderte einmal mehr, was diese Frau alles geleistet und wie unermüdlich sie sich für das Weingut eingesetzt hatte. Andere angeheiratete Frauen hätten sich vermutlich zufriedengegeben an der Seite ihres reichen Mannes als Weingutbesitzerin und Erbin des Klauser-Vermögens. Aber Aurora war sich nie zu schade gewesen, hatte sogar selbst bei der Ernte geholfen, wie zahlreiche Fotos und Berichte belegten.

Um in die damalige Zeit einzutauchen, stöberte Cara in den Familienfotoalben im Regal. Sie zog eines nach dem anderen heraus, blätterte es kurz durch, um sich zu vergewissern, dass es sich um die Vierziger- und Fünfzigerjahre handelte, und legte es auf den Schreibtisch. Sie hatte bereits drei Alben gesichtet und eines herausgelegt, als ihr ein hellblaues, mit weißem Blümchenmuster verziertes Buch in die Hände geriet. Es sah schon ziemlich lädiert aus. Im ersten Moment dachte Cara, es handle sich ebenfalls um ein Fotoalbum, bis ihr das Etikett auf dem Einband auffiel, wie bei einem alten Schulheft.

Schon etwas verblasst, aber noch leserlich, stand *Mellas Rezepte* darauf. Sie schlug das Buch behutsam auf, da sie Angst hatte, es könnte auseinanderfallen. Wie der Titel bereits verriet, handelte es sich um ein Rezeptbuch mit säuberlich notierten Zutaten und Zubereitungstexten. Aber das Besondere an dem Buch war, dass jedes Rezept ein mit Bleistift gezeichnetes Bild aufwies; und zwar nicht nur von den Gerichten und den Zutaten, sondern auch von Landschaften, Tieren, Wäldern, Kastanienbäumen, Blumen, Pflanzen, Kirchen, Steinhäusern. Fasziniert blätterte Cara Seite für Seite um, überflog die italienischen Rezepte und deren Bilder.

Neben einer Zutatenliste für *Mellas Torta di Castagna* war eine wunderschöne, breite Kastanie abgebildet, umgeben von einem Meer aus Stachelkugeln. Bei *Giulios Kastanienpolenta an Pilz-Apfel-Soße* war ein Maisfeld zu sehen. *Dinos Kastanienhackbraten* zeigte einen Korb voller Kastanienfrüchte, die aus ihren halb geöffneten stacheligen Kugeln hervorlugten, davor grinste ein Kaninchen. *Tadeos Steinpilz-Kastanien-Risotto* war von einem Waldabschnitt mit Pilzen umrahmt, und *Valentinas Castagnaccio* von Rebstöcken. *Mamas Frittata di Erbe Selvatiche* stellte Hände dar, die eine Pfanne schwenkten, auf der Arbeitsfläche lagen Kräuter.

Cara fiel auf, dass Kastanien eine der häufigsten Zutaten waren. Die Autorin des Buches – Mella? –, sofern sie alle Rezepte selbst geschrieben hatte, war offenbar ziemlich kreativ gewesen, auch wenn sie nur einfache Zutaten gehabt hatte. Kastanien, Polenta, Risottoreis, Eier, Äpfel, Butter, Kräuter, Rosinen, Wildkirschen, verschiedenes Gemüse. Bis auf ein paar wenige Rezepte mit Kaninchen oder Schwein handelte es sich bei fast allen Gerichten um vegetarische, und natürlich um Backwaren und Desserts.

Wer war diese Mella gewesen? Eine Vorfahrin der Casolis? Vielleicht Orestes Mutter? Und wer waren die Menschen, nach denen die Gerichte benannt wurden? Dino und Valentina wurden mehrmals erwähnt, der Papa, die Mama. Giulio. Tadeo. Ganz eindeutig wurden die Rezepte mit viel Liebe geschrieben, genauso wie die Zeichnungen. Ob sie auch von Mella stammten?

Plötzlich hörte Cara einen Wagen vorfahren, und sie betrat den Balkon. Zwei Männer stiegen aus einem Lieferwagen mit der Aufschrift des Weinguts. Magalie, die gerade mit einem Wäschekorb den Hof überquerte, blieb stehen und begrüßte die beiden.

Cara erkannte Umberto sofort. Er hatte ein kleines Bäuchlein bekommen, doch der Cowboyhut, der ihn wie einen Texaner wirken ließ, machte ihn unverwechselbar. Er trug ein graues Sakko über einem schwarzen Hemd, dazu schwarze Jeans und einen Gürtel mit einer Silberschnalle. Der jüngere Mann an seiner Seite musste Felice sein, und Cara ertappte sich dabei, wie sie ihn anstarrte. Er war schlank und groß, hatte dunkles, lockiges Haar und erinnerte sie an den Schauspieler Orlando Bloom in jüngeren Jahren. Neben seinem Vater wirkte er etwas salopper in seinem blaugrün karierten Hemd und den verwaschenen Bluejeans. Plötzlich zeigte Magalie zu ihr hoch und winkte. »Ah, Cara! Ciao!«

Cara, peinlich berührt, winkte zurück. »Ciao!«

Während Felice ihren Gruß mit einem Lächeln erwiderte, stand Umberto nur schweigend daneben und starrte sie finster an, zündete sich eine Zigarette an.

»Lasst uns doch heute Abend zusammen grillen«, schlug Magalie in ihrer gut gelaunten Art vor.

»Gute Idee«, meinte Felice.

»Was meinst du, Cara?«, fragte Magalie.

Cara zögerte. Sie hatte eigentlich keine Lust, den Abend mit Casimiro zu verbringen, aber Lily würde sich bestimmt freuen. Außerdem wäre es eine gute Gelegenheit, Umberto und Felice besser kennenzulernen. Also sagte sie zu.

Den restlichen Nachmittag arbeitete sie fast pausenlos durch und kam so gut voran, dass sie um fünf Uhr beschloss, Magalie bei den Vorbereitungen für den Grillabend zu helfen.

Als sie Peperoni und Pilze mit Frischkäse füllte und dabei mit Magalie plauderte, die ein paar Steaks marinierte, gesellte sich Felice zu ihnen mit einer Flasche *Aurora Rosato* zum Aperitif, die er sogleich öffnete. Die Gläser füllten sich mit der zartrosa Farbe. Cara kannte den Wein bereits. Es war ein frischer Merlot mit Aromen von Zitrusfrüchten und Grapefruit.

»Salute!« Felice stieß mit ihr und Magalie an, warf ihr dabei einen interessierten Blick zu.

»Der Wein ist ein Traum!«

»Danke.«

Felice berichtete über die Weinbereitung und Verfeinerung

und dass die Gärung in temperaturkontrollierten Edelstahltanks stattfinde, wo der Wein für ungefähr sechs Monate gärte, bevor er im Frühjahr in Flaschen abgefüllt werde.

Wie Cara bereits von Casimiro wusste, war Felice ein hervorragender Önologe. Sie hörte ihm zu, ertappte sich aber dabei, wie sie von seinen schönen, dunkelbraunen Augen abgelenkt wurde.

»Wie kommst du mit dem Buch voran?«, fragte er.

»Gut, danke.«

Cara erzählte von dem Schreibprozess und ihren Einblicken in die Vergangenheit des Weinguts, aber auch, dass sie sich für das Kapitel der Weinherstellung gerne mit ihm unterhalten würde.

Felices Augen leuchteten auf wie die eines Golden Retrievers, der Futter witterte. »Ja, klar. Am besten zeige ich dir bei einem Rundgang alles, was du über die Herstellung wissen musst.«

Sie redeten noch weiter, bis Umberto auftauchte und Cara herablassend musterte. Ohne seinen Hut fiel ihr auf, wie stark sein Haar in den letzten Jahren ergraut und lichter geworden war. Die ausgeprägten Geheimratsecken ließen seine hohe Stirn noch markanter wirken.

»Aha. Die Autorin ist auch hier.«

»Guten Tag, Signor Casoli.« Sie wollte ihm die Hand reichen, doch er verschränkte die Arme. Cara überspielte ihre Unsicherheit, indem sie ihm lächelnd sagte, dass sie auch zur Olivenölherstellung etwas schreiben wolle und sich gerne mit ihm darüber austauschen würde, aber sein Blick verdüsterte sich noch um eine weitere Nuance.

»Hat mein Neffe das etwa vorgeschlagen? Damit sein *armer Onkel* ebenfalls ein Stück vom Kuchen abbekommt? Und er sich dann besser fühlen kann?« Seine Stimme triefte regelrecht vor Sarkasmus.

»Ich …«, sagte Cara, aber Felice kam ihr zuvor.

»Vater! Bitte!«, zischte er, doch Umberto kam erst richtig in Fahrt und wedelte mit den Händen.

»Wenn ihr mich fragt, ist dieses Buch nur Geldverschwendung!« Er wollte nach der Weinflasche greifen, aber Felice zog sie weg. »Dich fragt aber niemand!«

Umberto trat auf Cara zu. Sie roch seine Alkoholfahne. »In diesem Buch werden Menschen als Helden gefeiert, die gar keine waren, im Gegenteil! Valerio hatte keine reine Weste, glaub mir. Und die gute Aurora schon gar nicht!«

»Umberto, jetzt reicht's!« Magalie kam hinter dem Küchentresen hervor. »Du bist betrunken und laberst nur Unsinn!«

»Was ist hier los?« Casimiro und Lily waren soeben aufgetaucht, beide mit leicht geröteten Wangen und müden, aber glücklichen Gesichtern.

»Nichts ist hier los«, sagte Magalie. »Umberto wollte gerade gehen, nicht wahr?«

Er bedachte sie mit einem verächtlichen Blick, ehe er sich ruckartig abwandte und rausstürmte. Casimiro stellte den Rucksack auf den Boden und schaute fragend in die Runde.

»Umberto hat sich nur mal wieder über das Jubiläumsbuch aufgeregt«, erklärte Magalie. »Aber jetzt ist er weg, und wir haben Ruhe. Ach, wir grillen heute übrigens. Cara und Felice sind auch dabei.«

Lily jauchzte und fiel Cara in die Arme. »Oh, toll, Mama.«

Cara strich ihr über die Haare und lächelte. Sie bemerkte, wie Casimiro sie leicht stirnrunzelnd ansah, dann den Blick zu Felice und der Flasche Rosato schweifen ließ.

Es wurde ein gemütlicher Abend, und obwohl die Sonne längst hinter dem Horizont verschwunden war, lud die milde Nacht zum Verweilen ein. Der Mond hing wie eine schimmernde Perle am

Himmel. Magalie hatte ein paar flauschige Decken herbeigebracht und die Fackeln im Garten entzündet, deren warmes Licht in die Dunkelheit strahlte. Der Rotwein floss in Strömen. Cara hatte sich anfangs geweigert, nach dem Aperitif noch mehr zu trinken, da sie später ins Dorf fahren musste. Aber Casimiro bot ihr an, sie nach Hause zu bringen – er wollte nach der Wanderung ohnehin nichts trinken. Zögernd nahm sie sein Angebot an, und so teilte sie sich mit Magalie und Felice eine ganze Flasche des *Aurora*.

»Ich habe zwischen den Fotoalben übrigens ein altes Rezeptbuch gefunden«, erwähnte Cara im Laufe des Abends. »Hauptsächlich mit Gerichten aus Kastanien. Verfasst von einer *Mella*. Sagt euch das was?«

Magalie und Felice schüttelten den Kopf, Casimiro hingegen runzelte die Stirn. »Schon ziemlich lädiert? Pastellfarben?«

»Ja, genau. Hellblau.«

»Dann stammte es von Aurora. Nach ihrem Tod habe ich es beim Aufräumen in einer Kiste unter ihrem Bett entdeckt. Ich dachte zuerst, es sei ein Tagebuch, bis ich auf die Rezepte stieß. Ich habe es zu den zahlreichen anderen Rezeptbüchern gelegt, die wir dann in die Bibliothek brachten. Vermutlich hat es jemand nach der Renovierung aus Versehen zu den Fotoalben gestellt.«

»Hm, seltsam, dass sie es unter ihrem Bett aufbewahrte«, sagte Felice. »Und nicht in ihrer Rezeptbuchsammlung. Warum hast du uns nie von dem Buch erzählt?«

»Wen interessiert schon ein altes Rezeptbuch?«

Typisch Casimiro, dachte Cara und sah ihn an. »Hast du dich gar nicht gefragt, warum sie das Buch unter dem Bett aufbewahrt hat? Und wer diese Mella war?«

»Nein«, erwiderte Casimiro scharf. »Um ehrlich zu sein, war mir das damals schlichtweg egal. Ich hatte andere Sorgen als ein Scheiß-Rezeptbuch! Vaters …«

»Papa!«, rief Lily amüsiert. »Du hast gerade Scheiße gesagt! Das kostet!«

»Ja, sorry für den Ausdruck, Lily. Aber ist doch wahr! Vaters Zustand hatte sich nach Auroras Beerdigung verschlechtert. Ich wollte die Räumung so schnell wie möglich hinter mich bringen, damit ich mich wieder um das Weingut kümmern konnte.«

Stille herrschte am Tisch, und Cara sagte schnell: »Ja, sicher. Tut mir leid. Es sollte kein Vorwurf sein.«

Casimiro nickte schweigend.

»Wer diese Mella wohl war?«, fragte Magalie betont fröhlich, um die Stimmung wieder anzuheben. »Etwa Auroras Mutter?«

»Die Rezepte sind nach Menschen benannt. Valentina, Dino, Tadeo, Giulio, den Eltern … Aurora war nicht dabei, aber ich habe bisher auch nur oberflächlich darin geblättert. Vielleicht wird sie noch erwähnt. Die Kastanien-Rezepte klingen jedenfalls vielversprechend. Und die Zeichnungen dazu sind richtig schön.«

»Wir könnten doch die Gerichte nachkochen, Mama!«, schlug Lily vor. »Bisnonna liebt alte Rezepte!«

»Lily, wir können das Buch nicht einfach mitnehmen. Es gehört uns nicht.«

»Doch! Aurora war meine Urgroßmutter.«

»Ja, aber vielleicht möchte Magalie die Rezepte mit dir testen?« Sie blickte zu Magalie, die jedoch abwinkte.

»Nein, schon gut. Ich bin gerade ziemlich eingespannt mit dem Gästehaus und den ganzen Veranstaltungen. Macht es ruhig mit Patrizia. Sie würde sich sicher freuen, wenn du und Lily mehr Zeit mit ihr verbringt.«

Felice schenkte ihr noch etwas Wein nach. »Ich melde mich schon mal als Testesser.«

»Cara ist nicht hier zum Kochen, sondern zum Schreiben.« Casimiro warf Felice einen spöttischen Blick zu.

»Schon klar«, erwiderte Cara kühl, und für einen Moment legte sich eine angespannte Stimmung über den Tisch.

»Cara war heute sehr fleißig«, erklärte Felice schließlich, um die Situation zu entschärfen. »Und sie plant bereits den Rundgang mit mir auf dem Weingut. Und, Cara, wann passt es dir?«

»Ich richte mich nach dir.«

»Für dich habe ich immer Zeit. Wie wäre es gleich mit morgen?«

»Morgen kann sie nicht«, bemerkte Lily rasch. »Wir gehen Kastanien sammeln.«

Cara strich ihr sanft über den Rücken. »Das habe ich natürlich nicht vergessen.« Sie wandte sich an Felice. »Vielleicht übermorgen?«

Er schenkte ihr ein, wie ihr schien, warmes Lächeln. »Perfekt. Ich freue mich.«

Kurz darauf gähnte Lily herzhaft und rieb sich die Augen, auch den anderen sah man die Müdigkeit inzwischen an.

»Ich glaube, es ist Zeit, Schluss zu machen«, sagte Magalie, und allmählich begann sich die Runde aufzulösen. Cara begleitete Lily noch ins Haus und nutzte die Gelegenheit, um das Rezeptbuch aus der Bibliothek zu holen. Draußen wartete Casimiro bereits am Wagen, als Felice auf sie zutrat, um sich zu verabschieden.

»Ach, Cara«, meinte er, kaum dass sie sich abgewandt hatte. Sie drehte sich zu ihm um.

»Das Rezeptbuch von Aurora. Ich würde es mir gerne anschauen. Du kriegst es natürlich wieder.«

»Ja, sicher.« Cara griff in ihre Tasche und reichte es ihm. »Tut mir leid, dass Lily solche Besitzansprüche daran gestellt hat. Das Buch gehört natürlich euch.«

Seine Augen funkelten dunkel im Licht der Laterne. »Schon gut, ich will es nur mal durchsehen.«

Cara nickte. »Na klar. Gute Nacht, Felice.«

Casimiro saß bereits im Wagen. »Warum hast du ihm das Buch gegeben?«, fragte er. »Ich dachte, du wolltest mit Lily kochen?«

»Mhm, er gibt es mir wieder. Aber er möchte es sich ansehen.«

Casimiro schaltete den Motor an. »Das ist schräg. Was bringt ihm das?«

»Meine Güte, Casimiro! Es gibt halt Leute, die lässt so was nicht kalt. Mich fasziniert das Buch auch. Aurora hat unzählige Kochbücher besessen, warum hat sie ausgerechnet dieses unter dem Bett in einer Kiste versteckt?«

Er lachte auf. »Wer redet denn von *versteckt*? Sie hat es einfach dort aufbewahrt. Vielleicht stammte es wirklich von ihrer Mutter und hatte einen besonderen Wert für sie. Du hast ja selbst gesehen, in welchem Zustand es ist. Vermutlich wollte sie nur verhindern, dass es noch weiter beschädigt wird.«

Cara musste sich eingestehen, dass sein logischer Gedanke durchaus Sinn ergab. Und doch ließ sie das Gefühl nicht los, dass mehr dahintersteckte.

»Hattest du noch nie das Bedürfnis, mehr über Aurora zu erfahren? Als du damals ihre Beerdigungsrede geschrieben hast, zum Beispiel?«

»Nein. Es gibt eben Menschen, die entscheiden sich bewusst, ihre Vergangenheit hinter sich zu lassen. Das sollte man akzeptieren. Und denkst du tatsächlich, durch das Rezeptbuch mehr über Aurora zu erfahren? Es ist ein Rezeptbuch, kein Tagebuch! Und sollte diese Mella wirklich ihre Mutter oder Großmutter gewesen sein, na und?«

»Ich will nur die Rezepte nachkochen. Mit Lily.«

Okay, das stimmte nicht ganz, musste Cara sich eingestehen. Ihr neugieriges Autorinnen-Ich vermutete mehr hinter der ganzen Geschichte und wollte es herausfinden. Aber Casimiro hätte dafür ohnehin kein Verständnis gehabt. Für ihn zählten Zahlen, Formeln, Logik – kein mögliches Rätsel um ein altes Kochbuch.

Die restliche Fahrt ins Dorf verlief still, während die Scheinwerfer von Casimiros Range Rover den dunklen Weg vor ihnen beleuchteten. Cara lehnte sich gegen das Fenster, ihr leichter Rausch ließ die Lichter verschwimmen. Die kühle Nachtluft, die durch das halb geöffnete Fenster hereinzog, beruhigte sie etwas.

»Du solltest dich übrigens in Acht nehmen vor Felice«, sagte Casimiro plötzlich. »Wahrscheinlich ist sein Interesse an dem Rezeptbuch nur geheuchelt, um dich zu beeindrucken.«

Cara richtete sich auf. »Was soll das jetzt?«

Casimiro schwieg einen Moment, bevor er ruhig antwortete.

»Ich weiß, er ist nett und charmant, aber auch nur, um die Frauen ins Bett zu kriegen.«

Cara lachte bitter. »Also wirklich! Redest du gerade über dich selbst?«

»Können wir das bitte lassen? Es ist lange her, und ich habe mich verändert.«

»Kann sein, okay. Aber du solltest nicht über andere herziehen, besonders nicht über deinen Cousin und Geschäftspartner.«

»Ich wollte dich nur warnen.« Er hielt den Wagen vor dem Haus ihrer Großmutter, und Cara öffnete die Tür.

»Weißt du, was? Wenn ich eines gelernt habe – dank dir, wohlgemerkt –, dann, dass ich Männern nicht mehr glauben kann. Gute Nacht!« Sie schlug die Tür zu und eilte ins Haus.

Als sie die Wohnung betrat, brannte noch Licht im Wohnzimmer, und sie sah ihre Großmutter, die in ihrem geblümten Morgenrock vor dem Fernseher saß und sich einen alten Schwarz-Weiß-Film anschaute. Auf dem Salontisch lag verführerisch ein Teller selbst gemachter Zitronen-Amaretti. Die guten, die ihre Großmutter auch in ihrem Laden verkaufte, erkannte Cara auf Anhieb. Außen knusprig, innen weich. Das Rezept stammte von Patrizias Schwiegermutter Riccarda Raneri, Caras längst verstorbener Urgroßmutter.

Cara setzte sich neben ihre Großmutter und nahm einen *Amaretto,* biss lustvoll hinein. »Ach, Nonna, das sind einfach die allerbesten.«

»Ich weiß. Und, wie geht's Lily?«

»Gut. Sie war heute wandern mit Casimiro.«

Patrizia zeigte mahnend zu den Kartonboxen. »Aber morgen kommt sie hierher, ja? Dann kann sie sich Neves Sachen durchsehen. Sonst entsorge ich nach ihren Ferien alles oder spende es der Caritas.«

»Wir kommen nach dem Kastaniensammeln zu dir, versprochen, Nonna. Lily freut sich schon darauf, ›ein paar der coolen Dinge ihrer Tante‹ zu ergattern, hat sie mir vorhin gesagt.«

»Prima. Und ich werde etwas für euch kochen. Wünsche?«

»Ehrlich gesagt, ja. Wie wäre es mit einem Kastaniengericht? Ich habe in den Rechercheunterlagen ein Kochbuch gefunden mit Rezepten, vielleicht können wir zusammen etwas daraus kochen. Lily und ich bringen sämtliche Zutaten mit.« Cara verschwieg, dass es sich um Auroras Kochbuch handelte, da ihre Großmutter es sonst vielleicht ablehnen würde. Hoffentlich bekäme sie es morgen von Felice zurück.

»In Ordnung. Vergiss aber nicht, dass wir die Kastanien, die ihr morgen sammelt, je nach Gericht noch nicht sofort verwenden können. Die müssen wir zuerst einlegen oder rösten. Aber ich habe welche hier.«

»Perfekt.« Cara griff nach einem weiteren *Amaretto* und schob ihn genüsslich in den Mund.

Kapitel 10

Santa Castagna, Oktober 1942
Mella

Es war ein milder Herbsttag, die Sonne tauchte den Wald in ein warmes, goldenes Licht, das durch die dichten Baumkronen auf den belaubten Boden fiel. Die Luft duftete nach feuchtem Laub und Erde, die Blätter raschelten im Wind, der Fluss rauschte. Mella beobachtete verstohlen den zeichnenden Dino, der im Schneidersitz auf dem Boden saß, vertieft in ihr Rezeptbuch, die Finger ruhig und sicher, als würden sie von selbst über das Papier gleiten. Sie lächelte. Es gefiel ihr, wie er zeichnete – wie seine Augen alles einzufangen schienen, jeder Strich voller Leben. Er wirkte wie in einer anderen Welt. Strich für Strich, Schattierung für Schattierung.

Am Ende präsentierte er ihr sein Bild zu ihrem Rezept von *Tadeos Kaninchenauflauf*, den sie – schweren Herzens – für Tadeo und Franco gekocht hatte, die ein Kaninchen gefangen hatten. Es hatte ihr leidgetan, den armen Hasen zuzubereiten, und irgendwas in ihr sagte, dass es nicht richtig war, dass ein Tier wegen ihnen sterben musste. Als sie dann jedoch den fertigen Auflauf aus dem Ofen genommen hatte und ihr der saftige Geruch in die Nase stieg, lief ihr das Wasser im Munde zusammen. Mit jedem Bissen, den sie aß, bedankte sie sich bei dem Tier.

Sie war froh, dass Dino das Kaninchen auf diesem Bild nicht gezeichnet hatte. Das wäre makaber gewesen. Stattdessen hatte er Santa Castagna abgebildet in seiner ganzen Schönheit. Ausnahmsweise hatte er der Zeichnung den Namen des Ortes hinzugefügt.

»Falls jemand in hundert Jahren das Rezeptbuch finden sollte, muss er doch wissen, wie der Ort heißt.«

»Gute Idee!« Mella lachte. »In hundert Jahren! Stell dir vor! 2042! Ob es dann wohl noch jemanden hier gibt?«

»Warum nicht? Es wird immer weitergehen.«

»Vielleicht haben sich die Menschen bis dahin durch all die Kriege selbst gegenseitig getötet.«

»Das glaube ich nicht. Die Leute werden schon klüger, irgendwann. Es wird aber bestimmt alles ganz anders aussehen in hundert Jahren. Die Entwicklung geht so rasant voran.«

»Was denkst du, wie es dann sein wird?«

»Bestimmt gibt es eine richtige Straße zu den Dörfern. Vielleicht sogar einen Bus oder einen Zug? Sicher mehr Automobile wie in Verbania. Oh, und Flugzeuge!«

Mella schauderte. Flugzeuge bedeuteten für sie nur eines: Krieg. Die Jungen in der Schule sprachen oft davon, weil ihre Väter oder Brüder – heimgekehrte Soldaten – schreckliche Geschichten erzählt hatten, in denen Flugzeuge wie Raubvögel über Dörfer kreisten und Bomben auf nichts ahnende Menschen fallen ließen.

Sie sah auf den Fluss und fragte sich, ob dieser Ort in hundert Jahren noch genauso schön und friedlich sein würde. Und welche Menschen dann wohl hier sitzen würden.

»Eigentlich kann man den Menschen in der Zukunft nur eines wünschen: Frieden. Das wäre das Wichtigste.«

»Ja, du hast recht.« Dino betrachtete nachdenklich seine Hände, als überlege er, ob er damit etwas zum Frieden beitragen könnte.

Um die Stimmung wieder aufzulockern, lächelte Mella und

zeigte auf die Zeichnung. »Du solltest deinen Namen unter die Bilder setzen«, schlug sie ihm vor. »Wie Maler es tun.«

Er winkte ab. »Ach was.«

»Doch! Bestimmt wirst du eines Tages ein großer Künstler werden.«

Er griff nach Mellas Hand. »Und du eine Meisterköchin!«

Mella zuckte zusammen. Dinos Berührung brachte sie wie so oft ganz durcheinander, und ihr Herz pochte wild. Sie hatte kürzlich mit Valentina über ihre Empfindungen gesprochen, und diese hatte nüchtern gesagt: »Du bist verliebt, Mella.«

Ja, sie war anscheinend verliebt. Sie fühlte sich wohl in Dinos Gegenwart, mochte seine Nähe. Und sie spürte, dass es ihm auch so ging.

Sie räusperte sich. »Ich möchte als Nächstes das Rezept für *Giulios Kastanienpolenta an Pilz-Apfel-Soße* niederschreiben. In Erinnerung an meinen Bruder Giulio. Er hat das Gericht geliebt. Was meinst du, was würdest du dazu zeichnen?«

»Spontan denke ich an ein Maisfeld und …«

Plötzlich knackste es hinter ihnen, und sie drehten sich blitzartig um.

»Na, sieh mal einer an!«, rief eine raue Stimme. Ein Mann trat aus den Büschen, ein fast zahnloses Grinsen im Gesicht. »Kinder!«, fügte er spöttisch hinzu.

Neben ihm stand ein zweiter Mann, der sie mit nur einem Auge musterte – das andere war von einer schwarzen Augenklappe verdeckt. Ein großer Rucksack hing auf seinen Schultern.

Dino und Mella sprangen erschrocken auf.

»Bei denen gibt's wohl nicht viel zu holen«, murrte der Einäugige enttäuscht. »Die haben ja kaum was dabei.«

Ohne Vorwarnung griff er nach Mellas Rucksack und schüttelte ihn. Ein paar Kastanien und ihre Handschuhe fielen auf den

Boden. Dann riss er ihr das Buch aus der Hand. Mella war wie erstarrt, ihre Kehle zugeschnürt vor Angst.

»Was ist das?«, fragte der Einäugige gelangweilt, während er das Buch durchblätterte. Mella brachte kein Wort heraus. Dino sprang ihr zur Seite.

»Ein Rezeptbuch«, erklärte er.

»Aha.« Der Einäugige blätterte weiter darin und las laut: »*Dinos Kastanienhackbraten?* Komisches Gericht!« Er lachte und zeigte die Zeichnung seinem Kumpel. »Schau mal, ein Bild von einem Karnickel! So ein Unsinn!«

Mella bebte vor Empörung. Der Mann hatte kein Recht, sich über das Rezept und die Zeichnung lustig zu machen.

»Kannst du gut kochen?«, fragte der Einäugige spöttisch, und diesmal richtete er seine Frage direkt an Mella. Sie schwieg und zitterte leicht.

»Was ist denn los? Ist das Vögelchen stumm?«, höhnte er, warf das Buch zu Boden und packte Mellas Arm, zog sie grob an sich. Sie schrie auf. Dino wollte eingreifen, aber der zweite Mann verpasste ihm einen harten Schlag in den Bauch, sodass er keuchend zusammensackte.

»Schreien kann sie wenigstens«, sagte der Einäugige lachend, während er Mella noch fester an sich zog. Der widerwärtige Geruch seines fauligen Atems brannte in ihrer Nase. »Du bist ja niedlich«, flüsterte er und strich ihr mit seinen rauen Fingern über das Gesicht.

»Die ist doch noch ein Kind«, warf der andere ein.

»Jetzt schon«, antwortete der Einäugige mit schmierigem Grinsen. »Aber in ein paar Jahren? Die wird mal richtig hübsch, das sehe ich sogar mit einem Auge. Und bis dahin kann sie für uns kochen.«

Da erklang ein Schuss.

Alle duckten sich panisch. Als Mella zitternd aufblickte, sah sie, wie Dino aufstand und »Rinaldo!« rief.

Ein Mann – offenbar Rinaldo – kam auf sie zu, er hielt eine Waffe in der Hand, die immer noch auf die beiden Banditen gerichtet war. Angst blitzte in den Augen der Männer auf.

»Ich sollte euch abknallen!«, brüllte Rinaldo. »Zwei Kinder überfallen? Seid ihr wahnsinnig?«

»Aber wir wollten ihnen nichts tun«, so der Einäugige. »Wir hatten vor, sie laufen zu lassen, wirklich!«

Rinaldo trat näher auf ihn zu und richtete die Waffe direkt auf seine Brust. An seiner Stirn sah Mella, wie der Einäugige schwitzte.

»Ich gebe euch noch eine Chance. Springt hier runter ins Wasser und verschwindet.«

»In den Fluss? Das Wasser ist eiskalt!«

»Nicht mein Problem. Also, los!«

Die Männer warfen noch einen verzweifelten Blick auf Rinaldo, doch der ließ keinen Zweifel daran, dass er es ernst meinte. Unter seinem Druck gingen sie zur Klippe, und schließlich sprangen sie – einer nach dem anderen – in den Fluss. Mella, Dino und Rinaldo schauten zu, wie sie auftauchten und fluchend ans Land schwammen. Rinaldo schoss in die Luft, dann rannten sie davon, verschwanden zwischen den Bäumen.

Rinaldo blickte wütend zu Dino. »Du musst besser aufpassen in den Wäldern, das habe ich dir schon so oft gesagt! Wo ist Tadeo?«

»Am Kastaniensammeln.«

»Ihr müsst immer zusammenbleiben, verstanden?«

»Ja.«

Rinaldo wandte sich an Mella, reichte ihr die Hand. »Ich bin Rinaldo, der Bruder von diesem kleinen Schlitzohr.« Er wuschelte liebevoll Dinos Haar.

»Freut mich, ich bin Mariella, aber alle nennen mich Mella.«

Mella musterte ihn. Das war also der Schmuggler. Genau wie Tadeo und Dino hatte er dunkles Haar, das ihm fast bis zu den Schultern reichte, und braune, feurige Augen.

»Kommt, lasst uns gehen.« Er lief ein paar Schritte, da fiel Mella auf, dass er stark humpelte, und sie erinnerte sich daran, dass er eine Kriegsverletzung hatte. Dennoch bewegte er sich aufrecht und mit erhobenem Kopf.

Bei der Riesenkastanie trafen sie auf Valentina und Tadeo, und Rinaldo erteilte Tadeo sogleich eine Standpauke, weil er Dino und Mella allein gelassen hatte. Schmunzelnd stellte Mella fest, dass selbst Tadeo einmal sprachlos war.

Später auf dem Heimweg berichtete Mella Valentina von dem Überfall. »Der eine wollte mich mitnehmen. Ich hatte solche Angst!«

»Da hattet ihr ja Glück, dass Rinaldo kam.«

Mella entging ihr bissiger Unterton nicht. »Stimmt was nicht?«

»Ich fand es nur nicht nett, dass Rinaldo Tadeo zurechtgewiesen hat. Er hat gut reden, von wegen *allein lassen*. Schließlich hat er seine Familie auch im Stich gelassen. So ist das!«

»Aber er ist ja jetzt hier.«

»Fragt sich nur, wie lange.«

»Wie kann er eigentlich ein Schmuggler sein, wenn er so stark humpelt?«

»Er macht es doch nicht selbst. Er organisiert alles von Verbania aus. Das weiß ich von Tadeo.«

Als sie kurz darauf die Selven erreichten, kam ihnen bereits Bürgermeister Musso entgegen.

»Hier seid ihr ja endlich! Kommt mit, ich habe eine Überraschung.«

Sie sahen sich fragend an und folgten ihm.

Und da stand er. Einarmig, abgemagert, das Haar ergraut, der Bart struppig, das Gesicht hohlwangig, aber eindeutig: ihr Vater.

Er war nicht mehr derselbe Mann wie vor dem Krieg, das wurde Mella schon nach wenigen Tagen bewusst. Kein Wunder, der Krieg hatte ihm seinen Sohn genommen – und einen Arm. Er wirkte oft in Gedanken versunken, in der Nacht hörte sie ihn regelmäßig schreien. Wenigstens lebte er noch, das war alles, was zählte. Nach zwei Wochen schien er sich allmählich eingelebt zu haben und hatte dank Mellas guter Küche etwas zugenommen. Viele der Dorfbewohner brachten ihnen zusätzliche Lebensmittel vorbei, Vittoria sogar jeden Tag ein Ei. Doch mit seiner zunehmenden Kraft wuchs auch eine gewisse Aggressivität.

Eines Morgens erwachte Mella durch laute Stimmen auf, die sie Valentina und ihrem Vater zuordnen konnte. Die beiden schrien sich an, und Mella kroch aus ihrer Schlafecke hervor und schaute runter, entdeckte die beiden vor dem Kochherd.

»Ich sehe das Problem nicht!« Valentina stemmte die Hände in die Hüften.

»Das Problem ist, dass du deine kleine Schwester über Wochen hinweg in die Wälder mitgenommen hast. Weißt du eigentlich, was alles hätte passieren können?«

»Mella ist vierzehn, kein kleines Kind mehr. Wir brauchten zudem die zusätzliche Ernte. Ohne wären wir nicht durchgekommen.«

Er fuhr sich über seinen dunklen Bart, der an mehreren Stellen weiß geworden war. »Ihr werdet nicht mehr in die Wälder gehen.«

Valentina rollte die Augen. »Ja, ist ja gut. Die Erntezeit ist sowieso vorbei.«

»Und Mella soll wieder regelmäßig zur Schule, das habe ich Signor Ferraro versprochen. Ah, und für dich habe ich eine Arbeit gefunden.«

»Eine Arbeit?«

»Ja, Bürgermeister Musso braucht ein neues Dienstmädchen. Sie mussten ihre vorherige Magd entlassen, weil sie gestohlen hat.«

»Ich werde nicht für Musso arbeiten!«, rief Valentina und fuhr sich durch das Haar, ihre Locken standen ungebändigt vom Kopf ab, ihre Wangen waren gerötet. »Er hat mich nach dem Kastanienfest begrapscht, dieser Lustmolch!«

Der Vater winkte müde ab. »Das war ein Missverständnis, hat er mir erklärt. Er hatte etwas zu viel getrunken und nur einen Scherz gemacht.«

»Einen Scherz?«, spie Valentina aus. »Papa, der Mann hat mich wie eine Hure behandelt. Bot mir Geld für Beischlaf an!«

Zornesfalten bildeten sich auf der Stirn des Vaters. »Jetzt hör auf, so zu reden! Es war ein Missverständnis.« Er hob drohend den Zeigefinger. »Valentina, ich verlange, dass du dieses Angebot annimmst. Fausto Musso zahlt gut, und wir können das Geld brauchen.«

»Aber er ist ein Faschist! Und du hast dich schon vor dem Krieg immer über ihn aufgeregt.«

Er schloss kurz die Augen, wirkte beschämt. »Ja, du hast recht. Aber unsere politische Einstellung zählt jetzt nicht mehr.« Er zeigte auf seinen fehlenden Arm. »Sieh mich doch an, ich bin ein Krüppel. Mit nur einem Arm kann ich nicht arbeiten, und die Invalidenrente ist lächerlich klein … Denk doch an Mella. Ich habe ihre Schuhe gesehen. Mit denen kommt sie niemals durch den Winter. Und eine neue Jacke braucht sie auch.«

Als ihr Name fiel, zuckte Mella zusammen. Ihr Vater hatte schon recht, sie brauchte wirklich neue Sachen. Aber viel lieber würde sie in zu engen und löchrigen Schuhen durch den Schnee marschieren, als Valentina für Bürgermeister Musso arbeiten zu lassen. Mit einem lauten »Nein!« kletterte sie rasch die Leiter runter. Ihr Vater und Valentina starrten sie an.

»Ich brauche nichts, Papa! Ich will nicht, dass Valentina für den Bürgermeister arbeiten muss.«

»Misch dich nicht ein!«, fuhr ihr Vater sie an.

»Ich mach's!«, rief Valentina. »Aber nur Mella zuliebe, hörst du? Und wenn Musso mich noch einmal anfasst, dann war's das.«

Valentina konnte noch in derselben Woche bei Fausto Musso als Dienstmädchen beginnen, was bei Mella starke Schuldgefühle verursachte. Dafür hatten sie jetzt immer reichlich Nahrung, da Valentina im Haushalt der Mussos an der Quelle war – als Bürgermeister erhielt man wohl mehr Lebensmittelmarken – und oft etwas mitnehmen durfte. So konnte Mella wenigstens wieder mehr Rezepte testen.

Zu Valentinas Erleichterung verhielt sich der Bürgermeister ihr gegenüber wieder anständig, was sie Mella nach einer Woche anvertraute. Er habe sich sogar für den Vorfall im Gemeindehaus entschuldigt, tat es allerdings als Lappalie ab.

»Dann ist also alles gut dort?«, fragte Mella und blickte in den Korb voller Nahrungsmittel, den Valentina auf den Tisch stellte.

»Ja. Allerdings …« Sie brach ab und presste die Lippen zusammen.

»Was?«

»Ach nichts.«

Mella glaubte ihr nicht. Was verschwieg Valentina?

In der nächsten Zeit gab sich Mella ganz ihrer Leidenschaft hin, buk und kochte. Ihr Vater bekam allmählich ein kleines Bäuchlein, auch Valentina hatte etwas zugelegt, was ihr jedoch hervorragend stand. Ihre Kurven waren runder und vollkommener denn je, ihr schönes Gesicht weich und lieblich, die Augen strahlend.

Eines Tages holte Mella Valentina nach der Schule von der Arbeit ab und wartete auf der Terrasse vor der Musso-Villa. Sie musste zugeben, dass sie ein klein wenig neidisch auf ihre Schwester war, die im prächtigsten Haus des Dorfes arbeiten durfte. Die Villa erhob sich stolz über den Kastanienselven. Bogenförmige Fenster und Messingbalkone zierten die gelbe Fassade, und von der Terrasse aus erstreckten sich die Hügel des Piemonts in sattem Herbstrot und Gold.

Als Valentina aus dem Haus kam, wirkte sie verstört. Sie griff nach Mellas Arm und zog sie mit sich durch den Garten.

»Was ist?«, fragte Mella.

»Nicht hier!«, zischte Valentina.

Erst als sie ein Stück gegangen oder beinahe gerannt waren, zog Valentina Mella hinter einen Baum und sah sich um. »Musso hat seine Frau geschlagen!«

»Was?«

»Ja! Und zwar richtig heftig! Ich war bereits aus dem Haus, als mir einfiel, dass ich meinen Schal vergessen hatte. Als ich zurückging, bekam ich mit, wie Musso sie zusammenschlug. Ich … wollte dazwischengehen, aber Francesca, die Haushälterin, riss mich weg. Sie sagte mir, das würde oft vorkommen. Ich dürfe mich nicht einmischen … Oh, Mella, es war schrecklich! Romana Musso hat geschrien, ich dachte schon, er bringt sie um! … Weißt du, ich habe bereits in der ersten Woche festgestellt, wie grob er zu ihr und sogar zu seinen Töchtern ist. Er gibt den Mädchen oft Ohrfeigen wegen Kleinigkeiten. Und seine Frau hat er kürzlich einfach geschubst, weil sie ihm im Weg stand. Aber so wie heute …«

»Die arme Signora Musso«, sagte Mella. »Ich mag sie eigentlich nicht, weil sie immer so gemein zu allen ist, aber jetzt tut sie mir leid.«

»Mir auch, vermutlich hat sie sich nur so verhalten, weil sie ihren inneren Zorn loswerden musste.«

»Wir müssen die Polizei verständigen.«

»Nein! Offenbar hat meine Vorgängerin das auch getan, meinte Francesca. Die Polizei kam dann tatsächlich vorbei, doch Musso redete sich heraus. Kurz darauf wurde sie entlassen, angeblich, weil sie gestohlen hatte. Laut Francesca verbreitet Musso nun schlimme Gerüchte über sie in Verbania, sodass sie vermutlich nie wieder eine Anstellung als Dienstmädchen findet. Francesca meinte, sie sei lieber still wie ein Grab, als sich Ärger einzuhandeln.« Valentina schloss die Augen. »Ich brauche diese Arbeit. Vater hat recht. Du musst zur Schule, Mella. Und ohne mein Geld geht das nicht.«

»Aber du kannst doch was anderes finden?«

»Du weißt selbst, wie schwierig es momentan ist. Wir haben Krieg.« Sie zeigte auf ihren Korb und setzte ein Lächeln auf. »Schau mal, was für gute Sachen Francesca mir wieder eingepackt hat. Eier, Butter, Zucker! Komm, wir gehen jetzt nach Hause und backen was zusammen.«

Mit diesen Worten gelang es ihr, Mella aufzumuntern. Doch das ungute Gefühl und die Sorge um Valentina blieben.

Kapitel 11

Morcote, Oktober 2023
Cara

Es kostete Cara einiges an Überwindung, an diesem Morgen mit Lily den Wald zu betreten. Dichter Nebel zog durch die Bäume und verschluckte deren bunte Farben. Sie hatte das unheimliche Gefühl, dass Neves Geist jederzeit aus dem Dunst auftauchen könnte, wie in Gruselfilmen oder Psychothrillern, in einem weißen Kleid, mit langen, dunklen Haaren, die ihr blasses Gesicht umrahmten. Doch lediglich Lilys pinke Windjacke leuchtete in der grau verschleierten Landschaft, während sie ein paar Meter vor Cara den steilen Pfad hinaufging.

Cara keuchte, aber nicht nur wegen der Anstrengung, die ihr das Atmen erschwerte. Mit jedem Schritt wuchs ihr Unbehagen, als würde der Boden unter ihr langsam nachgeben. Die Luft schien drückender zu werden, und jedes Geräusch um sie herum klang fremd und bedrohlich. Dieser Ort … Irgendetwas war damit.

Und dann, mit einem plötzlichen Stich in der Brust, wusste sie es. Ganz hier in der Nähe war es passiert.

»Lily, warte!«, rief sie, doch Lily hörte sie nicht. Das Mädchen rannte den Hang hinauf und verschwand hinter der Kuppe.

»Hier, Mama, komm! Hier gibt's ganz viele!«

Cara zögerte, ihre Beine fühlten sich schwer an, aber schließlich hastete sie hinauf. Die Enge in ihrer Brust ließ sie flacher atmen.

Als sie die Kuppe erreichte, blieb sie abrupt stehen. Dort erblickte sie Lily, direkt vor der alten, verwitterten Holzbrücke, die sich über den Bach spannte. Davor erhob sich eine Kastanie. Etwas weiter oben rauschte der kleine Wasserfall. Cara spürte, wie ihr Herzschlag in ihren Ohren hämmerte.

Hier war Neve gestorben.

Ein eisiger Schauer kroch über ihren Rücken, und sie konnte sich nicht bewegen. Ihre Hände ballten sich unwillkürlich zu Fäusten, als könnte sie den Schmerz und die Erinnerung daran einfach wegdrücken. Nach Neves Tod hatte sie diesen Ort nur einmal betreten, in Begleitung ihrer Mutter und Großeltern. Und jetzt, zwanzig Jahre später, war es, als hätte sich nichts verändert. Sie war wieder die verängstigte, trauernde Schwester von damals.

»Nein, Lily, nicht hier«, brachte sie schließlich hervor, ihre Stimme zitterte.

»Aber hier gibt's so viele Kastanien!« Lilys Gesicht strahlte vor Freude. Cara wollte etwas sagen, doch die Worte blieben ihr im Hals stecken. Die Enge in ihrer Brust wurde unerträglich, als ob unsichtbare Hände sie packten.

»Komm jetzt!«, sagte sie schärfer. Sie wollte nicht schreien, aber sie musste Lily von hier fortbringen. Bevor die Erinnerungen sie überwältigten. Ohne eine Antwort abzuwarten, wandte sie sich ab und lief los. Ihre Schritte wurden schneller, immer schneller, bis sie fast rannte. Sie fühlte die Tränen hinter ihren Augen brennen, aber zwang sich, sie zurückzuhalten. Nicht jetzt. Nicht hier. Nicht vor Lily.

Hauptsache weg von diesem Ort.

Erst als sie eine Gruppe von Kastanienbäumen erreichte, blieb sie stehen. Sie atmete tief ein und wischte sich mit zitternder Hand über die Stirn.

»Hier ist ein guter Platz!«, rief sie Lily zu und zwang sich zu einem Lächeln.

»Okay«, sagte Lily, als sie herangeeilt kam. Ohne zu zögern, kniete sie sich hin und begann, die Kastanien aus ihren stacheligen Hüllen zu entfernen. Magalie hatte ihnen Lederhandschuhe und einen großen Weidekorb mitgegeben.

»Die sind richtig prall und glänzend! Perfekt!«

Es raschelte, Cara schrak auf. Kurz darauf flog ein Vogel aus dem Unterholz. Lily lachte. »Hast du dich erschreckt?«

»Ein wenig.« Warum nur wurde sie die Angst in diesem Wald nicht los? Es war zwanzig Jahre her!

Sie begann, die Kastanien einzusammeln, bis Lily nach einer Weile fragte: »Sag mal, Mama, was ist eigentlich genau mit Neve passiert? Sie starb doch in diesem Wald.«

Cara hielt inne und betrachtete eine halb geöffnete Kastanienhülle, die drei rötlich schimmernde Früchte umschloss. »Ja, in diesem Wald«, nuschelte sie vor sich hin, ehe sie zu Lily blickte, deren blaue Augen sie erwartungsvoll musterten. Sie wollte ihr nicht sagen, dass sie vorhin Neves Unfallstelle passiert hatten.

»Sie hat damals zusammen mit ein paar Freunden im Wald übernachtet. Dein Vater, Fulvia und Felice waren auch dabei. Irgendwann hat sich Neve vom Lagerfeuer entfernt, weil sie Aufnahmen mit ihrer Kamera machen wollte. Für ein Schulprojekt.« Cara hielt inne.

»Was für Aufnahmen denn?«, hakte Lily nach.

»Es gab da so einen Film zu der Zeit«, erklärte Cara zögernd. »Von Jugendlichen im Wald, die nachts mit der Videokamera eine Doku drehten. Neve wollte es ihnen nachmachen.« Cara erwähnte nicht, dass es sich um *Blair Witch Project* handelte, einen Film, in dem Jugendliche einen Dokumentarfilm über eine angeblich im Wald lebende Hexe drehen wollten und dann nach und nach mysteriösen Vorfällen zum Opfer fielen. Sie wollte Lily weder ängstigen noch sie auf diesen fürchterlichen Film aufmerksam machen. »Ja, und dann ist sie gestürzt und schlug mit dem Kopf gegen einen Stein. Ihre Leiche wurde am nächsten Tag von der Kastanienfrau gefunden.«

»*La donna castagna!*« Lilys Augen glänzten fiebrig, wirkten aber nicht traurig oder ängstlich, sondern zu Caras Entsetzen eher fasziniert. »Sie wohnt in dem Steinhaus auf der Lichtung, nicht weit von hier. Papa hat mir schon von ihr erzählt.« Sie warf ein paar Kastanien in den Korb.

»Was hat er dir genau erzählt?« Cara spürte, wie sich ihr Magen zusammenzog. Sie hatte Casimiro vor Jahren inständig gebeten, Lily von der Kastanienfrau fernzuhalten. Anfangs hatte er sie belächelt, das Ganze als übertrieben abgetan. Erst als sie ihm drohte, Lily dürfe ihn andernfalls nicht mehr besuchen, versprach er ihr, auf sie zu hören.

Lily verdrehte die Augen. »Er hat mir gesagt, dass sie eine Hexe ist und Kinder in Bäume verwandelt. Ich hab's damals geglaubt, aber jetzt nicht mehr. Hexen gibt's nicht! Die Leute im Dorf nennen sie zwar so, aber sie ist bloß eine alte und harmlose Einsiedlerin.«

»Hm.« Cara schluckte. In diesem Moment wünschte sie sich, Lily hätte sich ein Stück ihrer naiven Kindlichkeit bewahrt. Doch natürlich konnte man ihr keine Märchen mehr auftischen. Sie verschwieg, dass sie die Kastanienfrau als Kind auch für eine Hexe gehalten hatte. Und dass sie vermutete, sie stecke hinter Neves Tod.

»Können wir sie besuchen?«, platzte es aus Lily heraus.

»Was? Nein!«

»Aber es ist ganz in der Nähe.«

»Lily, wir gehen nicht zur Kastanienfrau!«

»Warum? Sie lebt schließlich auf dem Grundstück meiner Familie und ist sozusagen eine Nachbarin. Ich fände es nur höflich, ihr Guten Tag zu sagen.«

»Ach, Lily, die Frau lebt nicht einfach aus Spaß so zurückgezogen. Sie tut das, weil sie die Menschen nicht mag.«

»Aber Bisnonna hat gesagt, dass sie ab und zu bei ihr im Laden auftaucht, um ihre Produkte zu bringen. Und sie soll dann immer ganz nett sein.«

»Klar ist sie nett zu ihr, sie möchte ihre Produkte verkaufen.« Für Cara war das Thema damit abgeschlossen, und sie sammelte weiter Kastanien, lenkte das Gespräch auf Lilys gestrige Wanderung.

Lily plapperte munter drauflos, bis Caras Handy klingelte. Es war ihre Mutter, die sich nach ihr und Lily erkundigte. Cara erklärte ihr, dass sie und Lily gerade im Wald am Kastaniensammeln seien, was ihre Mutter überraschte. »Du bist im Wald? Kommst du klar?«

Cara warf einen Blick zu Lily, die ebenfalls ihr Handy hervorgeholt hatte und Fotos von den Kastanien schoss. Sie wandte sich ab und ging ein paar Schritte. »Ja, es geht«, flunkerte sie. »Die Erinnerungen an Neve sind zwar allgegenwärtig, aber das liegt nicht nur am Wald. Seit ich in Morcote bin, muss ich an sie denken, auch weil Nonna will, dass wir Neves Sachen ausmisten. Du möchtest wirklich nichts, oder?« Sie hatte ihre Mutter bereits über die Entrümpelungsaktion informiert und gefragt, ob sie noch etwas behalten wolle.

»Nein, Schätzchen. Ich will nichts. Weißt du, Neve wird immer in meinem Herzen sein. Dazu brauche ich ihre Sachen nicht. Das Einzige, was ich damals von ihr behalten habe, waren ihr Plüschhund und ihre ersten Babyschuhe.« Sie brach ab, und Cara ahnte, wie schwer es ihr noch immer fallen musste, darüber zu sprechen. Der Schmerz über den Verlust eines Kindes blieb wohl ein Leben lang, man konnte lediglich lernen, damit umzugehen.

»Vielleicht findet Lily ja ein paar Klamotten, die ihr gefallen«, fuhr ihre Mutter fort.

»Ich hoffe nicht!« Cara dachte an Neves schwarze Goth-Kleidung. »Aber sie ist wirklich fasziniert von Neve.«

»Kann ich mir vorstellen … Und, wie kommst du mit dem Buch voran?«

»Ganz gut.« Sie erzählte ihr von dem schönen Arbeitsplatz, den Akten, Aurora, dem Rezeptbuch. Felice hatte es ihr heute Morgen zurückgegeben und ihr gesagt, dass keines der Rezepte nach Aurora benannt wurde und auch sonst nichts mit Aurora in Verbindung gebracht werden konnte. Sollte es sich bei Mella also um Auroras Mutter gehandelt haben, musste sie das Buch schon vor deren Geburt geschrieben haben. Sonst hätte sie ja bestimmt ein Rezept nach ihrer Tochter benannt. Sie berichtete ihrer Mutter davon.

»Vielleicht war Mella ja Auroras Großmutter?«

»Kann auch sein. Wir kennen ja das Alter des Buches nicht. Oder das Buch hatte gar nichts mit ihrer Familie zu tun.«

»Das klingt auf jeden Fall spannend … Sag mal, wie läuft es mit Casimiro?«

»Er ist halt einfach Casimiro. Gestern hat er tatsächlich gedacht, mich vor Felice warnen zu müssen.«

»Typisch Casimiro … Und, wie geht es Felice?«

»Ich hätte ihn zuerst fast nicht wiedererkannt. Er ist …« *attraktiv geworden,* wollte sie sagen, blickte nochmals zurück zu Lily, ob sie auch nicht lauschte. Doch sie war weg. Sie sah sich um. »Lily?«

Keine Antwort.

»Lily!« Panik ergriff sie, als sie hinter eine dickstämmige Kastanie schaute, in der Hoffnung, Lily verstecke sich dahinter.

»Was ist passiert?«, fragte ihre Mutter.

»Lily ist weg, Mama. Ich muss sie suchen. Ich ruf dich später zurück.« Sie schaute sich weiter verzweifelt um. »Lily!« Oh Gott, wo war sie nur? Versteckte sie sich absichtlich? Mit zitternden Fingern wählte sie Lilys Nummer, aber sie ging nicht ran.

»Hör zu, Lily, wenn das ein Scherz sein soll, finde ich es nicht lustig«, rief sie in den Wald hinein. »Komm sofort her!«

Anstelle von Lily antwortete irgendein Vogel mit seinem Gezwitscher.

Plötzlich dachte Cara an ihre Unterhaltung zuvor. Oh nein, Lily würde doch nicht …? Sie seufzte. Doch, sie würde.

Hastig eilte sie den steilen Trampelpfad hinunter, geriet mehrfach ins Rutschen, bis sie endlich unten bei der Verzweigung ankam. Von hier aus führte ein breiterer Weg zum Weingut und ein sich schlängelnder Trampelpfad zum Haus der Kastanienfrau, der allerdings von Farn, Dornenbüschen und Sträuchern überwuchert war. Ein Ast peitschte Cara gegen die Stirn, und sie verfluchte die Kastanienfrau.

Endlich erreichte sie die Lichtung. Inzwischen hatte sich der Nebel aufgelöst, und die Sonne schien durch die Kastanienbäume, ließ die Blätter golden schimmern.

Und da lag es, das kleine Steinhaus der Kastanienfrau, strahlte eine Idylle aus, die Cara damals als Kind in ihrer Angst nicht wahrgenommen hatte. Ein schmaler Pfad aus Steinplatten führte durch einen wild wuchernden Garten voller Sträucher, Blumen und Kräuter zu einer kleinen, mit einer Pergola überdeckten Terrasse. Efeu und Reben umschlangen das Gemäuer und die Holzbalken des Häuschens. Ein paar Bienen schwirrten über einem blauen Hibiskus und einer pinkfarbenen Bougainvillea, aufgeregt, zu dieser

Jahreszeit noch in den Genuss von Nektar zu kommen. Cara hörte das Gebell eines Hundes und zuckte zusammen – hatte sich die alte Frau etwa einen Hund zugelegt? Sie bemerkte Rauchschwaden, die hinter dem Haus in die Bäume stiegen wie ein Nebelschleier. Der Geruch von verbranntem Holz zog durch die Luft und vermischte sich mit dem erdigen des Waldes. Obwohl das Hundegebell immer lauter wurde, bahnte sie sich einen Weg durch den Garten bis hinter das Haus und seufzte vor Erleichterung, als sie Lily entdeckte. Sie stand neben der Kastanienfrau vor einem *metato*, in dem ein Feuer brodelte. Cara entdeckte Kastanienfrüchte auf dem Gitterrost. Die alte Frau hielt mit einer Hand den Hund am Halsband fest und sprach mit Lily. »Keine Angst, Eco bellt immer, wenn Spaziergänger in der Nähe sind.«

»Lily!«, rief Cara und rannte auf sie zu.

Lily und die Kastanienfrau drehten sich um, der Hund bellte jetzt im Sekundentakt. »Ah, hi, Mama. Mir wurde soeben erklärt, wie Kastanien getrocknet werden. Vierzig Tage dauert es, dann haben die Früchte den idealen Wassergehalt.«

Cara, kurz irritiert über Lilys gelassene Reaktion, schnappte nach Luft. »Warum bist du weggelaufen?«

»Du hast telefoniert, da dachte ich, ich besuche meine Nachbarin und sage mal Hallo.«

»*Mal Hallo*? Also wirklich, Lily, du kannst nicht einfach weglaufen im Wald, ohne mir etwas zu sagen. Außerdem hatte ich dir verboten, hierherzukommen.« Cara warf der alten Frau, die den noch immer bellenden Hund streichelte, einen Blick zu, und sofort erschauderte sie. Braune Augen, die die Farbe von Kastanien hatten, blickten sie verständnislos an.

»Bitte entschuldigen Sie, dass Lily Sie gestört hat.«

»Sie hat mich nicht gestört. Lily ist ein liebes Mädchen.« Sie sah

Lily lächelnd an, und ihre Züge verwandelten sich in eine Landschaft aus unzähligen Runzeln.

Lily warf Cara einen zufriedenen Blick zu.

»Wir müssen jetzt gehen, Lily.«

»Ich will noch bleiben. Schau mal, der Hund hier ist voll süß! Er heißt Eco und ist ein Lago…« Sie sah Hilfe suchend zu der Kastanienfrau.

»Ein Lagotto Romagnolo«, sagte diese.

»Genau. Ein Trüffelhund!«

Cara sah zu dem braunen Hund mit seinem wolligen, gelockten Fell, das fast an einen Teddybären erinnerte. Wirklich ein niedliches Kerlchen, auch wenn er noch immer bellte.

»Also, bei mir hat er nicht so gebellt«, sagte Lily. »Eco mag mich.«

»So, Lily, wir gehen!« Cara schaute nochmals zu der Kastanienfrau und verabschiedete sich aus Höflichkeit mit einem »Auf Wiedersehen«. Obwohl ein *Nimmer-Wiedersehen* treffender gewesen wäre!

Lily folgte widerwillig und maulend. »Ich verstehe nicht, wieso ich nicht bleiben darf. Das mit dem Trocknen der Kastanien war so spannend, und Eco ist so ein toller Hund.«

»Ich will nicht, dass du sie je wieder besuchst, verstanden?«

»Wieso? Sie ist richtig nett.«

»Oh, das sind Hexen anfangs immer.«

»Eine Hexe. Aha«, sagte Lily in einem Tonfall, als wäre Cara soeben aus einer Irrenanstalt entflohen und müsste mit höchster Vorsicht behandelt werden. »Du hörst dich echt verrückt an, Mama.«

Sie hatte natürlich recht, musste sich Cara eingestehen. Warum nur war ihr der Kommentar mit der Hexe herausgerutscht? Sie atmete tief durch und legte Lily die Hände auf die Schultern. »Hör zu, Liebes, ich wollte es vorhin nicht erwähnen, weil ich dir keine Angst machen wollte, aber du musst es wissen: Ich glaube, dass die Kastanienfrau etwas mit Neves Tod zu tun hat.«

»Wieso denn das? Nur weil sie sie gefunden hat?«

»Es ist nicht nur das. Neves Kamera war weg. Und in dem Film, den Neve drehen wollte, ging es nicht nur darum, den Wald in der Nacht aufzunehmen, sondern auch die *Hexe von Morcote,* also die Kastanienfrau. Nur Fulvia wusste darüber Bescheid, und sie erzählte am nächsten Tag, als man Neves Leiche fand, von deren Vorhaben. Aus diesem Grund wurde die Kastanienfrau dann von der Polizei verhört, allerdings konnte ihr nichts nachgewiesen werden. Die Kamera mit den vermutlich belastenden Filmaufnahmen war weg. Für mich ist eindeutig, dass Neve die Kastanienfrau gefilmt hat und diese dann wütend wurde und Neve geschubst hat … An Neves Beerdigung habe ich sie gesehen. Sie stand abseits, versteckt hinter den Bäumen. Und als sich unsere Blicke trafen, lief sie rasch weg.«

»Aber das hat doch nichts zu bedeuten. Du hast selbst gesagt, dass sie Menschen nicht mag. Vielleicht wollte sie einfach lieber allein trauern.«

Cara schüttelte den Kopf. Sie würde die Augen der Frau nie vergessen. Die Schuld stand ihr regelrecht ins Gesicht geschrieben.

Am späteren Nachmittag besuchte Cara mit Lily ihre Großmutter, mit dabei die Zutaten für den vegetarischen Kastanienhackbraten aus Mellas Rezeptbuch. Als Cara ihrer Nonna das Rezeptbuch zeigte und ihr auf Nachfrage gestand, dass es laut Magalie offenbar Aurora gehört hatte, reagierte Patrizia zuerst etwas verdrossen, doch als sie in dem Buch blätterte, begannen ihre Augen neugierig zu leuchten. Cara schmunzelte. Ihre Großmutter liebte alte Rezepte.

»Vermutlich wurden die Rezepte während der ersten Hälfte des zwanzigsten Jahrhunderts geschrieben, weil man gerade in den Kriegsjahren fast nur Kastanien hatte. Und es gehörte wirklich Aurora?«

»Casimiro fand es beim Aufräumen in einer Kiste unter ihrem Bett. Was etwas seltsam ist, naheliegender wäre doch, dass sie es mit den anderen Rezeptbüchern zusammen aufbewahrte.«

»Ich habe ja schon immer gesagt, dass Aurora merkwürdig war.« Patrizia griff nach ihrer Kochschürze und band sie um. »So, lass uns beginnen.«

Während Lily im Wohnzimmer Neves Sachen durchsah, bereiteten sie das Abendessen zu. Cara, die die vorgegarten Kastanien zu einem Brei püriert hatte, zerkleinerte die restlichen grob, ließ ihren ganzen Frust an ihnen aus und erzählte ihrer Großmutter von dem Vorfall im Wald. »Diese Aktion passt so gar nicht zu Lily. Sie ist noch nie weggelaufen. Und dann ausgerechnet zur Kastanienfrau. Die hat jetzt übrigens einen Hund.«

»Ich weiß. Eco. Sie nimmt ihn immer ins Dorf mit.« Patrizia briet die Pilze an, gab Rosinen, Kräuter, Zwiebeln und Knoblauch hinzu. »Die Kastanienfrau ist nicht gefährlich, Cara. Du musst keine Angst haben. Sie lebt schon so viele Jahrzehnte hier, und nie ist was passiert.«

»Nie was passiert? Neve ist gestorben!« Cara gab die Kastanien in die Pfanne, und ihre Großmutter vermischte sie mit den anderen Zutaten.

»Die Kastanienfrau hatte damit nichts zu tun. Stell dir mal vor, sie hätte Neve tatsächlich getötet. Dann hätte sie sie doch bestimmt vergraben oder zumindest ihren Fund nicht gemeldet, um den Verdacht nicht auf sich zu lenken.«

»Vielleicht tat sie es absichtlich? Und was ist mit der Kamera passiert?« Cara verrührte Sahne und Eier, gab gehackte Walnüsse und Semmelbrösel hinzu.

Patrizia hielt in ihrer Bewegung inne. »Du kennst meine Meinung dazu.«

Cara nickte. Ihre Großmutter war stets der Überzeugung gewesen, dass Neves Freunde – Casimiro, Fulvia, Felice und Anna-Maria – mehr über die verhängnisvolle Nacht wussten, als sie zugaben. Sie war sich sicher, dass die Jugendlichen unter dem Einfluss von Marihuana auf dumme Gedanken gekommen waren und Neves Unfall dadurch verursacht wurde. Die Kamera, mit der sie möglicherweise alles gefilmt hatten, ließen sie verschwinden und behaupteten, sie wären alle beim Feuer geblieben. So naheliegend diese Theorie auch war, vermutete Cara eher, dass die Kastanienfrau dahintersteckte.

Die Polizei, die den Fall damals untersucht und sämtliche Beteiligte verhört hatte, kam zu dem Schluss, dass Neves Tod das Ergebnis eines Sturzes von der rutschigen Holzbrücke war. Dies bestätigte auch das rechtsmedizinische Gutachten. Neve, die unter Drogen gestanden hatte, war im Dunkeln auf der belaubten Brücke gestürzt und mit dem Kopf gegen einen Stein am Fluss geprallt. Die verschwundene Kamera war laut Polizei kein Beweis dafür, dass Neve Opfer eines Verbrechens wurde.

Cara rührte so energisch in der Schüssel, als trügen die Zutaten Schuld an Neves Tod und müssten bestraft werden.

»Mama, Nonna! Schaut mal!«

Lily stand im Türrahmen, und Cara hielt in ihrer Bewegung inne. Ihr blieb fast die Luft weg. Lily trug ein schwarzes Tüllkleid, das ihr zwar zu groß war, aber trotzdem seinen Zweck erfüllte. Sie sah aus wie eine Mini-Neve.

»Cool, oder?« Sie drehte sich um die eigene Achse und erinnerte Cara fast ein wenig an den schwarzen Schwan aus dem Ballett.

»Zieh das sofort wieder aus!«

»Wieso?«

»Das wird entsorgt!«

»Aber ich könnte es zu Halloween tragen und …«

»Nein, Lily! Du ziehst dich jetzt um und gibst mir das Kleid.«

Lily verzog das Gesicht zu einer Fratze. »Weißt du, was, du bist heute richtig doof!« Mit diesen Worten rannte sie davon, Cara blieb wie angewurzelt stehen. Noch nie hatte Lily sie *doof* genannt! Sie wollte ihr nach, doch ihre Großmutter griff sanft nach ihrem Arm. »Lass sie.«

»Aber …«

»Sie wird allmählich erwachsen, unsere Lily.« Nach einem Blick in Mellas Rezeptbuch reichte sie Cara eine Kastenform und Butter. »So, die Mischung muss jetzt abkühlen. Die hier kannst du schon mal einfetten.«

Cara schnitt wie in Trance etwas Butter ab und fettete die Form ein, dachte dabei an eine Szene vor vielen Jahren zurück, als sie in Berührung mit dem schwarzen Tüllkleid gekommen war.

Sie hatte Neves Zimmer damals in deren Abwesenheit unerlaubt betreten – und erschrak sofort beim Anblick der Poster von den Sängern der Gothic-Bands: Leichenblasse Gesichter mit schwarz umrandeten Augen und hellen Augenlidern starrten sie an, Totenkopfschädel zierten deren Klamotten. So beängstigend diese Ästhetik auch war, sie konnte sich der Faszination nicht entziehen. Sie begann, in Neves Sachen herumzuschnüffeln, obwohl sie wusste, dass sie sich auf verbotenem Terrain bewegte. Sie öffnete Schubladen und Schränke und betrachtete die CD-Cover der entsprechenden Bands. In Neves Kleiderschrank entdeckte sie ein schwarzes Kleid mit Spitzenbustier und Tüllrock. Darin hatte sie Neve noch nie gesehen! Wann hatte sie es getragen? Cara hielt sich das Kleid vor den Körper und betrachtete sich im Spiegel. Niemals würde sie hineinpassen. Oder vielleicht doch? Zögernd begann sie, sich hineinzuzwängen.

Zu ihrer Überraschung schmiegte sich der elastische Stoff an Brust und Hüfte, auch wenn er über dem Bauch ziemlich spannte. Sie drehte sich vor dem Spiegel, wuschelte sich durch das Haar, sodass es ihr verwegen ins Gesicht fiel. Wie wild und verrucht sie aussah! Ob Casimiro, ihr heimlicher Schwarm, sie hübsch fände? Wohl kaum. Er war zurzeit mit einem Mädchen aus seiner Stufe zusammen: Anna-Maria, die früher eine Freundin von Neve und Fulvia gewesen war, sich inzwischen aber von ihnen distanziert hatte, weil sie mit der Gothic-Szene nichts anfangen konnte.

Cara dachte an Anna-Maria, die ein bisschen wie Jennifer Aniston aus *Friends* aussah. Niemals könnte sie ihr das Wasser reichen.

Frustriert wollte sie den Schrank schließen, als sie auf dem Schrankboden eine Holztruhe entdeckte. Neugierig zog sie sie hervor und öffnete den Deckel. Darin lag Neves Schmuck: Ringe mit Totenkopfschädeln, eine schwarze mehrgliedrige Kette und eine mit einer schwarzen Rose, über der ein Totenkopf prangte. Cara nahm alles heraus und legte sich die Schmuckstücke um den Hals, bis die Truhe leer war. Doch irgendetwas stimmte nicht, der Boden war leicht schräg und passte nicht zur Höhe der Truhe. Als sie darauf drückte, bemerkte sie, dass es sich nur um einen Einsatz handelte.

Neugierig entfernte sie ihn und staunte nicht schlecht, als sie Kondome, Beutel mit Gras und bunte Pillen entdeckte. Dank der Drogenaufklärung in der Schule wusste Cara, um was es sich handelte. Plötzlich hörte sie ein Rascheln von Neves Bett her. Als sie nachschaute, bemerkte sie, wie sich etwas unter der Bettdecke bewegte, und im nächsten Moment kroch eine dunkelgraue Ratte hervor. Cara schrie auf, und kurz darauf stürmten ihre Mutter und Großeltern ins Zimmer.

Als Neve an diesem Abend nach Hause kam, erhielt sie von den Erwachsenen eine gehörige Standpauke. Später schlich sie sich in Caras Zimmer. Cara, die bereits im Bett lag, erschrak, als sie Neves weißes Gesicht über sich erblickte.

»Du miese kleine Verräterin! Aber ich sag dir eines, du wirst es bereuen!«

Die Erinnerung an Neves Worte traf Cara wie ein Faustschlag in den Magen. Neve hatte Wort gehalten und Cara die Aktion bereuen lassen. Zusammen mit Fulvia spielte sie ihr in der Schule einen gemeinen Streich, der Cara noch immer erschaudern ließ. Sie hatte Neve danach gehasst. Es war kurz vor ihrem Tod gewesen.

»Cara!« Ihre Großmutter griff nach der Kastenform. »Wie viel Butter willst du eigentlich noch reinschmieren? Das reicht vollkommen. So, wir füllen die Form jetzt, und dann kommt der Braten in den Ofen. Bin ja mal gespannt, wie das wird.«

Er schmeckte köstlich, und Cara fragte sich während des Essens, ob es sich um Dinos Lieblingsgericht gehandelt hatte, da es seinen Namen trug. Wie er wohl zu Mella, der Autorin des Buches, gestanden hatte? War er ihr Bruder gewesen, oder der Freund? Der Ehemann? Und in welcher Verbindung stand Aurora zu ihnen? Gab es überhaupt eine Verbindung?

Ihre Großmutter war jedenfalls begeistert von dem vegetarischen Hackbraten und schlug vor, auch die anderen Rezepte auszuprobieren. Selbst Lily, die beim Abendessen ungewöhnlich schweigsam gewesen war, nickte zustimmend.

Später, als Cara Lily zum Weingut fuhr, herrschte drückende Stille im Auto. Lily saß auf dem Beifahrersitz, den Blick auf ihr Handy gerichtet. Ihre Finger huschten über den Bildschirm, während Cara mehrmals versuchte, ein Gespräch zu beginnen. Doch jedes Mal blockte Lily genervt ab.

Als sie ankamen, stieg Cara aus und holte die beiden großen Taschen mit Neves Sachen aus dem Gepäckraum. Bücher, Schmuck, kleiner Krimskrams. Außerdem ein paar Kleidungsstücke: schwarze Schnürboots, ein grau-weiß kariertes Flanellhemd im Kurt-Cobain-Stil, T-Shirts, Jeans und ein schwarzer Strickpullover. Diese Teile hatte Cara Lily erlaubt zu behalten, weil sie fast ungetragen waren und Lily in ein bis zwei Jahren passen sollten. Alles andere, wie das Kleid mit Tüllrock, war bereits in der Tasche für die Altkleidersammlung gelandet.

Ein scharfer Geruch stieg ihr in die Nase, als sie die Taschen trug. Mottenkugeln. Das Zeug musste dringend gewaschen werden.

Casimiro stand vor dem Haus und begrüßte Lily, die mürrisch an ihm vorbeirauschte. Stirnrunzelnd sah er ihr nach, ehe er den Blick auf Cara richtete.

»Wer ist das? Und was hast du mit unserer Tochter gemacht?« Er grinste, und Cara zuckte zusammen. *Unsere* Tochter. Es klang so nach Familie.

»Wir hatten einen kleinen Streit.«

Er hob eine Augenbraue, und sie erzählte ihm von der Kastanienfrau und Neves Sachen.

»Okay, also wegen der Kastanienfrau: Dass Lily sie aufgesucht hat, finde ich an sich nicht schlimm. Die alte Frau ist harmlos, ob du es glaubst oder nicht. Nicht tolerierbar ist aber, dass sie einfach weggelaufen ist, ohne dich zu informieren. Das geht nicht. Und wegen Neve: Ich will ja auch nicht, dass unsere Tochter zu einem Goth wird, aber sie hätte das Kleid doch wirklich für Halloween behalten können.«

Cara setzte sich seufzend auf die Bank vor dem Haus. Malo, ein Kater mit rotem Fell, versteckte sich darunter und huschte zwischen den Pflanzentöpfen davon. »Im Nachhinein sehe ich das auch so, aber als sie in dem Outfit vor mir stand, da erinnerte sie mich so sehr an Neve. Die Drogen, die Kondome, die Ratte …«

Casimiro, der sich neben sie gesetzt hatte, blinzelte. »Ratte? Ich wusste gar nicht, dass Neve eine Ratte besaß. Das hat sie nie erwähnt … Aber ich hing die Monate vor ihrem Tod auch nicht mehr so oft mit ihr und Fulvia ab.«

»Mhm, du hattest deine Anna-Maria.«

Er lachte kurz. »Ja, genau.«

»Wie geht es ihr eigentlich?« Cara wusste, dass Anna-Maria kurz nach Neves Tod von ihren Eltern auf ein Internat am Genfer See geschickt worden war, wegen des Vorfalls im Wald. Sie und Casimiro hatten sich vor ihrer Abreise getrennt. Cara hatte ihn bereits 2009 einmal auf Anna-Maria angesprochen, und er meinte damals, sie lebe in Bellinzona und er sei mit ihr auf Facebook befreundet.

»Ganz gut. Sie ist verheiratet, Lehrerin, hat zwei Kinder und lebt noch immer in Bellinzona.«

»Mhm.«

Eine Weile saßen sie einfach nur da, jeder in seine Gedanken versunken, bis sich Casimiro zu ihr drehte.

»Hör zu, das mit Lily wird schon wieder. Sprich morgen mit ihr und erkläre ihr, dass du nur so reagiert hast, weil dich alles an Neve erinnert hat. Sie wird es verstehen.«

»Ja, mach ich. Danke.«

Nach dem Gespräch mit Casimiro fühlte sich Cara besser, und während sie ins Dorf fuhr, nahm sie sich fest vor, am nächsten Tag mit Lily zu reden.

Als sie nach Hause kam, war ihre Großmutter schon im Bett. Cara legte sich ebenfalls hin und blätterte noch in Mellas Rezeptbuch. Nachdem der Kastanienhackbraten so gut geworden war, wollte sie unbedingt noch weitere Rezepte testen. Vielleicht etwas backen, wie *Mellas Torta di Castagna* oder *Valentinas Castagnaccio*, einen Kastanienmehlkuchen mit Rosinen, Pinienkernen und Rosmarin. Ihre Großmutter war vor Freude beinahe in die Luft gesprungen, als sie das Rezept gesehen hatte. Zu dem *Castagnaccio*-Rezept war ein Bild von Rebstöcken abgebildet. Sie blätterte weiter zu einer Zeichnung, die ein typisches Bergdörfchen zeigte, wie es oft in den Tessiner Tälern und Hügeln, aber auch in Italien vorkam. Steinhäuschen und eine dominante Kirche an einem Hang, umgeben von Weinbergen und viel Wald. Zur Zeichnung gehörte eines der wenigen Fleischgerichte namens *Tadeos Kaninchenauflauf*.

Tadeo, Valentina. Wer waren sie gewesen? Mellas Geschwister? Kinder? Cara wollte schon weiterblättern, da bemerkte sie eine Notiz am unteren Rand der Zeichnung, kaum erkennbar. *Santa Castagna.*

Santa Castagna also. Sie griff nach ihrem Handy und gab den Namen in die Suchmaschine ein, erfuhr, dass es sich um ein kleines Bergdorf im Piemont handelte, die nächste größere Stadt war Verbania. Cara starrte auf die Zeichnung. Ob Mella von dort gekommen war? Und vielleicht sogar Aurora? Wenn ja, warum hatte sie dieses Buch, in das Mella so viel Herzblut gesteckt hatte, in einer Kiste unter dem Bett aufbewahrt?

Kapitel 12

Santa Castagna, November 1942
Mella

Mella mochte den November nicht. Der düsterste Monat des Jahres brachte auch dieses Jahr wieder viel dichten Nebel, Wind und Regen ins Land. Die Bäume verloren immer mehr Blätter und glichen nach und nach kahlen Gerippen. Ihr kam es vor, als dränge die Kälte bis zu ihren Knochen. Vorbei waren die sonnigen Herbsttage.

So verbrachte sie viel Zeit am Herd und probierte neue Rezepte aus, die ihr Vater, Valentina und Dino testen durften. Die besten schafften es in ihr Buch und wurden von Dino illustriert. Inzwischen zeigte Dino immer mehr, dass er etwas für sie empfand, wenn er auch zurückhaltend blieb.

Kürzlich waren sie zusammen durch das Dorf spaziert, und plötzlich hatte er nach ihrer Hand gegriffen, sie dabei schüchtern angelächelt. Sie hatte seinen Blick erwidert.

Mella hatte Dino ihrem Vater vorgestellt, und der war zuerst alles andere als begeistert gewesen. Nicht wegen Dino selbst, sondern wegen des schlechten Rufs der Gagliardis. Er ging sogar so weit, Mella den Umgang mit ihm verbieten zu wollen, aber Mella bat ihn, ihm wenigstens eine Chance zu geben. Widerwillig ließ er sich darauf ein, und je besser er Dino kennenlernte, desto mehr wandelte sich sein Bild, und er begann, dessen Intelligenz und seine ruhige Art zu schätzen.

»Der Junge wird es mal zu etwas bringen«, sagte er nun oft, und Mella war stolz, dass sie in Dino einen so guten Freund gefunden hatte.

Tadeo hingegen mochte ihr Vater nicht, hielt ihn für einen Taugenichts und untersagte Valentina, sich mit ihm zu treffen. Aber Mella wusste, dass sich Valentina nicht daran hielt und Tadeo an ihren freien Tagen in Soracielo besuchte. Ihrem Vater gegenüber behauptete sie, sie würde arbeiten.

Eines Abends kam Valentina spät nach Hause. Mella, die noch wach war und bei Kerzenlicht ein Rezept in ihr Buch schrieb, hörte ein leises Schluchzen. Da Valentina sonst nie weinte, war Mella überzeugt, dass etwas Schlimmes passiert sein musste. Sie klappte ihr Buch zu und legte es auf die Truhe. »Valentina, was ist los?«, fragte sie leise, und ihre Schwester legte sich neben sie auf die Matratze.

»Ich bin schwanger.«

»Was? Bist du ganz sicher?«

»Pst! Sei leise!« Sie hielt inne. »Und ja, ich bin sicher. Ich bin seit einer guten Woche überfällig. Und meine Brüste schmerzen ganz fürchterlich. Am Morgen ist mir oft übel. Es ist eindeutig.«

Mella starrte sie an. Da Valentina immer viel früher aus dem Haus musste als sie, war ihr das nicht aufgefallen.

»Und was wirst du jetzt tun? Weiß es Tadeo schon?«

Valentinas Augen füllten sich erneut mit Tränen, wie Mella im Kerzenschein erkannte. »Ich wollte es ihm heute Abend sagen, ging extra nach Soracielo, doch dann sah ich ihn mit Giada! Sie haben sich geküsst!«

Mella wusste nicht auf Anhieb, wen Valentina meinte, bis ihr einfiel, dass Giada das Mädchen mit den himmelblauen Augen war, das damals unerlaubt an ihrem Platz geerntet und Valentina geschubst hatte.

»Sie haben mich nicht gesehen, und ich bin weggerannt«, fuhr Valentina fort und schluchzte auf. Mella strich ihr hilflos über den Rücken. Ihre sonst so starke Schwester weinen zu sehen verstörte sie. Das musste an der Schwangerschaft liegen. »Du musst es ihm trotzdem sagen!«

Valentina hob den Kopf, und in ihren Augen flackerte ein Feuer auf, stärker als die Flamme der Kerze. »Niemals! Ich will keinen Mann, der eine andere küsst.«

»Aber du kannst das Kind nicht unehelich zur Welt bringen.« Sie erschrak, als ihr ein Verdacht kam. »Du willst es doch nicht etwa wegmachen lassen? Dafür kommst du in die Hölle. Außerdem ist es viel zu gefährlich. Denk nur an Sophia!«

Sophia, die im Sommer vor zwei Jahren in Verbania als Dienstmädchen gearbeitet hatte, war von ihrem Hausherrn schwanger geworden und hatte danach versucht, das Kind bei einer Engelmacherin abzutreiben. Dabei kam es zu Blutungen, und sie starb.

»Ich weiß«, sagte Valentina. »Keine Angst, ich werde das Kind behalten.«

»Ein uneheliches Kind.« Mella fürchtete sich schon jetzt vor der Reaktion ihres Vaters.

»Oh, Mella, ich habe gerade keine Lösung. Das erste Mal im Leben habe ich keine Lösung.« Sie begann wieder, zu weinen, und Mella versuchte, sie zu trösten.

Was sollte sie nur tun? Wenn nicht mal Valentina einen Plan hatte, wie dann erst sie?

Valentina packte sie plötzlich an den Schultern. »Hör zu, du darfst niemandem etwas erzählen, verstanden? Weder Vater noch Dino noch sonst irgendwem!«

»Aber Vater …«

»Er darf es nicht erfahren! Ich brauche zuerst einen guten Plan.«

Als Mella am nächsten Tag erwachte, war Valentina bereits auf der Arbeit. Sie frühstückte zusammen mit ihrem Vater, der an diesem Tag wieder mal sein Leid klagte. Über die Regierung, den Krieg, seinen verlorenen Arm, sein Schicksal. »Da schicken sie Männer wie mich und deinen Bruder in den Krieg als Kanonenfutter. Und wenn wir dann als Krüppel zurückkehren, schert sich niemand mehr einen Dreck um uns.« Er nippte an seiner Milch, und Mella nickte.

Sie war froh, dass ihr Vater nicht – oder noch nicht? – dem Alkohol verfallen war wie andere Kriegsverletzte.

Ein abruptes Geräusch ließ sie aufschrecken, Valentina kam hereingestürzt, leichenblass.

»Valentina, was ist passiert?«, fragte Mella.

»Signora Musso … Sie ist tot!«

»Was?«

»Sie ist die Treppe runtergestürzt.«

Eine Woche später erschien Bürgermeister Fausto Musso bei ihnen. Wie er wirkte, nahm Mella ihm den trauernden Witwer nicht ab. Er wollte mit dem Vater allein sprechen, und deshalb schickte dieser Mella nach draußen.

Am Abend, als auch Valentina von der Arbeit kam, erzählte der Vater, dass der Bürgermeister bei ihm um Valentinas Hand angehalten habe. Mella war entsetzt, doch Valentina wirkte sehr gefasst, fast eingefroren wie ein Eisklotz – als hätte sie damit gerechnet.

»Der Bürgermeister braucht wieder eine Frau«, fuhr ihr Vater fort. »Und eine Mutter für seine kleinen Töchter. Da Valentina den Haushalt und die Kinder bereits kennt, hielt er diese Verbindung für angebracht. Und ich auch, Valentina. Dass der reichste und mächtigste Mann im Dorf dich zur Frau nehmen will, ist ein wahrer Glücksfall.«

Mella wartete regelrecht darauf, dass Valentina etwas erwidern würde. Dass sie schreien oder fluchen würde. Aber es kam nichts. Sie saß einfach da und nickte stumm.

»Der Bürgermeister will, dass die Hochzeit schon bald stattfindet.«

»Ja, das ist mir auch recht«, sagte Valentina nickend, und da wurde Mella bewusst, warum sie sich nicht weigerte. Sie wollte Bürgermeister Musso ein Kuckuckskind unterjubeln!

Später im Bett drehte sie sich zu ihrer Schwester. »Du musst ihn nicht heiraten, nur wegen des Kindes. Es gibt andere Möglichkeiten.«

»Verflucht, Mella«, zischte sie. »Dann nenn mir eine! Eine einzige! Aber eine richtige! In die Stadt zu flüchten und dort ein neues Leben aufzubauen zählt nicht.«

»Warum? Immer noch besser, als die Frau von diesem Widerling zu werden. Er hat seine Frau geschlagen. Vielleicht hat er sie sogar die Treppe hinuntergestoßen?«

»Hör auf, so was zu behaupten! Ich werde ihn heiraten, und dein Einverständnis brauche ich nicht. So ist es am besten. Mein Kind wird eine Familie haben, und es wird ihm gut gehen. Es wird im schönsten Haus weit und breit aufwachsen. So ist das.«

»Aber Bürgermeister Musso wird sich fragen, warum es bereits in acht Monaten zur Welt kommt.«

»Eine Frühgeburt. Das gibt's, besonders jetzt während des Krieges. Nährstoffmangel und so. Du warst übrigens auch eine, hat Mama oft gesagt.«

Mella erinnerte sich daran, an die liebevollen Worte ihrer Mutter. *Mein kleines Frühchen, bist einfach einen Monat eher in die Welt geschlüpft.*

Die Erinnerung tat weh.

»Hör zu, Mella, das wird unser Geheimnis bleiben. Verstanden?«

»Ja, in Ordnung.«

»Gut.« Valentina drehte sich um, und damit war das Thema für sie abgeschlossen.

Bereits eine Woche später wurde Valentina zur Frau Bürgermeister. Die Feier fand nur im kleinen Kreis statt, aber Valentina trug ein wundervolles Kleid aus weißer Spitze, das Musso für sie aus der Stadt hatte kommen lassen. Mit ihrem hochgesteckten Haar sah sie richtig erwachsen aus, fand Mella. Das war nicht mehr die Valentina, die mit ihr wenige Wochen zuvor noch mit Kopftuch und schmutzigen Kleidern in den Wäldern herumgestreift war, um Kastanien zu sammeln. Und sich mit Tadeo am Boden gerauft hatte. Sie war jetzt eine Frau.

Mella verspürte in der Kirche einen richtigen Hass auf Bürgermeister Musso, der Valentina nach der Trauung besitzergreifend umschlang und küsste. Er hatte ihre Schwester nicht verdient.

Auf einer Bank saßen neben der Haushälterin Mussos Töchter. Beide in rosafarbenen Kleidchen, aber mit traurigen Augen. Mella hatte großes Mitleid mit ihnen. Als sie aus der Kirche kamen, regnete es, und sie spannten Schirme auf. Dann sah Mella ihn, Tadeo. Er stand unter einer kahlen Kastanie, tropfnass, den Blick auf Valentina und Musso gerichtet. Sie befürchtete bereits, dass er auf sie zustürmen würde, aber er wandte sich ab und ging. Einen Moment lang zögerte sie. Alles in ihr schrie danach, ihn einfach ziehen zu lassen. Aber die Wut, die in ihr brodelte, war stärker. Er hatte Valentina in diese Situation gebracht!

»Tadeo!«, rief sie ihm hinterher, und er blieb stehen, drehte sich langsam um. »Wie konntest du nur?«, fuhr sie ihn an, während sie auf ihn zuging.

»Wie bitte?«

»Warum hast du Giada geküsst und alles kaputt gemacht?«

Er schwieg und starrte sie an. Der Regen lief ihm über das Gesicht. »Sie hätte sich nicht einbilden sollen, dass das irgendwas Ernstes ist«, murmelte er schließlich. Seine Stimme klang brüchig, gewann aber kurz darauf an Schärfe. »Und überhaupt, das geht dich nichts an, Mella!«

»Oh doch, Valentina ist meine Schwester. Du hast sie unglücklich gemacht!«

Er lachte hart, ohne jede Freude. »Unglücklich? Davon merke ich nichts. Sie scheint sich ja ganz gut getröstet zu haben.«

Mella stockte der Atem. Am liebsten hätte sie ihm die Wahrheit entgegengeschleudert: dass Valentina *sein* Kind erwartete und dass sie Musso nur geheiratet hatte, weil sie keinen anderen Ausweg gesehen hatte. Aber sie begriff, dass sie damit mehr Schaden als Nutzen anrichten würde. Ohne ein weiteres Wort drehte sie sich um und rannte davon.

Das Jahr 1943 brachte einen eiskalten Winter, und Mella sehnte sich verzweifelt nach dem Frühling. Zum Glück hatte Valentina ihr neue Schuhe und eine dicke Jacke geschenkt, aber trotzdem fühlte sich jeder Tag wie ein endloser Kampf gegen die Kälte an. Dino sah sie nur selten – die Schneemassen machten es nahezu unmöglich, sich regelmäßig zu treffen. Jeden Tag ging sie zur Schule, und danach machte sie sich häufig auf den beschwerlichen Weg zur Musso-Villa. Der Fußmarsch dauerte gut eine halbe Stunde, aber die Aussicht, Valentina zu besuchen, trieb sie immer wieder an.

Es ging ihr dabei nicht nur um die Lebensmittel, die sie jedes Mal von der Haushälterin Francesca erhielt, sondern vor allem darum, ihre Schwester zu sehen. Mella machte sich Sorgen um sie, denn Valentina war nicht mehr dieselbe. Obwohl sie durch die Schwangerschaft zugenommen hatte und immer gut zu essen bekam, war sie nur noch ein Schatten ihrer früheren selbstbewussten, strahlenden Persönlichkeit. Ihre Augen, die einst vor Leben und Energie geglänzt hatten, wirkten jetzt stumpf und erschöpft.

Mella ahnte, dass es am Bürgermeister lag – Fausto, wie sie ihn nun nannte, nachdem er ihr eines Tages mit schmierigem Grinsen gesagt hatte, sie müsse ihn als seine Schwägerin nicht mehr mit Bürgermeister Musso ansprechen, er sei für sie einfach Fausto. So schleimig-freundlich er sich auch verhielt, so befürchtete Mella, dass er Valentina nicht gut behandelte.

Bei den seltenen Abendessen, zu denen sie und ihr Vater eingeladen waren, fiel ihr auf, wie besitzergreifend er sich Valentina gegenüber verhielt. Seine beiden Töchter saßen jeweils stumm wie Fische und verschüchtert am Tisch, als hätten sie das Sprechen verlernt.

Als Fausto ein paar Wochen nach der Hochzeit stolz verkündet hatte, dass Valentina bereits schwanger sei und ihm bald einen Stammhalter schenken würde, hatte Mellas Herz fast aufgehört zu schlagen. Was würde er tun, wenn ihre Schwester ein Mädchen bekam? Würde er sie genauso schlecht behandeln wie seine erste Frau?

An einem frostigen Sonntag entschloss sich Mella, Valentina ihren Lieblingskuchen zu bringen – einen *Castagnaccio*. Doch als sie an der Tür der Villa ankam und Valentina sah, erstarrte sie. Ihre Schwester hatte ein blaues Auge. Bei diesem Anblick rutschte Mella beinahe der Kuchen aus den Händen.

»Valentina! Du meine Güte! Was ist passiert?«

Ehe Valentina antworten konnte, tauchte Fausto hinter ihr auf und legte ihr besitzergreifend einen Arm um die Taille. »Deine Schwester ist im Dunkeln gegen eine Türkante gestoßen.«

»Wie bitte?«

»Du hast richtig gehört. Ich dachte, ich finde den Weg zur Toilette auch ohne Licht.« Valentina lächelte zwar, aber die Unsicherheit in ihrer Stimme konnte sie genauso wenig verbergen wie das traurige Schimmern in ihren Augen.

»Ab…«, begann Mella, doch da riss ihr Fausto den Kuchen aus den Händen.

»Was hast du da mitgebracht?«

»Äh … *Castagnaccio*.«

»Ah, sehr gut.«

»Wo ist Papa?«, fragte Valentina.

»Ihm macht sein Rücken zu schaffen. Und durch den Schnee zu gehen ist anstrengend für ihn. Ich soll dich aber ganz lieb grüßen.«

Nach dem Essen zog sich Fausto in sein Büro zurück, während die beiden Mädchen stumm in ihrem Zimmer spielten. Mella und Valentina verweilten schweigend im Salon. Vor dem knisternden Kamin breiteten sich die Wärme und das Licht aus, und für einen egoistischen Moment genoss Mella die ungewohnte Behaglichkeit.

Der Gedanke, bald in die kalte Hütte zurückkehren zu müssen, ließ sie frösteln. Ihr Vater sparte Holz, wo er nur konnte. Aber das blaue Auge ihrer Schwester lag ihr noch schwerer auf dem Herzen, als es die Kälte tat.

Sie sah zu Valentina, die schweigend nach einem Korb griff und diesem Strickzeug und Wolle entnahm. Mella musste sich zusammenreißen, um nicht aufzuschreien. Seit wann strickte Valentina? Früher hatte sie nie eine Nadel in die Hand genommen. Wie sehr sie sich verändert hatte!

»Sag mal, Valentina«, begann sie vorsichtig. »Stimmt es wirklich, dass du gegen eine Türkante gelaufen bist?«

Valentina erstarrte und suchte offenbar nach Worten. »Natürlich. Warum sollte es nicht stimmen?«

»Weil … weil … es vielleicht dein Mann war? Der dich … geschlagen hat?«

Etwas flammte in Valentinas Augen auf, eine Art Erleichterung? Dann verhärtete sich ihr Blick. »Was für eine abscheuliche Beschuldigung! Wie kannst du es wagen?«

»Aber … ich … du hast doch damals selbst gesagt, dass er seine Frau und die Kinder geschlagen hat. Und du hast dich seit der Heirat so verändert. Valentina, wenn er dich schlägt, dann musst du es sagen. Papa und ich helfen dir. Du musst doch auch an das Kind denken.«

Mella hörte den Boden knarzen, und sie blickte erschrocken zur leicht geöffneten Tür. Doch da war nichts.

Valentina stand auf. »Du solltest jetzt gehen.«

»Valentina!«

»Geh bitte, Mariella!«

Mella verließ das Zimmer mit einem dicken Kloß im Hals. Die Haushälterin drückte ihr wie immer einen Korb mit Nahrungsmitteln in die Hände, aber Mella fiel es dieses Mal schwer, Freude zu zeigen.

Draußen begann es erneut zu schneien, und die Dämmerung legte sich über die Landschaft. Sie hatte ihre Handschuhe vor lauter Eile vergessen, und der Frost biss in ihre Finger. Aber das war nichts im Vergleich zu dem Verdacht, den sie hegte. Der Bürgermeister hatte Valentina geschlagen, ganz bestimmt. Sie musste mit ihrem Vater reden, und zwar bald.

Entschlossen stapfte sie durch die Selven, die verschneiten Kastanienbäume ragten um sie herum wie riesige Schneemänner. Eine kalte Hand aus Angst legte sich um ihr Herz, doch sie kämpfte dagegen an. Tadeos Mutproben hatten sie gelehrt, der Angst nicht nachzugeben.

Aber dann, mitten auf ihrem Weg, blieb sie wie versteinert stehen. Zwischen den Bäumen tauchte ein Wolf auf. Mella traute ihren Augen kaum. Die Wölfe galten seit dem letzten Jahrhundert als beinahe ausgerottet, und nur selten hörte man von einem Tier, das sich aus den Tiefen der Wälder herauswagte. Dieser Wolf war groß, sein graubraunes Fell schimmerte im schwindenden Licht. Ein schönes, majestätisches Tier.

Sie dachte an Valentinas Worte: »Ein Wolf tut dir nichts, das sind nur Ammenmärchen. Sie jagen Rehe, Hasen oder mal ein Schaf, aber keine Menschen.« Mellas Angst ließ ein wenig nach, als der Wolf sich langsam umdrehte und davontrottete.

Dann durchbrach ein Schuss die Stille. Erschrocken stolperte Mella rückwärts und fiel in den Schnee. Als sie sich aufrichtete, sah sie den Wolf reglos weiter vorn liegen, sein Fell in Blut getränkt. Sie schrie. Sekunden später trat eine Gestalt neben sie.

»Er hat kürzlich Hühner gerissen«, sagte eine Männerstimme. Mella schaute hoch und erblickte Fausto mit einem Gewehr in der Hand.

Sie zitterte noch immer. Der Schuss hallte in ihren Ohren nach. Fausto hatte von hinten geschossen. Was, wenn er sie getroffen hätte?

»Wenn du noch einmal denkst, dich einmischen zu müssen, und deine Schwester auf dumme Ideen bringst, dann trifft der nächste Schuss dich.« Mit diesen Worten stapfte er davon.

Kapitel 13

Morcote, Oktober 2023
Cara

Die Stimmung am frühen Morgen auf dem Weingut war ruhig und still, aber Cara spürte die unterschwellige Anspannung in sich. Sie hatte wegen Lily kaum geschlafen, und als sie endlich in einen unruhigen Schlummer gefallen war, quälte sie ein seltsamer Traum. Darin war Lily in einem *metato* gefangen, eingesperrt von der Kastanienfrau. Sie schrie um Hilfe, doch als Cara sie retten wollte, fand sie statt Lily plötzlich Neve vor, die ungerührt Kastanien mitsamt den stacheligen Schalen aß. Als Cara sie davon abhalten wollte, blickte Neve sie zornig an und flüsterte, dass sie der Kastanienfrau helfe. Blut tropfte von ihren Mundwinkeln. Wo Lily sei, fragte Cara krächzend, da lachte Neve und deutete auf eine Tür. »Im Fitnessstudio! Wo sonst?« Als Cara die Tür öffnete, fand sie sich in ihrem eigenen Studio wieder. Doch der Raum war gespenstisch leer, nur das Summen eines Laufbands war zu hören. Auf dem Boden lagen Lilys Schuhe – sonst nichts.

Dann war sie aufgewacht.

Als Cara Lily nun am Küchentresen sitzen sah, vertieft in ihr Handy und gedankenverloren an ihren Cornflakes kauend, spürte sie, wie eine Welle der Erleichterung durch ihren Körper strömte. Ohne nachzudenken, ging sie auf Lily zu und umarmte sie fest.

»Was ist denn, Mama?«

Cara setzte sich. Sie würde sich zwar gleich mit Felice für den Rundgang treffen, aber davor musste sie dringend mit Lily über den Vorfall sprechen.

»Hör zu, Liebes, es tut mir leid, was gestern im Wald passiert ist. Aber bitte versteh, dass ich bei diesem Thema wegen Neve sehr empfindlich bin. Das mag für dich seltsam klingen, aber diese Frau ist mir noch immer unheimlich. Ich hatte einfach Angst um dich.«

Lily legte ihr eine Hand auf den Arm. »Ich weiß, Mama. Schon gut. Mir tut's leid, dass ich einfach weggelaufen bin, das hätte ich echt nicht machen dürfen.«

»Nein, hättest du nicht.«

Sie schwiegen, und Cara beschloss, das andere Thema auch gleich anzusprechen. »Und wegen diesem Tüllrock: Da gibt's eine Geschichte.« Cara erzählte ihr von ihrer Schnüffelei damals in Neves Zimmer und dem Fund.

»Tante Neve hat also tatsächlich Drogen genommen. Das ist echt scheiße.«

»Ja, ist es.«

»Was ist mit Papa? Hat er auch …?«

»Das musst du ihn schon selbst fragen.«

Wenig später schlenderte Cara zusammen mit Felice durch die bereits abgeernteten Weinberge. Wie jeden Morgen hingen dicke Nebelschwaden wie festgefroren in der Luft, und heute ging ein frischer Wind. Sie schloss ihre Jacke, während Felice von der Ernte erzählte. Seine Augen strahlten dabei.

»Die ersten Trauben haben wir schon Ende August geerntet, Chardonnay und Pinot noir, speziell für den Schaumwein. In einer warmen Gegend wie Morcote ist es wichtig, früh zu ernten, um den Säuregehalt zu bewahren. Nur so fördern wir die feine Balance aus frischen Säuren und raffinierten Aromen. Mitte September ging es weiter mit einer zweiten Chardonnay-Ernte, und dazu kamen auch die Cabernet-Sauvignon-Trauben, die wir für den Weißwein und den Rosato verwenden. Danach waren die Merlot-Trauben an der Reihe, ebenfalls für den Weißwein.«

Cara dachte an ihren Lieblingsrotwein, den *Aurora*. »Der *Aurora* besteht auch aus Merlot-Trauben, soweit ich weiß. Die wurden also später geerntet?«

»Richtig. Um reichhaltigere und strukturiertere Weine zu bekommen, wird die Lese etwas verzögert, um eine höhere Konzentration an Zucker und Extrakten zu unterstützen. Deshalb ernten wir den Merlot, der in Rot vinifiziert werden soll, normalerweise gegen Ende September. Das war auch dieses Jahr der Fall.« Er hielt inne. »Für den *Vino Dolce*, den Dessertwein, der süß und weich sein soll, machen wir eine Spätlese. Wir beginnen nächste Woche damit.« Er blieb vor einer Rebe stehen, die noch Früchte trug, pflückte ein paar Trauben ab, reichte sie Cara und schob sich dann selbst eine in den Mund.

»Mmh. Süß.«

Er nickte zufrieden. »So soll es sein. Die Spätlese bewirkt eine Überreife der Trauben. Genau das wollen wir für den Dessertwein.« Er schaute sie neugierig an. »Magst du Dessertwein?«

»Eigentlich nicht besonders. Früher schon, da habe ich am liebsten nur Moscato d'Asti getrunken, oder süße Drinks wie Cosmopolitans und Hugos. Doch im Laufe der Jahre hat sich mein Geschmack verändert. So was kann ich nicht mehr trinken. Fruchtig ist okay, aber nicht süß. Am liebsten mag ich Rotweine. Und trockene Schaumweine.«

»Dann hat sich dein Gaumen bereits an die Besonderheiten von alkoholischen Getränken gewöhnt.«

»Bedeutet, ich trinke zu viel.« Cara lachte, und Felice winkte ab.

»Das habe ich nicht gesagt.«

Sie schlenderten weiter, während Felice unermüdlich von der Umstellung des Weinbergs auf biologische Landwirtschaft sprach. Cara musste zugeben, dass ihr nicht nur sein attraktives Äußeres gefiel, sondern sie auch sein Wissen und seine Leidenschaft beeindruckten.

Schließlich blieben sie an einem Aussichtspunkt stehen. Caras Blick löste sich von Felice und glitt über den See hinüber zu den Bergen auf der gegenüberliegenden Seite. Alles wirkte, als sei es in flüssiges Gold getaucht – die Hügel, das Wasser, selbst die Luft schien von einem warmen Licht durchzogen zu sein.

Felice erzählte weiter, was Cara bereits wusste: dass sie seit 2015 nach der biologischen und biodynamischen Methode arbeiteten und auf chemische Produkte, synthetische Düngemittel und Herbizide verzichteten. »Wir bewirtschaften und pflegen die Weinberge nur mit natürlichen Stoffen, die einen mineralischen, pflanzlichen oder tierischen Ursprung haben«, so Felice. »Und wir richten uns möglichst nach dem Mondkalender.« Er strich über ein Rebblatt und betrachtete es zärtlich. »Wir haben nur diese eine Erde«, sagte er nachdenklich. »Wir müssen sie respektieren, achtsam mit der Natur umgehen, nachhaltig denken. Das sind wir dem Boden, der uns diese Rebstöcke mit ihren wunderbaren Früchten schenkt, schuldig.«

Cara überkam eine Gänsehaut. Er hatte absolut recht. »Mir gefällt eure Philosophie.«

Er hob die Schultern. »Casimiro und ich mussten damals ziemlich dafür kämpfen. Mein Vater war gegen die Umstellung, er hielt sie für zu aufwendig und kostspielig und zog Fulvia auf seine Seite, die uns das Ganze verbieten wollte. Am Ende haben wir uns durchgesetzt.« Er kratzte sich an der Nase. »Trauben reifen sowieso nicht schneller, wenn man es eilig hat. Deshalb produzieren wir lieber hochwertige Kleinmengen. Und der Mehraufwand lohnt sich am Ende, das zeigt die hohe Qualität unserer Weine.«

Cara nickte. Sie ärgerte sich einmal mehr über Fulvia, die Felice und Casimiro bei diesem wichtigen Projekt im Weg gestanden hatte.

Nach der Besichtigung der Weinberge ging es in den Weinkeller, der vollständig mit Solarenergie betrieben wurde. Hier wurden die Trauben auf die natürlichste Art und Weise vinifiziert.

Felice beschrieb Cara die einzelnen Schritte sehr ausführlich und zeigte ihr die jeweiligen Behälter, ließ sie teilweise kosten, indem er einen Behälter anzapfte.

»Die wichtigste Zutat unserer Weine ist Liebe«, sagte er und sah Cara dabei tief in die Augen.

Sie wich aus, und dann erinnerte sie sich, dass sie Felice noch nach Neve hatte fragen wollen. So erzählte sie ihm, dass ihr Neve seit ihrer Rückkehr nach Morcote nicht mehr aus dem Kopf ging, und wollte wissen, wie er die Nacht damals erlebt hatte.

Ein Schatten glitt über sein Gesicht, genau wie bei Casimiro, und er fuhr sich über das stoppelige Kinn. »Uh, das ist so lange her. Und ich war ziemlich bekifft, kann mich kaum mehr an etwas erinnern.« Er verengte die Augen. »Warum willst du das wissen? Neves Tod war ein Unfall. Denkst du etwa, wir würden etwas verschweigen?«

»Ich … ach, nein, natürlich nicht … Bitte vergiss wieder, was ich gesagt habe. Ich bin nur durcheinander, weil mich Neve in meinen Gedanken ständig verfolgt.«

Er lächelte milde und fuhr ihr über den Rücken. »Ich habe Neve sehr gemocht, Cara.«

»Ich weiß.«

Nach dem Rundgang knurrte Caras Magen, und sie nahm Felices Vorschlag, ein paar Sandwiches zu machen, gerne an. Während sie im Garten unter der Pergola saßen und die Käsebrote verspeisten, erzählte Cara, dass sie in Mellas Rezeptbuch auf den Ort Santa Castagna gestoßen war. Felice reagierte überrascht, weil ihm dies gar nicht aufgefallen war, als er sich das Buch angeschaut hatte.

»Denkst du, Aurora stammte von dort?«, fragte sie. »Vielleicht war Mella tatsächlich ihre Mutter oder Großmutter?«

Felice legte das Sandwich auf den Teller. »Warum interessiert dich das so?«

»Ich schreibe euer Jubiläumsbuch. Und es wäre interessant, nicht nur Valerios Hintergrund zu kennen, sondern auch Auroras. Nach ihr wurde einer der berühmtesten Weine benannt.«

»In der Vergangenheit zu wühlen bringt nur Unglück, glaube mir.«

»Warum?«

»Ach nichts.« Er setzte ein Lächeln auf. »Sag mal, was machst du eigentlich sonst so in deinem Leben, wenn du keine Jubiläumsbücher schreibst? Lily hat mal erwähnt, dass du Fitnesstrainerin bist?«

Cara wischte sich mit der Serviette etwas Mayonnaise vom Mund. Obwohl sie erst seit Kurzem in Morcote war, hatte sie das Fitnesscenter und den Vorfall fast vergessen. Stattdessen waren ihre Gedanken fast vollständig von den Erinnerungen an Neve eingenommen, und nun auch noch von Aurora und der mysteriösen Mella. Sie wollte gerade antworten, als Lily und Casimiro auftauchten.

Cara bemerkte sofort Lilys Anspannung. Sie wickelte nervös ihren Pferdeschwanz um den Finger, ließ ihn wieder los, nur um gleich darauf wieder daran zu zupfen. Ihre Augen wanderten unruhig umher. Casimiro hingegen fixierte Cara und Felice und wirkte ungehalten. »So sieht also Arbeiten aus?«

»Wir haben einen langen Rundgang hinter uns und waren hungrig«, erklärte Felice, und Cara hätte ihm am liebsten gesagt, dass er sich vor Casimiro nicht rechtfertigen müsse.

»Was ist los?«, fragte sie stattdessen, da sie ahnte, dass Lily etwas auf dem Herzen lag. Hatte sie sich in Schwierigkeiten gebracht?

»Lily möchte mit uns beiden sprechen«, erklärte Casimiro. »Allein.« Er blickte zu Felice, der sofort aufstand und sich noch ein Sandwich schnappte. »Ich lasse euch dann mal. Bis später.«

Cara verabschiedete sich dankend von ihm, und als sich Casimiro zu Cara setzen wollte, sagte Lily: »Nicht hier! Gehen wir in mein Zimmer. Ich muss euch etwas zeigen.«

Cara warf Casimiro einen fragenden Blick zu, er hob nur die Schultern.

In Lilys Zimmer angekommen, schloss ihre Tochter sofort die Tür hinter sich und holte tief Luft. »Also, ihr müsst mir versprechen, dass ihr nicht böse werdet. Besonders du nicht, Mama.«

»Das kann ich nicht versprechen, solange ich nicht weiß, was genau du angestellt hast.«

Casimiro setzte sich auf den Bettrand. »Raus mit der Sprache, Lily. Was ist los?«

Lily trat zu ihrem Schreibtisch, öffnete eine Schublade und zog einen ganzen Stapel Briefe hervor. »Hier, die habe ich in Neves Sachen gefunden. Es sind Briefe von einer Luna. Ich glaube, die hatten so eine Art Brieffreundschaft.«

»Ja, das gab's damals noch. Luna war mal Neves beste Freundin, das war noch vor Fulvia. Sie ist aber mit ihrer Familie nach Italien gezogen. Ich glaube, die beiden waren zu dem Zeitpunkt etwa zehn. Sie schrieben sich dann. Du hast alle Briefe gelesen?«

»Nicht alle, nur ein paar. Ich weiß, das sollte man nicht. In der Privatsphäre von anderen Leuten stöbern und so. Aber ich fand die Briefe spannend. Diese Luna schrieb lustige Geschichten über ihre vielen Reisen, ihr Pferd und ihren Hund. Und dass sie wahnsinnig verliebt in Luca sei. Oh, und ihr Vater ist ein Rockmusiker!«

Casimiro hob amüsiert die Brauen. »Okay … Ist ja schön und gut. Ich kann dich beruhigen, Lily, ich find's nicht schlimm, dass du die Briefe gelesen hast. Deine Tante ist tot, somit hat sie keine Privatsphäre mehr, die respektiert werden muss. Aber ich schätze deine Aufrichtigkeit uns gegenüber.«

Cara warf ihm einen verärgerten Blick zu. »Da ist noch mehr«, meinte sie und wandte sich wieder an Lily. »Nicht wahr?«

»Ja.« Lily griff nach einem Brief. »Lunas Briefe sind für gewöhnlich sehr fröhlich. Nur manchmal war sie etwas genervt, weil Neve ihr offenbar lange nicht zurückschrieb oder nur kurz. Jedenfalls weist Luna sie in diesem Brief hier zurecht wegen einer Erpressung. Warte, ich lese euch die Stelle vor. Sie ist gleich am Anfang.« Sie faltete den Brief auseinander. »*OH MEIN GOTT, Neve! Was du mir da über die Erpressung geschrieben hast, hat mich echt total schockiert! Ist das wirklich wahr? Was genau hast du denn gegen diesen ›Geldesel‹ in der Hand? Wenn es etwas Schlimmes sein sollte, musst du es unbedingt der Polizei erzählen, oder zumindest deiner Mutter. So was kannst du doch nicht einfach für dich behalten, auch wenn das Geld verlockend ist. Das könnte böse enden.*«

Sie brach ab und reichte den Brief Cara, die die Zeilen ebenfalls las.

»Oh verdammt«, murmelte Cara. »Das ist ja ein Ding. Sie hat jemanden erpresst?« Sie schaute sich das Datum des Briefes an. »Der 21. August 2003! Das war etwa zwei Wochen vor ihrem Tod!«

Casimiro griff nach dem Brief. »Zeig mal.«

Cara wies zu den anderen Briefen auf dem Schreibtisch. »Wird noch mehr dazu erwähnt?«

»Nein, aber ich habe noch nicht alle gelesen.«

»Dann müssen wir das tun!«

»Denkt ihr, der Erpresste hat Neve getötet?«, platzte es aus Lily heraus.

»Das könnte sein. Vielleicht die Kastanienfrau?«

Casimiro lachte. »Ach, komm schon, Cara, das ist doch Unsinn! Die Kastanienfrau hatte ja nicht mal Geld.«

»Das wissen wir nicht. Wir wissen nichts über sie!«

»Wie auch immer. Wir sollten jetzt keine voreiligen Schlüsse ziehen. Diese ganze Geschichte stimmt vielleicht gar nicht. Sogar Luna hat offenbar daran gezweifelt. Neve hat sich andauernd Geschichten ausgedacht und gerne Lügen verbreitet, wenn ich mich recht erinnere.«

Cara setzte sich auf einen Stuhl, ihre Beine fühlten sich schwer an, als würde der Boden unter ihr weggezogen. Casimiro hatte recht, Neve hatte tatsächlich oft gelogen. Ob sie auch Luna einen Bären aufgebunden hatte? Aber weshalb? Um sich interessanter zu machen, weil Luna ein so tolles Leben führte mit einem Rockmusiker als Vater, schönen Reisen, Geschenken, Pferd und Hund? Plötzlich fiel ihr ein Vorfall von damals wieder ein.

Es war an einem regnerischen Samstagabend im Sommer 2001, die Mutter war bei der Arbeit gewesen, die Großeltern bei Freunden zum Abendessen, Neve bei Fulvia. Cara, die schon den ganzen Nachmittag vor dem Fernseher verbracht hatte mit Unmengen an Chips und Süßigkeiten, hatte sich gerade eine Pizza gebacken und wollte sich die DVD *Ein Zwilling kommt selten allein* anschauen, als eine lachende Bande hereinstürzte. Neve, Fulvia, Anna-Maria, Casimiro, Felice und ein paar weitere Leute. Neve und Fulvia steckten damals noch nicht in ihrer Gothic-Phase, sondern trugen Hüftjeans, bauchfreie Tops und pinken Lippenstift, sahen aus wie Barbies, genau wie Anna-Maria, die zu dem Zeitpunkt noch eng mit den beiden befreundet war.

Als sie Cara inmitten von Chipstüten, Kekspackungen und der Pizza entdeckten, verzog Fulvia das Gesicht. »Ah, der kleine Fresssack ist auch da.« Sie grinste böse. »Die Pizza sieht lecker aus. Hey, Leute, ich habe Hunger und finde, Cara sollte uns die Pizza geben. Sie ist eh schon zu dick.« Stolz strich sie sich über ihren flachen Bauch. »Und ich kann sowieso essen, was ich will, und nehme kein Gramm zu.« Mit dem Pizzateller setzte sie sich auf einen Sessel.

»He, das ist meine!«, sagte Cara, und Fulvia rollte die Augen.

»He, das ist meine«, äffte sie Cara nach und erntete Gelächter von ein paar anderen.

Cara blickte hilflos zu Neve und erwartete, dass sie sie verteidigte, doch Neve grinste nur und schnappte sich ein Stück Pizza. »Fulvia hat recht, Cara. Du hast heute schon genug gefressen. Leute, bedient euch.« Dann schaltete sie den Fernseher aus und dafür die Stereoanlage an, legte die Bravo Hits 2001 ein und drückte ein paar Mal, bis Mary J. Blige mit *Family Affair* erklang. Sofort begannen Neve und Anna-Maria, ihre Hüften zu schwingen, und auch Fulvia legte die Pizza beiseite und tanzte.

Einer der Jungs, Cara meinte sich zu erinnern, dass er Vinci hieß, verzog das Gesicht. »Spiel lieber *Stan* von Eminem!«

»Ach was, das ist voll langweilig. Besser Uncle Kracker!«

»Oh ja!«, schrie jemand.

Casimiro verdrehte die Augen und ging auf die Anlage zu, drückte ein paar Mal, bis *Brooklyn Bounce* von Club Bizarre erklang. »*Das* ist richtige Musik, Leute!«

Anna-Maria jauchzte, und die meisten stimmten mit ein, begannen, wild zu hüpfen.

»Habt ihr schon mal das Video auf MTV gesehen?«, rief Vinci. »Ich finde, Neve sieht der einen Tänzerin recht ähnlich. Der dunkelhaarigen.«

»Ja, du hast recht«, stimmte ein anderer Junge zu, und Neve warf ihr langes Haar schwungvoll zurück. Dann drehte sie die Musik etwas leiser.

»Hey, Leute, ich muss euch was erzählen. Ich war kürzlich mit meiner Mutter in Lugano im Shoppingcenter, und da spricht mich ein Modelagent an. Er meinte, ich hätte das perfekte Gesicht und eine super Figur, um Model zu werden. Ich würde ihn an Cindy Crawford erinnern.«

Lauter Ahs und Ohs, Cools und Wows erklangen, und Cara schaute fassungslos zu ihrer Schwester. Ja, sie waren tatsächlich kürzlich im Shoppingcenter gewesen, weil Neve ihrer Mutter so lange wegen einer neuen Miss-Sixty-Jeans in den Ohren gelegen hatte, dass diese irgendwann nachgab. Doch von einem Modelagenten wusste Cara nichts, und sie war die ganze Zeit dabei gewesen.

Neve seufzte. »Leider meinte Mama dann, dass ich viel zu jung sei. Echt schade.«

Verstohlen warf sie Cara einen fast drohenden Blick zu.

»Nicht nur zu jung, sondern auch zu klein«, sagte Fulvia, und Cara fand, es klang missgünstig.

»Es gibt auch kleine Models«, warf Anna-Maria ein. »Kate Moss zum Beispiel.«

»Die sieht aus wie eine Drogensüchtige.«

»Hört auf zu quatschen!« Casimiro drehte die Musik wieder lauter, begann zu tanzen. Cara himmelte ihn an, doch er hatte nur Augen für Anna-Maria.

»Cara?« Sie zuckte zusammen. Felice schaute sie an und zeigte auf eine Chipstüte.

»Kann ich ein paar Chips haben?«, fragte er höflich.

»Du musst sie nicht fragen.« Fulvia griff nach der Tüte. »Der kleine Fresssack hatte genug.«

Cara schauderte bei dem Gedanken an den Abend damals. Sie blickte zu Casimiro und Lily, die über die Briefe sprachen. »Und wenn Neve doch die Wahrheit geschrieben hat?«, fragte Lily. »Was meinst du, wen könnte sie erpresst haben? Jemanden, den wir kennen?«

Casimiro fehlten offenbar die Worte, und Cara sprang für ihn ein. »Dein Vater hat schon recht, Lily. Neve hat sehr oft geflunkert und Geschichten erzählt. Wir sollten deshalb wirklich keine voreiligen Schlüsse ziehen. Aber es war gut, dass du es uns erzählt hast. Ich werde alle Briefe durchlesen und weiteren Hinweisen nachgehen. Vielleicht können wir sogar Luna ausfindig machen.«

Kurz darauf beim Mittagessen dachte Cara weiter darüber nach. Während die anderen über Lilys und Casimiros morgigen Ausflug in den Wasserpark *Splash e Spa Tamaro* sprachen, überlegte sie, wen Neve erpresst haben könnte und weshalb – sollte die Geschichte wirklich wahr sein. Sie blickte verstohlen zu Fulvia, die sich Salat nachschöpfte.

Plötzlich fragte sie sich wieder, warum sie und Neve sich damals in der Nacht von Neves Tod gestritten hatten. Laut Casimiro wegen des Filmprojekts. Ob sie absichtlich etwas verschwieg? Falls ja, warum?

Sie sah zu Felice, der Lily gerade sagte, dass er die Wasserrutschbahnen am coolsten fände. Cara grübelte. Er hatte etwas seltsam reagiert heute Morgen, als sie ihn auf Neves Tod angesprochen hatte. Aber mit was könnte Neve ihn erpresst haben? Cara schüttelte sich. Das war doch absurd! Die beiden waren Neves Freunde gewesen. Außerdem, wenn sie schon zu solch verrückten

Theorien tendierte, könnte es jeder gewesen sein, sogar Casimiro. Am wahrscheinlichsten war aber ihrer Meinung nach immer noch die Kastanienfrau. Hatte Neve etwa sie erpresst?

Cara beschloss, sich vorerst nicht mehr damit zu befassen und sich voll und ganz dem Jubiläumsbuch zu widmen.

Nach dem Mittagessen durchsuchte sie die Unterlagen erneut nach einem Hinweis zu Auroras Vergangenheit, doch sie fand nichts. Ausgerechnet Aurora, diese zentrale Person für das Buch. Sie hatte nur das Rezeptbuch von Mella, darin wurden unzählige Namen erwähnt, jedoch nicht Aurora. Dafür eine Ortschaft namens Santa Castagna im Piemont. War Aurora dort aufgewachsen? Cara ahnte, dass sie etwas verborgen hatte. Nur was? Sollte sie nach Santa Castagna reisen? Allerdings würde sie zu viel Zeit verlieren, und Casimiro hätte bestimmt kein Verständnis dafür. Er hatte ihr ja bereits klargemacht, dass er Auroras Vergangenheit nicht für wichtig hielt.

Als sie sich später einen Kaffee holte und dabei auf Magalie traf, ihre Verbündete, erzählte sie ihr von Santa Castagna. »Sagt dir das was? Hat Aurora diesen Ort jemals erwähnt?«

Magalie legte ein paar Geschirrtücher in den Schrank. »Nicht, dass ich wüsste. Sie war sehr verschlossen und sprach nie über ihre Zeit vor dem Weingut. Manchmal hatte ich das Gefühl, sie lebte nur für drei Dinge: Valerio, ihre beiden Söhne und das Weingut. Das war ihr wichtig, und dafür tat sie alles.«

»Wie hat sie Valerio eigentlich kennengelernt?«

»Valerio hat einmal gesagt, dass Aurora eines Tages einfach vor ihm stand, wie ein Engel sei sie ihm vorgekommen. Sie suchte nach Arbeit, und er brauchte Leute für die Traubenernte. Tja, und dann verliebten sie sich.«

»Wann kam sie in die Schweiz?«

»Ich glaube, irgendwann während des Zweiten Weltkriegs. So genau weiß ich es nicht.«

»Könnte sie geflüchtet sein? War sie womöglich Jüdin?«

Magalie lächelte sanft. »Ach, Cara, ich habe keine Ahnung.«

Das würde zumindest ihre Verschwiegenheit erklären, dachte Cara. Vielleicht war sie ohne Papiere in die Schweiz gekommen. »Meine Großmutter mochte sie nicht besonders, wegen dieser Sache mit der Hochzeitstorte. Aber ich fand sie eigentlich ganz nett. Wie war sie zu dir?«

»Sie hat mich gleich mit offenen Armen empfangen, als Pietro mich ihr vorstellte. Im Gegensatz zu Valerio, der anfangs etwas skeptisch war. Ich war eine richtige Rock-Göre in den frühen Achtzigern, musst du wissen. Hatte eine wilde Mähne, trug zerrissene Jeans, Cowboyboots und eine Lederjacke. Auch wenn man mir das heute nicht mehr ansieht.« Sie lachte und zeigte auf ihren grauen Flechtzopf und die Schürze, und Cara stimmte mit ein. »Und Valerio war ja ein Weinbauer wie aus dem Bilderbuch, ich glaube, er fand mich suspekt. Aber mit Aurora verstand ich mich auf Anhieb. Die Geschichte mit der Torte kann ich mir auch nicht erklären. Pietro und mir war die Torte damals doch so was von egal, nur Aurora machte ein Drama. Sie wollte halt einfach, dass alles perfekt ist, wie immer. Vielleicht war sie auch gestresst. Ich glaube, sie litt damals sehr unter der Situation mit Umberto. Er suchte andauernd Streit. Mit ihr, mit Valerio, aber vor allem mit Pietro. Umberto verprasste sein ganzes Geld für Frauen, Autos und Reisen.« Magalie seufzte, und Cara dachte an Felice, der sich so gut entwickelt hatte trotz Umberto, seines unmöglichen Vaters. Dabei fiel ihr ein, dass sie mit dem noch über die Olivenölproduktion sprechen musste. Am besten würde sie dies so schnell wie möglich hinter sich bringen.

Kapitel 14

Santa Castagna, Juli–Oktober 1943
Mella

Mellas Rezeptbuch füllte sich von Woche zu Woche, von Monat zu Monat. Obwohl ihre Möglichkeiten dank Valentina auch in den Wintermonaten nicht eingeschränkt gewesen waren, bot sich ihr jetzt im Sommer die Vielfalt der Natur mit verschiedenen Waldbeeren, Wildkirschen, Pflaumen, Bohnen, Mangold, Brennnesseln, Löwenzahn, Spinat, Schaf- und Ziegenkäse, wilden Kräutern wie Thymian, Salbei, Rosmarin.

Auf ihre *Frittata di Erbe Selvatiche* war sie besonders stolz. Das Rezept hatte ihre Mutter ihr beigebracht, deshalb benannte sie es nach ihr. Es handelte sich um eine einfache Mahlzeit mit Eiern, Kartoffeln und Kräutern, und Mella hatte sie mit Spinat und Ziegenkäse verfeinert. Dino vervollständigte ihre Einträge nach wie vor mit seinen Zeichnungen. Zur Frittata hatte er Hände abgebildet, die eine Pfanne schwenkten. Mella stellte sich vor, dass es die Hände ihrer Mutter wären. Sie mochte diese liebevollen Details an Dinos Zeichnungen, weil sie seine sensible Seite und Empathie zum Ausdruck brachten.

Meistens trafen sie sich zum Baden bei der Steinbrücke – ihr Vater erlaubte ihr nach wie vor nicht, den Wald aufzusuchen. Tadeo und Franco hingegen waren nicht mehr dabei und beteiligten sich laut Dino immer mehr an den Aktivitäten ihres älteren Bruders Rinaldo. Valentina hatte nie wieder über Tadeo gesprochen, er war ein Tabuthema.

Dann erblickte an einem heißen Tag Anfang Juli Valentinas Sohn Ennio das Licht der Welt. Niemand verlor auch nur ein Wort über die etwas zu frühe Geburt, die zu Kriegszeiten nicht weiter ungewöhnlich war.

Der kleine Ennio war ein gesunder und niedlicher Säugling, und Mella verliebte sich sofort in ihn. Ganz im Gegenteil zu Valentina, die keine Zuneigung zu ihrem Jungen zu hegen schien. Mella ahnte, dass es an Fausto lag, der ihr die Lebensfreude genommen hatte. Sie wusste nicht, ob er weiterhin gewalttätig gegenüber ihrer Schwester war, denn sie hatte nie mehr mit ihr darüber gesprochen. Sie dachte oft an den Winterabend und den toten Wolf zurück, als Faustos Schuss und seine Drohung wie ein eiskalter Schneeregen über sie hereingebrochen waren. Ihre Brust zog sich bei der Erinnerung zusammen. Selbst jetzt, Monate später, spürte sie trotz der sommerlichen Wärme noch die Kälte in ihrem Inneren. Faustos Worte hatten sich tief in ihr Bewusstsein gegraben: »*Wenn du noch einmal denkst, dich einmischen zu müssen, und deine Schwester auf dumme Ideen bringst, dann trifft der nächste Schuss dich.*«

Jedes Mal, wenn Mella sich vornahm, mit ihrer Schwester darüber zu reden, kam dieses beklemmende Gefühl zurück, als würde eine unsichtbare Hand ihren Hals zuschnüren. Es gab Momente, da traute sich Mella kaum, Faustos Namen laut auszusprechen, auch wenn es um belanglose Dinge ging.

Und jetzt, seit Ennio auf der Welt war, wuchs das bedrückende Gefühl in Mella. Sie sorgte sich um den Säugling. Ob Fausto ihn irgendwann auch schlagen würde wie seine Töchter und Valentina? Bestimmt!

Manchmal war sie nahe dran gewesen, ihren Vater einzuweihen, schließlich hatte er früher vor dem Krieg immer eine Lösung gehabt. Aber er wurde von Woche zu Woche depressiver, und oft verkroch er sich tagelang in seinem Zimmer, aß nicht mal Mellas mit viel Liebe zubereitete Gerichte. Arbeiten war kein Thema. Sie kamen nur dank Valentinas – oder vielmehr Faustos – finanzieller Unterstützung über die Runden.

So versuchte Mella, Valentinas Schicksal einfach auszublenden und sich auf das Gute in ihrem Leben zu konzentrieren. Die Freundschaft mit Dino, den kleinen Ennio, ihre Rezepte, die Schule und den Sommer.

Etwa drei Wochen nach Ennios Geburt folgte das nächste Ereignis. Die Hitze brannte auf den staubigen Straßen, und die trockene Luft kratzte in Mellas Hals, als sie sich auf den Heimweg von der Schule machte. Sie verstand zuerst nicht, was vor sich ging. Die Frauen tuschelten beim Brunnen, steckten die Köpfe zusammen, während sie das Wasser schöpften. Die alten Männer, die sonst Boccia spielten oder sich lauthals unterhielten, flüsterten und warfen sich verschwörerische Blicke zu. Zu Hause erfuhr Mella von ihrem Vater, dass Mussolini gestürzt worden war. In leisen Sätzen fügte er noch etwas über Gerechtigkeit und Freiheit hinzu, und Mella bemerkte, wie seine Augen aufleuchteten. Er sah plötzlich zehn Jahre jünger aus. Sie verstand, dass er froh war, denn Mussolini war ein Tyrann gewesen. Aber sie wusste auch, dass das nicht jeder so sah. In Santa Castagna war die faschistische Partei stark, die Schwarzhemden marschierten oft durch die Straßen, und manchmal hörte Mella, wie sie laut schrien oder Leute mitnahmen, die sie Verräter nannten. Als könnte er ihre Gedanken lesen, verdunkelte sich der Blick ihres Vaters. »Sprich draußen nicht darüber, hörst du? Es ist noch nicht vorbei.«

Im Dorf war die Stimmung seit dem Sturz Mussolinis seltsam verändert. Mella konnte die Spannung in der Luft fast spüren, als würde das ganze Dorf den Atem anhalten. Unsicherheit und Gerüchte wehten wie Staub durch die engen Gassen. Keiner wollte zu laut sprechen, keiner wollte sich zu offen auf eine Seite schlagen – noch nicht. Doch es gab auch die Wütenden, wie Signor Rossi, der auf der Straße schimpfte, er stünde treu zu Mussolini und das Ganze sei eine Schande.

Während die Lage in Santa Castagna in den nächsten Wochen zwar angespannt, aber ansonsten ruhig blieb, erfuhr Mella von Dino, dass es in Soracielo viel dramatischer zuging. Unter der Leitung von Dinos Bruder Rinaldo begannen die Kommunisten, die bisher im Untergrund agiert hatten, vorsichtig, ihre Köpfe zu heben. Dino berichtete von heimlichen Treffen abends bei ihnen zu Hause.

»Du meine Güte!«, rief Mella etwas zu laut, als sie mit Dino auf der Steinbrücke saß, und er hielt sich mit einem »Pst!« einen Finger vor den Mund. Dabei konnte man sie sowieso nicht hören. Kinder plantschten im Fluss, das Wasser rauschte.

Doch Mella dämpfte die Stimme, als sie fortfuhr. »Was haben sie vor?«

»Sie hoffen auf eine baldige Revolution. Einige von ihnen, wie Rinaldo, haben Verbindungen zu den Partisanen, die bereits in den Bergen aktiv sind. Sie schmuggeln Waffen und Vorräte und bereiten sich auf den Kampf vor. Für sie ist der Sturz Mussolinis nur der Anfang.« Er hielt kurz inne, dann hob er das Kinn, seine Augen glänzten. »Zwar wurde Mussolini von oppositionellen Faschisten entmachtet, die sich vom deutschen Einfluss lossagen wollten, doch auch sie stehen den Kommunisten feindlich gegenüber. Der Krieg ist noch nicht vorbei, und der wahre Feind, die Faschisten und die Deutschen, herrschen noch immer über Italien.«

Mella fand, er klang, als hätte er die Worte irgendwo aufgeschnappt.

»Denkst du, sie haben überhaupt eine Chance?«

Dino schaute sie entgeistert an. »Natürlich! Mella, der Fall des *Duce* bedeutet, dass der Faschismus schwankt, und das lässt den Feind schwächeln. Die Frage ist jetzt nur, wann wir uns erheben können. Wir beobachten die Entwicklungen in Rom, warten auf den richtigen Moment.«

Mella schluckte. Jetzt sprach er bereits so, als gehörte auch er zu den Partisanen.

»Dino, bitte versprich mir, dass du nicht kämpfen wirst. Du bist noch viel zu jung!«

Er wirkte beleidigt. »Ich werde im August sechzehn.«

»Trotzdem, bitte versprich es mir.«

Er kniff die Augen zusammen. »Warum ist es dir so wichtig?«

Mella errötete. »Weil … ich mag dich halt.«

Sein Blick wurde sanfter, und er zog sie an sich. »Ich mag dich auch.«

Nebst dem ganzen Geschehen plagte Mella auch die Sorge um Valentina. Eines Tages im September, Mella und Valentina saßen im Garten hinter dem Haus, schien es ihr besonders schlecht zu gehen. Nachdem sie Ennio gestillt hatte, übergab sie ihn sofort an Mella.

»Hier, nimm ihn bitte.«

Mella nahm den Säugling, der in seinem weißen Strampler sehr niedlich aussah, sofort entgegen und fing an zu wippen, weil ihm das gefiel. Seine Augen waren grau, und Mella vermutete, dass sie so dunkel werden würden wie die von Tadeo. Auch sonst erinnerte er sie an Tadeo. Aber Fausto kannte Tadeo ja zum Glück nicht.

Ennio machte kleine Schmatzgeräusche, und Mella begann, mit ihm zu plaudern. »Du bist ja so, so süß! Ja, ja, ja!«

»Kannst du bitte aufhören, so albern zu reden?«, fauchte Valentina. »Er versteht dich sowieso nicht.«

»Du bist ja heute besonders schlecht gelaunt.«

Valentina fuhr sich über den Bauch, der noch nicht die flache Form von vor der Schwangerschaft hatte. Ihre Schwester war noch immer eine Schönheit, doch ihre Augen hatten den Glanz von damals nicht zurückbekommen. Mella wusste nicht, wann sie sie das letzte Mal hatte lachen oder gar lächeln sehen. Etwas Unzufriedenes hatte sich in ihre Züge gegraben.

»Ich verstehe nicht, weshalb du andauernd so unglücklich bist. Du hast diesen wundervollen kleinen Jungen und …«

»Hör auf, Mariella!«

Mella zuckte zusammen, nicht nur, weil Valentina sie bei ihrem vollen Namen nannte – was sie nur tat, wenn sie wütend war –, sondern weil sie Tränen in ihren Augen glitzern sah. »Oh, Valentina, tut mir leid. Es ist wegen Fausto, nicht?«

»Ja … Er …« Sie schlug sich die Hände vor das Gesicht und schluchzte. »Ich hatte so lange Ruhe, weil ich schwanger war. Aber jetzt … er ist so grob, nimmt keine Rücksicht auf … Ich habe so Angst, dass ich irgendwann wieder schwanger werde, früher oder später. Aber ich will kein Kind mehr! Und schon gar nicht von ihm! Er widert mich an, Mella! Ich hasse ihn! Und ich hasse mein verfluchtes Leben!«

Mella war sprachlos. Sie schämte sich, weil sie in den vergangenen Wochen diese Seite ihres Schwagers verdrängt hatte.

»Und die Mädchen schlägt er fast jeden Tag. Nie ins Gesicht natürlich, damit man die Spuren nicht sieht … Und wenn ich dazwischengehe, prügelt er auch mich. Oder nimmt mich nachts noch härter ran.«

»Oh, Valentina, es tut mir so leid«, sagte Mella, die endlich ihre Stimme wiedergefunden hatte. »Was ist mit Ennio? Schlägt er ihn etwa auch?«

»Nein. Ennio ist sein ganzer Stolz. Er hält ihn ja für seinen eigenen Sohn.« Etwas flackerte in Valentina auf. Genugtuung. Mella durfte sich gar nicht erst vorstellen, was Fausto machen würde, sollte er die Wahrheit herausfinden. Er würde Valentina vermutlich töten.

»Du musst zur Polizei!«

»Fausto *ist* die Polizei, zumindest deren Vorgesetzter.«

»Vielleicht nicht mehr lange. Durch den Sturz Mussolinis wird sich früher oder später alles ändern. Das glaubt auch Dino. Sie …«

»Ach, Mella! Du naives Ding. Glaubst du ernsthaft, dass sich die Faschisten oder gar die Deutschen einfach so geschlagen geben? Fausto trifft sich seit Mussolinis Sturz jeden Abend mit der Partei. Die planen was, du wirst schon sehen.«

Ein paar Tage nach ihrem Gespräch, am achten September, wurde die bedingungslose Kapitulation Italiens öffentlich bekannt gegeben – eine direkte Folge des zuvor geschlossenen Waffenstillstandsabkommens zwischen Italien und den Alliierten. Aber statt Frieden löste dies Chaos aus: Sofort begannen die Deutschen mit der Besetzung des Landes und der Entwaffnung der Truppen.

In Santa Castagna brach nun der Sturm los. Kriegsheimkehrer, die nicht von den Deutschen gefangen genommen wurden, drangen in das Parteibüro der Faschisten ein, zertrümmerten alles, Mella sah das Bild von Mussolini und dem König auf der Straße liegen. Während ein paar Faschisten flüchteten, kamen bald die Deutschen in Lastwagen angefahren, um sie zu unterstützen.

Es war ein kühler Morgen, als die Ersten von ihnen durch die enge

Hauptstraße von Santa Castagna rumpelten. Die Sonne war noch nicht ganz über die Berge gestiegen, und die Schatten lagen wie schwere Decken über den Häusern. Man hörte nur das leise Summen der Motoren, das Dröhnen der Reifen auf dem steinigen Pflaster und das Knirschen von Soldatenstiefeln, als sie aus den Fahrzeugen sprangen. Die Menschen hatten sich in ihren Häusern verkrochen. Die Geschäfte waren geschlossen, die Fensterläden verrammelt. Niemand wagte es, nach draußen zu gehen, außer ein paar älteren Männern, die auf der Piazza die Soldaten beobachteten.

Mella stand hinter dem Vorhang ihres kleinen Fensters und sah zu, wie die Soldaten im Dorf ihre Stellung einnahmen. Sie waren in den vergangenen Tagen immer weiter vorgedrungen, hatten Dörfer besetzt, Waffenlager aufgestellt, und es hieß, sie würden keine Gnade zeigen. Sie wusste von Dino, dass sie nach Kommunisten suchten, und Rinaldo hatte ihm anvertraut, sie würden sich alle ins Gebirge, weit über dem Weiler Borgo Verde, zurückziehen. Auch, weil es sich bei Tadeo und Franco, die 1924 und 1925 geboren waren, um Kriegsdienstverweigerer handelte, die der Einberufung durch die Sozialrepublik nicht gefolgt waren.

Neben ihr stand der Vater, die Lippen zu einer schmalen Linie gepresst. Er hatte seit dem Waffenstillstand kaum gesprochen, aber Mella wusste, dass er die Partisanen bewunderte und sich ihnen am liebsten angeschlossen hätte. Vermutlich war er nur noch hier wegen ihr.

»Sie gehen sicher ins Rathaus«, flüsterte er, ohne den Blick von den Soldaten zu lösen. »Sie werden mit Fausto sprechen. Die Faschisten haben sich an sie verkauft. Diese Hunde kriechen den Deutschen in den Hintern.«

Am Nachmittag gingen die deutschen Soldaten durch das Dorf, klopften an Türen, stellten Fragen. Sie suchten nach Informationen, nach Männern, die sich den Partisanen angeschlossen hatten, nach Waffenlagern, nach Verrätern.

Mella, die bibbernd in einer Ecke stand, hörte, wie ihr Vater mit den Männern sprach und ihnen sagte, dass sie nichts wüssten.

»Ich habe was anderes gehört«, sagte eine schroffe Stimme in gebrochenem Italienisch. »Ist Ihre Tochter da?«

»Meine Tochter ist mit Fausto Musso verheiratet, dem Bürgermeister und Parteivorsteher.«

»Das wissen wir, aber ich meine Ihre andere Tochter.«

Mellas Herz schlug im Sekundentakt. Und schon trat der Mann ein, schob ihren Vater einfach zur Seite. Der deutsche Kommandant, ein strenger, hochgewachsener Mann mit harten Gesichtszügen, war in Begleitung von drei Faschisten aus der Umgebung. Sie trugen immer noch ihre Abzeichen, aber der Stolz in ihren Augen war verschwunden. Jetzt waren sie nur noch Marionetten, die sich an die letzte verbliebene Macht klammerten. Der Deutsche trat auf Mella zu. »Mariella Leone, das sind Sie?«

Sie nickte.

»Wir wissen, dass Sie sich öfter mit den Gagliardi-Brüdern treffen, vor allem mit einem gewissen Dino Gagliardi.«

»Sie müssen sich irren«, sagte ihr Vater, doch der Kommandant schaute ihn wütend an. »Uns liegen entsprechende Informationen vor. Also, Mariella.« Er sah wieder zu ihr. »Wissen Sie, wo sich die Gagliardis zurzeit aufhalten?«

»Nein«, antwortete Mella so ruhig wie möglich. »Warum suchen Sie nach ihnen?«

»Warum? Weil Rinaldo Gagliardi ein Partisanennetz aufgebaut hat. Und Tadeo und Franco Gagliardi Kriegsdienstverweigerer sind. Wenn Sie also wissen, wo sich Dino und seine Brüder aufhalten, dann sagen Sie es jetzt!«

»Aber ich weiß es nicht!«

»Mädchen, du lügst!« Er packte Mella an den Schultern und schüttelte sie, doch ihr Vater drängte sich dazwischen und griff dem Mann mit seinem verbliebenen Arm an die Brust.

»Meine Tochter sagt die Wahrheit. Lassen Sie sie in Ruhe. Vergessen Sie nicht, dass mein Schwiegersohn Fausto Musso ist.«

Der Mann zögerte kurz, ehe er zurücktrat, dabei ließ er Mella jedoch nicht aus den Augen. »Na gut. Belassen wir es dabei. Aber sollte ich herausfinden, dass Ihre Tochter mich angelogen hat, dann wird sie dafür büßen.«

Als sie weg waren, drehte sich ihr Vater mit ernster Miene zu ihr um. »Himmel, Mariella, was weißt du wirklich? Mir kannst du nichts vormachen.«

»Dino hat mir nur gesagt, dass sie sich in die Berge zurückziehen werden, oberhalb von Borgo Verde. Oh, Papa, denkst du, sie werden sie finden?«

»Ich weiß es nicht.«

Etwa drei Wochen später, mitten in einer kalten Oktobernacht, klopfte es mehrmals an der Tür, bis Mella und ihr Vater erwachten. Vor ihnen stand Dino. Er war mager, blass und wirkte verfroren, sodass Mella auf Anweisung ihres Vaters gleich ein Feuer anzündete. Sie hörte Dino zu, der erzählte, dass es bald zu Kämpfen käme. Rinaldo habe ihn, Tadeo und Franco geschickt, um mehr Männer und Waffen in den Dörfern aufzutreiben. Sie bräuchten dringend Verstärkung. In Soracielo seien sie aber beinahe erwischt worden und in unterschiedliche Richtungen gerannt. Dino entschied sich, hierherzukommen, weil er erschöpft war.

Mellas Vater schloss seine Hand zur Faust. »Ihr braucht also Männer? Ich werde euch helfen.«

»Aber, Papa, du hast nur einen Arm!«

»Na und, mit einem Arm kann ich immer noch kämpfen. Und

ich kenne noch ein paar andere, die mir folgen werden. Ich packe jetzt meine Sachen und ziehe los.« Er blickte zu Dino, der immer noch zitternd vor Kälte am Tisch saß, seine Teetasse umklammernd. »Aber du, Junge, bleibst vorerst hier und erholst dich.«

»Nein, ich …«

»Das ist ein Befehl!«

Dino hustete und nickte. In der nächsten Stunde erklärte er Mellas Vater, wie er das Partisanenversteck von Rinaldo fände.

Kurz darauf zog ihr Vater los, gab Mella einen Kuss auf die Wange. »Hab dich sehr lieb, Mella. Pass gut auf dich auf … In meinem Zimmer findest du ein Gewehr, das nimmst du, für den Fall, dass es brenzlig wird. Und zögere nie, auch damit zu schießen, falls du in Gefahr gerätst. Verstanden?«

»Ja, Papa.«

Kapitel 15

Morcote, Oktober 2023

Cara

Cara kam an diesem Morgen gut voran mit dem Buch. Da Lily den ganzen Tag mit Casimiro im Vergnügungsbad verbrachte, gab es keine Ablenkung. Sie hatte beschlossen, Auroras Vergangenheit ruhen zu lassen und Valerios Worte zu zitieren, sie sei eines Tages wie ein Engel vor ihm gestanden. Zudem traf sie eine Vorauswahl an Fotos für die verschiedenen Kapitel, die sie digitalisieren lassen würde, sobald Casimiro und Fulvia ihr Einverständnis gegeben hatten. Im September war bereits ein Fotograf auf dem Weingut gewesen und hatte Bilder gemacht, die sie nun verwenden konnten.

Bei einer kurzen Kaffeepause traf Cara wie üblich auf Magalie, die jedoch ziemlich eingespannt war, da sie mit einem Paar, das seine Hochzeit im nächsten Jahr auf dem Weingut feiern wollte, eine Besichtigung hatte. Fulvia, die unter starker Migräne litt, konnte den Termin nicht wahrnehmen.

Cara, die vorgehabt hatte, mit Fulvia über Neve zu sprechen, nahm sich vor, dies bald nachzuholen und sich jetzt mit Umberto zu unterhalten. Als sie in der Weinlounge nach ihm suchte, teilte eine Mitarbeiterin ihr mit, dass er auf dem Olivenhain sei.

Als Cara den steinigen Pfad hinunterging, fielen die Sonnenstrahlen schräg durch die Baumgruppen, und der Duft von Erde und reifen Früchten hing in der Luft. Sie entdeckte Umberto zwischen den Bäumen und hatte das Gefühl, er wäre in Gedanken versunken. Mit verschränkten Armen stand er neben einem Olivenbaum, während die Erntehelfer um ihn herum arbeiteten. Wie immer erinnerte er sie in seinen Cowboystiefeln, den dunklen Jeans und mit dem hellgrauen Hut an einen reichen Texaner.

»Hallo, Umberto«, sagte sie, und er drehte sich langsam um.

»Was willst du?« Seine Stimme klang hart, und Cara stockte.

»Ich wollte mit dir über die Olivenölproduktion sprechen. Ich dachte, vielleicht könntest du mir ein paar Details erklären, wie …«

»Habe ich dir neulich nicht klargemacht, dass ich nicht daran interessiert bin, mich an dem verdammten Buch zu beteiligen?« Er machte eine abweisende Handbewegung, als wollte er das Thema buchstäblich von sich schieben.

»Es dauert nicht lange, ich dachte nur, dass du auch zu Wort kommen solltest. Du gehörst schließlich zur Familie.«

Er lachte auf und sah sie an, als wollte er noch etwas sagen, schritt dann aber davon. »Lass mich einfach in Ruhe!«, rief er, ohne zurückzuschauen.

Am Abend testete Cara mit ihrer Großmutter den Kastanienkuchen aus Mellas Buch. Sie wollte ihn gleich zweimal backen, um den Casolis am nächsten Tag einen mitzubringen.

»Also, ich bin ja wirklich gespannt, ob dieser Kuchen besser schmeckt als meiner!« Energisch zerstückelte Patrizia die Schokolade. »Mit Schokolade und Buttercremehäubchen.« Sie verdrehte die Augen, und Cara schmunzelte.

»Ich wüsste so gerne, wer Mella gewesen ist und wie Aurora zu ihr stand. Warum hat Aurora das Buch unter dem Bett aufbewahrt? Angenommen, du würdest mir ein Rezeptbuch hinterlassen, würde ich es stolz ins Bücherregal stellen. Casimiro meinte, dass sie es vielleicht tat, um das Buch zu schonen, aber ich denke nicht, dass dies der Grund war. Vielmehr habe ich das Gefühl, dass sie es verstecken wollte.«

Patrizia starrte auf das Messer. »Vielleicht hatte sie Angst, dass es ihr jemand wegnimmt? Oder unangenehme Fragen zu dem Buch stellt?«

»Mhm. Aber wieso?«

»Weil sie etwas zu verbergen hatte? Ich habe schon immer gesagt, dass Aurora seltsam war.« Sie legte das Messer weg und schaltete den Mixer ein, verrührte die Masse.

Cara beobachtete sie und erinnerte sich an den Gedanken, der ihr gestern gekommen war: Könnte Aurora eine flüchtende Jüdin gewesen sein? Hatte sie das Buch – vielleicht ihre einzige Verbindung zu ihrer Vergangenheit – deshalb im Verborgenen gehalten? War sie vielleicht sogar Mella gewesen und hatte später einen anderen Namen angenommen? Der Gedanke war wild, fast zu dramatisch, und Cara wusste, wie schnell ihre Autorinnenfantasie mit ihr durchging, sobald sie eine Lücke in einer Geschichte witterte. Aber sie musste realistisch bleiben. Nicht jeder Schatten in der Vergangenheit war ein Geheimnis. Außerdem lag ihr ohnehin noch etwas anderes auf dem Herzen, über das sie unbedingt mit ihrer Großmutter sprechen wollte. Nachdem diese fertig gemixt hatte, erzählte sie ihr von Lunas Briefen.

»Ich erinnere mich an Luna«, sagte Patrizia und fügte die Schokolade hinzu. »Für Neve war es richtig schlimm, als sie wegzog.«

»Denkst du, Neve hat die Geschichte mit dieser Erpressung erfunden?«

»Sie hat tatsächlich immer viele Geschichten erzählt. Es könnte also gut sein, dass sie sich vor Luna wichtigmachen wollte. Andererseits …«, sie hielt in ihrer Bewegung inne, »… habe ich immer vermutet, dass die Casoli-Kinder damals etwas verschwiegen haben. Vielleicht ging es ja um diese Erpressung?« Sie hob den Zeigefinger und schwenkte ihn hin und her. »Weißt du, was? Wir werden dem nachgehen. Ich will die Briefe alle durchlesen. Vielleicht finde ich noch weitere Informationen.«220qqq

Nachdem sie ein Stück des noch warmen Kastanienkuchens gegessen hatten – »ein Gedicht«, wie Patrizia meinte –, widmeten sie sich Lunas Briefen. Sie bestätigten ihren Verdacht, dass Neve ihr Leben vor Luna viel interessanter beschrieben hatte, als es in Wahrheit gewesen war. Immer wieder lasen sie Passagen von Luna wie *Wie toll, dass Ihr nach Hawaii reist! Ich bin richtig neidisch. Du musst dann berichten, wie es war. Bitte schick mir doch dieses Mal eine Ansichtskarte. Nicht, dass Du es wieder vergisst wie damals in Thailand.* oder *Dein Großvater hat tatsächlich im Lotto gewonnen? Wow, Neve, das ist ja der Hammer!* oder *Ich gratuliere Dir zu Deinem Wettbewerbsgewinn!* bis hin zu sehr peinlichen Stellen *Du hast in Kalifornien wirklich Leonardo DiCaprio am Strand gesehen, und er hat Dich auf seine Jacht eingeladen? Schade, dass Deine Mutter Dir verboten hat, hinzugehen.*

Und so weiter.

Manchmal spürte man auch Lunas Abneigung heraus: *Du hast eine echte Ratte im Bett? Iiih. Ich mag keine Ratten.* oder *Du hast Dich wirklich im Friedhof als Tote neben einem Grab gefilmt? Also, Neve, das ist gruselig.*

Bei Oh, wie schön, Dein erstes Mal in einem Luxushotel in Lugano zu erleben. stieß Patrizia ein leises Gebet aus, nahm die Lesebrille ab und warf den Brief von sich. »Ich ertrage das nicht mehr! Was ging nur in ihrem Kopf vor?«

»Neve muss ihr Leben neben dem von Luna einfach furchtbar langweilig vorgekommen sein. Deshalb die Lügen. Obwohl, das mit der Ratte stimmt. Bei der Friedhof-Geschichte bin ich mir nicht sicher … Ich frage mich, ob Luna ihr diese Lügen einfach so geglaubt hat. Also die mit Leonardo DiCaprio sicher nicht. Klar, damals konnte man so was nicht überprüfen wie heute mit Facebook und Instagram … Na ja, jetzt wissen wir wenigstens, dass das mit der Erpressung vermutlich auch eine Lüge war.«

Patrizia betrachtete den Briefstapel skeptisch. »Ich weiß nicht recht. Warum sollte sie so etwas erfinden? Eine Erpressung? Das unterscheidet sich von ihren üblichen Geschichten.«

Später, als Cara mit ihrem Notebook im Bett lag, versuchte sie, Luna Basso im Internet aufzuspüren. Sie durchsuchte die Social-Media-Plattformen, fand jedoch keinen einzigen Eintrag unter diesem Namen. Nur eine Tischleuchte in einem Onlineshop, die so hieß. Vermutlich hatte Luna geheiratet und ihren Nachnamen geändert. Auch unter der alten Adresse stieß sie im Online-Telefonbuch auf nichts. Lediglich eine Privatperson und ein Anwaltsbüro waren dort registriert. Aber was bedeutete das schon? Wer war heute noch im Telefonbuch eingetragen? Morgen könnte sie die Nummern anrufen und nach Luna Basso fragen.

Von ihrem Vater, dem Rockmusiker Riccardo Basso, hingegen gab es zahlreiche Treffer. Er war kein Weltstar, aber immerhin Sänger einer erfolgreichen Rock-Coverband, die regelmäßig für Veranstaltungen gebucht wurde. Cara zögerte einen Moment, dann schrieb sie über das Kontaktformular der Band eine Anfrage für ein Treffen mit Riccardo Basso.

Am nächsten Tag brachte Cara den Kastanienkuchen mit zum Weingut, und Magalie schlug vor, ihn während der Kaffeepause im Garten zu servieren. Sie würde alle zusammentrommeln.

Kurz vorher entschied sich Cara, die beiden Nummern anzurufen, die unter Lunas alter Adresse registriert waren. Bei der ersten Nummer, die einem Mann namens Albino Lorenzelli gehörte, erreichte sie niemanden. Also versuchte sie es beim Anwaltsbüro. Als sie ihr Anliegen schilderte, reagierte die Sekretärin zögerlich und etwas misstrauisch. Sie könne nicht helfen, erklärte sie, da sie erst seit Kurzem dort angestellt sei. Ihr Chef wisse vermutlich auch nichts, da man kaum Kontakt zu den anderen Mietern habe. Außerdem dürften sie aufgrund des Datenschutzes keine Informationen preisgeben.

Niedergeschlagen überprüfte Cara ihr E-Mail-Postfach in der Hoffnung, eine Antwort von Riccardo Basso zu finden. Leider nichts.

Der Kastanienkuchen in der Kaffeepause hob ihre Stimmung ein wenig, jeder lobte den Kuchen.

»Mmmh … ein Traum!« Felice formte mit Daumen und Zeigefinger ein O.

»Oh ja, der Kuchen ist euch wirklich gelungen«, bemerkte Casimiro nach dem ersten Bissen, und Lily stimmte mit vollem Mund zu.

»Danke, das Rezept ist aus Mellas Rezeptbuch«, erklärte Cara und erntete einen verwirrten Blick von Fulvia. Als Einzige hatte sie nicht von dem Kuchen probiert und nippte nur an ihrem Zitronenwasser. »Wer ist Mella?«

Cara klärte sie auf, woraufhin sich Fulvias Augen verdunkelten.

»Das Buch gehörte also Großmutter Aurora. Warum nimmst du einfach Eigentum des Weinguts nach Hause mit?«

»Ach, komm, Fulvia«, sagte Casimiro. »Wir haben es ihr erlaubt. Sie kocht die Rezepte mit Lily und ihrer Großmutter nach. Probier doch auch von dem Kuchen. Etwas Zucker würde dir bestimmt guttun.«

Fulvia murmelte etwas Unverständliches vor sich hin und nahm einen Schluck Wasser.

Cara verdrehte die Augen, und Casimiro zwinkerte ihr zu.

Fulvia und sie würden in diesem Leben wohl nie Freundinnen werden, obwohl es tatsächlich eine kurze Zeit gab, in der sie sich gut verstanden hatten, damals 2009. Sie hatte gedacht, Fulvia sei eine Freundin. Dabei war alles nur gespielt gewesen. Als Fulvia ihr damals von der Wette erzählt hatte, fragte Cara sie, weshalb sie es getan hatten, und diese hatte nur grinsend die Schultern gezuckt. »Aus Spaß an der Wette. Ich hätte aber echt nicht gedacht, dass er dich tatsächlich rumkriegt.«

Cara hätte ihr damals am liebsten eine Ohrfeige verpasst, doch sie war nur mit vor Tränen verschleiertem Blick weggerannt.

Diese Zeit schien ihr inzwischen weit entfernt, aber die Erinnerung an Fulvias und Casimiros Spiel ließ sie trotzdem nicht ganz los. Nur, jetzt ging es um etwas anderes.

Sie seufzte leise und lenkte ihre Gedanken wieder auf das Rezeptbuch, wandte sich an Magalie, Casimiro und Felice. »Es reizt mich, herauszufinden, was es mit diesem Rezeptbuch auf sich hat. Wer war Aurora wirklich? Wer war Mella?«

»Das ist doch völlig uninteressant«, entgegnete Fulvia genervt. »Du solltest dich besser auf das Jubiläumsbuch konzentrieren. *Dafür* bezahlen wir dich!«

»Finde ich auch«, stimmte Casimiro ihr zu. »Außerdem spielt es keine Rolle, wer Aurora vor ihrer Zeit auf dem Weingut war. Im Jubiläumsbuch geht es schließlich um das Weingut und seine Geschichte, nicht um Auroras Vergangenheit.«

»Also ich sehe das anders«, warf Magalie ein. »Es wäre doch interessant, etwas über sie herauszufinden?«

Felice schüttelte energisch den Kopf. »Ich teile Fulvias und Casimiros Meinung. Wir sollten nicht in der Vergangenheit wühlen. Bestimmt hatte Aurora ihre Gründe, nicht darüber zu sprechen. Und das müssen wir akzeptieren.«

Kurz herrschte Ruhe am Tisch, bis Lily ein lautes »Mama!« rief und Cara einen Schubs verpasste. »Warum fragst du nicht einfach die Kastanienfrau? Sie ist doch uralt und weiß bestimmt so einiges. Auch über Aurora?«

»Nein, Lily«, entgegnete Casimiro und warf Cara einen kurzen Blick zu. »Die Kastanienfrau fragen wir nicht. Du weißt, dass du sie nicht mehr besuchen darfst, ja?«

»Aber dann könnte ich Eco wiedersehen.«

»Wer ist Eco?«, fragte Fulvia.

»Ein Hund! Ein Lagotto Romagnolo. Er ist so süß! Ach, ich hätte auch gerne einen Hund.« Lily legte den Kopf leicht schräg und blickte zu Casimiro, der sich über das Kinn rieb.

Cara stöhnte innerlich. Er wäre imstande, ihr tatsächlich einen Hund zu kaufen.

»Also, Lily«, begann sie. »Die Kastanienfrau und ihr Hund sind tabu für dich, kapiert? Du kannst sicher mal mit Amy Gassi gehen.« Sie sah Hilfe suchend zu Fulvia, doch die reagierte nicht.

»Amy mag mich nicht.« Lily seufzte und verdrehte die Augen, wie nur Teenies es konnten. »Aber okay, dann besuche ich die Kastanienfrau eben nicht … Gehen wir wenigstens wieder Kastanien sammeln? Es hat neulich so Spaß gemacht.«

Cara, die sich gerade eine Gabel Kuchen in den Mund geschoben hatte, verschluckte sich beinahe. Nicht schon wieder in den Wald!

»Liebes, ich muss arbeiten.«

»Müssen eigentlich alle arbeiten? Nonna, Fulvia und Felice haben ein Firmen-Event, und Papa hat einen Termin in Lugano.«

Casimiro hob entschuldigend die Schultern. »Dafür gehen wir heute Abend in deine Lieblingspizzeria, okay?«

Lilys Miene erhellte sich. »Okay!« Sie wandte sich an Cara. »Kommst du mit?«

Cara wechselte einen Blick mit Casimiro, der sie erwartungsvoll ansah. Ein Essen zu dritt? Besser nicht. »Ich habe wirklich noch viel zu tun.« Das hatte sie tatsächlich. Und da ihre Großmutter heute Abend zum Bingo-Spielen ging, konnte sie den ganzen Abend nutzen, um am Buch zu arbeiten. Als sie Lilys enttäuschtes Gesicht bemerkte, sagte sie schnell: »Aber weißt du, was, ich arbeite jetzt noch eine Stunde, und dann gehen wir zusammen in den Wald, in Ordnung?«

Die Vorstellung, wieder den Wald zu betreten, fand sie zwar nicht sehr berauschend, aber sie wollte Lily den Wunsch nicht ausschlagen, wenn sie schon nicht in die Pizzeria mitkam.

In der darauffolgenden Stunde tauchte Cara erneut ein in die Geschichte des Weinguts, schrieb Valerios Biografie zu Ende. Sie stieß dabei in einem älteren Zeitungsartikel auf eine Aussage, die ihr gefiel und die sie verwenden würde:

Der Weinberg ist wie ein Spiegel des Lebens – er fordert Geduld, Respekt vor der Natur und lehrt uns, dass wahre Qualität nur durch Zeit und Hingabe entsteht.

Plötzlich klingelte ihr Handy. Es war ihre Großmutter. »Nonna, was ist los? Ist etwas passiert?«

»Nein, Cara, ich lebe noch.« Sie klang atemlos, fast aufgeregt. »Hör zu, ich habe inzwischen alle Briefe von Luna gelesen. Von der Erpressung wird nichts mehr erwähnt. Ich habe die Briefe nach Datum sortiert, und offenbar muss es sich bei dem einen um den letzten Brief gehandelt haben. Aber im vorletzten steht noch etwas von einem Mario!« Ihre Stimme war nun richtig schrill und überschlug sich beinahe.

»Mario? Wer ist das?«

Ihre Großmutter räusperte sich, und Cara hörte ein Rascheln.

»Also, der Brief ist von Juli 2003. Da steht: *Oh mein Gott, Neve, bist Du wahnsinnig? Eine heimliche Affäre mit einem älteren Saisonarbeiter? Das klingt für mich ganz so, als will Dich dieser Mario ausnutzen! Du bist MINDERJÄHRIG! Und er 22! Nach der Erntezeit ist er wieder weg, vergiss das nicht. Pass bitte auf!*«

Stille. Cara versuchte, die neu gewonnenen Informationen zu ordnen. »Ach herrje, Nonna. Neve hatte etwas mit einem sieben Jahre älteren Typen? Meinst du, diese Geschichte stimmt?«

»Ich weiß es nicht, Cara. Aber ich finde das sehr eigenartig. Diese Erpressung, dann dieser Mario … Was, wenn sie verletzt war, weil Mario nichts Ernstes von ihr wollte, und sie ihn dann mit der Tatsache, dass sie minderjährig war, erpresst hat? Und er sie dann …«

»Im Wald umgebracht hat?«, beendete Cara ihren Satz. Wieder Stille. Cara hörte ihre Großmutter laut atmen.

»Ich dachte, du könntest mal auf dem Weingut fragen, ob sich jemand an ihn erinnert?«

»Ja, das mach ich.«

Nachdem sie sich verabschiedet hatte, starrte Cara auf das Handy, und erst Lilys »Mama!« riss sie aus ihrer Trance.

Sie drehte sich um und sah ihre Tochter im Türrahmen stehen.

»Was hat Nonna herausgefunden, Mama? Was für ein älterer Typ ist das? Hat Neve etwa ihn erpresst? Und er sie im Wald umgebracht?«

»Ach nein, das sind nur Spekulationen. Bestimmt hat Neve das alles erfunden. Aber ich werde versuchen, etwas über diesen Typen herauszufinden.«

»Kann ich dir helfen?«

»Lily, hör zu, das ist eine ernste Angelegenheit. Ich kümmere mich darum.«

»Aber ich habe die Briefe gefunden. Und du hast sie mir einfach weggenommen! Weil du denkst, ich bin zu jung dafür.«

»Bist du auch.«

»Ich hätte dir gar nie davon erzählen sollen. Nur Papa, er geht viel cooler damit um.« Sie rannte davon, und kurz darauf hörte Cara die Zimmertür zuknallen.

Sie seufzte. In den wenigen Tagen seit ihrer Ankunft hatte sich Lily irgendwie verändert, war launischer geworden. Hatte der ganze Fund von Neves Sachen einen schlechten Einfluss auf sie?

Und wie meinte sie? Casimiro ging *cooler* damit um? Tatsache war, dass es ihn gar nicht interessierte!

Sie beschloss, jetzt mit Magalie und Fulvia über Mario zu sprechen und danach mit Lily Kastanien sammeln zu gehen – das würde sie bestimmt aufmuntern.

Magalie, die gerade Käseplatten in der Küche der Weinlounge arrangierte, hörte aufmerksam zu. Fulvia war draußen und half zusammen mit Felice und einem Mitarbeiter, die Gläser für die Degustation aufzustellen.

»Es könnte also sein, dass Mario hier gearbeitet hat, wenn Neves Geschichte stimmt.«

Magalie zupfte einen Zweig Petersilie von einem Busch, dann riss sie die Augen auf. »Super Mario! Natürlich!«

»Super Mario?«

»Ja, wir nannten ihn so, weil er so schnell und fleißig war. Und alles beherrschte. Sogar bei einem Computerproblem konnte er Pietro helfen. Er hieß Mario Galli, genau. Ich erinnere mich recht gut an ihn. Ich fand es damals nur etwas merkwürdig, dass er sich sehr für Umberto interessierte und ihm kaum von der Seite wich. Ich habe damals mit Pietro gewitzelt, dass er vielleicht ein unehelicher Sohn von Umberto ist. Möglich wäre es gewesen.« Sie brach ab, wurde ernster. »Aber leider ist er vorzeitig abgereist, hat uns kurz vor der Haupterntezeit im Stich gelassen, was vor allem Pietro wütend machte.«

»Wann reiste er denn ab? Weißt du das noch?«

»Ja, Mitte September.«

Ein Schauer kroch Cara über den Nacken. »Neve starb am fünften September.«

»Du denkst, Mario steckt dahinter? Ich würde ihm so etwas nicht zutrauen. Er war ein so engagierter und netter junger Mann. Dass er sich überhaupt mit Neve eingelassen haben soll, kann ich mir nicht vorstellen.«

»Vielleicht hat sie die Geschichte erfunden. Aber was, wenn nicht? Wenn es stimmt, was sie schrieb, und sie etwas mit ihm hatte? Dass er kurz nach ihrem Tod abreiste, macht ihn verdächtig.«

Magalie verteilte die Petersilienröschen auf einer silbernen Servierplatte. »Aber warum sollte er sie töten?«

»Vielleicht hat sie ihn erpresst, weil er ihr das Herz gebrochen hat? Sie war minderjährig, besaß also ein Druckmittel, falls die beiden wirklich etwas miteinander hatten.«

Magalie seufzte. »Das passt wirklich nicht zu ihm.« Sie schob die Aperitifplatte zur Seite und griff nach Caras Händen. »Vielleicht interpretierst du zu viel in diese Briefe, Cara. Ich weiß, dass Neves Tod sehr schlimm für dich war, und ich weiß, dass deine Großmutter immer das Gefühl hatte, jemand von der Clique habe etwas damit zu tun. Fulvia, Casimiro, Felice … So wie du immer gedacht hast, dass die Kastanienfrau dahintersteckt. Aber vielleicht müsst ihr einfach akzeptieren, dass es bloß ein schrecklicher Unfall war.«

Cara schüttelte den Kopf. »Ich muss das mit Mario Galli einfach überprüfen. Habt ihr noch Daten von ihm? Seine Adresse?«

»Nein, wir bewahren die Unterlagen nur zehn Jahre lang auf. Ich weiß bloß, dass er aus Italien stammte.«

»Okay, ich werde versuchen, im Web etwas herauszufinden. Und mit Fulvia will ich auch sprechen. Sie war Neves beste Freundin und muss doch irgendetwas gewusst haben von diesem Mario …«

Aber zuerst war Lily an der Reihe, die bestimmt schon sehnsüchtig darauf wartete, zum Kastaniensammeln zu gehen.

Auf dem Weg zu Lilys Zimmer schossen Cara unzählige Gedanken durch den Kopf. Hatte dieser Mario Galli tatsächlich etwas mit Neves Tod zu tun? Oder hatte Magalie recht, und sie steigerte sich in etwas hinein? Wie auch immer es gewesen war, sie musste diesen neuen Erkenntnissen nachgehen. Ansonsten fände sie nie mehr Ruhe.

Sie klopfte an Lilys Tür, keine Antwort. Bestimmt hörte sie wieder Musik. »Lily!«, rief sie laut und trat ein. Das Zimmer war leer.

Cara suchte vergeblich das Haus und den Garten ab, rief zwischendurch mehrfach auf Lilys Handy an, ohne Erfolg. Dann eilte sie zur Weinlounge, wo Magalie inzwischen die Aperitifplatten auf den Stehtischen im Wintergarten verteilte. Fulvia stand mitten im Raum und gab einer Mitarbeiterin Anweisungen.

»Habt ihr Lily gesehen?«

»Nein«, zischte Fulvia. »Wir sind hier am Arbeiten, siehst du das nicht? Die Gäste kommen gleich an.«

»Fulvia!« Magalie warf ihr einen strengen Blick zu, ehe sie sich an Cara wandte. »Hast du im Garten geschaut? Sie ist so gerne dort.«

»Ja, da ist sie aber nicht.« Plötzlich schoss es Cara wie ein Blitz durch den Kopf, und sie stöhnte. »Sie muss im Wald sein.«

Im Gegensatz zu ihrem letzten Besuch strahlte der Wald heute in leuchtenden Herbstfarben. Die Sonne malte Tupfen auf die bunten Blätter und färbte die Äste golden. Unter anderen Umständen hätte Cara diesen Anblick genossen, weil ihr alles wie verzaubert erschien, doch sie hatte nur eines im Kopf: Lily finden. Und sie wusste, wo sie sein könnte.

Als sie kurz darauf bei der alten Frau eintraf – Eco empfing sie mit seinem lauten Gebell schon von Weitem –, sah sie die beiden. Sie saßen vor dem Häuschen am Tisch und schienen etwas zu basteln. Als Cara mit einem strengen »Lily« auf sie zumarschierte, schauten die beiden auf. Jetzt bemerkte Cara, dass sie Kastanienmännchen bastelten. Der ganze Tisch war voller Kastanien, Zahnstocher, Eicheln und Stiften.

»Lily! Ich habe dir doch gesagt, dass du nicht wieder hierherkommen sollst. Warum hörst du nicht auf mich? Und warum gehst du nicht an dein Handy?«

»Ich wollte zum Kastaniensammeln, aber du warst verschwunden. Und das Handy habe ich nicht gehört.« Verlegen sah sie weg, und Cara schnaubte. Sie bemerkte den Blick der alten Frau auf sich. »Komm jetzt, wir gehen.«

»Ich will noch bleiben.«

»Nein, du kommst mit, und zwar *jetzt*!« Sie wandte sich an die Frau. »Und Sie lassen meine Tochter in Ruhe!« Cara griff nach Lilys Hand und marschierte davon. Unterwegs sprach sie Lily ins Gewissen.

»Ich hatte dir ausdrücklich verboten, wieder hierherzukommen.«

»Ich wollte aber mit ihr über Aurora sprechen. Und ich wollte Eco wiedersehen. Es ist doch viel besser, wenn ich hier in der Natur bin, als im Zimmer am Handy zu sein.«

»Ich wäre ja mit dir zum Sammeln gegangen.«

»Wie gesagt, du warst weg. Und ich dachte, du hättest keine Lust mehr und wärst wütend auf mich wegen unseres Streits.«

»Ach, Lily!« Cara legte einen Arm um sie. »Ich war nicht wütend … Jetzt allerdings schon. Hättest du keine Herbstferien, würde ich dir Hausarrest geben.«

»Hausarrest? Das hatte ich noch nie!«

»Siehst du, dann wird es wohl höchste Zeit. Das sieht dein Vater sicher auch so.«

»Bitte erzähl ihm nichts! Sonst streicht er garantiert das Pizzaessen heute Abend.«

Cara seufzte. Sie und Casimiro hatten einst vereinbart, sich bei Lilys Erziehung immer abzustimmen, auch, was kleine Ungehorsamkeiten betraf, damit sie, obwohl sie kein Paar waren, an einem Strang zogen. Bisher war Lily immer brav gewesen. Doch jetzt?

Vermutlich war es nur eine Phase, und sie sollte nicht gleich so streng sein. Sie straffte die Schultern und sah Lily ernst an. »Na gut, aber nur, wenn du versprichst, nicht mehr einfach abzuhauen. Und vor allem: die Kastanienfrau nicht mehr zu besuchen.«

»Okay. Ach, übrigens, ich habe sie nach Aurora gefragt.«

»Oh, und? Was hat sie gesagt?«

»Nicht viel. Sie kannte Aurora nicht gut, kam erst später nach Morcote.« Lily brach ab.

»Was ist?«

»Hm, also sie hat irgendwie seltsam reagiert, finde ich. Als würde sie mehr wissen, es mir aber nicht sagen wollen.«

Kapitel 16

Santa Castagna, Oktober 1943
Mella

Das Feuer knisterte leise im Kamin, warf tanzende Schatten an die Wände. Mella beobachtete Dino, dessen Wolldecke ihm halb von den Schultern gerutscht war. Endlich erholte er sich. Kurz nach der Abreise ihres Vaters war er an einer heftigen Grippe erkrankt, und sie hatte ihn gepflegt: Zwiebelwickel gemacht, seine Stirn gekühlt, Suppe und Tee gekocht. Sie hatte es gern getan. Vielleicht zu gern. Es war ein schönes Gefühl, ihn an ihrer Seite zu wissen.

Jetzt, nach fast zwei Wochen, war die Blässe aus seinem Gesicht gewichen, der fiebrige Blick wieder klar. Vorhin hatte er ihr sogar gesagt, dass er schon bald aufbrechen würde. Er wollte zu den Partisanen zurück, zu seinen Brüdern. Sie hatte es geahnt. Die Partisanen führten ihre Kämpfe gegen die Faschisten und die Deutschen inzwischen aktiv aus, und Dino fühlte sich verpflichtet, zu helfen. Auch wenn Mella nicht wollte, dass er fortging und sich in Gefahr begab, so wusste sie, dass sie ihn nicht würde aufhalten können.

Nachdenklich nippte sie an ihrem Kamillentee, als Dino sich räusperte und dann langsam nach ihrer freien Hand griff. »Danke, Mella. Für alles«, sagte er leise, fast verlegen.

Sie lächelte und wollte etwas erwidern, aber in dem Moment durchfuhr sie ein Kribbeln. Ihr fehlten die Worte. Sie senkte den Blick, ihr Herz schlug schneller.

»Ich bin mir nicht sicher, wie ich das am besten sagen soll«, fuhr er fort und strich sich nervös durch das Haar. »Ich … ich glaube, ich habe mich ein bisschen in dich verliebt … Also, ich weiß nicht, ob es schon Liebe ist, aber immer, wenn ich in deiner Nähe bin, fühlt sich mein Leben, die Welt, einfach leichter und besser an. Und sinnvoll.« Er sah sie unsicher und zugleich gespannt an. Mella schluckte. Sie wusste nicht, was sie sagen sollte. Ihre Hand lag noch immer in seiner, als würde die Zeit für einen Moment stillstehen. »Ich …« Sie blickte ins Feuer, dann zu ihm. »Ich fühle auch so wie du. Vielleicht bin ich auch … ein wenig verliebt.«

Ein Lächeln huschte über Dinos Gesicht, er wirkte beinahe erleichtert. Schließlich drückte er ihre Hand fester, beugte sich zu ihr und küsste sie.

Der Nebel kroch die Hänge hinab, als Mella tags darauf Mussos Villa erreichte. Der Oktober hatte das Dorf fest im Griff, die Kälte drang durch ihre dünnen Schuhe und ließ sie frösteln.

Noch vor einem Jahr hatte sie mit Valentina in den Wäldern Kastanien gesammelt, seither hatte sich so vieles verändert. Mella sehnte sich oft nach diesen Zeiten. Doch der Gedanke an den vergangenen Abend, an das Knistern des Feuers, an Dinos warme Hand in ihrer und den zaghaften Kuss, zauberte ihr ein Lächeln aufs Gesicht. Es passierte nicht mehr viel Gutes, aber ab und an brachte das Leben doch immer wieder Neues, Unerwartetes, Aufregendes.

Als sie den Garten betrat, sah sie Valentina schon von Weitem unter der Kastanie auf der Bank sitzen, die Hände vor sich gefaltet. Beim Näherkommen erschrak sie. Valentinas Gesicht war eine

Maske aus Verzweiflung und Entschlossenheit. Sie setzte sich wortlos neben sie.

»Er hat es wieder getan«, sagte Valentina, ihre Stimme dünn wie ein Faden, der kurz davor war, zu reißen. »Diesmal war es aber anders. Ich kann nicht mehr.«

Mella legte ihre Hände auf Valentinas. »Es tut mir so leid. Was willst du tun?«

»Ich gehe fort.«

»Fort? Wohin?«

»Zu den Partisanen. Sie kämpfen für etwas Gutes, wie Papa. Tun, was richtig ist. Ich will ihnen helfen. Nein, ich *muss* ihnen helfen. Sonst sehe ich keinen Sinn mehr in meinem Leben.«

Mella spürte, wie die Angst sie von innen heraus fest umklammerte. Alle schlossen sich den Partisanen an. Ihr Vater, Dino, und jetzt sogar Valentina? Da fiel ihr etwas ein. »Tadeo ist ebenfalls bei den Partisanen. Ich dachte, du wolltest ihn nie wiedersehen?«

Valentina wich ihrem Blick aus und zupfte an ihrem Rock. »Wir … haben uns versöhnt.«

»Was? Aber wie? Hast du ihn etwa getroffen?«

»Pst!« Valentina sah sich um. »Mein Gott, Mella, geht's noch lauter?« Sie holte tief Luft. »Aber ja, du hast recht. Ich habe ihn kürzlich zufällig im Dorf getroffen.«

»Er war im Dorf? Aber nach ihm wird doch gesucht!« Mella dachte daran, wie ängstlich sie in den letzten zwei Wochen gewesen war, die Nazis oder die Faschisten würden nochmals bei ihr auftauchen und dann Dino entdecken.

»Er hatte einen Auftrag der Partisanen zu erfüllen«, erklärte Valentina. »Deshalb kam er getarnt ins Dorf. Um einen Kontaktmann zu treffen. Er hat mich zufällig in der Bäckerei gesehen und ist mir gefolgt. Wir gingen dann in die Kirche, weil er unbedingt mit mir sprechen wollte. Er meinte, er habe nie aufgehört, mich zu lieben, und würde mich vermissen. Das mit Giada sei ein großer Fehler gewesen.«

»Hast du ihm von Ennio erzählt?«

»Nein, natürlich nicht. Er weiß, dass ich einen Sohn habe, aber er denkt, er ist von Fausto ... Was Rechnen angeht, ist Tadeo nicht der Hellste.« Sie grinste, aber Mella ging nicht darauf ein. Ihr war nicht zum Lachen zumute.

»Du willst also zu den Partisanen, weil Tadeo dort ist.«

»Nicht nur wegen ihm. Wie gesagt, ich muss kämpfen und etwas Sinnvolles tun. Und ich muss weg von Fausto.«

»Was ist mit Ennio? Nimmst du ihn mit?«

Valentina schüttelte den Kopf, und Tränen sammelten sich in ihren Augen, die sie schnell wegwischte. »Nein, ich kann ihn nicht mitnehmen.«

»Du lässt ihn bei Fausto?« Mella konnte es kaum glauben.

»Ich habe keine Wahl. Vielleicht kannst du ja ab und zu nach ihm schauen?«

»Ich ... ja, aber ... was, wenn er Ennio etwas antut?«

»Das wird er nicht.« Ihre Stimme klang unsicher, und Mella wusste, dass Fausto vor nichts zurückschreckte, auch wenn er bisher nie Hand an Ennio gelegt hatte. Früher oder später, wenn Ennio älter wäre, würde er es tun, dessen war sie sich sicher. Allein der Gedanke, dass er dieses unschuldige Kind schlagen könnte, brachte sie zur Weißglut.

»Was, wenn du danebenliegst? Was, wenn er auch Ennio ...«

»Hör auf!« Valentina sprang auf, ihre Augen brannten jetzt vor wilder Entschlossenheit.

»Ich bleibe nicht mehr hier! Ich bleibe nicht mehr bei diesem Mann, der mich wie ein Tier behandelt. Jede verfluchte Nacht! Ich halte es nicht mehr aus!« Sie kniete nieder und griff nach Mellas Händen. »Ich muss jetzt an mich denken, verstehst du das nicht?«

Mella schwieg. Nein, sie verstand es nicht. Wie konnte eine Mutter ihr Kind zurücklassen? Sie müsste es doch beschützen. »Nimm ihn mit!«

Valentina raufte sich das Haar. Mella hatte das Gefühl, dass es nicht mehr so kräftig war wie noch vor einem Jahr. Die Locken wirkten ausgedünnt und glanzlos.

»Nein, nein, nein! Ich kann ihn nicht mitnehmen. Wie soll das gehen? Mit einem Säugling im Gebirge. Das ist gefährlich.«

»Bei Fausto ist es noch gefährlicher für Ennio. Er …« Mella verstummte, als sie Valentinas Blick sah. Sie hatte ihre Schwester noch nie so gesehen, so voller Schmerz und gleichzeitig so entschlossen, alles aufzugeben.

Valentina ließ sich zurück auf die Bank fallen, als wäre ihr der eigene Körper plötzlich zu schwer.

»Ich kann nicht anders. Ich bin nicht mehr ich selbst. Er hat alles aus mir herausgeschlagen. Ich bin nur noch eine leere Hülle.«

Mella griff nach der zitternden Hand ihrer Schwester. »Und wenn wir zur Polizei gehen?«

»Das bringt doch nichts! Nein, ich muss weg.«

Mella nickte. Sie sah ein, dass Valentinas Entscheidung längst gefallen war. Doch auch sie selbst fällte in diesem Moment eine. Sie würde Ennio nicht bei Fausto lassen. Nein, sie würde ihn holen, aber davon sagte sie Valentina nichts.

»Wann gehst du?«

»Heute Nacht. Fausto ist für zwei Tage in der Stadt. Die perfekte Gelegenheit.«

»Was, wenn dich jemand davon abhalten will? Francesca?«

»Ich glaube, sie steht auf meiner Seite. Und sollte sie mich trotzdem daran hindern wollen, werde ich es nicht zulassen.«

Am Abend erzählte Mella Dino alles, auch von ihrem Plan, Ennio zu holen. Er blickte sie entsetzt an. »Das ist Kindesentführung, Mella! Wenn Fausto dich erwischt, landest du hinter Gittern. Kannst du nicht versuchen, mit ihm zu reden? Vielleicht darfst du Ennio mit seiner Erlaubnis zu dir nehmen?«

»Du kennst Fausto nicht. Das wird er niemals zulassen. Sobald er erfährt, dass Valentina weg ist, wird er auch mich dafür verantwortlich machen.« Sie erzählte ihm von dem Vorfall damals mit dem Wolf. »Es gibt nur eine Möglichkeit. Ich muss mit Ennio weg.«

Dino sah schlussendlich ein, dass es das einzig Richtige wäre, nicht zuletzt, weil unklar war, wie sich der Krieg und der Widerstand entwickeln würden und welche Gefahr das für die Dorfbewohner bedeutete. Dann sagte er ihr, dass sie in die Schweiz flüchten müsse, in die Ortschaft Morcote im Tessin, auf das Weingut der Casolis, zu einem Mann namens Oreste Casoli.

»Mein Vater, da ging es ihm noch gut, hat früher oft von ihm erzählt. Er hat während des Großen Krieges mit ihm gekämpft und ihm das Leben gerettet. Nach dem Krieg ist Oreste in die Schweiz ausgewandert und hat sich den Traum von einem eigenen Weingut erfüllt. Offenbar hat er eine sehr reiche Frau geheiratet. Oreste schrieb meinem Vater früher oft Karten. Ich denke, er wird dir helfen. Er ist ein guter Mann.«

»Aber wie komme ich dorthin? Wirst du mich begleiten?«

»Nein, ich kann nicht. Ich muss hierbleiben und kämpfen.«

»Niemals schaffe ich es allein bis in die Schweiz.«

»Doch, du schaffst das. Ich weiß es. Vergiss nicht unsere Mutproben, wir haben dich abgehärtet. Außerdem wirst du auf der Fluchtroute, die ich dir gleich erklären werde, nicht allein sein. Das Netzwerk ist sehr gut. Warte …« Er verschwand kurz und kam mit der Karte zurück, die er auf dem Tisch ausbreitete. »Rinaldo und Tadeo haben mir kürzlich gesagt, wie ich im Notfall flüchten könnte, und nun gebe ich das an dich weiter … Also, du musst für den Grenzübertritt nach Brissago.« Er zeigte auf eine Ortschaft weiter nördlich von Verbania, die auch am Lago Maggiore lag, und dann auf Morcote, am Südufer des Luganer Sees, sozusagen gegenüber von Verbania. »Wie du siehst, wäre die Route rein geografisch gesehen viel schneller, wenn du von Verbania aus den Seeweg nehmen würdest nach Morcote. Über Brissago ist es ein Umweg, dafür sicherer. Die Fluchtrouten sind etablierter, die Übergänge auch. Diese Strecke wird öfter von Flüchtlingen und Schmugglern genutzt, die dir notfalls helfen könnten. Wie erwähnt, es gibt ein recht gut organisiertes Fluchtnetzwerk. Das Gebiet um Verbania hingegen wird von deutschen und italienischen Truppen viel stärker überwacht.« Während er weitererzählte, hörte Mella aufmerksam zu. Am Ende sagte er: »Wichtig ist, dass du Ennio holst, bevor Fausto zurück ist.«

In der kommenden Stunde schmiedeten sie einen Plan, und als Mella diesen verinnerlicht hatte, drückte Dino ihr die Hand. »Du schaffst das, Mella«, sagte er.

»Wirst du nachkommen, irgendwann, wenn der Krieg vorbei ist?«

»Ja, natürlich!« Er gab ihr einen Kuss. »Ich werde nachkommen. Und dann heiraten wir.«

Am nächsten Tag ging Mella nach der Schule zur Musso-Villa, um angeblich Valentina zu besuchen. Francesca, die den schreienden Ennio in den Armen hielt, teilte ihr aufgeregt mit, dass Valentina weg sei. Mella verhielt sich gespielt überrascht. Faustos Töchter saßen am Tisch und starrten traurig auf ihre leeren Teller. Offenbar hatte Francesca noch keine Zeit gehabt, zu kochen.

»Wo kann sie nur hin sein?«

»Hat sie dir denn gestern nichts gesagt?«, fragte Francesca. »Ihr habt doch so lange geredet im Garten?«

»Sie war sehr aufgeregt, aber erwähnte nichts davon, wegzuwollen.« Mella hoffte, dass ihre geröteten Wangen sie nicht verrieten. Doch Francesca hatte sowieso andere Sorgen. Ennio schrie immer lauter. »Was soll ich nur tun? Er hat vorhin zwar endlich die Milch aus dem Fläschchen getrunken, aber er schreit noch immer.« Sie tätschelte ihm den Rücken, was Ennio keineswegs besänftigte, im Gegenteil, er brüllte nur noch eindringlicher.

»Gib ihn mir. Ich kümmere mich um ihn.«

Erleichtert überreichte Francesca ihr den Jungen, und Mella begann, ihn zu schaukeln, so wie sie es immer tat. Er wimmerte zwar nach wie vor, beruhigte sich aber allmählich.

Francesca ging auf und ab. »Ich dachte wirklich, die Signora würde bald zurückkehren. Aber jetzt zweifle ich daran.« Sie seufzte tief. »Ich habe immer geahnt, dass dies eines Tages passieren würde. Eine Frau wie Valentina lässt sich nicht auf Dauer erniedrigen. Und so, wie der Signore die arme Valentina in letzter Zeit behandelt hat, war es nur noch eine Frage der Zeit.« Sie blieb stehen und besah Mella mit vor Sorge geweiteten Augen. »Was sollen wir jetzt tun?«, fragte sie. »Wir müssen Signor Musso informieren.«

»Aber er ist in Mailand«, bemerkte Mella vorsichtig. Jetzt kam der schwierige Teil. Würde Francesca mitspielen? »Natürlich *könnten* wir ihm ein Telegramm schicken lassen.«

Francesca sah Mella wissend an. »Wir *könnten*. Wir müssen aber nicht.«

»Nein, wir müssen nicht. Er wird es früh genug erfahren.«

»Was sage ich ihm, wenn er mich fragt, weshalb ich ihn nicht kontaktiert habe?«

»Sag ihm, dass Valentina vorgab, mich für ein paar Tage zu besuchen. Mit Ennio.«

Francesca erstarrte. »Du nimmst den Jungen mit! Wirst du ihn Valentina bringen? Weißt du also doch, wo sie ist?«

»Sie wollte zu den Partisanen«, rutschte es Mella heraus, und sie schalt sich für ihre Ehrlichkeit. »Ich werde mit Ennio an einen sicheren Ort gehen. Du verstehst doch, dass ich ihn nicht hierlassen kann.«

Francesca blickte zu den beiden Mädchen, dann wieder zur Haushälterin. Mella erkannte an ihrem Gesichtsausdruck, dass sie denselben Gedanken hatte wie sie: Früher oder später würde Fausto auch gegenüber Ennio gewalttätig werden.

In den nächsten dreißig Minuten packte Francesca alles zusammen, was Mella für eine lange Flucht brauchen würde, und so verließ Mella die Villa mit einem Rucksack voller Stoffwindeln, Milchfläschchen, Tücher, warmer Kleidung, Decken und einem kleinen Spielzeug für Ennio. Dazu kamen haltbare Lebensmittel wie Kastanien, Trockenobst, Hartwurst, Käse sowie Streichhölzer, ein kleines Messer, Verbandszeug, Seife, eine Taschenlampe und etwas Nähzeug. Mella war erleichtert, denn diese Dinge hätte sie selbst nicht alle gehabt. Ihr Vater hatte das meiste auf seine Reise mitgenommen.

Als sie zu Hause ankam – es war bereits dunkel –, erklärte Dino ihr die Route erneut anhand einer Karte. Sie verstauten die letzten Dinge in ihrem Rucksack, und Mella band sich Ennio in einem Tuch vor die Brust, schnallte sich Vaters Gewehr quer über den Rücken – sie hoffte, es nie brauchen zu müssen. In eine Beutel-Umhängetasche hatte sie ein paar wichtige Dinge wie die Landkarte, zwei Milchfläschchen, etwas Trockenobst, das Messer, die Taschenlampe, eine Ersatz-Stoffwindel, ihren Ausweis, etwas Geld und ihr Rezeptbuch verstaut – falls sie plötzlich wegrennen musste und ihren Rucksack nicht mehr tragen konnte, hätte sie diese Dinge wenigstens bei sich.

Vor lauter Nervosität hatte sie das Gefühl, jederzeit zu ersticken, und fühlte sich am Rande eines Zusammenbruchs. Ihr Herz raste, ihre Hände zitterten. Sie hatte nicht nur Angst, sondern fühlte sich auch vollkommen überwältigt angesichts der Verantwortung; nicht nur für ihr eigenes Leben, sondern auch für das von Ennio. Jede ihrer Entscheidungen würde plötzlich eine existenzielle Bedeutung haben, was enormen Druck erzeugte. Dann plagten sie auch Schuldgefühle gegenüber ihrer Schwester. Sie hatte Dino gebeten, dass er Valentina von ihrem Plan erzählte, sobald er sie wiedersehen und ihr einen Brief überreichen würde, in dem sie ihre Beweggründe schilderte. Damit sie wusste, dass Ennio in Sicherheit wäre und wo sie ihn finden würde. Ob Valentina mit ihrem Plan einverstanden wäre? Mellas Zweifel waren groß.

Kraft gab ihr nur Dino, der ihr immer wieder gut zusprach, dass sie es schaffte, aber auch die tiefe Entschlossenheit, Ennio um jeden Preis zu beschützen. Dann verließen sie das Haus.

Die Nacht war kalt und still, das Licht des Halbmonds fiel in silbernen Streifen auf die Wege, als sie sich leise durch die Gassen des Dorfes bewegten. Ennio, an Mella gedrückt, schlief tief und fest, sein kleiner Kopf ruhte an ihrer Schulter. Sie trug einen alten Mantel ihres Vaters, damit sie Ennio zudecken konnte. Sie spürte seinen ruhigen Atem.

Dino wartete an der Ecke des letzten Hauses im Dorf, ein Gewehr in der Hand, seine Augen wachsam auf die Umgebung gerichtet. Er hatte darauf bestanden, ihren Rucksack zu tragen, bis sie sich trennten.

»Alles ruhig«, flüsterte er, als Mella sich ihm näherte. »Komm, wir müssen schnell sein.«

Mella nickte stumm, wagte nicht, zu sprechen. Als sie die erste Straße hinter sich gelassen hatten und sich auf den Weg zum Waldrand machten, hörte Mella plötzlich das Knirschen von Stiefeln auf dem Kies. Ihre Schritte stockten, und sie drehte sich um, gerade als Fausto aus dem Schatten trat – nicht allein. Zwei Männer in schwarzen Uniformen lauerten hinter ihm. Mella spürte, wie ihr das Blut in den Adern gefror. Warum war er schon zurück?

»Wohin gehst du, Mariella?« Faustos Stimme klang ruhig, aber sie wusste, dass die Wut hinter seinen Worten lauerte.

Sie brachte keinen Laut heraus, ihre Kehle war wie zugeschnürt. Sie hörte, wie Dino etwas von einem Spaziergang stammelte, doch da verpasste ihm Fausto einen so heftigen Schlag in den Bauch, dass er zurücktorkelte.

»Halt die Klappe, du dummer Hund!« Er wandte sich an Mella und packte ihren Arm. »Denkst du wirklich, du kannst einfach abhauen, wie deine Schwester? Francesca, das blöde Huhn, hat mir alles erzählt. Ich kam schon früher zurück als geplant, und ich wusste sofort, dass etwas nicht stimmte, als ich ihr erschrockenes Gesicht sah. Und dann: Meine Frau weg. Mein Sohn weg! Sie meinte, du könntest noch nicht so weit sein. Und sie hatte recht.« Er lachte.

Dino trat einen Schritt nach vorne, stellte sich zwischen Mella und Fausto. »Lassen Sie sie gehen.«

»Sie gehen lassen? Hältst du mich für blöd? Sie hat meinen Sohn! Und Valentina ist abgehauen. Ich weiß von Francesca, dass sie zu den Partisanen wollte. Und ich weiß, dass ihr beide das Versteck kennt. Und das werdet ihr mir jetzt sagen.«

Dino blieb stumm, doch Mella spürte die Anspannung in seinem Körper.

»Also, wo ist sie?«, zischte Fausto und packte Dino, während die beiden Faschisten Mella festhielten. Wie durch ein Wunder schlief Ennio noch immer tief und fest unter ihrem Mantel.

»Na los, sag es! Oder ich schwöre dir, ich werde Mella hier und jetzt vor deinen Augen töten.«

Die Worte schnitten durch die Stille wie ein Messer, und Mella spürte, wie ihre Knie nachgaben. Würden die beiden Männer sie nicht festhalten, würde sie umfallen, garantiert. Sie wollte schreien, flehen, aber die Angst raubte ihr die Stimme. Dino sah kurz zu ihr, seine Augen voller Schmerz. Dann hob er langsam die Hand.

»Ist gut«, murmelte er. »Ich sage euch, wo das Versteck ist.«

»Nein, Dino!«, flüsterte Mella verzweifelt, Tränen rannen ihr über die Wangen. »Er wird Valentina töten! Und deine Brüder auch!«

»Ich habe keine andere Wahl. Sonst tötet er dich.«

Fausto nickte, ein grausames Lächeln umspielte seine Lippen.

»Na also. Das ist vernünftig. Wo ist sie? Und denk ja nicht, du kannst mir einen Bären aufbinden, denn wir werden euch beide mitnehmen. Und solltest du uns belügen, werden wir euch töten.«

Dino holte tief Luft, seine Stimme war ruhig, als er sprach: »Das Versteck ist im Gebirge, oberhalb von Borgo Verde. Ich führe euch hin.«

Mella schluchzte leise, ihr Herz schmerzte bei dem Gedanken, was Fausto Valentina antun würde, wenn er sie fände.

»Gut«, sagte Fausto. »Los geht's. Ah, obwohl …« Er wandte sich an Mella und zeigte auf Ennio. »Zuerst bringen wir meinen Jungen zurück.«

»Nein!« Mella wollte sich von den Männern losreißen. »Ich gebe ihn nicht her!«

Jetzt wachte Ennio auf und begann zu wimmern.

»Das ist mein Sohn!«, rief Fausto.

Panische Angst ergriff Mella. »Nein!«, schrie sie und übertönte Ennios Weinen.

»Er ist nicht dein Sohn!«

Faustos Gesicht erstarrte. »Wie bitte?«

»Ennio ist nicht dein Kind! Er ist Tadeos Sohn! Valentina hat dich die ganze Zeit angelogen. Deshalb auch die Frühgeburt. Du hast es nie bemerkt.«

Faustos Gesicht verzerrte sich vor Wut, seine Hand schnellte hervor und traf Mella hart im Gesicht. Sie taumelte leicht zurück, die Männer hielten sie noch immer fest. Ennio schrie lauter.

»Lügnerin!«, spie Fausto aus, seine Augen vor Wahnsinn funkelnd. »Du wagst es, mich so zu erniedrigen?«

»Es ist wahr! Denkst du wirklich, Valentina hätte dich sonst geheiratet? Sie hat dich verachtet, tut es noch immer. Deshalb ist sie weg von dir, zu Tadeo, Ennios leiblichem Vater.«

Fausto fehlten offenbar die Worte, und Mella wusste, dass er darüber nachdachte, ob sie vielleicht doch die Wahrheit sagte. Dino nutzte den Moment der Unachtsamkeit. Er griff nach seinem Gewehr und schlug es Fausto so heftig an den Kopf, dass dieser ins Wanken geriet und stürzte. Einer der Faschisten reagierte sofort und zog seine Waffe, aber Dino war schneller. Ein Schuss krachte, und der Mann sackte zusammen. Mella sah, dass der andere Mann nun ebenfalls anlegte. Blitzschnell zog sie das Messer aus ihrer Beuteltasche und rammte es ihm in den Rücken. Ein ersticktes Keuchen entwich ihm, sein Körper zuckte. Taumelnd versuchte er, das Gleichgewicht zu halten, vergeblich. Mit einem dumpfen Laut fiel er zu Boden wie ein gefällter Baum. Jetzt lagen alle drei Männer vor ihnen, einer stöhnte, ein anderer röchelte, und der dritte – Fausto – regte sich nicht. War er bewusstlos oder sogar tot? Da flackerte kurz ein Blinzeln über sein Gesicht, als würde er gerade aus einem leichten Dämmerzustand erwachen. Mella hielt den Atem an.

Aus dem Dorf drangen plötzlich aufgeregte Rufe zu ihnen.

»Mella, lauf!«, schrie Dino.

»Komm mit mir!«

»Nein, sie würden uns verfolgen! Ich lenke sie ab.«

Mella zögerte kurz, dann legte sie die Arme fest um Ennio und rannte los, ihre Füße trugen sie über den steinigen Pfad, während hinter ihr das Knallen von Schüssen durch die Nacht hallte.

Kapitel 17

Morcote, Oktober 2023
Cara

Cara arbeitete bis sechs Uhr durch, bis sie hörte, dass Casimiro zurückkam und kurz darauf mit Lily zur Pizzeria aufbrach. Auch sie hatte Hunger und freute sich darauf, später etwas für sich zu kochen. Bevor sie jedoch das Weingut verließ, wollte sie noch mit Fulvia sprechen, deren Event inzwischen sicher vorbei war, und beschloss, im Büro nach ihr zu sehen.

Sie hatte Glück, Fulvia war da. Während Amy in einem kuscheligen Hundebettchen in der Ecke friedlich schlief, starrte sie hoch konzentriert auf ihren Bildschirm. Zu Caras Überraschung trug sie eine ziemlich coole Nerd-Brille mit schwarzem Gestell, die ihr richtig gut stand.

»Cara, was gibt's?«, fragte sie, ohne die Augen vom Screen abzuwenden.

Cara kam schnell zum Punkt und sprach sie auf Mario an. Fulvia lehnte sich in ihrem Stuhl zurück und verschränkte die Arme. »Warum fragst du mich so was? Es ist zwanzig Jahre her.«

»Es ist aber wichtig. Vielleicht hatte er etwas mit Neves Tod zu tun.«

»Mein Gott, begreif es doch endlich: Neves Tod war ein Unfall!

Und was diesen Mario betrifft«, sie hob die Hände und verdrehte die Augen, »ja, vage erinnere ich mich an ihn. Der sah ja auch ganz nett aus. Und es kann sein, dass Neve mal gesagt hat, dass sie ihn süß fände oder so. Aber ob die beiden etwas miteinander hatten, weiß ich nicht. Mir hat sie jedenfalls nichts gesagt. Wir hatten damals sowieso nicht das beste Verhältnis.«

»Ihr habt euch gestritten in der Nacht, als sie starb. Worum ging es da eigentlich?«

»Wir haben uns *alle* gestritten.«

»Casimiro sagte mir vor Kurzem, dass hauptsächlich du und Neve euch gezankt habt.«

Jetzt lehnte sich Fulvia vor und kniff die Augen zusammen. »So, hat er das gesagt?«

»Ja.«

Sie lachte bitter auf. »Und jetzt, Cara? Was soll das Ganze? Verdächtigst du jetzt etwa mich?«

»Nein, es interessiert mich einfach.«

»Du bist wirklich unmöglich! Aber wenn es dir danach besser geht: Wir stritten uns wegen des Schulprojekts. Neve hatte mir die Idee mit dem Hexenvideo gestohlen.«

»Das war ursprünglich deine Idee?«

»Ja. Doch als ich Neve davon erzählte, behauptete sie, dass sie die Idee nicht gut fände. Ich habe ihr vertraut und mich überzeugen lassen. Dann erfuhr ich an dem Abend im Wald, dass sie es trotzdem machen wollte und unserem Lehrer bereits das Konzept dazu geliefert hatte. Sie hatte sogar schon die Friedhofszene beim Grab gefilmt. Auch meine Idee! Das hat mich richtig wütend gemacht, deshalb kam es zum Streit. Aber das war's. Casimiro wusste Bescheid, und als Neve am nächsten Tag tot aufgefunden wurde, bat ich ihn, niemandem davon zu erzählen. Ich wollte nicht, dass man mich am Ende noch verdächtigen würde. Schließlich fehlte die Kamera, und mit etwas Fantasie hätte man mir wegen der geklauten Idee leicht ein Motiv unterstellen können.« Sie hielt inne. »Jedenfalls hatte ich nichts mit ihrem Tod zu tun. Du solltest aufhören mit deinen Beschuldigungen.«

»Was ist denn hier los?« Felice steckte den Kopf zur Tür herein.

In dem Moment erwachte Amy und bellte. Fulvia erhob sich, schnappte sich den kleinen Hund und streichelte ihn.

»Kannst du Cara bitte sagen, sie soll sich auf das Buch konzentrieren und nicht irgendwelche Verdächtigungen von sich geben? Und jetzt geht, ihr macht Amy ganz nervös. Außerdem habe ich zu tun.«

Felice zog Cara vorsichtig am Arm nach draußen und schloss die Tür.

Er schaute sie fragend an. »Und?«

Sie erklärte ihm den Grund der Auseinandersetzung, und er schwieg.

»Du denkst vermutlich auch, dass ich verrückt bin, wie Fulvia. Aber diese Briefe … Ich glaube einfach, dass mehr dahintersteckt als eine erfundene Geschichte.«

»Ich weiß nicht. Neve hatte wirklich den Hang, zu übertreiben.«

Cara rieb sich seufzend die Schläfen. »Ja schon, aber …«

Felice lächelte und legte eine Hand auf ihre Schulter. »Hey, vielleicht brauchst du mal eine kleine Pause von allem. Ich habe noch Wein von der Degustation übrig. Lust?«

Cara dachte an ihr Vorhaben, zu Hause etwas zu kochen und dann zu arbeiten. Allerdings klang eine kleine Weindegustation verlockend, das würde sie von ihren Grübeleien ablenken. Und sie könnte danach ja ein Taxi ins Dorf nehmen.

Sie lächelte. »Ja, gerne.«

Felice brachte sie zum Aussichtspunkt, wo noch immer Tische und eine Lounge in der Wiese standen. Die letzten Sonnenstrahlen spiegelten sich auf dem Luganer See, die Reben raschelten. Cara lehnte sich in ihrem Loungesessel zurück, die Finger um das Glas geschlungen. Der samtige Geschmack des Weins verbreitete eine wohlige Wärme in ihr, die die Kälte in ihrer Brust für einen Moment verdrängte. Es war einfach, hier zu sitzen, den Blick auf die friedliche Landschaft gerichtet, und so zu tun, als wäre alles normal. Als gäbe es keine Briefe. Keine Erinnerungen. Und Felice, der ihr die verschiedenen Weine einschenkte, war eine angenehme und attraktive Gesellschaft. Sie sprachen über das Buch, Weine und über die Vergangenheit. Caras Zunge wurde von Glas zu Glas lockerer.

»Ich will mich ja eigentlich auch nicht mit Neve befassen, weißt du. Aber es geht einfach nicht anders. Seit ich hier bin, verfolgt sie mich wie ein Schatten. Und dann habe ich noch dieses verdammte schlechte Gewissen.«

»Warum?«

Cara hielt inne und schloss die Augen. Bisher hatte sie nur mit Casimiro darüber gesprochen, damals in den Bergen 2009. Aber jetzt verspürte sie das Bedürfnis, erneut darüber zu reden.

»Weil ich sie vor ihrem Tod gehasst habe«, sagte sie leise. »Sie hat mich damals vor allen in der Schule fertiggemacht.« Sie legte den Kopf in den Nacken und starrte in den dämmernden Himmel. »Sie hat Kopien von einem schrecklichen Foto von mir im Bikini überall verteilt. Darauf stand *Gestrandeter Wal – Badesaison eröffnet*. Ich meine, wer tut so was seiner Schwester an?« Ihr wurde flau im Magen.

Das Foto war im Italienurlaub am Strand entstanden, sie saß vor dem Meer, ihre Speckröllchen sahen aus wie mehrere Rettungsringe.

»Ich erinnere mich vage.« Felices Finger spielten mit dem Rand seines Glases. »Ich fand die Aktion gemein. Neve ging zu weit, das habe ich ihr damals gesagt.«

Cara schaute ihn skeptisch an.

»Natürlich glaubst du mir das jetzt nicht. Aber es ist wahr.«

Sie zuckte nur mit den Schultern. Der Wein in ihrer Hand schimmerte in der Dämmerung wie Blut. Felice war eigentlich immer freundlich zu ihr gewesen, hatte sogar hin und wieder mit ihr gesprochen – ganz im Gegensatz zu Casimiro, für den sie wie Luft gewesen war. Sie glaubte ihm wirklich, dass ihm Neves Aktion damals missfallen hatte.

Ein scharfer Schmerz durchzuckte Cara, als sie daran zurückdachte. An das, was Neve gesagt hatte, als sie sie auf dem Heimweg zur Rede gestellt hatte. Es sei eine Strafe gewesen. Dafür, dass Cara in ihrem Zimmer herumgeschnüffelt hatte. Und sie hatte ihr mit kalter Stimme versichert, noch Schlimmeres zu tun, sollte sie das jemals wieder wagen.

Sie erzählte Felice davon. »Und dann kam dieser Abend, an dem ich sie rausschleichen sah zu eurer Waldübernachtung. Sie meinte, sie würde mich fertigmachen, falls ich unserer Mutter oder den Großeltern etwas verraten würde. Deshalb habe ich geschwiegen. Ich habe ihr noch gesagt, dass ich sie hasse! Das waren meine letzten Worte zu ihr. Am nächsten Tag war sie tot. Und ich gab mir die Schuld, weil ich sie nicht doch verraten hatte. Bestimmt würde sie noch leben.«

»Du trägst keine Schuld, Cara.« Er griff nach ihrer Hand und drückte fest zu. »Es war einfach Schicksal.«

Sie hob die Schultern. Schicksal. Gab es das überhaupt? War Neves Tod wirklich vorbestimmt gewesen und hätte durch niemanden verhindert werden können? Falls ja, wer entschied über das Schicksal? Gott?

»Noch ein Schluck?« Felices Stimme riss sie aus ihren Gedanken.

Sie nickte, ohne ihn anzusehen. Der Wein floss schwer und dunkel in ihr Glas. »Weißt du, ich habe sie nicht gehasst, weil sie mir das angetan hat. Sondern weil sie sich verändert hat und nicht mehr die Schwester war, die ich so geliebt hatte.«

»Verstehe.« Er strich ihr über den Rücken, und seine Nähe fühlte sich gut an. Sie hätte sich am liebsten an ihn geschmiegt, aber dann wurde ihr bewusst, dass es keine gute Idee wäre und sie ohnehin zurückmusste. Sie schoss hoch, schwankte leicht. »Ich sollte gehen. Es ist schon spät, und ich wollte noch am Buch arbeiten.«

»Ja, sicher. Ich rufe dir ein Taxi.« Er suchte in seinen Taschen nach dem Handy. »Ich muss mein Handy im Büro gelassen haben.«

»Und meines ist in der Tasche im Haus.«

Während sie zum Hof zurückschritten, bedankte sich Cara bei ihm. »Es hat gutgetan, darüber zu reden.«

Er blieb stehen. »Jederzeit wieder.«

Plötzlich kam ein Auto die Auffahrt hoch, Scheinwerfer blendeten sie. Kurz darauf stiegen Casimiro und Lily aus dem Wagen.

»Du bist immer noch hier?«, fragte Casimiro. »Ich dachte, du wolltest nach Hause?«

Lily stand neben ihm und schaute Cara erwartungsvoll an.

»Ja, das wollte ich eigentlich, aber Felice lud mich spontan zu einer kleinen Weinverkostung ein. Jetzt muss ich mir ein Taxi bestellen.«

»Nicht nötig«, erwiderte Casimiro scharf. »Ich fahre dich nach Hause.«

»Nein, das musst du nicht. Ich …«

»Lily, sag deiner Mutter Gute Nacht. Dann ab ins Bett.« Er drückte ihr einen Kuss auf den Scheitel.

»Nacht, Mama, bis morgen.« Lily umarmte sie, dann verschwand sie im Haus.

»Warte, ich komme mit. Ich muss meine Tasche holen.« Sie folgte Lily, die im Flur ihre Sneakers abstreifte.

»Und, hattest du einen schönen Abend?«, fragte Cara und griff nach ihrer Tasche, die in der Garderobenablage war.

»Ja. Schade, dass du nicht dabei warst.«

»Ich …«

»Ich verstehe nicht, was du gegen Papa hast!«, platzte es aus Lily. »Er bemüht sich so sehr, aber du blockst immer ab.«

»Lily! Du begreifst das nicht, aber …« Was sollte sie ihr sagen? Die Wahrheit? Dass Casimiro nicht immer so nett war? Er nur eine Wette hatte gewinnen wollen? Nein, das konnte sie ihrer Tochter nicht antun.

»Dein Vater und ich sind keine Freunde, okay? Ich bemühe mich, dir zuliebe mit ihm auszukommen, aber ich will nicht einen auf heile Familie machen.«

Lily warf ihr einen enttäuschten Blick zu, dann rannte sie hoch in ihr Zimmer. Seufzend verließ Cara das Haus.

Casimiro sagte etwas zu Felice, der ihn düster anstarrte.

Nachdem sie sich von Felice verabschiedet hatte, stieg sie ins Auto. Casimiro ließ den Motor an, Eros Ramazzottis und Tina Turners *Cose della vita* erklang.

»Was hast du Lily gesagt?«

»Warum?«

Sie erzählte ihm von deren Wutausbruch, und Casimiro hob die Schultern. »Ich kann ihre Haltung nachvollziehen. Ich verstehe auch nicht, was du gegen mich hast.«

»Ach, komm! Tu jetzt nicht so. Du kannst froh sein, dass ich Lily nie die Wahrheit über deine Aktion damals gesagt habe. Aber ich will nicht, dass sie denkt, sie sei das Produkt einer dummen Wette.«

»Wie oft habe ich dir gesagt, dass es mir leidtut.«

Cara schwieg, sie hatte keine Lust, schon wieder mit ihm darüber zu sprechen.

»Was läuft eigentlich zwischen dir und Felice?«

Cara stöhnte. »Oh, verdammt, Casimiro! Nichts läuft zwischen uns. Und selbst wenn, es würde dich nichts angehen.«

»Doch, um Lilys willen geht es mich schon etwas an. Sie ist gerade in einem sehr sensiblen Alter. Wir müssen Rücksicht nehmen und können uns nicht einfach auf Leute einlassen, als wären wir Singles. Das gilt für mich genauso wie für dich. Ich wähle meine … nun … Dates mit großer Sorgfalt aus, und wenn ich merke, dass die Frau nicht gut für Lily sein könnte, dann schieß ich sie ab.«

Cara lachte bitter auf. »Oh ja, das kann ich mir gut vorstellen. Aber ernsthaft, du hast es doch einfacher als ich, schließlich ist Lily nur in den Ferien und ein paar Wochenenden bei dir.«

Er warf ihr einen kurzen Blick zu, ehe er sich wieder der Straße zuwandte. »Weißt du eigentlich, wie sehr ich mir wünschte, sie immer bei mir zu haben? Aurora hat mir nach Lilys Geburt öfter nahegelegt, das alleinige Sorgerecht zu beantragen. Aber ich weiß, wie viel sie dir bedeutet, deshalb wollte ich sie dir nicht wegnehmen. Doch es ist nicht so, dass ich irgendwelche Dates Lily vorziehen würde. Ich würde meine Freiheit sofort für sie opfern.«

Cara schwieg. So offen hatte Casimiro noch nie mit ihr darüber gesprochen. Obwohl er immer ein guter Vater gewesen war, hatte sie stets angenommen, er wäre froh, seine Freiheit behalten zu können. In manchen Momenten hatte sie ihn sogar ein wenig beneidet. Sie liebte Lily mehr als ihr Leben, aber auch sie sehnte sich manchmal nach Liebe – oder zumindest nach Nähe. Seit Lily auf der Welt war, hatte sie keine richtige Beziehung mehr gehabt. Casimiro jedoch hatte alles. Er bekam Lily in ihren besten Momenten, konnte mit ihr Ferien machen an Traumorten, sie danach wieder abgeben und sein anderes Leben weiterführen.

»Es tut mir leid«, sagte sie. »Ich wusste das nicht. Und Aurora wollte dich tatsächlich dazu bringen, um das Sorgerecht zu kämpfen?«

»Ja. Sie war der Meinung, dass es Lily bei uns besser hätte.«

Cara durchfuhr ein Schmerz. Was wäre gewesen, wenn Casimiro auf Aurora gehört hätte? Es überraschte sie, so etwas über Aurora zu hören.

»So, da sind wir.« Casimiro hielt vor dem Haus, die Hände noch immer am Steuer.

»Danke«, murmelte Cara. »Und damit meine ich nicht die Heimfahrt.«

Er nickte knapp, und sie öffnete die Tür.

»Cara?«

»Ja?«

»Ich weiß, dass du mir nie verzeihen kannst. Aber bitte, bitte glaube mir, dass es mir von Herzen leidtut, dich damals verletzt zu haben.«

Als er wegfuhr, sah sie dem Wagen nach. Hatte sie Casimiro all die Jahre unrecht getan?

Kapitel 18

Santa Castagna, Oktober 1943
Mella

Mella stand vor einer Kastanie, den kleinen Ennio unter ihrem Mantel fest an sich gedrückt. Ihre Lunge brannte vom Rennen, und ihr Herz schmerzte bei dem Gedanken an Dino, der zurückgeblieben war, damit sie fliehen konnte. Was hatten sie mit ihm gemacht? Die Verzweiflung nagte an ihr. Was, wenn sie ihn umbringen würden? Sie dachte an den Faschisten, dem sie das Messer in den Rücken gerammt hatte. War er tot? Hatte sie tatsächlich einen Menschen ermordet? Der Gedanke, ein Leben ausgelöscht zu haben, bohrte sich tief in ihr Gewissen. Aber sie hatte doch keine andere Wahl gehabt! Und was war mit Fausto? Sie konnte sich nicht vorstellen, dass Dino ihn mit dem Gewehrschlag getötet hatte. Außerdem hatte sie ein Blinzeln bemerkt – sicher war er nur bewusstlos gewesen.

Sie atmete tief durch und streichelte Ennio, der sich zum Glück wieder beruhigt hatte, nachdem sie ihm etwas Milch aus dem Fläschchen gegeben hatte. Sie musste sparsam damit umgehen. Ihren Rucksack, in dem sich auch die restliche Milch befand, hatte Dino getragen, und sie hatte in dem Drang, zu flüchten, nicht mehr daran gedacht, ihn mitzunehmen. Aus diesem Grund würde sie einen Abstecher nach Soracielo machen müssen. Sie hoffte, bei Dottore Acribaldo Milch und weitere Dinge zu erhalten, die sie für die Flucht benötigte. Sie war sich bewusst, dass der Umweg ins Dorf gefährlich war, da es in Soracielo laut Dino nur so von Nazis und Faschisten wimmelte. Aber sie hatte keine andere Wahl, ohne Proviant würde sie die Flucht niemals überstehen.

Obwohl die Angst sie beinahe lähmte, marschierte sie zügig Richtung Soracielo, jeder Schritt von der Ungewissheit überschattet, ob sie es je über die Grenze schaffen würden.

Plötzlich, kurz vor Soracielo, tauchten Lichter auf, Hunde bellten, und Mella versteckte sich hinter einem Baum. Ennio wimmerte schon seit einer ganzen Weile. Natürlich hatte er noch Hunger.

»Pst«, flüsterte sie und erstarrte kurz darauf, als das Geräusch schwerer Stiefel im Laub erklang und das Hundegebell sich näherte. Sie wollte gerade das Gewehr von der Schulter streifen, aber schon im nächsten Moment war sie umzingelt von einer Gruppe von Männern, die ihr mit den Taschenlampen ins Gesicht leuchteten. Vom Licht geblendet, schaute sie weg, doch die Männer sprachen auf Deutsch auf sie ein. Nazis! Da sie nicht antwortete, trat einer auf sie zu und griff nach ihrem Kinn, zwang sie, ihn anzusehen. Er hatte einen Schäferhund an der Leine, der an Mellas Schuhen schnupperte. *Oh Gott! Bitte hilf mir!*

»Bist du Jüdin?«, fragte er in gebrochenem Italienisch, und sie schüttelte den Kopf. Die Angst, von der sie geglaubt hatte, sie sei bereits am Anschlag, verdoppelte sich in diesem Moment. Sie presste Ennio noch fester an sich, doch der Mann griff nach ihren Armen und öffnete die obersten Knöpfe ihres Mantels, um zu sehen, was sie darunter verbarg. Als er Ennios Köpfchen erblickte, riss er die Augen auf.

»Ist das dein Kind?«, fragte er.

Sie nickte.

»Du bist aber sehr jung für eine Mutter.« Er sagte etwas auf Deutsch zu seinen Kollegen, und sie lachten dreckig, dann blickte er wieder zu ihr. »Ausweis!«

Mella durchsuchte ihre Beuteltasche, wurde panisch, als sie den Ausweis nicht fand. Er musste rausgefallen sein, als sie die Milchfläschchen entwendet hatte. »Ich … ich habe ihn verloren.«

Er schaute sie verwirrt an, da er sie nicht verstand. Ein anderer übersetzte auf Deutsch.

»Und das sollen wir glauben? Du bist doch eine Jüdin!« Er packte sie am Arm, und Mella schrie.

Die Männer sprachen wieder auf Deutsch, grölten.

Ennio begann zu weinen, immer lauter. Der Klang vermischte sich mit dem Gelächter und den Stimmen der Nazis. Einer leuchtete ihr wieder ins Gesicht und sagte: »*Bella ragazza*, soll ich dir noch so einen Schreihals machen?« Gelächter. Der Mann begann, an den restlichen Knöpfen ihres Mantels herumzufummeln, und als Mella ausweichen wollte, umfasste sie ein anderer von hinten.

In dem Moment ertönten Schüsse, der Mann ließ von ihr ab. Einige der Nazis brüllten herum und zückten ihre Waffen, als auch schon weitere Männer auftauchten. Mella nutzte die Chance und versteckte sich hinter einem Baum. Um sie herum Schreie, Schüsse, Gerangel. Ihr Herz klopfte wie wild. Sie schloss den Mantel, dann rannte sie davon.

»He! Stehen bleiben!«, rief einer, doch Mella lief weiter. Sie rannte, ohne nachzudenken.

Als sie dachte, ihren Verfolger abgehängt zu haben, hörte sie das Gebell eines Hundes, und sie rannte wieder weiter. Ennio brüllte wie am Spieß. Sie stolperte über das unebene Gelände, eilte über Stock und Stein, bis es nicht mehr weiterging.

Vor ihr tauchte die Teufelsbrücke auf, und ihr Herz setzte einen

Schlag aus. Der Anblick raubte ihr den Atem. Erinnerungen an ihre Überquerung damals mit Dino, Franco, Tadeo und Valentina kehrten zurück. Sie hatte sich geschworen, die Brücke nie wieder zu überqueren. Doch jetzt hatte sie keine andere Wahl. Tadeos Worte hallten in ihrem Gedächtnis. Wie würde sie lieber sterben? Abstürzen oder ihr Schicksal dem Feind überlassen? Ganz klar.

Sie griff mit zittrigen Händen nach ihrer Taschenlampe, auch wenn sie das Licht lieber nicht angezündet hätte. Aber ohne hatte sie keine Chance. Vorsichtig setzte sie einen Schritt auf die Brücke. Wackelnde Bretter, knarrendes Seil. Mella beleuchtete den Boden mit der Lampe. Die dunkle Tiefe der Schlucht schien sie zu verschlingen. Unten rauschte der Fluss in einem unheimlichen, gleichmäßigen Takt, mischte sich mit Ennios Geschrei und dem sich nähernden Hundegebell. Während Mella einen Fuß vor den anderen setzte, drängten sich die Gesichter ihrer Lieben in ihren Geist. Vater. Valentina. Dino, dessen Lächeln sie nicht mehr losließ. Sein Gesicht vor Augen gab ihr Kraft, sie stellte sich seine Worte vor: *Los, Mella, du schaffst das! Ich werde nachkommen. Und dann heiraten wir!*

Plötzlich erklangen Rufe, Hundegebell und ein Schuss. Mella erstarrte. Nein, nein, nein! Sie hatte es doch fast geschafft. Dann noch ein Schuss, der danebenging. Offenbar kein so guter Schütze. Sie hätte am liebsten die Taschenlampe ausgemacht, aber sie musste schauen, wo sie hintrat, zum Teufel noch mal. Buchstäblich!

Als sie endlich die andere Seite der Brücke erreichte, wäre sie am liebsten vor Erschöpfung auf den Boden gesunken, aber sie musste weiter. Wieder erklang ein Schuss. Beinahe hätte sie zurückgeschaut, nur um zu sehen, ob ihr Verfolger ebenfalls die Brücke überquerte, was sie bezweifelte. Mit dem Hund käme er nicht darüber. Sie rannte trotzdem.

Und dann, als sie sich endlich in Sicherheit wiegte, bewegte sich ein dunkler Schatten auf sie zu. Erschrocken wich sie zurück, bis sie das Gesicht eines Mannes erkannte, der seine Hand hob. »Keine Angst, ich tue dir nichts.«

Ihr fiel auf, dass er groß und kräftig war und einen gewaltigen Rucksack trug. Ennio schrie. Der Mann griff nach ihrer Hand. »Komm mit, ich helfe dir. Du willst bestimmt in die Schweiz, oder?«

Mella dachte plötzlich daran, das Versteck der Partisanen im Gebirge oberhalb von Borgo Verde aufzusuchen, um Valentina und Tadeo zu warnen, falls Fausto überlebt hatte. »Ja, in die Schweiz. Aber vorher muss ich noch etwas erledigen. Bei Borgo Verde.«

»Das geht nicht. Das ist ein riesiger Umweg. Und bei Borgo Verde finden Kämpfe statt.«

»Aber ich …«

»Willst du, dass ich dir helfe, oder nicht?«, fragte er ungeduldig.

Mella dachte an Ennio. »Ja.«

»Gut, dann komm. Ich bin übrigens Ermanno.«

Zögernd ließ sich Mella mitziehen, ihr blieb keine andere Wahl, als diesem Ermanno zu vertrauen.

Die Berge ragten bedrohlich vor ihnen auf, als sie nach und nach den Wald hinter sich ließen. Mella konnte kaum mehr gehen, so weh taten ihre Füße. Wenigstens hatte sich Ennio endlich wieder beruhigt, nachdem sie ihn mit einem ganzen Fläschchen Milch gefüttert hatte. Ermanno meinte, er hätte mehr dabei und könne es ihr geben, sobald sie in der Hütte wären, wo sie die Nacht verbringen würden.

Mella bemerkte schnell, dass Ermanno nicht sehr gesprächig war, aber das kam ihr ganz recht. Sie kämpfte mit ihren eigenen

Gedanken. Es fühlte sich an, als wäre die Welt, die sie kannte, plötzlich so brüchig geworden, als könnte sie jeden Moment zerbersten. Womöglich hatte sie einen Menschen getötet. Die Vorstellung, dass der Mann die Messerattacke nicht überlebt hatte, trieb sie fast in den Wahnsinn. Aber sie musste jetzt nach vorn schauen.

Sie übernachteten in einer Steinhütte. Ermanno gab ihr neben Milch für Ennio auch Käse, Wurst, Brot und einen Apfel, was sie ziemlich schnell verschlang.

Er aß ebenfalls, sagte nur das Nötigste, zum Beispiel, dass er als Schmuggler unterwegs in die Schweiz sei. Mella schätzte ihn auf etwa vierzig. Sein Gesicht mit den traurigen, dunklen Augen wirkte angespannt und zeigte Spuren von langen Nächten und Mühen. Er half ihr mit seinen riesigen Händen, den kleinen Ennio frisch zu wickeln. Mella war froh, dass sie wenigstens eine Ersatzwindel dabeihatte. Die alte wusch Ermanno am Bach in der Nähe der Hütte aus und hängte sie ans Feuer zum Trocknen.

»Du willst also in die Schweiz«, sagte er, während er die Schlafplätze auf dem Stroh herrichtete und Decken darüberlegte. Bei ihrem Anblick spürte Mella die Müdigkeit noch mehr als zuvor.

»Ja, nach Morcote.«

»Morcote, aha. Das liegt bei Lugano. Ich kann dich bis nach Brissago mitnehmen. Dann musst du allein weiter.«

Sie nickte mehrmals, so froh war sie über seine Hilfe.

»Es wird schwierig für dich in der Schweiz«, fügte er hinzu. »Die nehmen keine jüdischen Flüchtlinge mehr auf. Oder du kommst in ein Internierungslager.«

»Ich bin keine Jüdin. Aber ich habe meinen Ausweis verloren.«

»Am besten meldest du dich gar nicht erst bei den Behörden. Ich habe schon oft erlebt, dass sie Leute wieder zurückschicken. Oder eben in Lager stecken.«

»Wirklich?« Sie dachte an die jüdische Familie damals, die Tadeo und Valentina über die Grenze gebracht hatten. Ob sie auch wieder zurückgeschickt worden waren? Oder in ein Lager gebracht? Diese Zeit erschien ihr gerade so weit entfernt. Hätte sie damals gedacht, dass sie ein Jahr später selbst flüchten müsste? Mit einem Säugling? Niemals! Ihr Magen drehte sich um bei dem Gedanken, dass sie und Ennio all dies überleben könnten, nur um dann in der Schweiz wieder ausgewiesen zu werden. »Keine Behörde«, sagte sie zu Ermanno, und er bestätigte mit einem Nicken.

Ermanno weckte sie nach wenigen Stunden, mitten in der Nacht, und so zogen sie los, immer den steilen Pfad entlang. Mella spürte jeden Schritt wie einen brennenden Stich in den Muskeln ihrer Beine. Ihre Waden zitterten, und mit jedem Atemzug schien sich ihre Brust zu verengen. Doch sie wagte es nicht, langsamer zu werden – Ennio ruhte schlafend in dem Tuch auf ihrer Brust, und sein Atem war das Einzige, was sie antrieb. Sie durfte nicht schwach sein.

Ermanno ging ein paar Meter voraus, ab und zu blieb er stehen und wartete auf sie. Sie hatte ein schlechtes Gewissen, denn ohne sie käme er tausendmal schneller voran.

Dank Dinos Karte und Ermannos Schilderung wusste sie, dass sie momentan das Valle Cannobina durchquerten, ein abgelegenes Tal, das von Cannobio aus begann, einer Stadt nördlich von Verbania. Laut Ermanno bot es Zugang zu versteckten Pfaden und Gebirgspässen, die nicht leicht von den Besatzungstruppen kontrolliert werden konnten. Es endete in der Nähe des Ortes Malesco, von wo aus man weiter in Richtung Schweiz gelangte.

Im Morgengrauen erreichten sie wieder eine Hütte, und Ermanno erklärte, dass sie nun schon fast in Malesco seien. Sie würden schlafen und weiterziehen, sobald es dunkel wäre. Sollte alles nach Plan verlaufen, würden sie in der Nacht die Grenze überqueren. Es lägen aber nochmals acht Stunden vor ihnen.

Mella schlief schlecht, da Ennio immer wieder schrie und sie ihn beruhigen und füttern musste. Manchmal erwachte Ermanno, zog sich die Decke über den Kopf und brummelte etwas. *Der Arme,* dachte Mella. Bestimmt bereute er, dass er sie mitgenommen hatte.

Als sie kurz nach der Dämmerung die Hütte verließen, begrüßte sie ein eisiger Wind, und sie kamen nur langsam vorwärts. Nach einer Weile begegneten sie einer anderen Gruppe Schmuggler, die anscheinend ebenfalls Flüchtlinge dabeihatten: Alte Leute und Kinder waren unter ihnen. Ermanno und Mella überholten sie, weil Ermanno mit seinen langen Beinen ein ziemliches Tempo vorlegte. Mella spürte den Schweiß, der sich an ihrem Rücken sammelte, obwohl die Kälte ihr ins Gesicht biss. Sie hätte Ermanno gerne gefragt, wie weit es noch war, aber ihre Lippen fühlten sich taub an, und ihre Zunge klebte trocken am Gaumen.

Plötzlich ertönte von Weitem das dumpfe Knallen von Gewehrschüssen, und sie blieb wie erstarrt stehen. Ihr Herzschlag beschleunigte sich augenblicklich, ihre Finger in den Manteltaschen verkrampften sich. Neben den Schüssen hörte sie das ferne Bellen von Hunden.

Ermanno drehte sich zu ihr um. »Komm, schneller«, raunte er, und Mella musste ihre Beine dazu zwingen, weiterzugehen. Jeder Schritt fühlte sich an, als würde sie gegen unsichtbare Widerstände kämpfen. Der Pfad wurde steiler und steiniger, und Mella stolperte mehr als einmal, konnte sich jedoch jedes Mal im letzten Moment fangen, um Ennio nicht zu gefährden. Ermanno war nun ein gutes Stück voraus und blickte ungeduldig zurück. Sie passierten erneut eine Gruppe Flüchtlinge, die aber eine andere Richtung einschlugen, eine weniger steile.

»Warum gehen wir nicht auch da entlang?«, fragte Mella, als sie endlich Ermanno erreichte, der wieder auf sie wartete.

»Zu gefährlich. Wir nehmen den abgelegeneren Pfad über den Monte Limidario, der weniger bewacht wird.«

Sie schluckte. Der Monte Limidario war ein über zweitausend Meter hoher Gipfel in den Tessiner Bergen. Wie sollte sie das schaffen? Dino hatte ihr eine einfachere Route angegeben.

»Aber dieser Weg soll besonders schwierig und gefährlich sein. Er ist steil, und das Wetter unberechenbar.«

»Genau. Perfekt, um unentdeckt zu bleiben.«

Der Weg zur Grenze wurde ein regelrechter Kampf gegen die Natur. Steile Pfade schlängelten sich durch das Gebirge, immer wieder rutschten lose Steine unter den Füßen weg, und Mella verlor mehrmals beinahe das Gleichgewicht. Links und rechts ragten Felswände auf, und tiefe Abgründe lauerten an den Rändern des schmalen Weges.

Und dann endlich erreichten sie laut Ermanno die Grenze, wobei Mella weder Zaun noch Wachposten sehen konnte. Ermanno ging zielstrebig, als sei ihm die Route in Fleisch und Blut übergegangen. Als sie schließlich die letzten Felsen hinaufkletterten, erschien vor ihnen das Tal, das sich nach Brissago hinabzog bis zum See. Ermanno blieb stehen, drehte sich zu Mella um. »Willkommen in der Schweiz.«

Mella keuchte noch vom Aufstieg, das Blut rauschte in ihren Ohren, doch ein Funke Hoffnung entflammte in ihr. Das Dorf Brissago war von Hügeln eingerahmt, die sanfter und grüner wirkten als die harsche italienische Seite. Der See schimmerte in der Dämmerung, die Morgenröte lag wie ein Hauch von Rosa über den Bergen. Mellas Anspannung wich allmählich, aber die Erleichterung war noch nicht vollständig – nicht, solange sie Morcote und das Weingut der Casolis nicht erreicht hatten.

Ermanno drehte sich zu ihr. »Ich muss mal schnell hinter einen

Baum. Dann suchen wir einen Schlafplatz. In der Nähe gibt es eine Höhle. Warte hier.«

Mella nickte. Kurz nachdem Ermanno verschwunden war, setzte sie sich. Sie legte das Gewehr neben sich, streichelte Ennios Köpfchen. »Bald haben wir's geschafft, mein Kleiner«, flüsterte sie. Ein Anflug von Müdigkeit überkam sie, und ihre Augenlider schlossen sich kurz. Wie gut, dass sie bald würde schlafen können.

Dann plötzlich hörte sie Schritte und ein »Stehen bleiben!«. Sie sah auf, es war ein uniformierter Mann, der etwa zehn Meter weiter auf Ermanno zumarschierte, der vor einer Tanne stand und die Hände hob. Ein Grenzwächter! Er würde Ermanno erschießen oder ihn festnehmen! Und sie auch! Mella dachte an die Worte ihres Vaters, nicht zu zögern und zu schießen, sollte sie in Gefahr geraten.

Sie griff nach dem Gewehr, duckte sich, dann schoss sie. Der Mann fiel sofort zu Boden, Ermanno sah zu ihr, blickte sie stumm an, ehe er sich in Bewegung setzte und auf sie zusprang. »Weg hier!« Grob riss er sie mit sich. »Lauf!«

Sie rannten um ihr Leben, Mella nahm um sich herum kaum mehr etwas wahr. Irgendwann versteckten sie sich in einer Höhle, um sich eine Verschnaufpause zu gönnen. Ermanno schüttelte sie. »Was hast du getan?«

»Ich … er hat dich bedroht. Ich musste dir helfen.«

»Du hättest flüchten müssen! Wenn sie ihn finden, werden sie eine Suchpatrouille losschicken. Herrgott, das wird uns in Schwierigkeiten bringen. Wir müssen schnell weiter. Und auf verdammt viel Glück hoffen.« Er riss ihr das Gewehr aus der Hand und schleuderte es tief in die Höhle. »Das bleibt hier. Falls sie uns schnappen, könnte es uns verraten. Jetzt komm!«

Mella verzichtete auf die Frage, was mit ihrer Schlafpause war. Sie folgte Ermanno schweigend, doch mit jedem Schritt drang die

Realität dessen, was sie getan hatte, tiefer in ihr Bewusstsein. Sie hatte auf einen Menschen geschossen. Das Echo des Schusses hallte in ihrem Kopf, begleitet von dem Bild, wie der Mann zusammensackte. War er tot? Wie vielleicht auch der Mann, den sie mit dem Messer attackiert hatte? Hatte sie womöglich schon zwei Menschen auf dem Gewissen? Der Gedanke bohrte sich wie ein schmerzhafter Stachel in sie. Was war in so kurzer Zeit nur aus ihr geworden?

Nach einem zweistündigen, schnellen Fußmarsch hinab trafen sie bei einer Hütte ein, offenbar ein Ziegenstall. Ermanno hatte ihr bereits zu Beginn anvertraut, dass er in der Schweiz einen Mann treffen wolle, einen Einheimischen, der ihm die Waren – Reis, Mehl, Wurst und so weiter – gegen Zigaretten, Zucker und Schweizer Franken abkaufen würde. Letztere würde er in Italien auf dem Schwarzmarkt gegen Lira tauschen.

»Ist das hier der Tauschplatz?«, fragte Mella und beobachtete die Ziegen, die sie neugierig musterten. Ennio war aufgewacht und begann, leise zu wimmern. Er hatte Hunger.

»Nicht ganz, der ist etwas weiter. Aber mein Kumpel wird ohnehin erst nachts dort eintreffen.«

»Dann werden wir auf ihn warten?«

»Ich ja, du nicht. Ich will, dass du so schnell wie möglich von hier wegkommst, bevor eine Suchpatrouille losgeschickt wird.«

»Und was ist mit dir? Sie könnten dich …«

»Ich komme schon klar, habe schon wesentlich schlimmere Situationen erlebt. Du nicht.«

»Und was soll ich dann tun?«

Ermanno klopfte an die Tür des Stalls. »Lass mich das regeln. Kein Wort zu dem Vorfall, kapiert?«

Mella nickte verängstigt, und sie folgte Ermanno, der sogleich mit dem Ziegenhirten zu sprechen begann, einem kleinen und gedrungenen Mann namens Gianluigi. Seine Lippen verzogen sich zu einem dünnen Strich, als er ihren lädierten Zustand und den inzwischen schreienden Ennio in ihrem Arm musterte. Mella gab ihm Milch.

»Ich soll die beiden also *jetzt* nach Brissago zu Signora Rosetti bringen? Warum nicht am Abend?« Misstrauisch starrte er Mella an, als wäre sie eine Schwerverbrecherin – nun, war sie in gewisser Weise auch.

»Sie soll so schnell wie möglich in Sicherheit sein«, erklärte Ermanno.

»Und meine Ziegen? Die kann ich nicht allein lassen!«

»Ich gebe auf die Ziegen acht.«

»Bring du die Kleine doch nach Brissago.«

»Das geht nicht!« Ermannos Stimme war eine Spur aggressiver geworden. »Ich habe weitere Verpflichtungen. Hör zu, Gianluigi, du weißt, dass du mir noch einen Gefallen schuldig bist.«

Der Mann knurrte leise, aber dann sah er Mella erneut an, und etwas in seinem Blick veränderte sich. Vielleicht war es der Anblick des Kindes, vielleicht die Erschöpfung, die von ihr ausging. Oder es war der Gefallen, den er Ermanno schuldete. Er atmete tief durch und nickte knapp.

»Nur bis Brissago. Ich lade sie bei Signora Rosetti ab, und sollte die sich aus irgendeinem Grund weigern, das Mädchen aufzunehmen, habe ich damit nichts mehr zu tun.«

Mella schauderte. Ihr Schicksal lag also ganz in Signora Rosettis Händen, und vorerst in Gianluigis.

Als sie sich kurz darauf von Ermanno verabschiedete, brach sie in Tränen aus. »Was ist mit dem Grenzsoldaten? Er ist vermutlich tot!«

»Pst!« Er legte ihr die Hände auf die Schultern, sah kurz zu Gianluigi, der aber seine Ziegen zusammentrieb.

»Hör zu, Mella, du musst ihn vergessen. Ich habe auch schon einige Männer auf dem Gewissen und bin nicht stolz darauf. Aber wir sind im Krieg, die Welt ist zu einem Schlachtfeld geworden, bei dem es nur darum geht, selbst zu überleben. Denk daran.«

Sie nickte. »Tausend Dank für alles.«

»Schon gut. Gib gut auf dich und Ennio acht, kleine Mella.«

Während die Reise mit Ermanno zwar anstrengend verlaufen war, so hatte Mella dessen ruhige Art sehr geschätzt. Sie hatten nicht viel gesprochen und sich doch verstanden.

Mit Gianluigi war es anders. Er wirkte nervös und redete genauso viel, wie er rauchte. »Ist es dein Kind?«, wollte er wissen, oder »Bist du Jüdin?«, »Warum willst du nach Morcote?«, »Woher kennst du Ermanno?«.

Mella war müde, gab aber Auskunft. Ja, es sei ihr Kind, log sie. Sie sei keine Jüdin, habe aber ihren Ausweis verloren. Sie wolle zu Bekannten nach Morcote, Ermanno habe sie unterwegs getroffen.

Als sie endlich in Brissago ankamen, schlug die Glocke zwölf Uhr mittags, und Mella hatte plötzlich Heimweh nach Santa Castagna. Vor einem Haus in einer Gasse blieb Gianluigi stehen. »Also, Mädchen, ich habe mein Soll erfüllt. Das ist das Haus von Signora Rosetti. Alles Gute.«

»Was soll ich ihr denn sagen?«

»Dass Ermanno dich schickt.«

»Aber … soll ich einfach klingeln?«

»Ja. Also, mach's gut.« Er verschwand um die Ecke, Mella blieb vor der Tür stehen.

Dann betätigte sie den Türklopfer aus Messing.

Kapitel 19

Morcote, Oktober 2023

Cara

Caras Lungen füllten sich mit der frischen Luft des Morgens, während sie die Uferpromenade entlangjoggte. Die ersten Sonnenstrahlen drangen nur zögerlich durch den dichten Nebel, der wie ein Schleier über dem See lag. Sie spürte, wie der Schweiß langsam über ihre Schläfen rann, als würde sie all das aus ihrem Körper schwitzen, was sie belastete – den leichten Kater von Felices Weinverkostung und die Gedanken, die sie seitdem nicht losließen. Ihr Kopf fühlte sich an, als würde er bald platzen, tausend Dinge drängten sich in den Vordergrund, und dennoch schaffte sie es nicht, einen klaren Gedanken zu fassen.

Aurora. Seit sie mit der Recherche begonnen hatte, war sie fasziniert von dieser Frau mit der geheimnisvollen Vergangenheit, die ein altes Rezeptbuch unter ihrem Bett aufbewahrt hatte. Und bis gestern Abend hatte sie sie bewundert. Casimiros Bemerkung zu dem Sorgerecht ließ Auroras schillerndes Bild verblassen. Sie hatte ihr Lily wegnehmen wollen!

Ihre Schritte wurden schneller und härter.

Dann waren da noch Lunas Briefe. Hatte Neve wirklich die Wahrheit geschrieben? Hatte sie jemanden erpresst? Wenn ja, wen? Und hatte diese Person sie am Ende getötet? Etwa Mario Galli, der kurz nach Neves Tod abgereist war? Oder doch die Kastanienfrau? Welche Rolle spielte Fulvia, die sich mit Neve gestritten hatte, weil die ihr eine Idee gestohlen hatte?

Ihre Füße verlangsamten sich, bis sie dicht am Ufer stehen blieb. Der Nebel hing über dem Wasser, und es wirkte, als würde die Welt hier enden. Sie atmete tief ein und ließ die Stille auf sich wirken. Sollte sie dieser Sache mit Mario Galli wirklich nachgehen? Sie hatte eigentlich keine Zeit dazu, da sie das Buch schreiben musste. Andererseits lag sie gut im Zeitplan.

»Ich muss es wissen«, flüsterte sie in den Nebel hinein, dann rannte sie weiter.

Später auf dem Weingut recherchierte sie zu Mario Galli. Im Gegensatz zu Luna spuckte das Internet zu seinem Namen einige Einträge aus, allerdings verschiedene. Einen Politiker und einen Arzt konnte sie ausschließen, die waren zu alt, auch das Instagram-Profil eines etwa Zwanzigjährigen und den Wikipedia-Eintrag eines bekannten Ingenieurs, der in den Fünfzigerjahren verstorben war. Blieben noch ein Facebook- und ein LinkedIn-Profil von zwei Männern um die vierzig.

Sie nahm sich zuerst das Facebook-Profil des dunkelhaarigen, sportlichen Mannes vor. Ob er das war? Aktiv war sein Account nicht. Seine letzte Profilaktion lag schon ein gutes Jahr zurück, damals war er von jemandem an einem Volksfest markiert worden. In Lederhosen und kariertem Hemd, mit Bier und Brezel. Zuvor hatte er hauptsächlich Beiträge zu Fußball geteilt oder gelegentlich das Profilbild aktualisiert.

Ein Post aus dem Jahr 2017 machte sie jedoch stutzig. Damals war er auf einer Weinmesse in Bellinzona markiert worden. Könnte passen.

Cara nahm sich noch das LinkedIn-Bild des anderen vor. Es zeigte einen kahlköpfigen Mann im Anzug mit Brille und Bart. Er war offenbar Historiker und unterrichtete Geschichte an der Universität in Domodossola. Sein Feed zeigte etwas mehr, diverse Artikel zu historischen Themen, Infos zu Projekten, geteilte Inhalte von Freunden. Er hatte sogar vor ein paar Jahren ein Fachbuch herausgebracht über die Partisanen während des Zweiten Weltkriegs.

Sie wechselte wieder zu dem anderen Profil. Rein äußerlich hätten es beide sein können. Magalie hatte einen dunkelhaarigen Mann beschrieben, und obwohl der Typ von LinkedIn inzwischen kahl war, ließ sein dunkler Bart auf die ursprüngliche Haarfarbe schließen. Cara zeigte Magalie die Bilder, doch die konnte sich nicht festlegen. »Es ist so lange her«, meinte sie seufzend und betrachtete die Fotos mit gerunzelter Stirn. »Vom Gesicht her könnten beide passen. Obwohl, eine Brille trug er damals nicht. Aber das bedeutet ja nichts.«

Cara überlegte, ob sie einfach beide Männer mal anschreiben sollte, fragen, ob sie 2003 auf dem Weingut der Casolis gearbeitet und Neve gekannt hatten? Nein. Angenommen, der Mario von damals hätte etwas zu verheimlichen, würde er niemals auf ihre Kontaktaufnahme eingehen. Sie musste subtiler vorgehen.

Sie schrieb den Historiker per Mail an und verwendete die Mailadresse ihres Autoren-Pseudonyms Cara Fox, fragte, ob sie ihm im Rahmen einer Romanrecherche ein paar Fragen zum Thema Partisanen stellen könne. Prompt erhielt sie eine Abwesenheitsmail. Er sei in den Ferien und erst am Montag wieder zurück.

Dem anderen schrieb sie, dass sie einen alten Schulkameraden suche, um ihn für ein Klassentreffen einzuladen. Sie sei sich aber nicht sicher, ob er es sei.

Jetzt hieß es abwarten.

Am Abend kochte Cara mit Lily und ihrer Großmutter ein weiteres Gericht aus Mellas Rezeptbuch. Zu dritt schnippelten sie Kastanien, Kürbis und Kohl für eine *Torta Salata*. Lily war wieder besserer Laune, sie hatte sich heute mit Casimiro *Swiss Miniatur* angesehen, und nachdem sie von dem Ausflug erzählt hatte, plapperte sie über das Rezeptbuch. »Wahnsinn, was man mit Kastanien alles machen kann. Die Kastanienfrau stellt sogar eigenes Mehl her, hat sie mir erzählt.«

»Ja, das tut sie«, bestätigte Patrizia. »Ich verkaufe es bei mir im Laden. Und ihren Kastanienhonig, die Konfitüre … Sie hat mal erwähnt, dass sie Kastanien sogar als Waschmittel verwendet. Kastanien enthalten Saponine, die schäumend und reinigend wirken.«

»Wow! Das ist richtig umweltfreundlich. Sie hat mir übrigens auch erzählt, dass sie schon früher immer Kastanien gesammelt hat. Im Piemont. Sie stammt sogar aus einer Ortschaft, die nach Kastanien benannt ist. Santa Castagna. Das ist doch witzig, nicht? Bisnonna, kannst du Mama nicht davon überzeugen, dass ich wieder zu ihr darf? Sie ist …«

»Warte kurz«, unterbrach Cara sie. »Was hast du gesagt? Santa Castagna?«

»Äh, ja.«

Cara wandte sich dem Rezeptbuch zu und blätterte eifrig darin, bis sie bei dem Bild des Dorfes angelangte. »Da, Santa Castagna! Das gibt's ja nicht!« Sie blickte zu der verwirrten Lily. »Hast du nicht gesagt, dass sie seltsam reagiert hat, als du sie auf Aurora angesprochen hast?«

»Ja, schon. Ich hatte das Gefühl, als würde sie mehr wissen, es mir aber nicht erzählen wollen.«

»Das ist wirklich eigenartig. Zwei Frauen. Aurora und die Kastanienfrau. Die eine besaß ein Rezeptbuch, in dem Santa Castagna erwähnt wird, und die andere hat offenbar dort gelebt. Eine Verbindung!«

»Vielleicht hat die Kastanienfrau Aurora das Buch geschenkt«, meinte Patrizia. »Sie lebt immerhin auf dem Grundstück der Casolis.«

Lilys Wangen glühten. »Vielleicht ist sie sogar Mella?«

»Kennt man eigentlich den richtigen Namen der Kastanienfrau?«, fragte Cara und wandte sich an ihre Großmutter. »Du lebst doch schon seit einer Ewigkeit hier. War sie immer nur die Kastanienfrau?«

»Ihren richtigen Namen kenne ich nicht. Sie ist tatsächlich seit jeher als die Kastanienfrau bekannt. Ich habe sie sogar mal gefragt, aber sie sagte nur, sie sei *la donna castagna.*« Einen Moment lang schwieg sie und lächelte versonnen, als würde sie in alten Erinnerungen schwelgen. »Wisst ihr, ich bin ja 1965 hierhergekommen, mit gerade mal sechzehn. Ich hatte einen Sommerjob im Service in einer Pizzeria. Bereits zu dieser Zeit kam die Kastanienfrau gelegentlich ins Dorf. Da war sie noch jung, erst um die vierzig. Schon damals fand ich, dass sie etwas Geheimnisvolles umgab.«

»Wusste Nonno mehr über sie? Er ist in Morcote aufgewachsen. Oder seine Eltern?«

Patrizia schüttelte den Kopf. »Wir haben ehrlich gesagt nie wirklich über die Kastanienfrau gesprochen. Sie war einfach … da. Wir haben uns nicht gefragt, woher sie kam. Dein Nonno hielt ohnehin nicht viel von Dorfgeschwätz. Er war ein sehr höflicher, zurückhaltender Mensch, der allen mit Respekt begegnete. Seine Eltern waren genauso. Klatsch und Tratsch galt bei ihnen als unschicklich.« Sie hielt kurz inne. »Manche Menschen tragen etwas mit sich, das man nicht versteht, aber manchmal ist es einfacher, das zu akzeptieren, statt darüber zu rätseln.«

»Ja, klar. Nichtsdestotrotz muss die Kastanienfrau doch einen richtigen Namen haben, mit dem sie bei den Behörden gemeldet ist?«

»Sicherlich. Du müsstest halt bei der Gemeinde nachfragen, wenn es dich so interessiert. Aber ich bin mir nicht sicher, ob sie dir Auskunft geben.«

»Hm. Oder ich frage zuerst Casimiro oder Magalie. Die Kastanienfrau lebt auf deren Grundstück, die müssten doch mehr wissen über ihre Mieterin. Bezahlt sie überhaupt Miete?«

Patrizia hob die Schultern.

»Ihr seid kompliziert.« Lily verdrehte die Augen. »Am besten fragen wir die Kastanienfrau einfach nach ihrem Namen. Wir könnten sie ja morgen besuchen. Sie freut sich bestimmt über das Buch, wenn es tatsächlich von ihr ist.«

»Das halte ich für eine gute Idee«, sagte Patrizia.

Cara starrte auf das Buch. Wenn es tatsächlich der Kastanienfrau gehörte, dann wäre es interessant, mehr von ihr zu erfahren.

»Also gut, wir besuchen sie morgen.«

Der Wind rauschte durch die Kronen, und in der Ferne krächzte ein Rabe, dessen Ruf das flaue Gefühl in Caras Magen noch verstärkte, als sie mit Lily am nächsten Tag dem Pfad entlang Richtung Haus der Kastanienfrau folgte.

»Mama, freust du dich?« Lily sprang aufgeregt voran, ihr Pferdeschwanz wippte bei jedem Schritt.

Cara schwieg. Freude war das Letzte, was sie empfand. In ihrer Brust brannte eine Mischung aus Nervosität und alter Angst. Was, wenn die Kastanienfrau doch etwas mit Neves Tod zu tun hatte? Sie griff nach dem Rezeptbuch in ihrer Tasche und blieb plötzlich stehen. »Vielleicht war es ein Fehler, zu kommen?«

»Nein, Mama!« Lily drehte sich um, schaute sie verständnislos an. »Du wirst sehen, sie ist ganz nett. Und vielleicht kann sie helfen, das Rätsel um das Buch zu lösen. Komm!«

Das ungute Gefühl blieb, als sie sich der Lichtung näherten. Wie bei ihrem letzten Besuch lag wieder der rauchige Geruch von verbranntem Holz in der Luft. Cara blieb kurz vor dem Zaun stehen. Ein von Laub bedeckter Briefkasten aus Metall hing schräg an einem der Pfosten, überzogen von Rost, Moos und Schmutz. Das Namensschild, mit alten, verrosteten Nägeln befestigt, saß ebenfalls schief. Die eingravierte Schrift entzifferte Cara als Z. *Maldini.*

Z. Maldini. Dies war also der Name der Kastanienfrau. Maldini. Und ein Vorname mit Z. Also doch nicht Mella. Es wäre auch zu einfach gewesen.

Sie wollte es Lily zeigen, aber die schritt bereits auf das Häuschen zu. Dumpfes Hundegebell erklang.

»Eco!« Lily hämmerte gegen die Tür, bevor Cara sie zurückhalten konnte. Die Tür öffnete sich einen Spalt, und eine Hundeschnauze ragte heraus, laut bellend. Darüber erschien ein runzliges Gesicht im Schatten. Dunkle Augen musterten sie. Cara spürte, wie ihre Kehle trocken wurde.

»Lily?« Die Stimme der Kastanienfrau klang wie trockenes Laub.

Lily strahlte. »Hallo, dürfen wir reinkommen? Wir müssen dir unbedingt etwas zeigen.«

»So? Na dann.« Sie öffnete, und Lily trat sofort ein, streichelte Eco, während Cara noch zögerte. Dann gab sie sich einen Ruck.

Das Haus sah düster aus, wie man es von einem kleinen Steinhaus erwartete. Rauchgeruch schlug Cara entgegen, der vom Kamin kam, in dem ein schwaches Feuer brannte. Alles wirkte aufgeräumt und sauber. In der Mitte des Raumes befand sich ein Holztisch, auf dem mehrere Bündel getrockneter Kräuter lagen und zwei Einmachgläser. In einer Ecke des Raumes standen alte Körbe voller Kastanien, und in einer anderen ein schmales Bett, davor ein Hundekörbchen.

Cara öffnete ihre Tasche und zog das Rezeptbuch hervor, legte es auf den Tisch. Eco, der etwas Essbares witterte, schnupperte daran, ehe er sich abwandte und sich erneut von Lily streicheln ließ.

Die Augen der alten Frau weiteten sich, und für einen Augenblick schien die Zeit stillzustehen.

»Das Buch!«, hauchte sie und schlug es vorsichtig auf, als könnte sie sich daran verbrennen. Während sie es durchblätterte, verzog sich ihr Gesicht vor Schmerz, und ein leises Stöhnen entwich ihren Lippen.

»Ich habe es auf dem Weingut gefunden«, erklärte Cara. »Es gehörte offenbar Aurora. Wir vermuten aber, dass es von Ihnen ist, weil Santa Castagna erwähnt wird. Dort sind Sie laut Lily aufgewachsen.«

Die Kastanienfrau schwieg und starrte auf eine Zeichnung in dem Buch, die einen grinsenden Hasen zeigte. Dann blätterte sie wie eine Verrückte weiter bis zur letzten Seite. »Sie wurde herausgerissen!«

»Was wurde herausgerissen?«, fragte Cara und sah sich das Buch genauer an. Tatsächlich, die letzte Seite hatte man fein säuberlich entfernt. Es fiel jedoch kaum auf.

»Wie ist dein richtiger Name?«, fragte Lily direkt. »Bist du etwa Mella?«

Die Kastanienfrau riss die Augen auf, dann schlug sie das Buch zu und schob es zu Cara. »Geht bitte! Und nehmt dieses Buch wieder mit! Ich will es nicht!«

»Was stand auf der letzten Seite?«, wollte Lily wissen.

Cara spürte, wie ihr Herz schneller schlug. Sie packte das Buch wieder ein und griff nach Lilys Hand. »Komm, wir gehen.«

»Aber …«

»Bitte entschuldigen Sie die Störung.« Cara öffnete die Tür und eilte mit Lily im Schlepptau nach draußen. Doch Lily blieb abrupt stehen und schüttelte ihre Hand ab.

»Wir hätten nachbohren sollen. Ich glaube, sie ist Mella und …«

»Lily, die Frau ist nicht Mella. Ihr Briefkasten ist zumindest mit Z. Maldini beschriftet.«

»Aber vielleicht kannte sie Mella? Und warum war die letzte Seite herausgerissen?«

»Vielleicht hat Mella, oder wer auch immer, jemandem ein Rezept aus dem Buch gegeben.«

»Das kann nicht sein. Das Buch ist nicht bis zur letzten Seite gefüllt, es hat noch mindestens zehn leere Seiten am Ende. Warum also sollte jemand die letzte herausnehmen?«

»Vielleicht hat jemand einen Notizzettel gebraucht. Früher, als ich noch eine Agenda hatte, habe ich manchmal auch die hintersten, leeren Seiten abgerissen.«

Lily schien ihr nicht zuzuhören. »Wir müssen zurück!«

»Oh, Lily, hast du nicht bemerkt, dass sie nicht darüber reden wollte? Der Anblick des Buches hat sie aus irgendwelchen Gründen sehr aufgewühlt. Komm jetzt.« Cara eilte weiter, sie wollte so schnell wie möglich weg von hier. Lily holte sie ein und versperrte ihr den Weg. »Du bist doch Autorin!«

»Was hat das jetzt damit zu tun?«

»Solltest du dann nicht neugieriger sein?«

Cara starrte sie an. Natürlich war sie neugierig und hätte gerne mehr gewusst. Aber sie wollte ihrer Tochter nicht sagen, dass sie Respekt oder vielmehr Angst hatte.

»Wir können noch immer nicht ausschließen, dass die Kastanienfrau in Neves Tod verstrickt ist. Was, wenn sie eine Mörderin ist? Und wir zu weit gegangen sind? Ich bin deine Mutter und muss dich beschützen. Wir …« Bevor sie weitersprechen konnte, merkte sie, dass Lilys Augen sich weiteten. Langsam folgte sie dem Blick ihrer Tochter über die eigene Schulter hinweg. Ihr Herzschlag setzte für einen Moment aus.

Da stand sie, die Kastanienfrau.

»Sie denken wirklich, dass ich Neve getötet habe?«, fragte sie verletzt.

Cara spürte, wie ihr ein eiskalter Schauer über den Rücken lief. Sie griff nach Lilys Hand, doch ihre Beine waren wie gelähmt.

»Ich … Ja, das denke ich.«

»Warum? Nur weil ich sie gefunden habe?«

»Sie wollte Sie für ihr Schulprojekt filmen. Die Hexe aus Morcote. Ich … ich glaube, Sie haben Neve dabei erwischt und sie verfolgt bis zur Brücke, sie dann aus Wut geschubst … dabei muss sie gestürzt sein. Die Kamera, das Beweismittel, haben Sie mitgenommen und zerstört.«

Die alte Frau zuckte kurz zusammen, dann schaute sie Cara traurig an. »Sie irren sich. Ich habe nichts damit zu tun. Die Polizei hat den Fall damals untersucht und kam ebenfalls zu diesem Entschluss. Ja, Neve schlich an dem Abend hier herum, und ich habe ihr einen gehörigen Schrecken eingejagt, aber sie rannte davon. Mehr kann ich dazu nicht sagen. Ich trage keine Schuld an ihrem Tod. Es war ein Unfall.«

Cara glaubte ihr nicht, die Frau verschwieg etwas. Aber sie würde ihr nicht widersprechen, sie musste jetzt einfach so schnell wie möglich diesen Wald verlassen und Lily in Sicherheit bringen.

»Komm, Lily, wir gehen.« Sie lief weiter, aber Lily blieb einfach stehen. »Lily!«

»Warte, Mama.« Sie drehte sich zur Kastanienfrau um. »Warum sind Sie uns gefolgt? Sie wollten uns doch etwas sagen, oder? Geht es um das Rezeptbuch? Um die herausgerissene Seite?«

»Ich …« Sie schaute Cara direkt in die Augen. »Nein. Ich wollte euch nur mitteilen, dass ihr nicht mehr herkommen sollt.« Mit diesen Worten machte sie kehrt und schritt zurück zum Haus.

»Das glaube ich ihr nicht«, verkündete Lily. »Sie wollte uns bestimmt etwas über das Rezeptbuch erzählen. Aber sie hat es sich anders überlegt, als sie gehört hat, dass du sie für eine Mörderin hältst.«

Cara starrte zu dem Haus, in dem die Kastanienfrau gerade verschwunden war. »Ja, das denke ich auch.«

Kapitel 20

Morcote, Oktober 1943
Mella

Mella saß in einem Lastwagen, der sich Richtung Morcote bewegte, und konnte kaum fassen, dass sie es fast geschafft hatte. Morcote lag zum Greifen nah, auch wenn die Fahrt kein Ende zu nehmen schien. Der Fahrer schwieg, nur das Rumpeln des Wagens und das Brummen des Motors waren zu hören.

Still hielt sie den schlafenden Ennio in den Armen. Einmal erwachte er und begann zu wimmern, da strich sie ihm sanft über den Kopf. »Pst, mein Kleiner. Bald sind wir da. Alles wird gut.«

Wenn sie an ihre Flucht der vergangenen Tage zurückdachte, war sie zum ersten Mal überzeugt, dass wirklich alles gut ausgehen würde. Eigentlich hatte sie schon in Brissago, als sie bei Signora Rosetti eingetroffen war, ein zuversichtliches Gefühl gehabt.

Die alte Dame hatte sie, ohne Fragen zu stellen, aufgenommen, ihr und Ennio ein warmes Bad eingelassen, sie versorgt und ihre Weiterreise nach Morcote geplant. Schon einen Tag später ging es nach Lugano. Signora Rosetti hatte nicht nur für Ennio, sondern auch für Mella frische Kleidung besorgt: ein braunes Wollkleid, Unterwäsche, Strümpfe, Schuhe und einen dunkelgrauen Mantel.

Die Sachen waren nicht neu, aber sauber. Mit den frisch gewaschenen Haaren sah sie tatsächlich wieder vorzeigbar aus.

In einem schwarzen Wagen wurden sie und Ennio abgeholt – noch nie zuvor war sie in einem Auto gefahren –, und der gut gekleidete Herr brachte sie zum Bahnhof nach Locarno, von wo aus sie mit dem Zug nach Lugano fuhr. Mella hatte von dem Chauffeur eine Fahrkarte bekommen, doch die ganze Zeit befürchtete sie, dass man sie nach einem Ausweis fragen würde. Sie hatte Glück.

In Lugano sollte sie auf Anweisung des Fahrers auf einen Mann warten, der sie abholen würde. Aber er kam nicht. So saß sie mehrere Stunden im Wartesalon, bis dieser schließlich geschlossen wurde.

Weitere zwei Stunden wartete sie draußen auf einer Bank, bibbernd vor Kälte. Ihr neuer Mantel war zwar schön, dafür konnte sie damit Ennio nicht so gut abdecken wie mit ihrem alten. So zog sie ihn aus, um das Kind zu schützen, und fror erbärmlich.

Dann endlich, sie spürte schon kaum mehr ihre Füße, hielt ein Lastwagen mit knirschenden Bremsen, und der Fahrer lehnte sich aus dem Fenster. »Du bist die Kleine von Signora Rosetti, oder?« Seine Stimme war rau und müde, aber nicht unfreundlich.

»Ja, genau.« Mella erhob sich und trat einen Schritt auf das Auto zu.

Der Fahrer musterte sie einen Moment lang, dann öffnete er die Beifahrertür. »Steig ein.«

Mit letzter Kraft zog sich Mella hinauf und ließ sich auf den Sitz fallen. Der Innenraum roch nach alter Wolle und etwas, das sie nicht zuordnen konnte. Ohne ein weiteres Wort legte der Mann den Gang ein und fuhr los.

Und da saß sie nun, ließ die dunkle Nacht lautlos an sich vorüberziehen. Ihre Gedanken wanderten zu Dino, Valentina, ihrem

Vater. Was sie wohl gerade taten? Ob es ihnen gut ging? Ob sie überhaupt noch lebten?

Dann plötzlich riss ein Ruck sie aus ihrer Versunkenheit, der Wagen bremste abrupt: »So, hier sind wir«, sagte der Fahrer. »Morcote.«

Mella blinzelte in die Dunkelheit hinaus. »Danke. Und wissen Sie, wo das Weingut der Casolis ist?«

»Ich glaube, irgendwo am Hügel oben, fast beim Wald. Ich kenne mich hier nicht aus. Aber das finden Sie schon.«

Kurz darauf stand Mella auf der Straße. Ein kalter Wind fegte ihr um die Ohren. Ennio war aufgewacht und wimmerte.

»Weine nicht, mein Kleiner. Wir sind in Morcote. Jetzt müssen wir nur noch auf das Weingut der Casolis kommen.«

Während sie sich nach dem Weg zum Weingut umsah, begann Ennio zu weinen. Sie fragte sich, ob sie bei einem der umliegenden Häuser klingeln sollte, traute sich aber nicht, weil es schon so spät war. Bestimmt würde man sie fortjagen. Oder sogar die Polizei rufen. Nein, sie musste zu Oreste Casoli.

Irgendwann entdeckte sie einen Pflastersteinweg, der bergauf führte, und schlängelte sich durch die Gassen, bis sie das Dorf hinter sich ließ und auf einen Pfad stieß. Links und rechts erstreckten sich Rebberge, so falsch konnte sie also nicht sein. Sie marschierte, sprach dabei beruhigend auf Ennio ein, während der Wind ihr unbarmherzig ins Gesicht blies. Dann setzten Regenschauer ein. Mella konnte nicht mehr. Die Dunkelheit, der Regen und der Wind hüllten sie ein, und sie war am Ende ihrer Kräfte. Sie leuchtete mit der Taschenlampe herum, sah aber weit und breit kein Weingut, dafür eine Scheune. Da der Regen noch stärker geworden war, zielte Mella die Tür an, die zum Glück geöffnet war, und stolperte hinein. Zwischen Heuballen und dem fernen Duft von Trauben, der durch die Ritzen der Scheune drang, schlief sie endlich ein.

Sie erwachte durch Ennios Schreie. Ihr Kopf pochte, und beim Schlucken spürte sie einen stechenden Schmerz im Hals. Als sie Ennio berührte, merkte sie sofort, dass er glühte. Er hatte Fieber. Sie selbst vermutlich auch. Hastig wickelte sie ihn ein, dann verließ sie die Scheune, wankend auf schwachen Beinen. Der Regen hatte nachgelassen, und sie stand nun zwischen Weinbergen, über denen Nebelfetzen schwebten. Wohin jetzt?

Unsicher ging sie ein paar Schritte, als plötzlich ein bellender, schwarzer Hund aus den Reben auftauchte und auf sie zusprang. Erschrocken wich sie zurück und wollte zurück in die Scheune flüchten, aber da erklang ein lautes »Fido!«, und der Hund hielt hechelnd vor Mella inne, als würde er auf einen Knochen warten. Kurz darauf erschien ein Mann. »Fido!«, rief er erneut und leinte den Hund an.

»Keine Sorge, er tut Ihnen nichts«, sagte der Mann und sah sie neugierig an. »Wer sind Sie?«

»Mella«, krächzte sie. »Ich muss zu Oreste Casoli. Auf das Weingut.«

Der junge Mann kam näher. Mella schätzte ihn auf Anfang zwanzig. Er war groß, trug eine braune Cordjacke und eine Schiebermütze über seinem blonden Haar und musterte sie aus stahlblauen Augen.

»Wo finde ich Oreste Casoli?«, hakte Mella nach.

Er runzelte die Stirn. »Er ist vor zwei Jahren gestorben.«

»Er ist tot?«

»Ja. Ich bin Valerio, sein Sohn.«

Ihre Beine drohten nachzugeben. »Was soll ich jetzt nur tun? Ich bin so weit gereist, Ennio ist krank und …«

»Warum wollten Sie zu meinem Vater?«, unterbrach Valerio sie.

»Ich …« Sie schwitzte, zitterte gleichzeitig vor Kälte, und ihr Hals schmerzte so sehr. »Dino Gagliardi, ein Freund von mir, hat mir von ihm erzählt. Sein Vater, Alfredo, hat Oreste wohl einst das Leben gerettet während des Ersten Weltkriegs. Er meinte, Oreste werde mir helfen.«

»Alfredo Gagliardi? Mein Vater hat viel von ihm erzählt. Die beiden schrieben sich, doch irgendwann hörte mein Vater nichts mehr von ihm. Wissen Sie, was passiert ist?«

Sie dachte an Alfredo Gagliardi, den sie nie persönlich kennengelernt, von dem sie aber so viel Schlechtes gehört hatte. Er trank zu viel, schlug Frau und Kinder. »Ich glaube, das Leben hat ihn überfordert.«

Valerio nickte langsam. »Und warum sind Sie hier? Sind Sie Jüdin?«

Mellas Kopf fühlte sich an wie in Watte gepackt, es fiel ihr schwer, sich zu konzentrieren. Aber sie spürte, dass es wichtig war, Valerio zumindest einen Teil der Wahrheit zu sagen, damit er ihr und Ennio half.

»Nein, aber ich musste weg aus Santa Castagna. Der Krieg … Ennio war nicht mehr sicher, weil sich meine Schwester, seine Mutter, den Partisanen anschloss. Dino, mein Freund, half mir, die Flucht zu planen. Aber dann wurden wir erwischt. Ich konnte fliehen, aber mein Rucksack war weg. Und ich verlor meinen Ausweis. Dann kamen Nazis … Ich musste über die Teufelsbrücke. Dann traf ich auf Ermanno. Er half mir. Ich …« Sie brach ab, und Valerio legte ihr eine Hand auf die Schulter.

»Schon gut, ich bringe euch beide jetzt ins Warme. Ihr seid offensichtlich krank. Warte, ich nehme Ihnen den Jungen ab.«

Mella zögerte, weil sie Ennio nicht einfach einem Fremden überlassen wollte. Aber ihre Kräfte schwanden, und sie war dankbar, als Valerio Casoli den Jungen behutsam in die Arme nahm.

»Schaffen Sie es?«, fragte er sie. »Es ist nicht weit bis zum Haus.«

»Ja, es geht schon.« Mella folgte ihm und hielt den Blick auf den wimmernden Ennio gerichtet. »Er wird doch wieder gesund?«

»Bestimmt.« Valerio Casoli runzelte die Stirn. »Sie erwähnten vorhin, er sei Ihr Neffe, habe ich das richtig verstanden?«

»Ja, ich bin Ennios Tante.«

»Ich habe mir noch gedacht, dass Sie sehr jung sind für eine Mutter. Wie alt sind Sie eigentlich? Vierzehn?«

»Fünfzehn.«

»Und Ennio?«

»Er kam am dritten Juli zur Welt. Fast vier Monate also.«

»Vier Monate.« Er sah zu seinem Hund, der an einem Rebstock schnupperte.

Mella wollte Valerio noch fragen, ob sie und Ennio hier bleiben konnten, aber plötzlich überkam sie ein Schwindel, ihre Beine versagten, und alles um sie herum versank in Dunkelheit.

Lavendel, dachte Mella, als sie aufwachte. Es roch nach Lavendel, sanft und beruhigend. Wo war sie? Langsam richtete sie sich auf. Das weiche, weiße Bettlaken, das sie bedeckte, verströmte diesen angenehmen Geruch. Sie fühlte sich schwach, aber seltsam wohl. Ein Sonnenstrahl fiel seitlich durch die dunklen Vorhänge und kitzelte sie.

Dann fiel ihr alles wieder ein. Die Flucht, ihre Ankunft in Morcote, die Suche nach dem Weingut. Die Scheune, der Hund, Orestes Sohn Valerio. Der glühende und schreiende Ennio. Ennio!

Mella schoss hoch, aber sofort wurde ihr schwindelig, und sie fiel zurück.

Kurz darauf ging die Tür auf. Valerio trat herein. Sein blondes Haar war streng zurückgekämmt, und er trug ein kariertes Hemd und eine dunkelblaue Weste darüber.

»Sie sind wach!« Er trat an ihr Bett, zog einen Stuhl hinzu und setzte sich. »Sie hatten die vergangenen vier Tage starkes Fieber, waren nicht ansprechbar. Wir hatten schon Angst, dass Sie es nicht schaffen. Der Arzt war hier und gab Ihnen Medizin. Es hat offenbar gewirkt.«

»Wo ist Ennio?«, fragte sie krächzend.

Valerio schwieg, und Mella bekam Panik. »Er ist doch nicht tot?«

»Nein, nein. Dem Jungen geht es gut. Auch er hatte hohes Fieber, aber seit gestern ist er über dem Berg.«

»Ich muss zu ihm!« Sie erhob sich, doch sogleich wurde ihr wieder schwindelig.

»Ennio schläft jetzt. Aber es geht ihm wirklich gut. Sie können ihn bald sehen. Meine Frau kümmert sich um ihn.«

Sie hustete. »Ich will ihn jetzt sehen.«

»Er braucht Ruhe. Genau wie Sie. Ich bitte meine Frau nachher, dass sie ihn kurz vorbeibringt.«

»Danke.« Erschöpft sank sie ins Kissen zurück. Eine Frage brannte ihr allerdings auf den Lippen. »Hören Sie, ich weiß, dass Ennio und ich nicht hier bleiben können. Aber vielleicht können Sie mir helfen? Ich kann nicht mehr zurück nach Italien.« Sie verschwieg, dass sie vermutlich zwei Männer getötet hatte. Einen Faschisten und einen Grenzsoldaten.

»Keine Angst. Ich werde Sie nicht zurückschicken. Mein Vater hatte Alfredo Gagliardi sein Leben zu verdanken, deshalb werde ich mich erkenntlich zeigen. Sie und Ennio können bleiben. Wir müssen aber vorsichtig sein. Sie haben erwähnt, dass Sie keinen Ausweis mehr haben. Wir werden Ihnen gefälschte Papiere anfertigen lassen, falls die Behörden sich melden. Sie bekommen einen neuen Namen. Und falls jemand fragt, sind Sie aus einem kleinen Bergdorf im Tessin, nicht aus Italien, verstanden? Sonst könnte man Sie wieder des Landes verweisen.«

»Danke, das ist sehr nett. Was ist mit Ennio? Bekommt er auch Papiere?«

Er zögerte kurz. »Ja. Natürlich.«

»Vielen Dank.«

»Schon gut.« Er erhob sich. »Ich lasse Ihnen jetzt eine Suppe bringen. Sie sind bestimmt hungrig.«

»Danke.« Sie verspürte keinen Hunger, doch ihr war bewusst, dass sie so schnell wie möglich zu Kräften kommen musste.

Wenig später brachte eine ältere Frau – sie stellte sich als Ornela vor, die Haushälterin – eine Gemüsesuppe mit Brot, und Mella begann, sie zu löffeln. Sie schmeckte fade, aber vermutlich lag das an der Grippe. Mella zwang sich, die Suppe aufzuessen.

Irgendwann erschien Valerio wieder, dieses Mal war er in Begleitung einer jungen Frau, die Ennio auf dem Arm trug.

»Ennio!«, rief Mella, aber die Frau legte den Finger auf die Lippen und blieb stehen. »Pst! Er schläft.«

Sie war etwa Anfang zwanzig, auffallend attraktiv und zierlich, trug ein rotes Wollkleid und dazu passenden Lippenstift, das dunkle Haar hatte sie zu einer eleganten Frisur hochgesteckt. Ihre Augen mit den langen Wimpern erinnerten Mella an die eines Rehs.

Valerio trat auf das Bett zu. »Mella, darf ich vorstellen, das ist meine Frau, Aurora.«

Kapitel 21

Morcote, Oktober 2023
Cara

Der Gedanke an die Kastanienfrau ließ Cara nicht los. Seit der Begegnung mit der alten Frau, die so erschüttert reagiert hatte, als sie Mellas Rezeptbuch sah, wuchs in ihr das Gefühl, dass hier etwas nicht stimmte. Irgendetwas verbarg die Kastanienfrau, und das Buch spielte dabei eine Rolle. Selbst ihre Großmutter, die *la donna castagna* immer in Schutz nahm, hatte deren Verhalten als *seltsam* bezeichnet. Was hatte es zudem mit dieser herausgerissenen Seite auf sich? Was war darauf zu finden, und wer hatte sie aus dem Buch entwendet? Etwa Aurora? Hatte sie das Buch deshalb unter ihrem Bett aufbewahrt – oder vielmehr versteckt?

Von Magalie erfuhr sie, dass das Häuschen, in dem die Kastanienfrau lebte, tatsächlich auf eine Zita Maldini als Bewohnerin eingetragen war. Sie bezahle keine Miete, und aus einem alten Vertrag vom Oktober 1945 ging hervor, dass Valerio ihr Wohnrecht auf Lebzeiten gewährte.

»Warum tat er das?«, fragte Cara nach, und Magalie hob die Schultern.

»Ich kann es mir nur so erklären: Vermutlich hat Zita Maldini einst auf dem Weingut gearbeitet. Dazu haben wir leider keine Unterlagen mehr, aber es könnte sein. Und deshalb bekam sie wohl das Haus.«

Cara betrachtete den Vertrag, den Valerio unterschrieben hatte. »Das ist aber seltsam. Ohne Miete?«

»Nun, die Casolis waren gewiss nicht auf Mieteinnahmen eines kleinen Steinhäuschens angewiesen.«

»Ja, schon, aber ich finde es trotzdem eigenartig.«

Cara konfrontierte kurz darauf auch Casimiro mit der Entdeckung, nachdem sie ihm von dem Besuch bei der Kastanienfrau und der herausgerissenen Buchseite erzählt hatte. Sie hoffte, dass Valerio ihm einst mehr zum Mietverhältnis gesagt hatte, aber Casimiro reagierte genervt.

»Woher soll ich wissen, warum mein Großvater sie dort wohnen ließ? Bestimmt wollte sie einfach im Wald leben, um ihr Aussteiger-Hippie-Dasein führen zu können, und weil das für gewöhnlich nicht erlaubt ist, hat sie sich einen Wald ausgesucht, der einer privaten Person gehört, nicht der Gemeinde.«

So realistisch Casimiros Theorie auch sein mochte, wirbelten unzählige andere, wesentlich interessantere in Caras Kopf umher, zum Beispiel, dass Zita Maldini Valerios Geliebte gewesen war und so weiter. Aber das brauchte sie Casimiro gar nicht erst zu sagen. Sie sah zumindest ein, dass sie sich in dieser Geschichte nicht verlieren durfte und sich um ihre Arbeit kümmern musste.

Sie war froh, dass sie mit dem Jubiläumsbuch vorwärtskam, auch wenn die Angelegenheit wegen Neve sie nach wie vor beschäftigte. Weder die beiden Typen namens Mario Galli noch Riccardo Basso hatten sich bisher gemeldet.

Aber als sie herausfand, dass Riccardo Basso morgen, am Sonntag, in der Ortschaft Cuneo im Piemont an einem Kastanienfest auftreten würde, kam ihr eine Idee. Sie könnte mit Lily dorthin fahren, irgendwo übernachten und danach vielleicht sogar einen Abstecher nach Santa Castagna machen, um Nachforschungen über Aurora und Mella anzustellen.

Als sie Lily den Vorschlag machte, strahlten ihre Augen, doch dann seufzte sie. »Papa wollte eigentlich morgen mit mir nach Mailand.« Sie rührte in ihren Cornflakes.

»Ah, verstehe, das hat natürlich Vorrang.«

»Das Kastanienfest wäre schon auch toll. Und wir könnten mit Lunas Vater sprechen. Und in Santa Castagna etwas über Mella herausfinden.«

»Guten Morgen!« Casimiro erschien, das Haar noch leicht feucht vom Duschen, er roch frisch nach Aftershave. Erstaunt blickte er zu Cara. »Du bist früh dran.«

»Ein Buch schreibt sich nicht von allein.«

»Mhm.« Sein Blick verharrte kurz auf ihr, dann zielte er die Kaffeemaschine an.

»Ach, Papa, ich habe da so eine Idee für morgen. Ich möchte nach Cuneo.«

»Lily!« Cara schüttelte den Kopf, doch Casimiro, der soeben eine Kapsel in den Automaten schob, blickte über die Schulter hinweg zu Lily.

»Cuneo? Was ist mit Mailand?«

Lily erklärte ihm den Grund für die gewünschte Planänderung, und Casimiro hörte aufmerksam zu. Schließlich nahm er seine Kaffeetasse, setzte sich an die Küchentheke und sah zu Cara. »Du willst also nach wie vor herausfinden, ob an dieser Geschichte mit der Erpressung etwas dran ist?«

»Ja. Ich muss einfach.«

»Und du kannst diesen Basso nicht auf andere Art erreichen?«

»Nein, er reagiert nicht.«

»Papa, dieses Kastanienfest wäre die perfekte Gelegenheit.«

Casimiro zog die Augenbrauen hoch. »Ich weiß ja nicht, ob er

Zeit haben wird, mit euch zu reden. Und dass er einfach so die Nummer seiner Tochter herausgibt, bezweifle ich stark.«

»Das ist mir schon bewusst«, antwortete Cara. »Aber ich dachte, ich könnte es zumindest versuchen. Und das Kastanienfest klingt vielversprechend. Doch ich will natürlich nicht euer Programm durcheinanderbringen.«

»Warum gehen wir nicht nächste Woche nach Mailand?«, schlug Lily ihrem Vater vor. »Und ich fahre mit Mama nach Cuneo.«

Er nippte an seinem Kaffee. »Klar … Oder ich könnte euch begleiten?«

»Das wäre super! Was meinst du, Mama?«

Cara stöhnte innerlich. *Das* war nicht ihr Plan gewesen. Aber sie wollte nicht wieder als Spielverderberin dastehen.

»Also gut. Machen wir es so.« Sie wandte sich an Casimiro. »Ach, einen Abstecher nach Santa Castagna haben wir übrigens auch noch geplant.«

»Nicht dein Ernst! Was willst du dort finden? Die herausgerissene Seite aus dem Rezeptbuch?« Er lachte.

»Das ist nicht witzig. Wer weiß, was dahintersteckt?«

»Eben, *wer weiß*! Und ich will es gar nicht wissen. Cara, das ist nur verschwendete Zeit, glaub mir.«

Er verschränkte die Arme und schaute sie finster an.

»Oh bitte, Papa! Sei kein Spielverderber!« Lily boxte ihn spielerisch in die Seite. »Willst du nicht auch wissen, wo deine Großmutter herkommt? Wo deine Wurzeln sind?«

Cara blickte erstaunt zu ihrer Tochter. Was für eine kluge Taktik!

Er seufzte, und ein schwaches Lächeln zeichnete sich auf seinem Gesicht ab. »Also gut. Euch Frauen kann man ja wirklich nichts abschlagen.«

Am nächsten Morgen brachen sie auf. Cara hatte sich noch am Vortag mit der Kirchgemeinde von Santa Castagna in Verbindung gesetzt, weil das Einwohneramt an Montagen geschlossen hatte; durchaus üblich für ein kleines Bergdorf. Zudem wusste sie, dass man ihr aus Datenschutzgründen die Hilfe ohnehin verweigert hätte. Sie hätte eine Genehmigung beantragen müssen, und das würde Wochen dauern. Die Kirche war in dieser Hinsicht zugänglicher. Kirchenarchive galten meist als kulturelles oder genealogisches Gut, und sie unterstützten Nachforschungen, besonders wenn es um Ahnenforschung oder historische Projekte ging. Das wusste Cara von einer befreundeten Autorenkollegin.

Sie hatte deshalb auf gut Glück die Kirchgemeinde angerufen und tatsächlich den Pfarrer, Don Antonio Vescovi, erreicht, der sich die Zeit nahm, um ihr Anliegen anzuhören. Er hatte erklärt, dass die Suche schwierig sein könnte, da sie fast nur Vornamen hatte, aber er würde sein Bestes tun, um zu helfen. Sie vereinbarten ein Treffen am Montag um halb zwölf in Santa Castagna.

Der Gedanke, die Ortschaft zu besuchen, in der vermutlich das Rezeptbuch entstanden war, und womöglich etwas über Aurora und Mella herauszufinden, ließ Cara ein aufregendes Kribbeln verspüren. Doch auch der bevorstehende Besuch in Cuneo beschäftigte sie. Wie würde Riccardo Basso wohl reagieren?

Gegen Mittag kamen sie in Cuneo an und checkten im Hotel ein, das Casimiro gebucht hatte. Sie durchstreiften die verwinkelten Gassen der Stadt und genossen die herbstliche Atmosphäre. Das historische Zentrum war erfüllt von Düften, Farben und Menschen, und überall wurden Köstlichkeiten, Wein und Handwerkskünste angeboten.

Pünktlich um sechs Uhr betraten sie die Piazza Galimberti in der Altstadt, wo sich schon zahlreiche Zuschauer versammelt hatten. Auf der Bühne stand Riccardo Basso, die Gitarre umgehängt, bereit für den ersten Song.

Wow, dachte Cara, als sie ihn sah. Wenn der Typ vor zwanzig Jahren mindestens genauso cool ausgesehen hatte wie jetzt, dann konnte sie Neve verstehen, Geschichten erfinden zu müssen, um mit Luna mithalten zu können.

Riccardo Basso war der geborene Rockmusiker. Er trug das ergraute Haar schulterlang und offen, eine schwarze Lederjacke, Lederweste und zerrissene Jeans. Seine Stimme, tief und markant, durchzog die Luft, und als er Vasco Rossis Hit *Senza Parole* schmetterte, begannen Casimiro, Lily und alle anderen mitzusingen. Der Klang der Musik, das Lachen ihrer Tochter und Casimiros entspannte Art ließen Cara für einen Moment alles vergessen. Sie genoss den Moment.

Am Ende, nach mehreren Zugaben, verabschiedete sich Basso.

»Jetzt, Mama!«, rief Lily, und Cara nutzte die Chance und folgte Basso vorsichtig, der mit seiner Band die Bühne verließ und mit einem Mann, vermutlich dem Veranstalter, redete.

»Entschuldigen Sie?«, sprach Cara ihn an, als er sich von dem Mann verabschiedete.

Riccardo Basso drehte sich zu ihr um. Jetzt aus der Nähe sah man deutlich das von Falten zerknitterte Gesicht. Wache blaue Augen musterten sie. »*Ciao*. Willst du ein Autogramm?« Er nahm einen Schluck Wasser.

»Äh, nein, ich … ich … also das klingt jetzt etwas verrückt, aber meine Schwester war die Brieffreundin Ihrer Tochter Luna.«

»Okay …« Er blickte sie skeptisch an, hielt sie wohl tatsächlich für verrückt.

»Es ist kompliziert. Haben Sie kurz Zeit?«

Er schaute zu seinen Bandkollegen und gab ihnen ein Zeichen, schon mal vorzugehen. »Okay. Aber nicht lange. Wir müssen heute noch nach Rom reisen.«

»Oh, ich halte mich kurz.« Cara erklärte ihm den Grund und dass sie sich mit Luna unterhalten wolle. Während sie sprach, kam ihr die ganze Geschichte selbst ziemlich abwegig vor. Es würde sie nicht wundern, wenn Riccardo Basso, der sie nach wie vor ungläubig anstarrte, gleich in seinen Tourbus springen und davonfahren würde.

»Okay ... Krasse Story«, meinte er am Ende ihrer Schilderung. »Ich wusste ehrlich gesagt nicht mal, dass Luna eine Brieffreundin hatte.« Er fuhr sich über das Gesicht. »Neve«, sagte er langsam, und Cara spürte, wie sich ein Knoten in ihrem Magen bildete.

»Aber ich war ja auch selten zu Hause, muss ich gestehen. Deshalb ist irgendwann auch meine Ehe gescheitert ... Hören Sie, ich muss das alles natürlich mit Luna abklären ... Sie lebt in Australien. Ich werde mit ihr reden, und sie kann Sie kontaktieren, um mit Ihnen über diese Geschichte zu sprechen. Hilft das?«

»Ja, vielen Dank.« Cara hätte zwar mehr erwartet, aber eigentlich konnte sie froh sein, dass sich Riccardo Basso überhaupt mit ihr unterhalten hatte und nun Luna informieren würde.

Nachdem sie ihm ihre Kontaktdaten gegeben und sich verabschiedet hatte, tauchten Casimiro und Lily auf. Beide schauten sie erwartungsvoll an, und sie erzählte von dem Gespräch mit dem Musiker. Lily war etwas enttäuscht, aber Casimiro nickte aufmunternd. »Ist doch gut. Mehr konntest du nicht erwarten.«

Später, in der Hotelbar, saßen Cara und Casimiro noch auf einen Rotwein vor dem Kamin zusammen, während Lily bereits schlief. Das gedämpfte Licht und der Jazz-Blues schufen eine intime Atmosphäre, und Cara fühlte sich in Casimiros Gegenwart gehemmt.

»Du solltest dir nicht zu viel erhoffen von Luna«, sagte er plötzlich und schwenkte sein Glas. »Auch wenn sie sich bei dir melden sollte und Neves Geschichte mit dieser Erpressung untermauert, bedeutet das noch lange nicht, dass sie auch wahr ist. Vielleicht wollte sich Neve wirklich nur wichtigmachen.«

»Ich weiß. Aber ich müsste neuen Hinweisen natürlich nachgehen.«

Er sah sie fragend an.

»Mal angenommen, Luna erzählt mir, *wen* Neve erpresst hat, ist es naheliegend, dass diese Person auch etwas mit ihrem Tod zu tun hat.«

»Nein, ist es nicht. Wir kennen ja nicht mal den Grund der Erpressung. Sollte die Geschichte stimmen, kann es sich dabei auch nur um … ich weiß nicht, irgendwelchen Mädchenkram gehandelt haben oder so. Nichts, weshalb jemand gleich töten würde. Du schaust zu viele Krimis, Cara. Oder deine … äh, Roman-Fantasiewelt geht gerade mit dir durch.« Er sah sie spöttisch an, und Cara fühlte Ärger in sich aufsteigen.

»Mädchenkram?« Sie schüttelte verächtlich den Kopf und beschloss, sich nicht provozieren zu lassen. »Umso wichtiger ist es, mit Luna zu sprechen. Vielleicht hat Neve kurz vor ihrem Tod einen weiteren Brief an sie geschickt und ihre Frage beantwortet, was genau sie gegen die Person in der Hand hatte.«

Casimiro schwieg eine Weile. »Hat eigentlich irgendjemand von euch Luna damals über Neves Tod in Kenntnis gesetzt? Sie muss doch bestimmt weitere Briefe geschrieben haben, da sie keine Antwort mehr erhielt.«

»Das habe ich meine Großmutter und meine Mutter auch gefragt. Aber sie erinnern sich nicht an weitere Briefe.«

Casimiro nahm einen großen Schluck Wein, dann beugte er sich zu Cara, seine Augen glänzten leicht provokativ, aber auch belustigt. »Und, was denkst du, wen könnte Neve erpresst haben?«

»Mario Galli ist sehr verdächtig. Er hat nicht mal die Saison zu Ende gemacht. Das ist wirklich seltsam. Und die Kastanienfrau natürlich. Die verheimlicht sowieso etwas. Ich meine, ihre Reaktion auf das Rezeptbuch war ziemlich schräg. Aber das ist eine andere Geschichte.«

»Ihr Verhalten kann viele Gründe haben und lässt sich logisch erklären. Schlechte Erinnerungen zum Beispiel. Und es bedeutet nicht, dass sie jemanden töten würde.«

»Nicht deswegen, aber vielleicht, weil sie erpresst wurde? Oder weil sie gefilmt wurde für ein Schulprojekt, in dem sie als Hexe dargestellt wird.«

Sie schwiegen eine Weile, jeder starrte in sein Glas.

»Ach, apropos seltsame Reaktionen«, begann Cara und erzählte von ihrer Begegnung mit Umberto auf dem Olivenhain. »Er wirkte so verbittert, hat sich nicht einmal ansatzweise gefreut, dass ich ihn über die Olivenölherstellung interviewen wollte. Was ist nur passiert? Ich verstehe noch immer nicht, warum man ihm, dem ältesten Sohn, jegliche Verantwortung entzogen hat. Er war zwar schon immer sehr speziell, aber ich erinnere mich, dass du ihn einst bewundert hast.«

»Du hast recht.« Er blickte sie nachdenklich an. »Umberto war immer der coole Onkel. Er hat mich und Felice zu Fußballspielen nach Mailand oder Turin mitgenommen, wir fuhren mit seinem Ferrari hin und haben in Luxushotels übernachtet. Später, als wir älter waren, nahm er uns zu Partys mit. Es gab Kurztrips nach Ibiza, St. Tropez, Monaco, und Umberto hat uns gezeigt, wie man lebt. Dachte ich damals zumindest. Mein eigener Vater erschien mir dagegen richtig langweilig. Ich habe nicht verstanden, dass Bodenständigkeit viel wichtiger ist.« Casimiro schluckte hart. »Dann erkrankte Vater. Er hat mir wenige Wochen vor seinem Tod etwas erzählt, da dachte ich noch, er werde wieder gesund. Jedenfalls vertraute er mir an, dass Umberto Anfang der Nullerjahre beinahe Etikettenschwindel betrieben hätte, wenn mein Großvater ihn nicht erwischt hätte. Aus diesem Grund übertrug Nonno alles auf meinen Vater. Ich wusste das nicht.«

»Etikettenschwindel? Er gab also minderwertigen Wein als euren hochwertig deklarierten aus, oder?«

»Ja, richtig. Umberto hat minderwertige Rebsorten aus anderen Regionen verwenden und sie als *Aurora* ausgeben wollen. Stell dir vor, wenn das herausgekommen wäre.«

»Wie gut, dass Valerio es verhindern konnte.«

»Oh ja. Er hat meinen Vater dann eingeweiht, damit er ein Auge auf Umberto hatte. Weil er sich selbst ja mehr der Imkerei widmen wollte. Als ich dann zusammen mit Felice nach Vaters Tod die Verantwortung für den Betrieb übernahm, hat Umberto uns das Leben schwer gemacht, hat alles infrage gestellt und besonders mich wie einen dummen Jungen behandelt, der keine Ahnung hat. Das war nicht einfach für mich. Darauf war ich nicht vorbereitet. Plötzlich war ich für ein Weingut verantwortlich, dabei wollte ich immer Mathematiker werden. Dann war da Lily, gerade mal vier Jahre alt … Ein enormer Druck war das, doch ich wusste, dass ich das Weingut nicht Umberto überlassen konnte. Aber ich hatte das Gefühl, dass ich mich ständig beweisen musste. Wenigstens hatte ich Felice auf meiner Seite.«

»Weiß Felice Bescheid über den Etikettenschwindel?«

»Ja, mein Vater hat es uns beiden gesagt. Er wusste, dass Felice ein hervorragender Önologe ist, hat ihm selbst viel beigebracht. Er war sich sicher, dass das Weingut bei mir und Felice in guten Händen sein würde.«

»Das war bestimmt ein Schock für Felice, oder?«

»Er wirkte nicht sehr überrascht. Er wusste ja, wie sein Vater drauf ist.« Casimiro zuckte die Schultern und betrachtete seinen Wein, als müsste er sich bei ihm für etwas entschuldigen.

Cara sah ihn an und spürte, wie sich ein Knoten in ihrer Brust löste. Sie hatte Casimiro immer als den starken Mann gesehen, der jede Herausforderung meisterte. Jetzt erkannte sie, dass er viel durchgemacht hatte, dass der Druck und die Erwartungen schwer auf ihm gelastet hatten. Und dennoch war er immer ein guter Vater für Lily gewesen.

»Es tut mir leid, dass du das alles durchstehen musstest«, sagte sie leise und legte ihre Hand auf seine.

Casimiro sah sie an, und in seinen Augen spiegelte sich ein Funken von etwas, das Cara lange vermisst hatte. Ohne zu zögern, lehnte er sich zu ihr, legte seine Lippen sanft auf ihre. Für einen kurzen Moment erwiderte sie den Kuss, es fühlte sich so richtig an, und sie sehnte sich nach mehr.

Doch plötzlich durchfuhr es sie wie ein Blitz. Die Erinnerungen an all das, was geschehen war. Wie sie unter Casimiro gelitten hatte. Sie zog sich hastig zurück, als wäre sie aus einem Traum erwacht.

»Ich kann das nicht«, sagte sie mit bebender Stimme. Casimiro schaute sie überrascht an, dann schlich sich Enttäuschung auf sein Gesicht. Er schien etwas sagen zu wollen, aber stattdessen nickte er nur, als hätte er verstanden, dass sie die Vergangenheit nicht einfach auslöschen konnte.

Sie stellte ihr leeres Weinglas auf den Tisch und stand auf. »Ich gehe jetzt ins Bett. Gute Nacht.«

Kapitel 22

Morcote, Oktober 1943
Mella

Mella schlief unruhig, träumte von Faschisten und Nazis, die ihr Ennio wegnehmen wollten. Ihr gelang es, zu fliehen, doch da lag die Teufelsbrücke vor ihr. Tadeo tauchte auf und meinte, sie müsse ihm einen Korb Kastanien geben, erst dann dürfe sie rüber. Ihre Verfolger kamen immer näher. »Ich habe keine Kastanien«, krächzte sie verzweifelt, und Tadeo versperrte ihr den Weg mit dem Gewehr. Dann verlangte er das Kind. Na gut, dachte sie, es ist ja sein Kind, und übergab ihm Ennio. Aber plötzlich bemerkte sie, dass es gar nicht Tadeo war, dem sie Ennio gegeben hatte, sondern Fausto. Sie schrie.

Als sie schweißgebadet erwachte, sah sie sich um. Es war nur ein Traum. Alles war gut. Sie und Ennio waren hier in Sicherheit. Aurora und Valerio Casoli sorgten für ihn, bis es ihr wieder besser ging. Wenigstens hatte sie nicht wieder von dem Grenzsoldaten geträumt, auf den sie geschossen hatte, oder von dem Faschisten, den sie mit dem Messer attackiert hatte. Ihre Taten verfolgten sie fast jede Nacht, und sie fragte sich, ob sie anders hätte handeln sollen. Doch vielleicht wären sie und Ennio dann nie hier angekommen.

Die Luft im Zimmer war stickig, und sie stieg vorsichtig aus dem Bett. Der Mond drang durch das Fenster, auf das sie leicht schwankend zutrat. Sie riss es auf und atmete die kühle Nachtluft tief ein. Ihr Herz begann, schneller zu schlagen, als sie im Schein des fahlen Mondlichts zwei Gestalten bemerkte. Sie erkannte Valerio Casoli sofort an seiner kräftigen Statur und Größe. Der Mann neben ihm war kleiner und in eine dunkle Robe gehüllt. Ein Pfarrer? Sie schienen eine Kiste zu vergraben. Mella hielt den Atem an, kalter Schweiß bildete sich auf ihrer Stirn. Träumte sie? Was vergruben die dort? Schwindel überkam sie, und nachdem sie das Fenster geschlossen hatte, schleppte sie sich zurück ins Bett.

Am nächsten Morgen, Mella litt gerade unter einem Hustenanfall, brachte ihr Ornela eine Suppe und Honigtee ans Bett.

»Dein Husten ist wirklich hartnäckig.« Sie stellte das Tablett auf den Nachttisch. »Aber keine Angst, *bambina*, meine Hühnerbrühe hat bisher jeden wieder auf die Beine gebracht. Den Husten kriegen wir auch noch weg.«

»Mir geht es ja schon viel besser. Ich würde heute gerne aufstehen und Ennio sehen.«

Ornela wich ihrem Blick aus. »Nichts überstürzen, *bambina*. Du musst dich erholen. Vielleicht morgen.«

»Kann Signora Casoli ihn mir nicht kurz vorbeibringen?«

Ornela wollte etwas sagen, setzte dann ein Lächeln auf. »Ich schaue, was ich machen kann.«

Doch Aurora Casoli kam nicht. Ornela erklärte später, dass Signor und Signora Casoli in Lugano seien wegen der Ausweise und um Kleidung zu kaufen. Ennio hätten sie mitgenommen.

Am Morgen darauf fühlte sich Mella schon viel kräftiger, und sogar der Husten hatte nachgelassen. Ornela ließ ihr ein Bad ein und brachte Einkaufstüten voller neuer Röcke, Kleider, Blusen und Schuhe. Sogar ein Lippenstift war dabei.

»Von Signora Casoli«, sagte sie. »Sie hat das alles gestern für dich eingekauft.«

Mella strich über einen hellrosa Wollpullover und eine Seidenbluse. Noch nie hatte sie so schöne Sachen besessen. »Aber das kann ich nicht annehmen.«

»Doch, kannst du.«

Mella entschied sich für den Wollpullover, die weiße Bluse und einen schwarz-grau karierten Flanellrock. Ornela flocht ihre wilden Locken zu einem Zopf. Die ganze Zeit musste sie an Ennio denken und konnte es kaum erwarten, ihn gleich zu sehen und in den Armen zu halten.

Ein Geräusch von draußen ließ sie zusammenzucken, sie trat ans Fenster. Ein paar Männer waren im Garten und verlegten Steinplatten – genau an der Stelle, wo Mella vorletzte Nacht die zwei Gestalten beim Graben beobachtet hatte. Ihr Magen drehte sich um, doch sie schob die Übelkeit beiseite. »Was machen die da?«, fragte sie Ornela, die ihr die neuen, schwarzen Schnürschuhe reichte.

»Sie errichten einen Sitzplatz. Da kommt ein Steintisch mit Bänken hin, darüber eine Pergola mit Reben. Die Signora wollte das schon immer, und Signor Casoli hat gestern alles in Bewegung gesetzt, dass die Arbeiten heute beginnen. Wird sicher schön. Komm jetzt.«

Während Mella in die Schuhe schlüpfte, dachte sie nach. Ob sie Ornela von ihrer nächtlichen Beobachtung erzählen sollte? Aber vielleicht gab es ja einen harmlosen Grund. Vielleicht war die Grabung eine Vorbereitung gewesen für den Sitzplatz? Nur, warum mitten in der Nacht? Und warum war dieser andere Mann dabei gewesen, den sie für einen Pfarrer gehalten hatte? Sie beschloss, nicht mehr daran zu denken, und folgte Ornela.

Als sie hinter ihr durch das Haus schritt, kam sie aus dem Staunen kaum heraus. All die schönen Möbel, Bilder und Teppiche!

Und doch überkam sie bei dem Anblick plötzlich ein beklemmendes Gefühl, düstere Erinnerungen suchten sie heim. Alles hier rief die Musso-Villa in ihr Gedächtnis.

Erst als Ornela sie in den Wohnsalon führte und sie Ennio auf Aurora Casolis Schoß erblickte, verspürte sie Erleichterung.

»Ennio!« Sie streckte die Arme nach ihm aus, aber Aurora wich in ihrem Sessel zurück und drückte den Jungen fest an sich.

»Nein«, erwiderte sie ruhig, aber bestimmt. »Das ist nicht Ennio, sondern Umberto! Mein Umberto.«

Mella stockte der Atem. »Was … was sagen Sie da? Das ist Ennio!«

»Nein«, wiederholte Aurora mit fast sanftem Lächeln. »Umberto ist mein Junge.«

Jetzt erschien Valerio im Salon, ganz aufgeregt. »Mella! Sie sind schon hier!«

»Signor Casoli, ich verstehe das nicht, warum spricht Ihre Frau von Umberto?«

»Weil es Umberto ist!«, rief Aurora.

Mella spürte, wie Panik in ihr aufstieg. Ihr Blick wanderte Hilfe suchend zu Valerio, doch er wirkte beschämt. Er trat an ihre Seite und legte eine Hand auf ihren Arm. »Kommen Sie bitte kurz mit.« Seine Stimme ließ keinen Widerspruch zu, also folgte sie ihm ins angrenzende Esszimmer. Er schloss die Tür. Mellas Kopf dröhnte, ihre Beine zitterten. »Ich verstehe das alles nicht!«

»Setzen Sie sich!«

Langsam ließ sie sich auf einem der mit dunkelrotem Samt bezogenen Stühle nieder. Valerio hingegen trat unschlüssig von einem Fuß auf den anderen und starrte auf einen silbernen Kerzenständer auf dem Tisch, als würde er dort eine Antwort suchen. Schließlich holte er tief Luft, räusperte sich und begann zu erzählen.

»Umberto war unser Sohn, fast gleich alt wie Ennio. Er … ist vor ein paar Tagen gestorben. Plötzlicher Kindstod. Aurora konnte es nicht ertragen, die Wahrheit zu akzeptieren. Sie hatte schon unser erstes Kind im sechsten Monat verloren. Das hat sie schwer traumatisiert. Aurora will unbedingt eine Familie, und zwar so schnell wie möglich.« Er lachte unsicher. »Ich weiß, sie ist noch jung und hat Zeit, aber es ist ihr wichtig, bald Mutter zu werden … Als Umberto zur Welt kam, sah alles gut aus, und dann war er plötzlich tot. Ich habe mir große Sorgen um Aurora gemacht, sie wollte seinen Tod einfach nicht akzeptieren und das tote Kind nicht hergeben. Und dann … war da … Ennio. Als du im Fieber lagst – Mella, ich darf doch Du sagen, oder?«

Sie nickte knapp. »Ja, natürlich, Herr Casoli.«

»Schön, und bitte nenn mich Valerio … Jedenfalls hat sich Aurora um Ennio gekümmert, ihn plötzlich Umberto genannt. Ich habe ihr gesagt, dass es nicht Umberto sei, sondern Ennio, doch sie wollte nichts davon wissen und beharrte darauf, dass es Umberto sei … Ich habe dann einfach mitgespielt.« Er senkte den Blick und rieb sich verlegen die Hände.

Mella starrte ihn an, unfähig, die Worte zu verarbeiten.

Aber dann, wie ein Blitz, traf sie die Erkenntnis, und ihr Herz begann wild zu hämmern. »Ihr habt ihn vergraben«, flüsterte sie mit bebender Stimme. »Vorletzte Nacht … Ihr habt Umberto vergraben, und jetzt errichtet ihr darüber den Sitzplatz mit der Pergola. Und Ennio habt ihr als Umberto ausgegeben.«

Valerio erblasste. Für einen Moment wirkte er, als würde er zusammenbrechen.

»Ja«, nuschelte er schließlich betreten. »Nur der Pfarrer, der Arzt und Ornela wissen Bescheid. Sie werden das Geheimnis für sich behalten.«

»Aber Ennio gehört zu mir!«, schrie Mella mit bebender Stimme. »Er ist *mein* Neffe!«

»Mein Gott, Mella, du bist doch selbst noch ein Kind! Sag mir, wie du allein für Ennio sorgen könntest?«

»Ich … ich werde Arbeit suchen. Und eine Wohnung.«

»Du bist papierlos! Hast keine Aufenthaltsgenehmigung. Weißt du, was sie mit dir und Ennio tun würden? Dich abschieben im schlimmsten Fall, weil wir hier schon genug Flüchtlinge haben. Im besten Fall würdest du in ein Internierungslager kommen.« Da Mella schwieg, fuhr er mit etwas sanfterer Stimme fort. »Sieh es doch ein, Mella, es ist besser so. Ennio bleibt bei uns. Wir können uns um ihn kümmern, als wäre er unser eigenes Kind. Für Aurora ist er Umberto. Und ich werde ihn ebenfalls wie einen eigenen Sohn behandeln.«

Seine Worte sickerten wie Gift in ihren Geist. »Du darfst natürlich auch bleiben. Wir haben dir sogar einen neuen Ausweis besorgt.«

Er zog ein kleines Dokument aus seiner Jackentasche und reichte es ihr. »Du bist jetzt Zita Maldini. Wir erzählen den Leuten, dass wir dich als neue Arbeitskraft auf dem Weingut eingestellt haben.« Er senkte den Blick, seine Stimme wurde leiser. »So kannst du ein neues Leben beginnen.«

Mella fühlte sich überwältigt. Ein neues Leben! Wie verlockend das klang. »Das … wäre schön, aber ich will, dass Ennio bei mir bleibt.«

Valerios Augen wurden schmal. »So leid es mir tut, aber du könntest mit ihm unmöglich hierbleiben. Wenn du darauf bestehst, Ennio zu behalten, dann müsstest du von hier verschwinden. Aurora würde sonst nie zulassen, dass du ihn ihr wegnimmst.«

Mella überlegte fieberhaft. Sie könnte mit Ennio fortgehen.

Nur, wohin? Sie liefe Gefahr, vielleicht nach Italien zurückgeschickt zu werden. Die Angst kroch wie eine eiskalte Hand ihren Rücken hinauf. Sie hatte keine Wahl. Außerdem war es das Beste für Ennio. Ihr ganzer Körper schien gegen ihren Willen zu schreien, aber sie brachte kaum mehr als ein Flüstern heraus. »In Ordnung. Ennio soll bei euch bleiben.«

Valerio atmete erleichtert auf. »Danke, Mella.«

»Es gibt nur ein Problem.« Sie erzählte ihm von Valentina, Fausto, Dino und den Partisanen. »Ennio ist Valentinas Sohn. Ich habe ihn ihr weggenommen, um ihn zu beschützen, aber sie will ihn bestimmt zurückholen, wenn der Krieg vorbei ist. Ich habe Dino gebeten, sie einzuweihen. Natürlich weiß ich nicht, ob er … es noch geschafft hat.« Sie schluckte schwer. »Ich hoffe, das hat er. Weil er dann noch leben würde. Und daran glaube ich fest. Er wird eines Tages zu mir kommen. Aber das würde bedeuten, dass Valentina wüsste, wo sie mich und Ennio fände. Und dann müsstet ihr ihn natürlich zurückgeben. Er ist ihr Kind.«

Valerio nickte nachdenklich. »Ich verstehe. Aber so leid es mir tut, Mella, es hört sich ganz so an, als hätte deine Schwester kein Interesse mehr gehabt an ihrem Sohn. Sie hat ihn im Stich gelassen. Und du hast vollkommen richtig gehandelt, indem du mit ihm geflüchtet bist. Vor dem Krieg und vor diesem Fausto. Dass *der* dich hier aufsuchen könnte, halte ich übrigens für wahrscheinlicher.«

»Nein, Fausto wusste nichts von unserem Plan.«

Valerio seufzte. »Dann hoffen wir mal, dass Dino es ihm nicht gesagt hat.«

»Das würde er nie tun.«

»Es gibt immer Mittel und Wege, um an Informationen zu gelangen. Tut mir leid.«

»Etwa Folter?« Tränen schossen in Mellas Augen. Daran hatte sie gar nicht gedacht. Sie schluchzte. Nicht, weil vielleicht Fausto hier auftauchen könnte, sondern weil Dino vermutlich großem Leid ausgesetzt war und sie ihm nicht helfen konnte.

In den kommenden Wochen fügte sich Mella ihrem Schicksal und versuchte, sich an der Hoffnung festzuhalten, dass Dino es geschafft und Fausto nichts gesagt hatte und nach dem Krieg zu ihr kommen würde, um sie zu heiraten. Und Valentina? Bei dem Gedanken daran, dass ihre Schwester irgendwann hier auftauchen könnte, um Ennio zu holen, geriet sie in Panik und redete sich ein, dass Valerio recht gehabt hatte. Valentina hatte sich nie für Ennio interessiert, sie hatte ihn im Stich gelassen und als Mutter versagt, indem sie ihren eigenen Sohn dem Monster Fausto Musso ausgesetzt hatte. Je länger sie nun von Ennio getrennt war, umso mehr würden sich die zarten Gefühle, die sie vielleicht mal gehabt hatte, auflösen. Bestimmt wäre Valentina ihr sogar dankbar für diese pragmatische Lösung. Ennio – oder eher Umberto – hatte hier das perfekte Leben bekommen. Aurora und Valerio vergötterten den Jungen regelrecht. Mella fragte sich oft, ob Aurora die Wahrheit, dass der richtige Umberto begraben unter dem neuen Sitzplatz lag, verdrängt hatte oder ob es ihr tief im Inneren bewusst war.

Aurora verhielt sich ihr gegenüber sehr nett, ließ sie mit Ennio spielen. Doch Mella hielt sich möglichst von ihr fern, weil Aurora ihr unheimlich vorkam.

Wenigstens mit Ornela konnte sie sich gut unterhalten, nur war diese immerzu beschäftigt. Mella hätte ihr gerne in der Küche geholfen, aber sie wusste, dass das nicht ihr Platz war. Ornela war ihr Reich heilig, und dazu war sie eine ausgezeichnete Köchin. So blieb Mella nur die Arbeit auf dem Weingut und der Privatschulunterricht, den Valerio extra für sie organisiert hatte. Aber diese Beschäftigungen halfen nur kurzfristig, die Leere in ihr zu füllen. Besonders nachdem sie in der Zeitung eine Nachricht gelesen hatte, dass ein Schweizer Grenzbeamter erschossen worden war – man vermutete, von einem Flüchtling oder Schmuggler –, streifte Mella stundenlang durch den Wald, um sich zu beruhigen. Der Umstand, dass sie schon zwei Menschen getötet hatte, quälte sie, obwohl sie sich in diesem Moment nicht einmal sicher war, ob der Faschist wirklich tot war. Hatte sie ihn durch den Messerstich getötet? Die Erinnerung daran verschwamm vor ihren Augen, und viel schlimmer wog der Tod des Grenzbeamten. Im Gegensatz zu dem Faschisten war er kein Feind gewesen.

An einem Morgen, der Regen peitschte gegen die Fenster, und dicke Tropfen liefen wie Tränen die Scheiben herunter, erfuhr Mella beim Frühstück, dass Ornela ein Telegramm von ihrem Schwager erhalten hatte. Ihre Schwester, die in der Nähe von Bellinzona lebte, sei schwer erkrankt und läge im Sterben. So reiste sie kurz darauf in dem Taxi ab, das Valerio für sie bestellt hatte.

Nachdem sie sich von ihr verabschiedet hatten, seufzte Valerio. »Ich muss unseren Gästen für heute Abend absagen.«

»Aber warum?«, fragte Aurora, die gerade Ennio fütterte.

Valerio sah sie amüsiert an. »Weil wir keine Köchin haben.«

Mella wollte gerade anbieten, dass sie kochen könnte, da sagte Aurora: »Aber das kann ich doch übernehmen. Zita kann auf Umberto aufpassen, und ich koche. In Ordnung, Zita?«

Für einen Moment reagierte Mella nicht, der Name *Zita* fühlte sich noch fremd an, wie eine Rolle, in die sie erst hineinfinden musste. Dann nickte sie. »Natürlich kann ich auf En… äh, Umberto aufpassen.« Auch Ennio *Umberto* zu nennen, fühlte sich falsch an. Aber ihr blieb keine andere Wahl, als mitzuspielen. Doch insgeheim blieb er für sie immer noch Ennio.

Valerio runzelte die Stirn. »Bist du sicher, Aurora? Ornela

wollte ihren berühmten Kaninchenbraten an Rotweinsoße machen. Kriegst du das hin?«

Aurora strahlte. »Natürlich. Das kann ja nicht so schwer sein.«

So drang die nächsten Stunden das Klirren von Geschirr und das Klappern von Pfannen aus der Küche, während Mella die Zeit an Ennios Seite verbrachte. Sie liebte diese Momente. In seiner Nähe konnte sie ihre Sorgen und ihre fürchterlichen Taten für eine Weile vergessen. Er stand für alles Gute, und sein Lächeln genügte, um sie daran zu erinnern, dass sie richtig gehandelt hatte.

Als Ennio eingeschlafen war, deckte sie den Tisch, da hörte sie ein Scheppern aus der Küche, und sie spähte hinein. Der Geruch von angebranntem Zwiebelgemüse lag in der Luft, während Aurora hektisch durch den Raum wirbelte, ihr Gesicht gerötet, die sonst makellos hochgesteckten Haare fielen ihr strähnig ins Gesicht.

»Aurora?«, wagte Mella vorsichtig, zu fragen.

Aurora fuhr herum, ihre Augen blitzten unruhig. »Was ist, Zita? Siehst du nicht, dass ich beschäftigt bin?« Sie hielt einen Topf mit zerkochtem Gemüse hoch. »Das ist eine Katastrophe!«

Mella trat ein. Ihr Blick fiel auf die Chaoslandschaft um sie herum: halb geöffnete Schubladen, verstreute Zutaten, eine Rotweinsoße, die sich wie ein Blutstrom über die Arbeitsplatte ergossen hatte, ein völlig verkohlter Kuchen in einer Backform. »Soll ich dir helfen?«

Aurora ließ den Topf auf die Arbeitsfläche sinken und stützte sich mit den Händen auf der Theke ab, als würde sie gleich zusammenbrechen. »Ich wollte Valerio so gerne zeigen, dass ich es schaffen kann. Wie eine perfekte Hausfrau. Aber ich kann nicht mal Gemüse anbraten.«

Mella trat näher, legte eine Hand auf Auroras Schulter. »Du musst das nicht allein machen. Wir haben noch Zeit.«

»Kannst du denn kochen?«

»Ja … ein wenig.« Mella blickte sich in der Küche um, versuchte, das Chaos in Ordnung zu bringen, zumindest in ihrem Kopf. »Lass uns die Sachen aufräumen und neu anfangen.«

Gemeinsam begannen sie, das Schlamassel zu beseitigen. Mella schnitt vorsichtig das verkohlte Gemüse ab, während Aurora tief durchatmete und sich bemühte, die Kontrolle über sich selbst zurückzugewinnen. Nachdem Mella erklärt hatte, dass sie das restliche Gemüse später mit den Pilzen dem Risotto hinzugeben würde, fragte Aurora, was sie zum Nachtisch machen sollten.

Mella überprüfte, was noch an Zutaten übrig war. »Ich habe eine Idee. Warte kurz.«

Wenig später, nachdem sie sich versichert hatte, dass Ennio noch friedlich schlief, kehrte sie mit ihrem Rezeptbuch zurück und schlug die Seite mit dem Kastanienkuchen auf.

»Was ist das?«, fragte Aurora.

»Mein Rezeptbuch.«

»Sogar mit Zeichnungen! Hast du die selbst gemacht?«

»Nein, nicht ich. Dino.«

»Dino? War er dein Freund?«

»Ja. Das war er.« Mella zögerte. »Eigentlich sogar mein Verlobter.«

»Und wo ist er jetzt?«

»Er hat sich den Partisanen angeschlossen. Aber er hat dafür gesorgt, dass ich flüchten konnte mit Ennio.«

»Wer ist Ennio?« Aurora blinzelte unschuldig mit ihren langen Wimpern, und Mella fragte sich, ob sie es tatsächlich nicht realisierte. Sie beschloss zu schweigen. »Ach, egal. So, wir backen jetzt diesen Kuchen.«

Als Aurora wissen wollte, woher Mella das Rezept hatte, erzählte sie ihr von dem Backwettbewerb, aber auch von ihren Kastaniensuchen mit Valentina. Ein dicker Kloß bildete sich dabei in ihrem Hals, und sie wischte sich unauffällig eine Träne aus dem Augenwinkel.

»Du vermisst Santa Castagna sehr, hm?« Aurora strich ihr über den Rücken. Mit einem Nicken begann Mella, die Kastanien zu schneiden.

»Und du, Aurora?«, fragte sie schließlich, um nicht mehr an Valentina und Dino denken zu müssen. »Was ist mit deiner Familie? Lebt sie hier in Morcote?«

Aurora verschloss sich wie ein Buch, das abrupt zugeschlagen wurde. Ihre Schultern spannten sich an, und sie starrte auf die Schokoladenstücke. »Nein. Ich habe keine Familie mehr. Und ich komme nicht aus Morcote.«

»Oh, woher denn?«

»Aus Italien. Mailand.«

»Ah, dann sind wir also Landesgenossinnen. Warum kamst du in die Schweiz?«

»Aus demselben Grund wie du. Der Krieg. Hier fühle ich mich sicherer.«

»Bist du … Jüdin?«

Aurora lachte bitter auf. »Das denken alle. Aber nein, ich bin keine Jüdin. Dennoch fühlte ich mich nicht mehr sicher, als Italien in den Krieg eintrat.«

»Das kann ich gut nachvollziehen. Mir ging es ähnlich.«

Aurora sprach den Rest des Nachmittags kaum noch ein Wort über Persönliches und wirkte in sich gekehrt. Aber als sie den duftenden Kastanienkuchen aus dem Ofen holten, bemerkte Mella ein Leuchten auf ihrem Gesicht.

Die Gäste schwärmten alle von dem Essen und machten Aurora Komplimente. Die wollte jedoch keine fremden Lorbeeren ernten und zeigte auf Mella. »Ich muss ehrlich sein, ohne Zita hätte ich es nicht geschafft. Ihr gebührt der Ruhm.«

Als Mella realisierte, dass sie mit Zita gemeint war, errötete sie. Auroras Lob machte sie stolz. Später, als sie den Abwasch erledigten, sagte Aurora: »Ich fand es schön, heute mit dir zu kochen. Wir könnten das wiederholen?«

»Gerne, aber von Ornela könntest du sicher mehr lernen als von mir.«

»Also mir hat dein Essen viel besser geschmeckt. Deine Küche ist kreativ. Wir könnten ja zusammen kochen, wenn Ornela ihren freien Tag hat? Dann muss sie nicht mehr extra vorkochen.«

»In Ordnung.«

Und so machten sie es fortan. Sie kochten jedes einzelne Gericht aus Mellas Buch und hatten dabei immer viel Spaß. Als Valerio eines Tages auf seinen Bauch klopfte und sagte, er brauche bald neue Hosen, lachten sie alle so herzlich, dass es Mella die Tränen in die Augen trieb. In diesem Moment kam es ihr vor, als hätte sie wieder eine Familie gefunden.

Kapitel 23

Santa Castagna, Oktober 2023

Cara

Die Straße nach Santa Castagna wand sich wie ein schmaler Faden durch das hügelige Piemont, gesäumt von Rebbergen und Kastanienbäumen. In der Ferne erhob sich das Dorf, gekrönt von der Kirche, deren Glockenturm in den Himmel ragte, rundherum die schlichten Steinhäuser.

Cara saß auf dem Beifahrersitz und starrte aus dem Wagen. Die Anspannung im Auto war fast greifbar. Casimiro, der am Steuer saß, warf ihr hin und wieder einen verstohlenen Blick zu. Verflucht, sie hatten sich gestern geküsst, wenn auch nur kurz. Sie hatte das Bedürfnis, mit ihm darüber zu reden, ihm klarzumachen, dass der Kuss absolut nichts zu bedeuten hatte. Doch in Lilys Gegenwart ging das nicht. Zudem musste sie sich jetzt auf das Gespräch mit dem Pfarrer konzentrieren.

Als sie Santa Castagna endlich erreichten, hielt Casimiro den Wagen auf dem kleinen Parkplatz neben der Kirche. Ein paar ältere Dorfbewohner standen vor einem Brunnen und blickten neugierig zu ihnen.

»Ich gehe am besten allein zur Pfarrei.« Cara griff nach ihrer Tasche und stieg aus dem Wagen.

»Kann ich nicht mitkommen, Mama?«

»Nein, Lily«, erwiderte Casimiro. »Wir schauen uns das Dorf an. Komm.«

Cara wandte sich der imposanten Kirche zu. Die schweren Holztüren knarrten, als sie eintrat. Der Innenraum war kühl und roch nach Wachs und Stein. Das Echo ihrer Schritte hallte in den Gewölben wider, als sie den schmalen Gang entlangging, der zur Sakristei führte. Der Pfarrer, ein kleiner Mann mit lebhaften Augen und einer Halbglatze, kam ihr entgegen. Sein schwarzes Priesterhemd war leicht zerknittert, und um seinen Hals hing ein silbernes Kruzifix.

»Signora Raneri, willkommen in Santa Castagna.« Mit einem warmen Lächeln streckte er ihr die Hand entgegen.

Cara erwiderte seinen Händedruck. »Vielen Dank, Padre, dass Sie sich Zeit nehmen. Ich hoffe, es macht keine Umstände.«

»Ganz und gar nicht. Und nennen Sie mich bitte einfach Don Antonio.« Er deutete auf eine Holztür. »Kommen Sie.«

Der Raum, der offenbar als Büro diente, war klein und voller Regale, in denen alte Kirchenbücher standen. Der Duft von Staub und vergilbtem Papier erfüllte die Luft.

Don Antonio zog ein dickes Buch aus dem Regal und schlug es andächtig auf.

»Also, Sie haben mir ja gesagt, dass Sie nach verschiedenen Personen suchen. Fangen wir mit Zita Maldini an. Ich habe niemanden im Register gefunden, tut mir leid … Auch sonst keine Zita oder Felizita, wie der volle Name wäre. Und auch keine Person mit dem Nachnamen Maldini. Zu Aurora: Es gibt nur eine einzige Frau mit diesem Namen, die hier gelebt hat. Sie kam 1919 zur Welt und starb 2002. Ich kannte die Dame, sie hat lange das Wirtshaus geführt, fast bis zu ihrem letzten Atemzug. Sie hat ihr ganzes Leben hier im Dorf gewohnt, deshalb kann es nicht die Aurora sein, die

Sie suchen, weil die ja in den Dreißiger- oder Vierzigerjahren Santa Castagna verließ?«

»Ja, richtig.«

»Allerdings habe ich eine andere Spur gefunden«, fuhr Don Antonio fort. »Eine Mariella Leone, geboren 1928. Ihre Schwester hieß Valentina und ihr Bruder Giulio. Vielleicht ist das die *Mella*, von der Sie sprachen? Valentina und Giulio kamen ja auch in dem Rezeptbuch vor, haben Sie gesagt.«

Cara dachte sofort an *Valentinas Castagnaccio* und *Giulios Kastanienpolenta an Pilz-Apfel-Soße*. Ihr Herz schlug schneller. »Ja, genau. Das muss sie sein. Wissen Sie, wann Mariella das Dorf verließ?«

»Leider nicht. Während des Krieges sind viele Familien geflüchtet, einige kamen zurück, andere nicht. Es gibt keine genauen Aufzeichnungen darüber.«

»Was wissen Sie über sie?«

»Leider wenig. Ihr Bruder Giulio fiel 1942 im Krieg. Von Valentina, ihrer älteren Schwester, weiß man nichts. Sie muss das Dorf irgendwann verlassen haben, ohne sich abzumelden. Der Vater starb 1944 ebenfalls im Krieg, und die Mutter bereits 1936. Mehr ist nicht bekannt.« Er schloss das Buch. »Sie haben noch einen Dino und Tadeo erwähnt. Die sind zwar beide nicht hier eingetragen. Aber vielleicht meinen Sie die Gagliardi-Brüder?«

Cara hob die Schultern, und der Pfarrer fuhr fort. »Dino Gagliardi ist ein bekannter Maler, der im Nachbardorf Soracielo aufgewachsen ist. Dort gibt es ein kleines Museum mit einigen seiner Bilder. Dino hatte mehrere Brüder, unter anderem einen Tadeo.«

»Lebt er noch dort?«, fragte Cara aufgeregt. Sie hatte das Gefühl, der Wahrheit über das geheimnisvolle Rezeptbuch näherzukommen.

»Nein, er wohnt auf der Insel Elba.«

»Ach so.«

»Aber schauen Sie sich doch das Museum in Soracielo an. Es ist heute geöffnet, und vielleicht kann Ihnen der Mitarbeiter dort mehr sagen. Es gibt einen schönen Weg durch den Wald, unseren sogenannten Kastanienpfad.«

»Ja, gute Idee. Vielen Dank, Don Antonio.« Sie erhob sich. »Das war sehr hilfreich.«

»Ich hoffe, Sie finden, wonach Sie suchen.«

Als Cara die Kirche verließ, schien ihr die Sonne ins Gesicht. Casimiro und Lily warteten am Brunnen auf sie. Lily war mit ihrem Handy beschäftigt, und Casimiro blickte sie fragend an.

»Hast du etwas herausgefunden?«

»Ja. Wir sollten nach Soracielo.«

Sie folgten dem Rat von Don Antonio und nahmen den Kastanienpfad. Während Lily mit einem Stoffbeutel voller Kastanien, die sie bereits gesammelt hatte, ein paar Meter vor ihnen über den belaubten Weg hüpfte, gingen sie und Casimiro schweigend nebeneinanderher. Cara suchte noch nach Worten, um Casimiro auf den Vorfall gestern anzusprechen, als er plötzlich sagte: »Ich wollte dich gestern nicht überrumpeln.«

»Schon gut.«

»Es ist nur so, dass ich mich noch immer zu dir hingezogen fühle. Und der Kuss …« Er griff nach ihrer Hand, doch sie zog sie rasch weg.

»Das war ein Fehler. Es hätte gar nicht so weit kommen dürfen. Hör zu, von mir aus können wir Freunde sein. Aber mehr nicht.« Sie wich seinem Blick aus. Ja, auch sie hatte offenbar noch Gefühle für ihn, aber sie würde sich nicht wieder von ihm bezirzen lassen, wie ihre Mutter es so treffend formuliert hatte. Casimiro würde sie erneut verletzen, und dieses Mal wäre auch Lily betroffen. Wenn er sie wieder enttäuschte, wäre Lily am Boden zerstört, wo sie doch insgeheim hoffte, dass ihre Eltern zusammenkamen.

Casimiro stellte sich ihr in den Weg. »Weißt du, was ich glaube? Du magst mich. Aber dein Stolz lässt nicht zu, dass du es dir eingestehst, nach allem, was passiert ist. Einerseits verstehe ich das, andererseits finde ich es schade. Es sind vierzehn Jahre vergangen. Ich habe mich verändert. Ich bin Lily ein guter Vater, und sie ist gern bei mir. Wir könnten eine Familie sein. Du wärst deine Geldsorgen los, und Lily hätte endlich Stabilität in ihrem Leben.«

Cara kochte vor Wut. »Es ist so unfair von dir, Lily als Vorwand zu benutzen. Außerdem komme ich ganz gut allein zurecht, ohne deine Hilfe.«

»Nein, tust du nicht. Aber das ist nicht deine Schuld. Schließlich konntest du wegen Lily keine richtige Ausbildung abschließen.«

»Wie bitte? Ich habe eine Ausbildung! Ich bin Fitnesstrainerin und Ernährungscoach, habe ein anerkanntes Diplom. Dank meiner Mutter, die auf Lily aufgepasst hat, konnte ich das machen. Und das weißt du.«

»Ja, aber du hattest doch andere Pläne. Wolltest schreiben. Und das könntest du hauptberuflich machen, wenn du möchtest, egal, wie viel du damit verdienst. Zieh mit Lily auf das Weingut. Ich sorge dann für euch. So wie ich es schon damals tun wollte. Ich wollte dich heiraten.«

»Du solltest dich wirklich mal reden hören«, zischte sie und schaute in Lilys Richtung, die einige Meter weiter vorne Kastanien sammelte und sie nicht beachtete. »Du hast tatsächlich das Gefühl, du wärst ein Held, weil du mir dieses Angebot machst. Aber weißt du, was du tust: Du beleidigst mich! Mich und mein Leben. Als wäre es nicht gut genug.«

»Das ist nicht wahr. Ich …«

Sie hob eine Hand. »Wir beide waren schon vor Jahren fertig miteinander. Wir haben nur noch Kontakt wegen Lily. Und dabei wird es auch bleiben.« Cara ging weiter und ließ ihn stehen.

Das Museum von Soracielo war klein, aber liebevoll gestaltet. Es befand sich in einem neu gebauten Steingebäude mit großen Fenstern, die das warme Licht der Herbstsonne einließen. In der Mitte des Raums stand ein langer Tisch mit Ausstellungskatalogen und einer Vase, in der trockene Olivenzweige steckten.

Cara, Casimiro und Lily schlenderten durch das Museum, wobei Lily immer wieder zu den Bildern hinauflugte und Fragen stellte. Cara blieb vor einer Serie kleinerer Gemälde stehen, die alle die Schönheiten des Piemonts zeigten. Skizzenartig, schwarzweiß, die Linien weich, aber klar. Sie erkannte den Stil sofort. Es war, als hätte Dino Gagliardi die Seiten des Rezeptbuchs lebendig werden lassen. Das gleiche Spiel von Licht und Schatten. Sie spürte ein Kribbeln in der Brust. Aber dann fielen ihr andere Werke auf, in Farbe: sanfte, impressionistische Gemälde, die an Monet erinnerten. Blühende Gärten, verschwommene Reflexionen auf Wasser, Sonnenstrahlen, die durch dichte Laubkronen brachen. Sie waren wunderschön, aber so anders.

Cara wandte sich an den Angestellten, einen älteren Mann mit schlohweißem Haar und einer runden Brille, der sie aufmerksam beobachtete.

»Herr Gagliardi scheint ein vielseitiger Künstler zu sein«, bemerkte sie.

Der Mann nickte. »Oh ja. Dino Gagliardi hat in verschiedenen Phasen seines Lebens unterschiedliche Stile entwickelt. Sein früherer Stil, den Sie hier sehen«, er deutete auf die Skizzen in Schwarz-Weiß, »stammt aus den frühen Vierzigerjahren. Er wuchs in sehr ärmlichen Verhältnissen auf, hatte nicht viel. Seine späteren Werke zeigen seine Leidenschaft für die Energie des Lebens. Diese Arbeiten entstanden Anfang der Fünfzigerjahre, als er nach dem Gefängnis wieder zu seiner Kunst fand.«

»Nach dem Gefängnis?«

»Ja, er war in den Vierzigerjahren inhaftiert gewesen. Während des Zweiten Weltkriegs hatte er ja an der Seite der Partisanen gekämpft, vor allem in den Bergen dieser Region. In dieser Zeit tötete er einen Faschisten. Nach seiner Festnahme wurde er in das Durchgangslager Fossoli bei Modena gebracht, das nicht nur zur Internierung von Juden diente, sondern auch politische Gefangene und Widerstandskämpfer aufnahm. Nach Kriegsende blieb Dino in Haft, da die Behörden seinen Fall untersuchten. Er wurde schließlich in das Gefängnis San Vittore bei Mailand überstellt und von einem Militärgericht wegen der Tötung des Faschisten verurteilt. Obwohl seine Tat im Kontext des Widerstands gegen das faschistische Regime stand, werteten die Richter sie als Mord, da sie außerhalb eines Partisaneneinsatzes geschah. Immerhin wurden mildernde Umstände anerkannt, was ihm eine weitere achtjährige Haftstrafe einbrachte. Dank einer späteren Amnestie kam Dino 1951 vorzeitig frei.«

Cara konnte kaum begreifen, dass dieser Dino – der Mann, der die gefühlvollen Zeichnungen im Rezeptbuch angefertigt hatte – tatsächlich jemanden getötet hatte.

Der Angestellte wies zu einem Bild. »Hier sehen Sie eine Gruppe von Partisanen.«

Cara trat näher an das Gemälde einer verschneiten Berglandschaft heran. Männer und Frauen in schlichten, abgetragenen Kleidern versteckten sich. Einige trugen Gewehre, andere Töpfe und Taschen. Ihre Gesichter waren von Entschlossenheit, aber auch von Erschöpfung gezeichnet. Im Hintergrund loderten Flammen – vermutlich ein niedergebranntes Haus. Es war ein bewegendes

Bild, voller Tragik und gleichzeitig von einem unerschütterlichen Willen geprägt.

»Das ist beeindruckend«, murmelte Cara. »Der Pfarrer, Don Antonio, hat gesagt, dass Dino Gagliardi auf Elba lebt?«

»Das ist korrekt. Als er aus seiner Haft entlassen wurde, bereiste er die Welt. Er hielt sich mit Gelegenheitsjobs über Wasser – und malte. In Marokko wurde er in den Fünfzigerjahren von einem reichen Touristen entdeckt, einem Engländer. Dieser öffnete ihm die Türen in die Kunstwelt. Dino Gagliardi lebte für kurze Zeit in London, bis er sich auf Elba niederließ. Vor zehn Jahren hat er sich zur Ruhe gesetzt. Er ist inzwischen sechsundneunzig.« Er brach ab. »Dem Museum hier hat er alle seine ersten Werke vermacht. Viele Leute kommen extra hierher, um sie zu sehen.«

»Was ist mit seinen Brüdern? Tadeo zum Beispiel?«

»Tadeo starb im Krieg in einem Partisanenkampf. Und der älteste Bruder, Rinaldo, ein bekannter Partisan übrigens, sozusagen ein Held des Widerstands, lebt auch nicht mehr. Dann gab es noch Franco, der bis zu seinem Tod in Soracielo wohnte. Weitere, jüngere Geschwister und deren Nachkommen zogen im Laufe der Jahre weg, wie auch Francos Kinder. Heute leben keine Gagliardis mehr in Soracielo.«

Cara stutzte. Die erneute Erwähnung von Partisanen ließ einen Gedanken in ihr aufblitzen; flüchtig und kaum greifbar. Dino war bei den Partisanen gewesen, und seine Brüder auch. Für einen Moment hatte sie das Gefühl, einen Zusammenhang fassen zu können. Dann entglitt er ihr wieder.

»Wie kann man Dino Gagliardi kontaktieren?«, fragte sie.

»Wieso wollen Sie das wissen?« Der Angestellte wirkte nun etwas misstrauisch, und Cara konnte es ihm nicht verübeln.

Sie hatte kurz überlegt, ihm die Zeichnungen aus dem Rezeptbuch zu zeigen, es dann aber verworfen. Sie war sich ohnehin sicher, dass sie von diesem Dino stammten. Außerdem würde der Mann vermutlich mehr über das Rezeptbuch wissen wollen, und sie hatte selbst noch keine Antworten. Noch immer wusste sie nicht, was Aurora und Mella verband und wie das Rezeptbuch in Auroras Besitz gekommen war. Dass Aurora vor ihrer Zeit auf dem Weingut gar Mella gewesen sein könnte, kam wegen ihrer unterschiedlichen Jahrgänge nicht infrage. Mella war 1928 geboren, Aurora hingegen 1922. Es sei denn, Aurora hatte auch ihr Alter bewusst verändert, aber das hielt Cara für wenig wahrscheinlich.

Ihr fiel auf, dass der Mann sie noch immer neugierig musterte und gespannt auf ihre Antwort wartete.

»Es kann sein, dass er eine Person gut kannte, nach der wir suchen. Eine gewisse Mariella Leone, auch Mella genannt. Sagt Ihnen der Name etwas?«

Er runzelte die Stirn, schüttelte dann bedauernd den Kopf. »Nein. Sie müssen wissen, dass Dino Gagliardi schon lange vor seinem Rückzug aus dem Kunstbetrieb sehr zurückgezogen auf Elba lebte. Er hat die Öffentlichkeit, so gut es ging, gemieden, alles lief über seinen Agenten. Was hinter den Kulissen seines Künstlerlebens geschah, blieb weitgehend im Dunkeln. Ich habe ihn leider nie persönlich kennengelernt. Seit der Eröffnung dieses Museums vor siebzehn Jahren war er nicht mehr vor Ort, und damals habe ich noch nicht hier gearbeitet.«

Cara bemerkte die leise Verstimmung in seinem Gesicht, fast so, als ärgerte er sich über diesen Umstand.

»Wie könnte ich ihn denn nun kontaktieren?«, hakte sie nach.

»Ich habe seine Kontaktdaten nicht. Aber wenn Sie mir Ihre Nummer dalassen, kann ich mal meine Chefin fragen, die Inhaberin des Museums. Oder seinen Agenten.«

»Das wäre sehr nett, danke.«

Als sie das Museum verließen, war Lily ganz aus dem Häuschen: »Mama, was tun wir, wenn sich Dino meldet? Reisen wir nach Elba?«

»Gute Frage.« Der Gedanke, Dino Gagliardi zu treffen, reizte Cara, und vielleicht war er wirklich die nächste Spur. Doch bevor sie etwas sagen konnte, mischte Casimiro sich in die Unterhaltung ein.

»Nein«, sagte er mit einer Schärfe in der Stimme, die selbst Lily innehalten ließ. »Jetzt reicht es. Wir haben genug gesucht. Lass es gut sein, Cara.«

»Was meinst du damit?« Sie drehte sich zu ihm um. »Wir sind so nah dran. Warum willst du aufhören?«

»Weil du dich in dieser Mella-Aurora-Sache zu verlieren drohst. Nicht nur darin übrigens. Die ganze Neve-Geschichte mit Luna Basso …« Er brach ab. »Du hast einen Auftrag. Du sollst einfach ein Jubiläumsbuch schreiben. Verdammt, ist das denn so schwer zu verstehen?« Er schüttelte den Kopf und schritt davon.

Lily starrte zu Boden, und Cara blickte ihm entgeistert nach. War dies jetzt die Retourkutsche, weil sie ihn abgewiesen hatte?

Die Rückfahrt nach Cuneo verlief schweigend, Casimiros Ärger war deutlich spürbar, genau wie Caras Frust über den Verlauf ihrer Nachforschungen und Lilys Gereiztheit wegen des Streits ihrer Eltern.

Cara war erleichtert, als sie endlich wieder in Morcote ankamen. Sie drückte Lily zum Abschied einen dicken Kuss auf die Wange, verabschiedete sich von Casimiro jedoch eher kühl.

Ihre Großmutter wartete bereits voller Neugier, schaltete sofort den Fernseher aus. Während Cara erzählte, griff sie zu den noch warmen Schokoladenkeksen auf dem Tisch.

»Du siehst also, viel gebracht hat es nicht«, beendete sie schließlich ihre Schilderung und biss in einen Keks.

»Das würde ich so nicht sagen«, erwiderte Patrizia ruhig. »Du weißt jetzt, dass Aurora nicht Mella sein kann. Ich glaube nicht, dass sie sich sechs Jahre jünger gemacht hätte.«

»Nein, ich auch nicht. Ich bin inzwischen ziemlich überzeugt, dass Mella, oder besser gesagt Mariella Leone, etwas mit der Kastanienfrau zu tun hat. Sie vielleicht sogar ist! Nur, warum spricht sie nicht darüber? Und was hat es mit dem Rezeptbuch und dieser herausgerissenen Seite auf sich?«

Patrizia legte ihr eine Hand auf das Knie. »Lass es gut sein, Cara. Nicht jedes Geheimnis soll gelüftet werden.«

Am nächsten Morgen war Cara bereits um sieben Uhr auf dem Weingut und vertiefte sich in die Arbeit am Jubiläumsbuch – eine willkommene Ablenkung von allem. Doch die Wut auf Casimiro nagte weiterhin an ihr. Warum begriff er nicht, wie wichtig ihr gerade die Angelegenheit mit Neve war? Es ging um ihre Schwester!

Immerhin: Heute war er nicht da. Er hatte einen geschäftlichen Termin in Locarno, und Magalie und Lily hatten ihn begleitet, um dort Magalies Schwester zu besuchen.

Fokussiert arbeitete Cara weiter, als um halb zehn plötzlich eine Mail von Luna Basso eintraf. Ohne Umschweife schlug Luna ihr einen Videocall vor, um alles zu besprechen. Ihr passe es spontan in einer halben Stunde, um zehn Uhr Schweizer Zeit. Cara schrieb sofort zurück und sagte zu. Es war ihr egal, was Casimiro davon hielt, sollte er es herausfinden.

Pünktlich um zehn wählte sie sich ein, und nach ein paar Sekunden erschien eine dunkelhaarige Frau auf dem Bildschirm, deren helle Augen Cara sofort an die von Riccardo Basso erinnerten.

Luna meinte, sie sei sehr überrascht gewesen, als ihr Vater sie wegen Neve kontaktierte und ihr erzählte, was damals geschehen war. Sie wolle versuchen zu helfen und bat Cara, ihr nochmals alles genau zu schildern, weil ihr Vater etwas vergessen haben könnte. So berichtete Cara in den nächsten Minuten, wie ihre Tochter Lunas Briefe gefunden hatte, in denen von der Erpressung die Rede war, und wie sie später von dem Saisonarbeiter Mario Galli erfuhren, mit dem Neve etwas hatte. Wie Neve schließlich bei einem Sturz im Wald ums Leben kam und Mario Galli wenige Tage danach verschwand.

Nach Caras Schilderung wirkte Luna sichtlich bedrückt. »Das ist einfach so schrecklich«, bemerkte sie leise. »Ich wusste nicht, dass Neve damals gestorben ist. Sonst hätte ich mich natürlich gemeldet. Es kamen ja nach dieser Erpressungsgeschichte keine Briefe mehr, und ich muss gestehen, dass ich erleichtert darüber war.« Sie zögerte kurz. »Tut mir leid, das sagen zu müssen, aber Neve hat mich leider etwas genervt. Sie hatte eine blühende Fantasie, und zwar schon zu der Zeit, als ich noch in Morcote lebte. Als wir uns dann schrieben, wurden ihre Geschichten noch eine Spur kreativer. Ich tat so, als würde ich ihr glauben. Ich war auch nicht immer ganz so ehrlich, aber nur bei kleinen Dingen. Bei ihren abstrusen Storys dachte ich irgendwann, sie hielte mich für dumm. Das mit der Erpressung setzte dann allem die Krone auf. Natürlich fragte ich mich, weshalb sie so was erfinden sollte, aber ich führte es auf ihren Lebenswandel zurück. Sie war ja wie besessen von dieser Gothic-Kultur und schrieb viel über deren Musik, die Kleidung, aber auch das Gedankengut. Anfangs fand ich es faszinierend, aber dann mit der Zeit gruselig. Und eklig. Sie erwähnte zum Beispiel einmal, dass sie eine Ratte im Bett habe. Ich weiß nicht, ob es stimmte, aber …«

»Ja, das stimmte«, bestätigte Cara.

»Okay.« Sie verzog leicht angewidert das Gesicht. »Nun, ganz gereicht hat es mir, als sie schrieb, dass sie sich für ein Schulprojekt auf dem Friedhof als sozusagen Tote neben ein Grab gelegt hat. Ob wahr oder nicht, das fand ich einfach zu unheimlich. Deshalb war ich nicht sehr traurig, als plötzlich keine Briefe mehr kamen.« Sie hielt inne. »Wie gesagt, hätte ich gewusst, was geschehen ist, dann hätte ich natürlich reagiert. Die Polizei hätte der Sache mit der Erpressung und Mario Galli schon damals nachgehen können. Ich mache mir ziemliche Vorwürfe.«

»Das musst du nicht, schließlich konntest du es ja nicht ahnen. Außerdem wissen wir ja nicht, ob es wahr ist. Und dass Mario Galli kurz nach ihrem Tod abgereist ist, kann auch Zufall sein.«

Sie schwiegen beide, bis plötzlich mit einem lauten Knall eine Tür aufsprang und drei kleine Kinder auf Lunas Bildschirm auftauchten. Luna verdrehte die Augen und seufzte. »Meine drei wieder! Einen Moment.« Sie drehte sich zu den Kindern um und sprach auf Englisch: »Ich bin beschäftigt. Ihr müsst jetzt wirklich leise sein und Mummy nicht mehr stören. Geht zu Daddy, ja?«

Dann stand sie auf, führte die Kinder aus dem Zimmer und schloss die Tür hinter ihnen. Als sie zurückkam, ließ sie sich mit einem entschuldigenden Lächeln auf den Stuhl sinken. »Sorry!«

»Schon gut.« Cara hatte die Gelegenheit genutzt, um sich eine nächste Frage zu überlegen. »Ich gehe zwar nicht davon aus, aber hat Neve in einem der Briefe erwähnt, wen genau sie erpresst hat? Oder gibt es vielleicht irgendwelche Anhaltspunkte?«

»Nein. Sie meinte nur, sie habe einen Geldesel gefunden, den sie erpresse, und könne sich dadurch endlich schöne Sachen leisten. Mehr weiß ich dazu leider wirklich nicht.«

»Glaubst du, sie könnte Mario gemeint haben?«

Luna schien nachzudenken, dann schüttelte sie den Kopf. »Ich glaube nicht, nein. Neve stand total auf ihn und hat von ihm geschwärmt. Dass er genau ihr Typ sei. Er trug ja offenbar auch fast nur schwarze Kleidung und mochte ähnliche Musik wie sie. Als sie mir von der Erpressungsgeschichte schrieb, erwähnte sie auch, dass sie mit Mario geschlafen habe. Hätte sie ihn damit erpresst, dann hätte sie mir ja geschrieben, dass er der Geldesel sei ... Aber das eine hatte nichts mit dem anderen zu tun, wenn du mich fragst. Ich fand die Geschichte mit Mario jedoch genauso verstörend wie die mit der Erpressung. Neve war erst fünfzehn, Mario angeblich zweiundzwanzig! Und wenn sie tatsächlich mit ihm schlief, hat er sich strafbar gemacht.«

»Ja, und deshalb denke ich nach wie vor, dass er der Erpresste war.«

Wieder schwiegen sie eine Weile, bis Cara das Wort ergriff. »Fällt dir sonst noch etwas ein, das mir helfen könnte?«

»Nein, sorry. Aber ich würde mich sonst melden, falls da noch was ist.«

Nach dem Videocall starrte Cara auf den Bildschirm. Sie hatte sich mehr erhofft von dem Gespräch, gedacht, dass Luna vielleicht etwas wusste, das ihr helfen würde. Aber im Grunde genommen war sie genauso schlau wie zuvor.

Blieb also noch Mario Galli. Keiner der beiden Typen, die sie angeschrieben hatte, hatte ihr bisher geantwortet.

Sie runzelte die Stirn. Hatte dieser Mario Galli nicht ein Fachbuch über die Partisanen im Zweiten Weltkrieg veröffentlicht? Rasch tippte sie seinen Namen in die Suchmaschine – und tatsächlich: Mehrere Treffer verwiesen auf das Buch. Plötzlich konnte sie den flüchtigen Gedanken greifen, der ihr in Soracielo im Museum durch den Kopf gegangen war. Dino Gagliardi war Partisan gewesen, seine Brüder ebenfalls – und Mario Galli hatte über Partisanen geschrieben. Zufall, wahrscheinlich. Und sie wusste ja noch nicht einmal, ob der Buchautor wirklich *ihr* Mario Galli war. Die Verbindung zu Neve erschien ihr vage. Was sollten ihre beiden Recherchen auch miteinander zu tun haben? Trotzdem ließ sie der Gedanke nicht ganz los.

Kapitel 24

Morcote, September 1944
Mella

Obwohl die Ungewissheit, was aus ihren Liebsten geworden war, Mella an manchen Tagen fast in den Wahnsinn trieb, war sie doch dankbar, dass sie und Ennio in Sicherheit waren. Sie lebten nun schon seit einem Jahr auf dem Weingut, und Ennio hatte sich prächtig entwickelt. Er war jetzt Umberto, Auroras und Valerios Sohn, und Mella sagte sich immer wieder, dass es so am besten für den Jungen war. Doch in ihrem Hinterkopf pochte der Gedanke, dass Ennio nicht hier sein sollte, sondern bei seiner Mutter, Valentina. Was würde sie tun, wenn Valentina eines Tages hier auftauchen würde, um Ennio zu holen? Eigentlich hoffte sie sogar darauf, dass Valentina käme. Denn das würde bedeuten, dass sie noch lebte und Fausto sie nicht in seinem Zorn getötet hatte. Und es würde auch bedeuten, dass Dino noch lebte, da er Valentina von ihrem Aufenthaltsort berichten konnte. Alles andere würde sich dann schon klären, redete sich Mella ein. Valentina hatte ihren Sohn schließlich nicht mehr haben wollen, ihn ihr anvertraut. Sie würde Verständnis haben, ganz bestimmt.

Mella hatte so oft den Wunsch verspürt, einen Brief zu schreiben – an Dino, an ihren Vater, an Valentina. Doch die Angst, dass ihre Worte in die falschen Hände geraten könnten, hielt sie jedes Mal davon ab. Was, wenn Fausto den Brief abfing? Der Poststempel könnte ihn direkt zu ihr und Ennio führen.

Vielleicht war Fausto auch längst tot? Dino hatte ihn damals niedergeschlagen, allerdings bezweifelte Mella, dass Fausto dadurch umgekommen war. Der Gedanke, Fausto könnte alles Mögliche aus Dino herausgeprügelt haben, ließ Mella das Blut in den Adern gefrieren. Ihr wurde schlecht bei der bloßen Vorstellung. So klammerte sie sich an die Hoffnung, dass der Krieg bald vorbei sein würde und alle ihre Liebsten noch lebten.

Hin und wieder wurde sie von jungen Männern angesprochen, sei es von Mitarbeitern auf dem Weingut oder Dorfbewohnern. Sie bekam oft Komplimente für ihr Lächeln, ihre Augen und ihr volles, kastanienbraunes Haar, um das sogar Aurora sie beneidete, die an ihrem etwas dünnen Haar litt und es deshalb immer zu einer Hochsteckfrisur trug, nie offen. Als Mella ihr eines Tages riet, sich einen feschen Bubikopf schneiden zu lassen, willigte Aurora nur unter einer Bedingung ein: wenn Mella es auch tat. Und so kam es, dass die beiden fortan dieselbe kinnlange Frisur trugen.

»Fast wie Zwillinge«, meinte Valerio schmunzelnd, als er die beiden sah.

Mit der neuen Frisur fühlte sich Mella überraschend wohl. Es kam ihr vor, als hätte der Schnitt mehr verändert als nur die Haarlänge. Als hätte sie einen Teil ihres alten Selbst abgestreift. Sie strahlte eine neue Leichtigkeit aus, und die Blicke der Männer blieben sogar noch öfter an ihr hängen.

Trotz ihrer zahlreichen Verehrer ging Mella nie auf deren Einladungen ein, was besonders bei Aurora auf Unverständnis stieß. Aber Mella wollte nur einen: Dino. Und auf ihn würde sie warten, bis der Krieg vorbei war.

Eines Tages, an einem goldenen Herbsttag, machten sie und Aurora sich bereit für die Weinlese. Ornela stand beim Hauseingang mit Umberto in den Armen und winkte ihnen, und da sahen sie Valerio, der sich mit einem Mann unterhielt. Plötzlich krallten sich Auroras Finger in Mellas Unterarm.

»Aurora, was ist los? Du siehst aus, als hättest du einen Geist gesehen.«

»Er hat mich gefunden!«, flüsterte sie mit vor Schreck geweiteten Augen.

»Wer hat dich gefunden?«

»Pepe. Er ist hier. Oh mein Gott, ich dachte, ich ...« Sie starrte Mella an. »Ich muss weg.« Sie trat zu Ornela und nahm ihr Umberto aus den Armen, rannte mit ihm davon.

»Was ist mit ihr?«, fragte Ornela entsetzt.

Mella hob die Schultern. »Ich habe keine Ahnung.«

Sie folgte ihr, den Feldweg entlang, und sah Aurora in der Scheune verschwinden. Valerio holte sie ein. »Zita, warte! Was ist los? Ornela meinte, Aurora sei plötzlich mit Umberto weggerannt.«

»Der Mann, mit dem du dich unterhalten hast. Pepe. Ich glaube, sie kennt ihn. Sie meinte, er habe sie gefunden.«

»Was? Aber der heißt nicht Pepe, sondern Ettorio, ein Erntehelfer.«

Mella sah ihn verwirrt an. Sie eilten zur Scheune, öffneten die Tür.

Aurora saß auf dem Boden, zusammengekauert und atemlos. Der kleine Ennio, mit großen Augen, klammerte sich weinend an sie. Ihre Haut war fahl und verschwitzt, Haare klebten an ihren Wangen, und sie murmelte immer wieder zu sich selbst: »Er ist doch tot ... er sollte tot sein ... Ich habe ihn sterben lassen! Warum ist er hier?«

»Wen hast du sterben lassen?«, fragte Valerio und trat auf sie zu, kniete zu ihr nieder.

Aurora zitterte, reagierte nicht. Sekunden verstrichen. Mella überlegte, ihr den weinenden Ennio abzunehmen, aber in dem Moment strich Valerio seiner Frau zärtlich eine Haarsträhne aus dem Gesicht. »Liebes, wer sollte tot sein?«

Aurora blinzelte, als würde sie erst jetzt wirklich wahrnehmen, dass ihr Mann da war. Dann schüttelte sie langsam den Kopf, als könnte sie selbst nicht glauben, was sie sagte.

»Pepe. Er sollte tot sein. Warum ist er hier?«

»Der Mann ist nicht Pepe, sondern Ettorio. Ein Erntehelfer.«

Aurora blickte auf, ihre Augen weit vor Schock. Ihre Lippen bewegten sich wortlos, bevor sie völlig die Fassung verlor. Sie sank schluchzend zusammen.

Am Abend, nachdem Aurora ein paar Stunden geschlafen hatte, gesellte sie sich zu Valerio und Mella, die im Wohnzimmer waren. Mella hatte Umberto, der ganz verstört gewesen war, ins Bettchen gebracht, und er war endlich eingeschlafen.

»Liebling!« Valerio eilte auf sie zu und griff nach ihren Händen. »Wie geht es dir?« Er führte sie zum Sofa, und sie nahmen Platz.

Mella, die auf dem Sessel gegenüber saß, erhob sich. »Ich lasse euch allein.«

»Nein, Zita, bitte bleib«, sagte Aurora. »Ich will dir und Valerio meine Geschichte erzählen.«

Und so begann sie, erklärte ihnen, dass sie früher Rosina geheißen hatte und in einem Waisenhaus etwas außerhalb von Mailand aufgewachsen war, das von Pepe und seiner Frau Emma geführt wurde. Die beiden seien grausam gewesen.

»Nicht nur zu mir, sondern zu allen Kindern. Sie schlugen uns, sperrten uns ein. Als ich dreizehn wurde, begann mich Pepe zu …«

Ihre Stimme brach, und sie senkte den Kopf, als ob die Erinnerung sie erdrückte. »Jedenfalls nahm die Gewalt dann ein ganz anderes Ausmaß an. Mit vierzehn wurde ich zum ersten Mal schwanger, aber ich verlor das Kind. Mit fünfzehn brachte ich ein Mädchen zur Welt, und sie … verkauften es an ein junges Paar, das kein Kind bekommen konnte.«

Valerio drückte ihre Hand, Aurora sprach weiter. »Ich wollte oft weglaufen, und als ich es mit sechzehn endlich tat, erwischte Pepe mich im Wald. Mir gelang es, zu entkommen, und er verfolgte mich. Dann lief er in eine Eisenklappfalle, die für Wildschweine aufgestellt worden war. Er verletzte sich schwer, kam nicht mehr heraus. Er bat mich um Hilfe, flehte mich an, jemanden zu holen, doch ich tat einfach nichts und rannte davon.« Sie blickte zu Valerio, der sie entgeistert ansah. Mella konnte es nicht fassen.

»Ich hatte keine Wahl! Er war ein böser Mensch! Er hätte mich weiterhin gequält, und andere Mädchen auch.«

»Woher weißt du, dass er tot war?«, fragte Mella.

»Auf meiner weiteren Flucht las ich einen Artikel in einer Zeitung darüber. Ich wusste gleich, dass er es sein musste.«

»Hat man nicht nach dir gesucht?«

»Nein. Warum auch? Ich hatte einigen von meiner Flucht erzählt. Sie wussten, dass ich wegwollte, und jemand von ihnen musste mich verraten haben, sonst wäre mir Pepe ja nicht auf den Fersen gewesen. Aber niemand konnte wissen, dass ich dabei war, als er in die Falle trat.« Sie hob den Kopf. »Ich habe gesündigt, aber ich bereue es nicht. Dieser Mann war ein Teufel! Ich beschloss dann, alles hinter mir zu lassen und ein neues Leben in der Schweiz zu beginnen.« Sie blickte zu Valerio. »Als ich dir begegnet bin, habe ich mich sofort in dich verliebt, Valerio. Bitte glaube mir das. Und ich wollte nichts sehnlicher, als eine Familie mit dir zu gründen und endlich ein schönes Leben zu führen. Doch ich träume noch immer von Pepe. Dass es ihm doch gelang, sich zu befreien, und er nach mir sucht. Dass es sich bei dem toten Mann im Zeitungsartikel um jemand anders handelte, nicht um Pepe. Ich habe immer das Gefühl, dass er kommt und mein Leben wieder zerstört.«

»Du bist hier sicher.« Valerio nahm sie in die Arme.

Mella, die wie erstarrt auf dem Sessel saß, sah zu den beiden. Dann erhob sie sich und ließ sich neben Aurora nieder, drückte ihre Hand. »Es tut mir so leid, was du durchgemacht hast. Deine Geschichte erinnert mich ein wenig an die von meiner Schwester Valentina. Sie hatte einen sehr gewalttätigen Mann, Fausto.« Sie erzählte nun auch Aurora alles. »Und deshalb musste ich mit Ennio flüchten. Auch ich hätte Fausto, ohne zu zögern, in einer Falle sterben lassen.«

Mella erwartete, dass Aurora wieder fragen würde, wer Ennio sei, aber sie tat es nicht. Sie sagte nur: »Ennio ist hier sicher. Wir werden ihn immer beschützen, du musst dir keine Sorgen machen.«

»Du weißt also, dass er nicht Umberto ist?«

Mella blickte zwischen Valerio und Aurora hin und her. Valerio strich seiner Frau über den Rücken, während ihr die Tränen über die Wangen liefen.

Sie nickte und brachte ein krächzendes »Ja« heraus. »Ich habe es eigentlich immer gewusst, aber ich redete mir am Anfang ein, dass er Umberto ist.« Sie brach in Tränen aus, und als sie sich wieder beruhigt hatte, fuhr sie fort. »Ich weiß, dass er unter der Pergola begraben liegt, deshalb bin ich so oft dort. Aber es ändert nichts daran, dass ich Ennio genauso liebe wie einen eigenen Sohn. Und deshalb werde ich ihn beschützen, falls dieser Fausto jemals hier auftauchen sollte. Doch genauso gut könnte auch deine Schwester herfinden. Dino hat ihr deinen Aufenthaltsort bestimmt anvertraut.«

Der Gedanke an Dino, aber auch an Valentina, bekümmerte Mella, und sie blieb stumm. Valerio ergriff das Wort. »Zitas Schwester hat ihn damals im Stich gelassen. Sie wollte ihn nicht. Und auch wenn sie jemals herkommen sollte, um ihn zu holen, könnte sie nicht beweisen, dass es Ennio ist.« Er wandte sich an Mella, sah sie eindringlich an. »Du musst ihr dann sagen, dass Ennio auf der Flucht starb. Hörst du, Zita? Und dass der Junge unser Umberto ist.«

Mella spürte, wie sich ihr Magen zusammenzog. Sie sollte ihre eigene Schwester belügen? Ennio war doch ihr Kind. Andererseits hatte Valerio recht, Valentina hatte Ennio im Stich gelassen. Vermutlich käme sie gar nie hierher.

»Zita?«, hakte Valerio nach. »Das würdest du doch für uns tun?«

Seine Stimme klang verzweifelt, und Mella nickte zaghaft.

»Ja. Aber bitte bedenkt, dass Ennio Tadeo schon jetzt sehr ähnlich sieht. Sollte Valentina ihn zu Gesicht bekommen, würde sie es sofort wissen.«

»Ich würde nie zulassen, dass sie ihn mir wegnimmt«, sagte Aurora mit fester Stimme.

Mella schwieg. Sie hatte großes Mitleid mit Aurora und verstand, dass sie ihre Vergangenheit verdrängt hatte und sich nur nach einer glücklichen Familie sehnte. Trotzdem machte ihr Auroras Entschlossenheit ein wenig Angst. Doch sie schob das beklemmende Gefühl beiseite.

Ein paar Wochen nach dem Zwischenfall ging Mella im Dorf einkaufen. Aurora hatte bald Geburtstag, und sie wollte ihr aus dem Delikatessengeschäft der Raneris die leckeren Zitronenamaretti kaufen, die sie so mochte. Mella musste zugeben, dass die einfach himmlisch schmeckten und ihre eigenen Amaretti nicht mithalten konnten. Riccarda Raneri war ihr zudem sehr sympathisch. Sie führte das Geschäft mit ihrem Mann Luigi und hatte vor Kurzem einen Jungen namens Alberto zur Welt gebracht.

Nach einem kleinen Schwatz mit Riccarda machte sie noch einen Abstecher in den Buchladen der Gabriottis, der gleich daneben lag. Aurora las gerne Romane, und bestimmt konnte Signor Gabriotti Mella etwas empfehlen.

Als sie eintrat, blickte ein junger Mann hinter dem Tresen auf. Neugierig sah er sie durch seine Brillengläser an. Er trug einen karierten Anzug mit Fliege, sein braunes Haar war akkurat zurückgekämmt. »Guten Tag, Fräulein, kann ich helfen?«

»Ich … ja, ich suche ein Buch für eine Freundin. Signor Gabriotti hat mir immer gute Bücher empfohlen.«

»Das ist mein Vater. Er hat die Grippe, und ich helfe aus. Ich bin übrigens Renato.« Er reichte ihr die Hand. »Freut mich.«

»Mich auch. Ich bin … Zita.« Mella biss sich auf die Lippe. Auch wenn Aurora und Valerio sie nur noch Zita nannten, war es nach wie vor seltsam, sich mit dem falschen Namen vorzustellen. »Dann sind Sie der Sohn, der beim Militär ist?«, fragte sie schnell, um von sich abzulenken. »Ihr Vater hat von Ihnen erzählt.«

Renato errötete. »Ich habe gerade Urlaub. Aber darf ich Ihnen etwas verraten: Ich hoffe wirklich, dass dieser Krieg bald vorbei ist. Ich bin oben am Gotthard stationiert, und es ist eiskalt!«

»Das kann ich mir vorstellen.« Mella dachte an ihre Flucht in den Bergen, und wie sehr auch sie damals gefroren hatte.

»Sie wollen also einen Buchtipp?«

»Ja, gerne.«

»Da habe ich was.« Er schritt zu einem Regal und zog ein Buch hervor. »Wie wäre es mit *Der kleine Prinz* von Antoine de Saint-Exupéry? Das Buch erschien vor einem Jahr und berührt durch die poetische Sprache und die tiefen Einsichten über Freundschaft, Liebe und Menschlichkeit.« Er reichte ihr das Buch.

»Ich glaube nicht, dass Aurora das schon kennt. Gut, ich nehme es.«

»Sehr gerne. Darf ich es als Geschenk einpacken, wertes Fräulein?«

Wertes Fräulein! Mella schaute ihn an. Wie galant er war! Und so gepflegt und gut aussehend. Seine braunen Augen hinter der Brille wirkten zudem sehr intelligent.

»Ich … ja, ein Geschenk wäre schön.«

Er machte sich daran, das Buch einzupacken, und Mella sah sich in der Zwischenzeit die Postkarten durch. Ob sie doch einen Versuch wagen könnte, eine an ihre Schwester, ihren Vater und Dino zu schreiben? Sie hatte sich schon überlegt, den Brief von einem anderen Dorf aus abzuschicken, aber sie müsste schon ziemlich weit fahren dafür. Und auch dann wäre es noch zu riskant. Fausto könnte sie finden.

Sie wandte sich ab und betrachtete die Zeitungen, überflog ein paar Schlagzeilen, die hauptsächlich vom Krieg handelten.

Flüchtlingsströme an den europäischen Grenzen – Schweiz verstärkt humanitäre Hilfe

Alliierte Truppen durchbrechen deutsche Verteidigungslinien in Norditalien

Rufe nach internationaler Unterstützung – Partisanen fordern Hilfe von Alliierten

Mella wusste bereits von Valerio, der wie sie regelmäßig Zeitung las, dass die Resistenza auf Waffen- und Logistiklieferungen der Alliierten hoffte, die jedoch nur begrenzt erfolgten.

Vergeltungsmaßnahmen in Norditalien – deutsche Einheiten führen Massenverhaftungen durch

Mella las weiter, und ihr wurde beinahe übel:

Die deutsche Besatzung und faschistische Milizen reagierten brutal auf die Partisanenangriffe, etwa mit Massenhinrichtungen oder Deportationen.

Berichte über Erschießungen bei Intra und Pallanza – Zivilbevölkerung in Angst

Diese Städte in der Nähe von Verbania waren Schauplatz von Vergeltungsaktionen.

Mella fühlte sich plötzlich wahnsinnig schuldig, weil sie alle im Stich gelassen hatte. Dabei hatte sie doch nur Ennio retten wollen. Vielleicht war er inzwischen sogar tot!

Aber was, wenn sie ihren Vater, Valentina und Dino nie wiedersehen würde? Zudem hatte sie durch ihre Flucht einen Menschen getötet – vielleicht sogar zwei. Sie spürte Tränen auf ihren Wangen.

»So, Ihr Buch ist fertig eingepackt«, hörte sie Renato Gabriotti sagen und wischte sich rasch die Tränen aus dem Gesicht, drehte sich um und lächelte. »Vielen Dank.« Sie wühlte in ihrer Tasche nach der Geldbörse, doch ihre Gefühle überkamen sie erneut, und sie schluchzte auf.

»Oh!« Renato Gabriotti trat hinter dem Tresen hervor. »Geht es Ihnen nicht gut?«

»Haben Sie schon mal etwas getan, von dem Sie dachten, es sei richtig, aber später fragten Sie sich, ob es nicht doch eine andere Lösung gegeben hätte? Eine bessere?«

Wenn ihm ihre Frage seltsam vorkam, so ließ er es sich nicht anmerken. Er lächelte warm, seine Augen funkelten mit einem Anflug von Verständnis. »Ja, ich denke schon. Aber ich kann dazu nur sagen, dass es nichts bringt, seine Taten in der Vergangenheit zu hinterfragen. Das führt zu nichts. Man sollte nie etwas bereuen.« Er lehnte sich leicht nach vorne, als wollte er ein Geheimnis verraten. »Denn in dem Moment, als Sie sich entschieden, war es richtig für Sie. Somit gibt es keine falschen Entscheidungen im Leben.«

»Ja, es war richtig für mich. Ich habe jemanden gerettet, dafür aber meine Liebsten zurückgelassen und …« *Meine Schwester verraten, ihr Kind entführt. Zwei Männer getötet.* Mella schluckte und starrte zu Boden.

»Egal, was wir getan haben – es liegt in unserer Macht, was wir als Nächstes tun. Es gibt immer eine Möglichkeit, etwas zu ändern oder wiedergutzumachen.«

Kapitel 25

Morcote, Oktober 2023

Cara

Am späteren Nachmittag traf sich Cara mit Felice, damit er ihr etwas über die Olivenölherstellung erzählte. Die Sonne stand tief am Himmel, als sie durch die Olivenhaine schlenderten. Das warme Licht tauchte die Bäume in Gold. Felices Stimme klang ruhig, beinahe hypnotisch, während er sprach. »Olivenöl herzustellen ist eine Kunst. Jeder Schritt zählt. Vom richtigen Erntezeitpunkt bis hin zur Pressung. Wir stellen nur wenig her, dafür hochwertiges. Casimiro und ich kämpfen jedoch ständig gegen meinen Vater. Das ist wirklich ein Problem. Er hat ganz andere Vorstellungen, hält an den alten Methoden fest. Die nostalgische Ölpresse, die er benutzt, ist ein Museumsstück. Effizienz? Fehlanzeige. Nachhaltigkeit? Kein Thema. Casimiro und ich haben ihm zig Vorschläge gemacht. Neue Anlagen könnten den Ertrag steigern, moderne Verfahren würden weniger Wasser und Energie verbrauchen. Sogar die Trester, die Olivenreste, könnte man nutzen, um Energie zu gewinnen. Aber Vater weigert sich. Und Bio-Zertifizierungen oder geschützte Herkunftsbezeichnungen? Das sei alles überflüssige Bürokratie.« Er seufzte, während er mit einem Zweig spielte.

»Könnt ihr euch nicht gegen ihn durchsetzen? Wie beim Wein?«

»Nein, in diesem Fall geht das nicht. Valerio übertrug ihm die Leitung für die Olivenölproduktion, deshalb ist es schwierig, gegen ihn anzukommen.« Er hielt inne, kniff die Augen zusammen und kickte einen Stein weg. »Tut mir leid, dass ich mich auslasse. Er regt mich nur so auf. Vor allem, weil er dir nicht helfen will mit dem Buch.«

Cara winkte ab. »Schon gut, mach dir keine Gedanken wegen mir. Ich hab ja dich.«

Sein Blick blieb an ihrem Gesicht hängen, und sie spürte plötzlich die Doppeldeutigkeit ihrer Worte. Ihre Wangen wurden heiß. »Ich meine … um mir alles zu zeigen.«

Er grinste verschmitzt. »Ja, natürlich. Komm, gehen wir weiter.«

Während sie durch den Hain liefen und Felice von der Arbeit erzählte, beobachtete Cara ihn. Er war leidenschaftlich, mitreißend, fast wie damals auf dem Weinberg. Als er kurz innehielt, sprach Cara ihn darauf an. »Das alles bedeutet dir viel, das merkt man. Es ist schön, wenn jemand seine Leidenschaft zum Beruf machen kann. Das ist nicht selbstverständlich. Ich zum Beispiel kann vom Schreiben nicht leben und arbeite deshalb als Fitnesstrainerin.«

»Hast du nicht ein eigenes Fitnessstudio? Lily hat mal was erwähnt.«

»Hatte ich. Leider nicht mehr.« Ihr Atem stockte.

»Was ist passiert?«

Cara blickte zu Boden, dann hob sie den Kopf. »Es war eine Reihe von Dingen. Erst kam die Pandemie. Die monatelange Schließung hat uns fast ruiniert. Als wir wieder öffnen durften, hatten wir die Hälfte der Mitglieder verloren. Dann kam ein neues Spa-Center gegenüber, modern, luxuriös, unschlagbar. Trotzdem habe ich weitergekämpft. Und dann war da die Sache mit Marie …« Ihre Stimme zitterte.

»Marie?«

»Sie war eine Influencerin, die regelmäßig bei uns trainierte. Sie hat viele Leute zu uns gebracht, hat mir wirklich geholfen. Aber dann …« Sie hielt inne, kämpfte mit den Worten. »Sie starb während des Trainings.«

Felices Augen weiteten sich, doch er schwieg und ließ sie weitersprechen.

Cara holte tief Luft. »Es war ein Unfall. Sie hatte eine Herzschwäche, von der niemand wusste. Sie war auf dem Laufband, plötzlich brach sie zusammen. Wir haben alles versucht, und die Notärzte waren schnell da, aber …« Ihre Stimme brach.

»Das ist schrecklich«, flüsterte Felice.

Cara nickte. »Ich mochte sie sehr. Sie war immer gut gelaunt und optimistisch. Loyal. Ich hatte sie unterstützt mit ihrem Trainingsprogramm, deshalb half sie mir. Nach ihrem Tod haben die Medien über den Unfall berichtet, weil sie ja ziemlich bekannt war. Gerüchte machten die Runde. Dass es am Gerät lag, an mir, die die Gefahr nicht rechtzeitig erkannt hat. Plötzlich hatten die Leute Angst, zu uns zu kommen. Es war nicht meine Schuld, aber es fühlte sich trotzdem so an.«

Felice trat einen Schritt näher. »Das war es nicht, du hättest es nicht verhindern können.«

»Ich weiß. Aber das änderte nichts daran, dass ich alles verlor. Eine gute Freundin, meinen Traum, meine Existenz. Es war alles weg. Und jetzt schlage ich mich als Personal Trainerin durch. Casimiros Auftrag, euer Jubiläumsbuch zu schreiben, habe ich zu einem Großteil auch wegen des Geldes angenommen.«

Felice legte ihr eine Hand auf die Schulter, sanft, aber fest. Er sagte nichts, und Cara war froh darüber. Tränen schimmerten in ihren Augen.

»Seit ich hier bin, habe ich kaum mehr daran gedacht. Wegen Neve. Dem Jubiläumsbuch. Dann Auroras Rezeptbuch ...«

Felice zog sie sanft in seine Arme, hielt sie fest, als sie an seiner Brust zu schluchzen begann. Eine Weile sagte niemand etwas, und Cara war dankbar dafür.

»Ich glaube, nichts auf der Welt passiert ohne Grund«, meinte er schließlich.

Cara sah auf, und in diesem Moment beugte er sich zu ihr, seine Lippen berührten ihre. Der Kuss war zärtlich, ein Moment der Wärme inmitten ihrer dunklen Erinnerungen. Doch in ihrem Inneren regte sich auch etwas, ein Gedanke, der immer lauter wurde.

Das ist nicht richtig!

Seine Nähe war angenehm, aber sie fühlte nichts weiter. Nicht dieses Kribbeln, diese Aufregung, die sie spürte, als Casimiro sie geküsst hatte. Sie löste sich, gerade als Schritte hinter ihnen erklangen.

»Felice!«

Umberto stand wenige Meter entfernt, die Stirn gerunzelt, sein Blick voller Missbilligung. Ohne ein weiteres Wort schüttelte er den Kopf und entfernte sich.

Felice grinste, als er versuchte, Cara wieder an sich zu ziehen. »Komm zu mir, Cara.«

Sie wich zurück. »Nein, tut mir leid, aber das war ein Fehler.«

Sie drehte sich um und ging, war wütend auf sich selbst. Dieser verflixte Casimiro! Er hatte es geschafft, dass sie sogar an ihn dachte, wenn sie einen anderen Mann küssen wollte.

Um weder Casimiro noch Felice begegnen zu müssen, blieb Cara am nächsten Tag zu Hause und widmete sich dort ihrer Arbeit. Am Abend wollte sie mit Lily kochen und dafür ein weiteres von Mellas Rezepten ausprobieren.

»Ich kann heute nicht«, sagte ihre Großmutter, als Cara ihr vorschlug, zu dritt zu kochen.

»Nicht?«, fragte Cara überrascht. Ihre Nonna wich ihrem Blick aus und tat so, als würde sie im Lebensmittelschrank etwas suchen.

»Aber heute ist doch kein Bingo-Abend, oder?«

»Nein, aber ich ... habe eine Verabredung.«

»Oh ... Okay. Das ist schön. Mit wem denn?«

Patrizia atmete tief ein, griff nach einer Packung Früchtetee und drehte sich zu Cara um. »Ignazio Cavallini.«

»Signor Cavallini? Von der Weinhandlung?«

»Genau. Wir gehen ab und zu zusammen essen.« Sie hob eine Hand, um Caras Reaktion zu dämpfen. »Rein freundschaftlich!«

Cara grinste. »Natürlich.«

»Sag mal, gehst du heute gar nicht aufs Weingut?« Etwas abschätzig musterte sie Caras Outfit –bequeme Leggings, ein weiter Sweater und ein unordentlicher Dutt.

»Nein. Ich hatte gestern das Gespräch mit Felice über die Olivenölproduktion. Heute schreibe ich das Kapitel, muss also nicht vor Ort sein. Ich fühle mich auch etwas schlapp.«

Ihre Großmutter zog die Augenbrauen hoch und wandte sich mit einem »Aha« dem Wasserkocher zu.

In den folgenden Stunden schrieb Cara konzentriert am Buch.

Gerade, als sie sich eine Pause gönnen wollte, ploppte eine E-Mail von Mario Galli in ihrem Posteingang auf. Der Historiker aus Domodossola bedankte sich höflich für ihre Anfrage und schlug spontan ein Treffen am kommenden Tag vor.

Cara atmete auf. Ein persönliches Gespräch war genau das, was sie sich erhofft hatte. Doch gleichzeitig schlich sich ein mulmiges Gefühl ein. Sie hatte sich als jemand anderes ausgegeben. Was, wenn Mario Galli tatsächlich etwas mit Neves Tod zu tun hatte? Wie gefährlich war er dann? Sie spürte, wie sich ihr Nacken verspannte. Sie musste vorsichtig sein.

Am späteren Nachmittag bereitete sie die Zutaten für *Valentinas Kastaniengnocchi* mit Pilzen vor: frische Kastanien, Kartoffeln, Gemüsebouillon, ein Ei, Mehl, Knoblauch, Zwiebeln, Champignons, Ziegenfrischkäse und Milch.

Im Ofen buken ihre Kastanienkekse in Bärenform, eine Überraschung für Lily. Sie hatte das einfache Rezept leicht abgewandelt und mit Vanillepaste verfeinert, einer Geheimzutat ihrer Großmutter.

Es klingelte, Cara wischte sich die Hände an der Schürze ab und öffnete die Tür. Lily stürmte strahlend herein. Doch hinter ihr tauchte überraschend Casimiro auf.

»Casimiro, hallo.«

»Ich habe Papa überredet, mitzukommen. Er kann uns beim Kochen helfen.«

Casimiro hob die Hände in einer halb entschuldigenden Geste. »Ich wollte nicht stören. Wenn es dir unangenehm ist …«

Ja, es ist mir unangenehm! Weil mein Herz in deiner Anwesenheit wie wild rast, obwohl du mich verletzt hast! Und weil ich im Schlabberlook rumlaufe und ich verdammt noch mal voller Kastanienmehl bin!

Aber sie würde vor Lily keine Szene machen. »Nein, schon gut«, sagte sie knapp.

In der Küche war die Atmosphäre schon bald spürbar angespannt.

Casimiro, der unbedingt die Masse hatte zubereiten wollen, stand mit dem Kartoffelstampfer in der Hand vor der Schüssel, in der sich die Mischung aus weichen Maronis und Kartoffeln befand. Er drückte immer wieder energisch nach unten, doch statt der geschmeidigen Konsistenz, die Cara erwartete, blieb die Masse klumpig.

»Was mache ich falsch?«, fragte er ratlos und drehte den Kartoffelstampfer in der Schüssel.

Cara, die gerade dabei war, die Pilze in der Pfanne zu schwenken, drehte sich um. »Wieso sieht das aus wie Beton?«

»Sehr hilfreich«, konterte Casimiro trocken. Er versuchte es erneut, diesmal mit noch mehr Druck, was dazu führte, dass ein Stück Maroni aus der Schüssel sprang und auf den Boden fiel.

»Meine Güte, Casimiro! Das ist ein Kartoffelstampfer, kein Vorschlaghammer. Du machst eher die Schüssel kaputt, bevor du das Püree hinbekommst.«

»Vielleicht liegt es ja am Rezept?«, entgegnete er herausfordernd.

Lily, die am Tisch saß und die fertigen Kastanienplätzchen mit Zuckerglasur verzierte, grinste vor sich hin.

»Das Rezept ist perfekt.« Cara deutete auf Mellas Kochbuch. »Die Anleitung ist idiotensicher. Aber offensichtlich nicht … Casimiro-sicher.«

Lily sah auf. »Mama, jetzt sei doch nicht so streng. Papa versucht nur, zu helfen.«

»Danke, Lily.« Er warf Cara einen triumphierenden Blick zu.

»Hilfe sieht anders aus. Du produzierst einfach nur Chaos.« Cara griff sich die Schüssel und den Kartoffelstampfer aus seinen Händen. »Das hier braucht Gefühl, keine rohe Gewalt.«

»Ah, Gefühl … Natürlich. Das hatte ich ja noch nie, oder?« Er zog die Brauen hoch, sein Ton halb scherzhaft, halb provokativ.

Cara zögerte kurz. »Gut, dass du es selbst einsiehst.«

Er lachte und schüttelte den Kopf, aber Lily stand ruckartig auf. »Das ist echt gemein, Mama! Warum bist du immer so fies zu Papa? Er hat dir doch gar nichts getan?«

Cara und Casimiro starrten ihre Tochter an.

»Ich habe mich so auf einen schönen Abend gefreut!« Sie rannte aus der Küche.

»Ich rede mit ihr«, sagte Cara und wollte ihr folgen.

»Nein, lass mich das machen.« Casimiro legte eine Hand auf ihren Arm. »Es wird Zeit, dass Lily erfährt, warum du mich so hasst.«

»Ich hasse dich doch nicht!«, rutschte es aus ihr heraus.

»Gut zu wissen.«

»Du musst es Lily nicht sagen. Wirklich nicht.«

»Wenigstens einen Teil davon. Das bin ich dir schuldig.« Er sah ihr tief in die Augen, bevor er die Küche verließ.

Cara seufzte und machte sich daran, die Masse selbst zu bearbeiten. Als die beiden zurückkamen, blickte Lily Cara schuldbewusst an.

»Tut mir leid, Mama. Ich war unfair. Papa hat mir erzählt, dass er damals nicht sehr nett zu dir war. Dich ausgenutzt hat.«

»Ja. Aber ich wollte dir nie davon erzählen. Du solltest nicht schlecht von ihm denken.« Sie lächelte gequält und ließ sich von Lily drücken. Als sie sich wieder löste, meinte Lily: »Ich bin Papa nicht böse, auch wenn er damals großen Mist gebaut hat. Aber er war halt jung und dumm.«

Casimiro lachte. »Ja, das war ich … Bin ich manchmal immer noch, sogar zu dumm, um Gnocchi-Teig zu machen.«

Cara schob ihm die Schüssel mit dem Teig zu und lächelte. »Dann kannst du dich jetzt beweisen und die Gnocchi formen. Was meinst du, schaffst du das?«

Beim Abendessen war die Anspannung verflogen.

»Wow, die sind echt lecker!« Lily verdrehte genüsslich die Augen.

»Oh ja, ich hatte noch nie bessere«, bestätigte Casimiro. »Diese Mella war wirklich eine Meisterin.« Er nahm noch einen Bissen.

»Mama, hat sich eigentlich Dino Gagliardi schon gemeldet?«, wollte Lily wissen und spießte weitere Gnocchi auf die Gabel.

»Nein, ich bin nicht mal sicher, ob der Galerist meine Anfrage an die Inhaberin oder den Agenten überhaupt weitergeleitet hat.«

»Also, ich glaube ja, dass die Kastanienfrau mehr über Mella weiß. Vielleicht ist sie es sogar selbst. Ich finde, wir sollten sie noch mal aufsuchen. Das letzte Mal wollte sie uns doch etwas über das Rezeptbuch sagen, aber wir haben sie vergrault, weil sie denkt, dass du sie für Tante Neves Tod verantwortlich machst.«

»Ihr müsst die Frau in Ruhe lassen«, beharrte Casimiro und schob sich eine Gabel Gnocchi in den Mund.

Cara starrte ihn an. Sie fand zwar insgeheim, dass er recht hatte, aber es ärgerte sie, dass er sich andauernd einbildete, ihr etwas vorschreiben zu können. Sie beschloss, noch einen Schritt weiterzugehen.

So erzählte sie, dass Mario Galli sie kontaktiert und sie tags darauf einen Termin mit ihm habe – und dass Galli davon ausging, sie wolle sich wegen einer Romanrecherche mit ihm unterhalten. Mit stiller Befriedigung beobachtete sie, wie sich Casimiros Gesichtsausdruck zunehmend vor Entsetzen verzog. Er legte die Gabel hin, wohl unschlüssig, was er sagen sollte. Seine Lippen öffneten sich kurz, schlossen sich allerdings gleich wieder, als würde er nach den richtigen Worten ringen.

»Und du willst da allein hin?«, fragte er schließlich.

»Ja, klar.«

»Das halte ich für keine gute Idee. Angenommen, er hat tatsächlich etwas mit Neves Tod zu tun, könnte es gefährlich werden.«

»Okay, was schlägst du vor? Willst du mich begleiten?«, entgegnete Cara herausfordernd.

»Ja, will ich.«

Damit hätte sie nicht gerechnet, und für einen Moment war sie perplex. »Aber … er könnte dich wiedererkennen und sich dann weigern, mit uns zu sprechen.«

Er verschränkte die Arme. »Wirklich, Cara? Ich sehe doch nicht mehr wie der fünfzehnjährige Junge von damals aus. Zudem hatte ich sowieso kaum etwas mit ihm zu tun.«

»Also gut, dann komm halt mit.« Insgeheim musste Cara sich eingestehen, dass sie sich über seine Begleitung freute, mehr, als sie zugeben mochte.

Kapitel 26

Morcote, November 1944
Mella

Gespannt beobachtete Aurora, wie Mella Gnocchi probierte. Mella tat absichtlich so, als müsste sie lange überlegen, doch sie wusste sofort: Aurora hatte ihr Rezept von *Valentinas Kastaniengnocchi* hervorragend gekocht.

»Ausgezeichnet!«, sagte sie, um Aurora nicht mehr länger auf die Folter zu spannen.

»Wirklich?«

»Ja! Mir gefällt deine Idee, der Pilzsoße Wein hinzuzufügen, das gibt dem Ganzen das gewisse Etwas.«

»Danke, Zita! Oh, ich freue mich! Ich dachte, ich könnte das Gericht für Valerio kochen, wenn er zurückkommt. Er mag doch so gerne Gnocchi und Pilze.«

»Gute Idee. Er wird es lieben!« Mella kannte Valerios Geschmack inzwischen recht gut. Sie hatte vor einem Monat die Stelle als Haushälterin der Casolis übernommen, nachdem Ornela zu ihrem Schwager nach Bellinzona gezogen war, um ihn auf dem Bauernhof zu unterstützen. Seit dem Tod ihrer Schwester war dieser komplett überfordert mit dem Hof und vier Kindern.

»Den Kastanienkuchen musst du nachher auch probieren«,

empfahl Aurora. »Ich glaube, dieses Mal ist er mir recht gut gelungen.«

Mella betrachtete den Teller Gnocchi vor sich. »Ich hoffe, in meinem Bauch bleibt noch etwas Platz.«

»Und sonst später zum Nachmittagskaffee.« Aurora zwinkerte. »Vielleicht kommt ja dein Renato wieder vorbei.«

Mella errötete. Seit sie im September Renato Gabriotti kennengelernt hatte, machte der junge Mann ihr den Hof. Da er wie Valerio oft im Militärdienst war, sah sie ihn nicht allzu häufig, aber er schrieb ihr, und jedes Mal, wenn er in Morcote war, besuchte er sie und brachte Blumen mit. Er war stets sehr höflich, hatte hervorragende Manieren. Und sogar Mella, die Verehrer bisher immer hatte abblitzen lassen, fühlte sich in Renatos Gegenwart wohl. Er hatte Humor, war intelligent und gepflegt. Zudem gefiel ihr sein Lachen.

Aurora witzelte bereits darüber, dass er bestimmt bald bei Valerio um Mellas Hand anhalten würde, was Mella traurig stimmte. Weil es eigentlich *Dino* sein müsste, der bei *ihrem Vater* die Erlaubnis einholte, sie zu heiraten. Für Mella war die Situation mit Renato wie ein Kastanienkuchen ohne Kastanien und Schokolade.

»Er ist nicht mein Renato«, sagte Mella nun. »Mein Herz gehört einem anderen.«

Aurora legte eine Hand auf ihre. »Ja, aber ganz ehrlich: Du weißt nicht, ob du ihn jemals wiedersiehst. Vielleicht solltest du nicht allzu lange warten.«

»Der Krieg ist noch nicht vorbei, deshalb kann er momentan gar nicht herkommen. Aber sobald dieser Krieg endet, wird Dino auftauchen, garantiert.«

Aurora nickte zögernd.

Wie Aurora vorausgesagt hatte, erschien Renato Gabriotti am Nachmittag und brachte Mella Blumen, ein Buch, eine italienische

Zeitung und Schokolade mit. Wie immer trug er einen karierten Anzug und eine Fliege, sein Haar war sorgfältig nach hinten pomadisiert.

»Zita, Sie werden immer hübscher, wenn ich das sagen darf.«

Verlegen bedankte sich Mella, während Aurora schmunzelnd den Kastanienkuchen anschnitt und Renato einen Teller zuschob. Nachdem er einen Bissen gegessen hatte, schloss er die Augen. »Sie sollten eine Konditorei eröffnen.«

»Aurora hat den Kuchen gebacken.«

»Ja, aber das Rezept stammt von Zita«, erklärte Aurora. »Sie hat damit sogar den ersten Preis bei einem Backwettbewerb gewonnen.«

Renato nickte anerkennend. »Wie gesagt, Sie müssten eine Konditorei eröffnen.«

Aurora klatschte in die Hände. »Ja, das wäre eine wunderbare Idee. Was meinst du, Zita? Valerio würde dich finanziell sicher unterstützen.«

Doch Mella hörte gar nicht hin. Ihr Herz schmerzte. Die Erinnerung an den Backwettbewerb tat weh.

Später spielte sie mit Ennio, dem es immer gelang, sie mit seinem Lächeln aufzumuntern.

Als Aurora ihn ins Bett brachte, griff Mella nach der Zeitung, die Renato ihr mitgebracht hatte, und las die Nachrichten über Luftangriffe, über die schwindende Unterstützung für Mussolinis Marionettenstaat Salò, sowohl unter der Bevölkerung als auch unter seinen Anhängern; über desertierte Soldaten, die die faschistische Armee verließen und sich entweder den Partisanen anschlossen oder versuchten, in alliierte Gebiete zu fliehen; über den Mangel an Lebensmitteln, Brennstoffen und medizinischer Versorgung in den Städten und auf dem Land; über den schwierigen Vormarsch der Alliierten und über Flüchtlingsströme.

Obwohl die Artikel Mella frustrierten, las sie sie alle durch. Und dann stach ihr eine etwas andere Schlagzeile ins Auge.

Mailand: Kriegsheldin Emma Lovati rettet Kinder aus Waisenhaus

Mailand – Inmitten der Schrecken des Krieges ereignete sich eine Geschichte von außergewöhnlichem Mut und Menschlichkeit. Bei einem alliierten Bombenangriff, der ein Waisenhaus in einem dicht besiedelten Stadtviertel traf, rettete die Besitzerin Emma Lovati unter Einsatz ihres Lebens mehrere Kinder aus den Trümmern.
»Die Kinder sind mein Ein und Alles. Ich konnte sie nicht einfach zurücklassen«, sagte Lovati, nachdem die Rettungsarbeiten abgeschlossen waren. Augenzeugen berichten, dass sie trotz Einsturzgefahr immer wieder in das brennende Gebäude zurückkehrte, um die eingeschlossenen Kinder zu suchen und in Sicherheit zu bringen.
Der örtliche Priester beschrieb die 36-Jährige als »eine Heilige«.
»Emma Lovati hat schon so viele Kinderleben geprägt, aber was sie gestern getan hat, übersteigt jedes Maß an Selbstlosigkeit«, berichtete er in einer bewegenden Ansprache vor den Bewohnern des Viertels.
Lovati, die das Waisenhaus seit dem frühen Tod ihres Mannes Pepe im Jahr 1938 allein führt, hat sich in den letzten Jahren einen Ruf für ihre unermüdliche Fürsorge für verwaiste und heimatlose Kinder erworben. Ihr Waisenhaus wurde als sicherer Zufluchtsort bekannt, besonders für jene, die während des Krieges alles verloren haben.

Mella legte die Zeitung zur Seite. Ihr Herz raste. Mailand. Das Waisenhaus. Emma und der frühe Tod ihres Mannes Pepe 1938. Alles passte zusammen. Es musste sich um Auroras Waisenhaus handeln. Aber Aurora hatte Emma in einem ganz anderen Licht dargestellt. Wie war es möglich, dass diese Emma die Kinder gerettet hatte?

Mella saß wie versteinert da. Bestimmt gab es eine Erklärung, doch ihre Gedanken wirbelten durcheinander. Sie blieb sitzen und starrte vor sich hin, jede Sekunde dehnte sich wie eine Ewigkeit. Schließlich trat Aurora ein, beschwingt und unbekümmert, während sich Mella zunehmend verkrampfte. Beinahe stolperte Aurora über einen von Ennios grünen Bauklötzen. Lachend hob sie ihn hoch und warf ihn in die Spielzeugkiste zu den anderen.

»So, der Kleine schläft tief und fest. Ich hätte jetzt Lust auf ein Glas Wein. Du auch?«

Mella rutschte unruhig auf dem Sofa hin und her.

»Was ist los?« Aurora setzte sich neben sie und folgte Mellas Blick zur Zeitung.

Die Schlagzeile stach auch ihr ins Auge, und Mella beobachtete, wie sie leicht zusammenzuckte. Dann griff sie nach der Zeitung und las den Artikel. Als sie sie weglegte, sah sie zu Mella. »Du glaubst, ich habe dich belogen.«

»Ich … Nein. Aber es … es ist schon seltsam. Diese Emma wird als Heilige bezeichnet.«

Aurora schloss nickend die Augen. »Ich verstehe, dass du meine Aussage infrage stellst. Aber du musst mir glauben, Emma war damals wirklich eine abscheuliche Frau. Ich kann mir auch nicht erklären, weshalb sie ihr Leben riskiert hat, um die Kinder zu retten. Vielleicht … hat sie sich nach Pepes grausamem Tod verändert? Eingesehen, dass sie ein besserer Mensch werden muss?«

Mella nickte. »Ja, vermutlich hast du recht.«

»Gut. Dann hole ich jetzt den Wein.« Sie stand auf und ging. Mella hatte das Gefühl, Aurora würde vor weiteren Fragen flüchten. Ob sie wirklich die Wahrheit sagte? Sie zweifelte daran.

Kapitel 27

Domodossola/Italien, Oktober 2023

Cara

Das Büro von Mario Galli war klein, aber ordentlich. Eine antike Stehlampe tauchte die Bücherregale, die bis unter die Decke reichten, in warmes Licht.

Die Spannung in der Luft war beinahe greifbar, als Cara sich setzte. Neben ihr nahm Casimiro Platz, deutlich gelassener als sie.

Mario Galli ließ sich hinter seinem Schreibtisch auf einem Stuhl nieder, und während er Cara und Casimiro erwartungsvoll musterte, rutschte ihm seine Brille langsam auf die Nasenspitze.

Als er sie vorhin in der Empfangshalle abgeholt hatte, wirkte er bei Casimiros Anblick kurz überrascht – mit einer Begleitung hatte er nicht gerechnet. Aber noch ahnte er nicht, dass dieses Treffen mehr war als ein gewöhnliches Interview für eine Romanrecherche. Auch Casimiro erkannte er augenscheinlich nicht wieder.

»Also, Frau … Fox, Sie haben geschrieben, dass Sie für einen Roman zum Thema Partisanenkrieg in Norditalien recherchieren. Sagen Sie, *Fox* ist nur ein Pseudonym, richtig?«

»Ja, da haben Sie recht. Mein richtiger Name ist Cara Raneri.« Unverwandt sah sie ihn an, aber in seinem Gesicht regte sich noch keine Erkenntnis. »Und meine Begleitperson«, sie zeigte zu Casimiro, »ist Casimiro Casoli.«

»Casimiro Casoli … Etwa vom Weingut Casoli?«

Casimiro nickte. »Sie waren dort 2003 als Saisonmitarbeiter beschäftigt?«

Galli runzelte die Stirn. »Ja, das war ich. Ich verstehe nicht ganz. Hat das etwas mit Ihrer Romanrecherche zu tun?« Fragend blickte er zu Cara.

»Ehrlich gesagt bin ich nicht wegen einer Romanrecherche hier. Das war nur ein Vorwand.«

»Ach?« Mit hochgezogenen Brauen lehnte er sich in seinem Stuhl zurück und verschränkte die Arme, als müsste er sich gegen die unerwartete Wendung wappnen.

»Ich bin hier, weil ich wissen will, was damals mit meiner Schwester passiert ist. Neve Raneri.«

Einen Moment lang erstarrte er, als hätte ihn der Name mitten ins Mark getroffen. Er holte Luft und schob mit fahrigen Fingern seine Brille zurecht.

»Neve«, wiederholte er schließlich, mit gesenktem Blick. »Das ist … lange her.«

Casimiro beugte sich vor, und Cara wusste, was jetzt kommen würde. Er wollte Mario Gallis Reaktion testen, indem er so tat, als wüssten sie bereits mit Sicherheit, dass er das Opfer der Erpressung gewesen war.

»Wir haben kürzlich erfahren, dass Neve und Sie damals eine Affäre hatten. Und dass sie Sie damit erpresst hat.« Seine Stimme klang ruhig, aber scharf wie eine Klinge.

Gespannt blickte Cara zu Galli, dessen Kopf hochschoss. »Erpresst? Aber das ist doch verrückt! Womit soll sie mich denn erpresst haben?«

»Sie war erst fünfzehn, also noch minderjährig. Und Sie damals zweiundzwanzig. Sie muss Ihnen mit einer Anzeige gedroht haben.«

»Nein! Sie irren sich, sie hat mich nicht erpresst!« Er fuhr sich über den Bart. »Ja, ich hatte tatsächlich etwas mit ihr. Ich fand sie toll und faszinierend, weil sie so anders war als die jungen Frauen, die ich sonst kannte. Ich mochte ihren dunklen Stil, fand sie sehr anziehend. Wir standen auf dieselbe Musik. Aber sie hat mir verschwiegen, wie jung sie wirklich war. Sie gab sich als Zwanzigjährige aus. Und durch die ganze Schminke war es schwer, ihr richtiges Alter zu erkennen …« Er seufzte, und Cara fiel auf, dass sich auf seinem kahl geschorenen Kopf kleine Schweißperlen gebildet hatten.

»Ich fand die Wahrheit erst heraus, nachdem ich bereits mehrmals mit ihr geschlafen hatte. Ich hab dann sofort Schluss gemacht, aber sie ließ nicht locker.« Ein Ausdruck zwischen Verärgerung und Unbehagen huschte über sein Gesicht. »Sie tauchte auf, wo immer ich war. Ich musste Klartext mit ihr reden, ihr sagen, dass ich mich strafbar gemacht hatte. Sie hat mich dann endlich in Ruhe gelassen. Das war das Ende unserer … Affäre. Erpresst hat sie mich nie. Wie kommen Sie nur darauf?«

Casimiro warf Cara einen kurzen Blick zu, ehe er sich wieder an Galli wandte. »Wir haben eine Quelle.«

»Dann ist diese Quelle nicht sehr verlässlich. Neve hat mich nicht erpresst. Und ich habe auch nichts mit ihrem Tod zu tun.«

»Warum sind Sie nach ihrem Tod plötzlich abgereist?«, bohrte Casimiro nach. »Sie hätten bis zum Ende der Saison bleiben sollen. Mein Vater war sehr wütend.«

Galli zögerte. »Ja, und das tat mir auch wirklich leid. Aber Neves Tod hat mich schockiert, und als ich hörte, dass Leute verhört wurden, bekam ich Panik. Ich hatte Angst, man könnte mich verdächtigen. Dieses Mädchen vom Weingut wusste ja von uns.« Er hielt inne und runzelte die Stirn, als käme ihm gerade ein Geistesblitz. »Ihre Schwester! Deshalb reiste ich ab und …«

»Warten Sie … Meine Schwester wusste es? Sie meinen Fulvia?«

»Ja. Richtig. Sie war es auch, die mir Neves wahres Alter verraten hatte.«

Mit weit aufgerissenen Augen sah Cara zu Casimiro. »Fulvia hat mir gegenüber behauptet, nichts zu wissen. Warum hat sie gelogen?«

»Wir sollten keine voreiligen Schlüsse ziehen, Cara.« Erwartungsvoll wandte er sich wieder an Galli, der nervös an einem Kugelschreiber herumfummelte.

»Ich hatte Angst, Fulvia würde allen von der Affäre erzählen.«

»Hat sie nicht«, sagte Cara.

Für einen kurzen Moment herrschte Schweigen, bis Casimiro das Wort ergriff.

»Wissen Sie, wen Neve erpresst haben könnte? Hat sie Ihnen etwas gesagt?«

Galli legte den Kugelschreiber zur Seite, knetete stattdessen die Hände. Nichts war geblieben von dem selbstbewussten Mann, der sie vorhin in der Halle abgeholt hatte.

»Nein, sie hat mir nie etwas von einer Erpressung erzählt.«

Angriffslustig lehnte sich Casimiro nach vorne und schwenkte seinen Zeigefinger in Gallis Richtung. »Ich glaube, Sie verschweigen uns etwas.«

Mit zusammengepressten Lippen erhob sich Galli und ging zum Fenster, riss es auf. Tief durchatmend stützte er sich auf den Sims.

»Also gut«, begann er. »Ich war nicht wegen der Saisonarbeit auf dem Weingut. Das war nur eine Tarnung.« Er drehte sich um, die Hände tief in die Taschen seines Tweed-Sakkos geschoben. Eine schwere Stille legte sich über den Raum, und Cara bemerkte, wie sich seine Finger in der Tasche zu Fäusten ballten.

»Und warum waren Sie dann dort?«, fragte sie.

Galli trat an ein Bücherregal, ließ seinen Blick über die Buchrücken gleiten und zog schließlich ein Dokument heraus, das wie eine gebundene Arbeit aussah. Er reichte es Casimiro, und Cara beugte sich neugierig vor, um den Titel zu lesen: *Zwischen Heldentum und Tragik: Die Resistenza in Norditalien und die Ambivalenz des Partisanenkampfs.*

»Ich habe damals meine Bachelorarbeit über die Partisanen in Norditalien geschrieben«, erklärte er. »Dazu führte ich Gespräche mit einem Mann namens Rinaldo Gagliardi, einem Helden der Resistenza.«

Cara schnappte nach Luft. Rinaldo Gagliardi! Also gab es tatsächlich eine Verbindung.

Galli fuhr fort. »Ich lernte Rinaldo durch ein Programm kennen, es nannte sich *Zeitbrücken* und wurde in seinem Seniorenheim durchgeführt. Dabei ging es darum, dass sich ältere Menschen mit jüngeren austauschen und ihnen ihr Wissen und ihre Erlebnisse weitergeben können. Für meine Bachelorarbeit war das ideal. Rinaldo machte mit, weil er ein sehr einsamer Mensch war, wie ich im Laufe der Gespräche erfuhr. Er wuchs zwar als Kind mit mehreren Geschwistern auf, aber die waren inzwischen entweder verstorben oder weggezogen. Rinaldo war sehr krank, als ich ihn traf. Lungenkrebs im Endstadium. Ich merkte schnell, dass er mir nicht nur Geschichten über die Resistenza erzählen wollte, sondern auch aus seinem Leben. Und so erfuhr ich von einer Schuld, die ihn schwer belastete.«

»Schuld?« Casimiro richtete sich auf.

»Ja. Er gestand mir, dass er nach dem Krieg einen großen Fehler begangen hatte. Etwas, das er zutiefst bereute, aber nie wiedergutmachen konnte. Er bat mich inständig, nach der Person, die er so verletzt hatte, zu suchen und ihr zu sagen, dass es ihm leidtue. Deshalb reiste ich auf das Weingut.«

Cara blickte Mario Galli an, forschte in seinem Gesicht, ob er die Wahrheit sprach. Aber seine Worte hinterließen ein unangenehmes Ziehen in ihrer Brust.

»Was hat er getan?«, fragte sie.

Galli schwieg, aber sein Kiefer spannte sich an. Draußen begann die Glocke einer nahen Kirche zu läuten, als ob sie den Moment zerschneiden wollte.

Dann begann er zu erzählen.

Kapitel 28

Morcote, Oktober 1945
Mella

Mella saß auf einer Bank am Rand des Hügels, wo sich der Ausblick über das Tal, den See und die Weinberge erstreckte. Zufrieden beobachtete sie, wie Aurora und Ennio zwischen den Reben Fangen spielten. Auf dem Messingtischchen lagen die Reste des Kastanienkuchens, den sie mit Aurora gebacken hatte. Valerio war noch unterwegs, sollte aber bald kommen. Seit Kriegsende widmete er sich wieder mit voller Hingabe dem Weingut. Oft bereiste er Städte in der Schweiz, um die Weine von *Tenuta Casoli* zu vertreiben, und die Geschäfte liefen gut. Aurora sprach jedoch oft davon, größer zu denken, die Welt zu erobern, und begleitete Valerio manchmal zu Weinmessen, Händlern und in Hotels. Die beiden harmonierten perfekt, ihre Energie und ihre Ideen ergänzten sich wie Puzzleteile.

Manchmal, wenn Mella ihnen zusah, wie sie so verliebt und voller Tatendrang miteinander umgingen, spürte sie einen schmerzhaften Stich. Mit Ennio schienen sie eine vollkommene Familie zu sein. Eine Familie, nach der sie sich insgeheim sehnte, aber die für sie unerreichbar blieb. Dino war bis jetzt noch nicht aufgetaucht, obwohl der Krieg vorbei war. Jeden Tag wuchs ihre

Unruhe. Lebte er überhaupt noch? Vielleicht könnte sie Nachforschungen anstellen, aber wie ging man da vor? Sie nahm sich vor, mit Valerio darüber zu sprechen.

Während sie die Weinberge vor sich betrachtete, kreisten ihre Gedanken erneut um die Frage, die sie seit Kriegsende nicht losließ: Sollte sie bleiben oder in die Heimat zurückkehren? Sie sehnte sich nach Gewissheit – über Dino, Valentina und ihren Vater. Erst kürzlich hatte sie das Thema mit Aurora besprochen, doch deren entsetzte Reaktion ließ sie zögern. »Du kannst nicht gehen, Zita!«, hatte sie erwidert. »Du bist ein Teil unserer Familie. Wie eine Schwester. Und Umberto liebt dich. Wir alle brauchen dich hier. Außerdem … was ist mit Renato? Er ist verliebt in dich. Warum verlobst du dich nicht endlich mit ihm?«

Die Erinnerung an Auroras Worte ließ Mella aufseufzen. Renato umwarb sie nach wie vor, und sie mochte ihn. Doch ihr Herz gehörte Dino.

Ein plötzliches Quietschen ließ ihre Gedanken verstummen. Umberto war in Auroras Armen gefangen und lachte vor Freude, als sie ihn in die Luft wirbelte.

Als Mella ihren Blick wieder abwandte und zurück zu den Weinbergen schweifen ließ, entdeckte sie in der Ferne zwei Gestalten, die sich dem Weingut näherten. Auf den ersten Blick schien nichts Ungewöhnliches daran zu sein. Es tauchten oft Leute hier auf, um Wein zu kaufen oder die Aussicht zu genießen. Doch diesmal war etwas anders. Die Fremden, ein Mann und eine Frau, wirkten seltsam vertraut, je näher sie kamen. Offenbar humpelte der Mann. Mella blinzelte und musterte die Frau. War das Valentina? Ja, das war sie!

»Wer sind diese Leute, Zita?«, fragte Aurora, die sich mit Umberto genähert hatte.

»Das ist meine Schwester, Valentina!« Mella, die es noch immer kaum fassen konnte, sprang auf und rannte auf ihre Schwester zu, die Arme weit ausgebreitet, um sie zu umarmen. Aber als sie vor ihr ankam, blieb Valentina steif wie eine Mauer stehen und starrte Mella feindselig an. Der Krieg hatte Spuren hinterlassen: eingefallene Wangen, ein ausgemergelter Körper, struppiges Haar. Ein fahler Ton hatte sich über die einst makellose Haut gelegt, und auf ihrer Stirn zeigten sich dunkle Flecken. Der Mund war verkniffen, ihre Kleidung abgetragen – ein mehrfach geflickter Wollmantel und ausgetretene Schuhe. Am schlimmsten aber waren Valentinas Augen, die sie kalt, beinahe hasserfüllt musterten. Mellas Blut gefror, denn sie ahnte, warum.

»Hallo, Valentina«, sagte sie bemüht fröhlich, und diese nickte knapp. Mellas Blick wanderte zu Valentinas Begleitung, und sie riss die Augen auf. Rinaldo? Dinos und Tadeos Schmuggler-Bruder? Ja, das war er!

»Ich will zu meinem Sohn.« Valentinas Stimme war so schneidend, dass Mella zusammenzuckte. Sie wollte antworten, aber dann fiel Valentinas Blick über ihre Schulter zu Aurora und Umberto.

»Ennio!« Valentina stürzte auf den Jungen zu, doch Aurora trat entschlossen dazwischen.

»Das ist mein Sohn«, rief Valentina mit bebender Stimme.

»Sie irren sich!«, erwiderte Aurora, deren Hand sich so fest um Umbertos schloss, dass er aufschrie.

Mella wollte zu dem Jungen, aber sie fühlte sich wie gelähmt.

Valentina blieb vor Aurora stehen, ihre Brust hob und senkte sich rasch. Ihre Augen wanderten von Umberto zu Rinaldo, der einige Schritte hinter ihr stand. Noch hatte er kein Wort gesagt.

»Er sieht aus wie Tadeo!«, sagte Valentina plötzlich. »Das ist mein Sohn! Ennio!«

Die Worte hingen wie eine Drohung in der Luft.

Mella spürte, wie die Situation zu entgleiten drohte. Sie ging auf Valentina zu, ihre Stimme zitterte, aber sie versuchte, ruhig zu bleiben. »Komm mit mir«, murmelte sie und griff nach Valentinas Unterarm, doch ihre Schwester schüttelte sie ab.

»Jetzt sag dieser Frau sofort, dass sie mir mein Kind geben soll! Mein Gott, Mariella, du weißt, dass es Ennio ist! Du hast ihn hierhergebracht, das wissen wir von Dino. Und jetzt sind wir hier, um ihn wieder mitzunehmen.«

Als Dinos Name fiel, machte Mellas Herz einen Hüpfer. Sie wussten es von ihm, das bedeutete, er lebte! Sie wollte nach ihm fragen, aber Aurora kam ihr zuvor.

»Sie können ihn nicht mitnehmen. Umberto ist mein Sohn!«

Valentina schnappte nach Luft, ihre Augen glitzerten vor Verzweiflung. »Warum hält diese Frau mein Kind für ihren Sohn? Warum nennt sie ihn Umberto?« Sie versuchte erneut, zu Ennio zu gelangen, aber Aurora versperrte ihr den Weg.

»Wagen Sie es nicht! Gehen Sie jetzt! Sofort!«

»Nicht ohne mein Kind!«

Valentinas Schrei ließ Umberto in Tränen ausbrechen. Aurora kniete nieder, nahm ihn schützend in die Arme und blickte zu Mella. »Rede mit ihr und klär das. Ich bringe Umberto rein.« Sie hob den Jungen hoch und eilte mit ihm ins Haus. Valentina wollte hinterher, aber Mella hielt sie zurück.

»Was soll das?«, schrie Valentina, bevor sie sich verzweifelt an Rinaldo wandte, der sich eine Zigarette anzündete. »So hilf mir doch!«

Er hob die Schultern. »Ich habe dir gesagt, dass es Probleme geben könnte.«

Mella zog Valentina mit sich. »Komm, ich muss mit dir reden. Gehen wir ein paar Schritte.«

Valentina folgte ihr zögernd zur Bank vor dem Haus. Sie setzten sich, und mit gesenktem Kopf erzählte Mella, was vor Jahren geschehen war. Wie sie und Ennio hierhergelangt waren, halb verhungert und krank, und die Casolis, deren eigener Sohn Umberto kurz zuvor gestorben war, ihn aufgenommen hatten. Wie Ennio zu Umberto wurde und eine Familie fand, die ihn wie ihr eigenes Kind liebte. Und dass sie keine andere Wahl gehabt hatte, als mitzuspielen. »Valerio und Aurora boten mir und Ennio Sicherheit. Ich musste mich darauf einlassen.«

Valentina war nicht zu beruhigen. Ihre Stimme strotzte vor Wut und Schmerz.

»Und ob du eine andere Wahl gehabt hättest! Du hättest dich nie auf einen solchen Teufelspakt einlassen sollen. Ein Kind für ein anderes ausgeben? Herrgott, Mariella, das ist … widerlich! Aber kein Wunder, du warst schon immer feige!«

»Nein, das stimmt nicht! Weißt du eigentlich, welche Strapazen ich auf mich genommen habe, um Ennio zu retten? Die Reise hierher war lang und gefährlich!«

»Niemand hat von dir verlangt, das zu tun. Du wolltest gehen, weil du Angst vor Fausto hattest. Aber Tadeo und ich hätten Ennio schon von ihm befreit.«

Mella schüttelte heftig den Kopf. »Das ist nicht wahr. Ihr habt nur an eure Kämpfe gedacht. Ennio war dir doch vollkommen gleichgültig.«

Valentina zuckte zusammen. Kurz schwieg sie, ehe sie Mella hasserfüllt ansah. »Du hast ihn mir genommen. Alles hast du mir genommen! Und du hast mich an Fausto verraten. Du bist schuld, dass alles zerstört wurde. Wegen dir ist Tadeo tot!« Ihre Worte waren wie Messer, die Mellas Herz aufschlitzten. Tadeo war also tot! Deshalb war er nicht selbst hier.

Dann stand Valentina auf und ging zu Rinaldo, sprach mit ihm. Seine Augen verengten sich, er nickte langsam.

In diesem Moment rollte Valerios Wagen die staubige Straße entlang, und er stieg aus. Mella atmete auf. Valerio wüsste bestimmt eine Lösung. Sie rannte ihm entgegen.

»Wer sind diese Leute?«, fragte er sofort.

»Das ist meine Schwester Valentina. Und Rinaldo, Tadeos Bruder. Sie wollen Ennio holen.«

»Was? … Aber … Du hast ihnen doch gesagt, dass wir Ennio nicht haben? Er starb auf der Reise. Das hast du ihnen gesagt, oder?«

Mella senkte den Kopf. »Nein. Sie haben ihn vorhin bereits gesehen. Aurora hat ihn ins Haus gebracht.«

»Aber das ist nicht Ennio, sondern Umberto«, erwiderte Valerio mit fester Stimme.

Gerade als Valentina etwas entgegnen wollte, trat Aurora aus dem Haus und wirkte erleichtert, als sie Valerio sah.

»Du bist zurück, Gott sei Dank!«

Valentina lachte auf. »Halten Sie uns wirklich für so dumm? Der Junge ist Tadeo wie aus dem Gesicht geschnitten. Außerdem hat mir Mella soeben verraten, dass Sie Ennio damals als Umberto ausgegeben haben.«

Valerio und Aurora starrten Mella an, die ein »Es tut mir leid« murmelte. »Ich konnte sie nicht belügen. Und sie hat recht. Es ist eindeutig, dass Umberto Ennio ist.«

Aurora verschränkte die Arme. »Na gut. Dann liegen die Karten jetzt offen auf dem Tisch. Aber wir finden bestimmt eine Lösung.«

Mit einem lauten Schnauben verzog Valentina das Gesicht. »Eine Lösung? Wenn ihr mir meinen Sohn nicht gebt, dann erzählen wir der Polizei alles.«

Aurora setzte ein Lächeln auf. »Ach was, die Polizei brauchen wir nicht. Wir können das unter uns regeln.« Sie trat auf Rinaldo zu, der gerade seine Zigarette mit dem Fuß ausdrückte.

»Sind Sie der Vater?«

Er kratzte sich am Kopf. »Äh, nein, der Onkel. Aber Valentina ist meine Freundin.«

Erstaunt sah Mella zu Valentina. Sie und Rinaldo waren ein Paar?

»Wie viel wollen Sie für den Jungen?«, fragte Aurora, als würde sie sich auf dem Markt nach dem Preis für eine Vase erkundigen. »Wir geben Ihnen genug, damit Sie ein neues Leben beginnen können.« Ihre Augen wanderten abschätzig über die alten Kleider von Valentina und Rinaldo. »Und ich glaube, das Geld könnt ihr brauchen.«

Die Worte trafen Mella wie ein Schlag. Wie konnte sie so einen Handel vorschlagen? Sie blickte zu Valerio, der regungslos dastand. Warum unternahm er nichts?

»Wie viel?«, fragte Rinaldo plötzlich. Gier blitzte in seinen Augen auf.

Valentina schaute ihn empört an. »Aber, Rinaldo! Wir wollten doch eine Familie sein und …«

Er wandte sich ruckartig zu ihr. »Überleg mal, wir könnten mit dem Geld neu anfangen. Raus aus diesem Elend. Und der Junge bedeutet mir nichts. Er ist zwar mein Neffe, aber wie ein Fremder für mich. Und für dich doch auch. Zwei Jahre hast du ihn nicht mehr gesehen. Wir können eine neue Familie gründen.«

»Aber er ist mein Sohn! Das Letzte, was mir noch von Tadeo geblieben ist.«

Er trat noch einen Schritt näher auf sie zu und legte ihr die Hände auf die Schultern. »Du musst es realistisch sehen. Du hast kürzlich selbst gesagt, dass du dir ein anderes Leben wünschst. Der Krieg hat uns alles genommen. Was könnten wir Ennio schon bieten? Eine verdammte, kalte Steinhütte und hartes Brot? Der Krieg ist zwar vorbei, aber die Zeiten sind nicht besser geworden. Mit meinem Bein finde ich kaum Arbeit … Mit dem Geld können wir vielleicht ein Haus kaufen.«

Valentina schaute erst Rinaldo, dann Aurora an. Der Kampf in ihr war sichtbar.

Schließlich nickte sie, ihre Stimme nur ein Flüstern. »Ja, ein neues Leben.«

Rinaldo reichte dieser Satz, er wandte sich an Valerio und Aurora. »Fünfzigtausend. In Schweizer Franken.«

Schweigen. Aurora blickte hoffnungsvoll zu Valerio. »Das ist sehr viel Geld«, sagte er nachdenklich.

Mella, die noch immer kaum glauben konnte, was hier gerade geschah, überlegte, ob Valerio darauf eingehen würde. Sie wusste, dass er sehr reich war. Nicht durch das Weingut, sondern aufgrund des Vermögens seiner Familie. Sein Großvater mütterlicherseits war mit Teehandel im Ausland unermesslich reich geworden, und sein Vater Oreste stammte aus einer mailändischen Bankiersfamilie.

Valerio sah aus, als würde er mit sich ringen.

»Also gut«, sagte er schließlich. »Ich gebe euch das Geld. Wir wollen Umberto nicht verlieren.«

Mella schüttelte energisch den Kopf. »Ihr könnt das Kind nicht verkaufen! Das ist unmoralisch.«

»Ach, und was sollen wir deiner Meinung nach tun?«, fauchte Valentina sie an. »Einfach so auf unseren Jungen verzichten?«

»Ja, es geht ihm hier gut. Das muss euch doch reichen.«

»Misch dich nicht ein!«, erwiderte Aurora und schob sie zur Seite.

Mella musste hilflos zusehen, wie sie den Handel begingen. Valerio erklärte, dass er nicht so viel Bares im Haus habe und zur

Bank müsse. Er bat um ein bis zwei Tage Frist, schlug den beiden vor, ihnen ein Hotel im Dorf zu bezahlen, bis er das Geld zusammenhatte.

Als Rinaldo und Valentina das Weingut verließen, rannte Mella ihnen nach. Sie konnte sie nicht einfach so gehen lassen. Und sie hatte noch so viele Fragen. Wie es Dino ging und ihrem Vater.

»Valentina, warte!«

Valentina wandte sich ruckartig um, die Bitterkeit in ihrem Blick tiefer denn je. »Was willst du noch?«

»Es tut mir leid! Ich …«

»Was tut dir leid? Dass du mich verraten hast? Dass du mein Kind entführt hast? Es einfach diesen Leuten überlassen hast?«

»Ich habe ihn nicht entführt! Ich dachte, ich würde das Richtige tun.« Tränen traten in ihre Augen.

Rinaldo seufzte. »Hast du auch, Mella.« Er hob eine Hand, um die protestierende Valentina zum Schweigen zu bringen. »Dieser Krieg hat viele unschuldige Opfer gefordert. Vielleicht wäre Ennio auch eines geworden, hättest du ihn nicht in die Schweiz gebracht.« Er wandte sich an Valentina. »Und du hattest dich für die Resistenza entschieden, was gut war. Mach Mella also keine Vorwürfe. Ennio hat es hier wesentlich besser gehabt. Und wird es auch zukünftig besser haben. Und mit dem Geld der Casolis können wir neu anfangen. Vielleicht sogar in der Stadt. Du wolltest doch immer in die Stadt?«

Valentina atmete tief durch, nicht ohne den Blick von Mella zu lösen. »Und doch hat Mella mich, nein, uns alle verraten!«

»Ich hatte keine andere Wahl! Ich …«

»Oh Herrgott, Mariella! Komm mir nicht schon wieder mit deiner verfluchten Ausrede! Weißt du eigentlich, was deswegen passiert ist? Fausto hat aus Dino den Ort unseres Verstecks herausgeprügelt und uns überrascht. Er hat mich fast zu Tode geprügelt.

Papa gelang es, mir zu helfen, aber dann hat Fausto ihn getötet. Tadeo und Rinaldo, die unterwegs waren, kamen zurück und konnten Fausto und seine Männer überwältigen. Aber … Tadeo verlor bei dem Kampf sein Leben!«

Mellas Herz brannte vor Schmerz. »Papa … er ist … tot?«

»Ja, er ist tot! Und Tadeo auch!«

Mella torkelte leicht zurück. »Oh Gott, nein!«

In Valentina schien der Kampfgeist erwacht, sie trat auf Mella zu, als wollte sie sie angreifen, fehlte nur noch die Waffe. »Und weißt du, wer wegen dir noch dran glauben musste?«

Mella, tränenüberströmt, wollte es gar nicht wissen und schüttelte heftig den Kopf. »Bitte nicht«, wimmerte sie.

»Dino!« Valentinas Stimme bebte vor Wut und Verachtung. »Er ist in Gefangenschaft gestorben, weil er die Schuld für deinen Mord auf sich genommen hat. Den Mord an dem Faschisten, den du mit Dinos Messer erstochen hast.«

Die Worte trafen Mella wie ein Schlag ins Gesicht. Dino … tot? Nein, das konnte nicht sein. Irgendetwas stimmte hier nicht.

Plötzlich erinnerte sie sich an etwas. »Aber du hast doch vorhin gesagt, dass ihr von Dino erfahren habt, wo ich mit Ennio hingegangen bin. Er muss es euch also gesagt haben! Aber wie soll das möglich sein, wenn er tot ist?« Ihre Stimme zitterte, während sie sich verzweifelt an diesen Strohhalm klammerte. Dino durfte einfach nicht tot sein!

Valentina zögerte einen Moment und schien überrascht von Mellas Einwand. Dann erklärte sie kühl: »Er hat uns geschrieben. Nach dem Krieg wurde er in ein Gefängnis in Mailand verlegt. Rinaldo und ich haben ihn dort besucht, und er hat uns alles erzählt. Er versuchte tatsächlich, Rinaldo glauben zu machen, dass er den Faschisten erstochen hatte. Aber Rinaldo wusste, dass es nicht stimmen konnte. Der unerfahrene Dino soll gleich drei Männer überwältigt haben? Einen angeschossen, einen erschlagen und einen erstochen? Das war unmöglich. Rinaldo bohrte nach, und schließlich gestand Dino, dass *du* sein Messer benutzt hattest. Der Mann, den du erstochen hast, starb. Fausto kam wohl recht schnell wieder zu sich, und der andere Mann wurde nur angeschossen. Aber du hast einen Mann getötet, mit Dinos Messer! Und Dino hat alles auf sich genommen.«

Valentinas Stimme brach kurz, bevor sie fortfuhr: »Er starb wenige Wochen nach unserem Besuch. Eine Lungenentzündung.«

Mella taumelte, ihre Beine drohten nachzugeben. Die Welt um sie herum verschwamm, doch Valentina blieb unerbittlich. »Das hast du uns angetan. Papa ist wegen dir gestorben, genauso wie Tadeo und Dino. Und jetzt hast du mir auch meinen Ennio genommen. Ich hasse dich! Und ich werde dich immer hassen!«

Rinaldo starrte sie an, als könnte er kaum fassen, was sie gerade gesagt hatte. »Valentina! Du kannst doch nicht …«

»Sei still!«, zischte sie. »Komm jetzt, wir gehen.« Sie wandte sich ab und schritt davon. Rinaldo schaute ihr verdutzt nach. »Valentina«, rief er, aber sie ignorierte ihn. Er blieb unschlüssig stehen, wirkte, als wollte er noch etwas sagen, aber dann drehte er sich um und eilte Valentina hinterher. Mella sah, wie er sie am Arm packte und energisch auf sie einsprach, dabei immer wieder in Mellas Richtung zeigte. Valentina schrie zurück, aber ihre Worte blieben in der Ferne verloren. Dann herrschte plötzlich Stille, offenbar hatten sie sich geeinigt. Seite an Seite gingen sie davon. Mella stand da wie versteinert, die Schuld auf ihren Schultern so schwer, dass sie kaum noch zu atmen wagte.

Tröstende Worte suchte sie von Aurora, ihrer vermeintlichen Freundin, vergeblich. Im Gegenteil, Aurora war wütend auf sie, weil sie Valentina die Wahrheit über Ennio erzählt hatte. Lediglich

Valerio versuchte zu schlichten, als er sah, wie sich Mella erschlagen auf das Sofa fallen ließ.

»Jetzt lass sie in Ruhe, Aurora. Es war nicht einfach für sie. Und wir konnten ja zum Glück mit Valentina verhandeln. Das Geld ist kein Problem.«

»Ach, und was ist, wenn sie sich nicht an die Vereinbarung halten und die Polizei einschalten? Sie werden uns festnehmen! Das Vergraben eines verstorbenen Kindes ohne Meldung bei den Behörden und die Vertauschung der Identität eines anderen Kindes sind klare Verstöße gegen das Recht.«

»Ich habe Rinaldos Wort«, erwiderte Valerio.

»Sein Wort!« Aurora schnaubte. »Als würde das etwas zählen!«

»Jetzt warten wir doch einfach mal ab.« Er wandte sich an Mella. »Wenn das alles klappt, dann darfst du nie jemandem von diesem … Handel erzählen, hörst du, Zita? Das muss ein Geheimnis bleiben.«

Mella nickte. Der Handel war ihr inzwischen gleichgültig. Dino war tot. Ihr Vater war tot. Wegen ihr.

Sie stand auf. »Keine Angst, ich werde schweigen.«

Am nächsten Tag irrte sie stundenlang durch den Wald, atmete den vertrauten Duft der Kastanienbäume und der Erde tief ein.

Was hatte sie nur getan? Dafür, dass sie angenommen hatte, Fausto könne seinen Sohn eines Tages schlagen, hatte sie ihren Vater und Dino geopfert. Und Tadeo.

Mella schrie und schlug mit den Fäusten gegen den dicken Stamm einer Kastanie, hämmerte regelrecht dagegen. »Wieso? Wieso habe ich das getan?«

Irgendwann schmerzten ihre Hände so sehr, dass sie sich auf den Boden sinken ließ und gegen den Baum lehnte. Plötzlich dachte sie an die Worte, die Renato ihr einst gesagt hatte: *Denn in dem Moment, als Sie sich entschieden, war es richtig für Sie. Somit gibt es keine falschen Entscheidungen im Leben.*

Sie erhob sich und wischte sich Laub und Erde vom Mantel. Fakt war, dass sie für ihre Handlung geradestehen musste. Sie konnte sie nicht rückgängig machen.

Immer noch tieftraurig, aber zumindest etwas gefasster, schritt sie zurück zum Weingut, wo Valerio und Aurora sie bereits erwarteten. Sie erklärten ihr, dass die Geldübergabe stattgefunden habe und Rinaldo und Valentina abgereist seien.

Aurora streichelte Umberto über das Köpfchen. »Jetzt können wir endlich wieder in Frieden leben.« Mit versöhnlichem Blick betrachtete sie Mella. »Was meinst du, Zita, sollen wir etwas Feines aus deinem Rezeptbuch zaubern? Ich hätte wieder mal Lust auf den Kastanienhackbraten.«

Mella starrte sie an. Wie konnte sie nur so tun, als wäre nichts geschehen? Jetzt, nachdem der Handel abgeschlossen war, versuchte sie wieder, die gute Freundin zu spielen – und dann wollte sie auch noch Dinos Kastanienhackbraten kochen!

Mella funkelte sie an. »Tut mir leid, aber ich bin nicht in Stimmung.« Mit diesen Worten ließ sie Aurora stehen. Nie wieder würde sie etwas aus diesem Rezeptbuch kochen oder backen. Und schon gar nicht mit Aurora!

Tags darauf wanderte sie erneut stundenlang durch den Wald. Hier fühlte sie sich Dino seltsamerweise nah, obwohl er nie hier gewesen war. Aber die Wälder in Santa Castagna und Morcote waren sich so ähnlich. Die Kastanienbäume, die steilen Hänge, die schmalen Pfade, der Fluss – es gab sogar einen kleinen Wasserfall.

Sie hatte sich überlegt, wegzugehen, aber sie wusste nicht, wohin. Nach Santa Castagna konnte sie nicht, die Erinnerungen schmerzten zu sehr. Hier in Morcote zu bleiben war naheliegend, da sie immerhin Umberto um sich hatte, den sie über alles liebte. Sosehr sie Auroras und Valerios Tat auch verabscheute, so konnte sie die beiden doch irgendwie verstehen. In ihrer Verzweiflung hatten sie keine andere Wahl gehabt.

Die kühle Luft füllte Mellas Lungen, als sie aus dem Wald trat. Ihr Kopf war frei, sie fühlte sich leichter, zuversichtlicher, fast optimistisch.

Doch dann durchschnitt ein schriller Schrei die Stille. Ennio!

Mella rannte los, und als sie das Haus erreichte, sah sie niemanden beim Aussichtspunkt oder auf dem Vorplatz, die Schreie kamen vom Garten. Das Tor war offen, und sie eilte hinein. Ihr Herz hämmerte.

Aurora stand unter der Pergola mit einem Gewehr in der Hand. Zu ihren Füßen lag Valentina, reglos, mit einer blutigen Kopfwunde. Ennio kauerte heulend am Boden vor dem Steintisch, die Ärmchen um die Beine geschlungen.

»Was … was ist hier passiert?«, keuchte Mella und starrte auf das Blut, das sich in den Rillen der Steinplatten sammelte. »Was hast du getan, Aurora?«

Aurora starrte sie an. »Nichts! Das war ich nicht! Das war Rinaldo! Die beiden haben gestritten, da hat er sie geschlagen, und sie ist gestürzt.«

Mella kniete nieder zu Valentina. Ihre Hand zitterte, als sie am Hals ihrer Schwester nach einem Puls tastete. Ein schwacher Herzschlag pochte unter ihrer Haut. Augenblicklich fühlte sie sich zurückversetzt zu jenem Tag, als Valentina auf dem Waldboden lag, auch mit einer Wunde am Kopf, weil Giada sie geschubst hatte.

»Sie lebt! Wir müssen einen Arzt rufen!«

Aurora stand noch immer regungslos da. »Sie tauchte einfach hier auf, wollte Umberto mitnehmen«, erklärte sie ruhig. »Rinaldo ist ihr gefolgt, wollte sie aufhalten, aber sie schrie ihn an. Dann drohte sie, die Polizei zu holen und alles zu erzählen.«

Mella, immer noch über Valentina gebeugt, hörte nur halb zu. »Jetzt ruf einen Arzt an!«

Aurora legte den Kopf leicht schräg. »Ich sagte ihr, wir hätten eine Abmachung, und Rinaldo meinte, er gebe das Geld nicht zurück. Sie wurde wütend und hat ihn beschimpft, da schlug er sie. Sie stolperte und fiel hin …«

Mella erhob sich. »Herrgott, wir müssen sofort einen Arzt rufen! Dann mach ich es eben …« Sie wollte an Aurora vorbei ins Haus, doch die versperrte ihr mit einem »Nein« den Weg.

Ihre Stimme klang hart. Mella hob den Kopf und blickte in ein Gesicht, das sie nicht wiedererkannte. Auroras Augen waren kalt. »Das wäre ein Fehler. Sie würde uns alles wegnehmen. Umberto gehört zu mir, das weißt du. Und wenn wir sie gehen lassen, wird sie ihn früher oder später holen.«

»Was redest du da?«, flüsterte Mella, unfähig, zu begreifen, was sie hörte.

Aurora trat näher, das Gewehr bedrohlich in der Hand. »Denk nach! Diese Frau hat nur eines im Sinn: Umberto mitzunehmen. Meinen Jungen! Ihr ist egal, dass er hier sicher ist und glücklich. Und du willst sie retten?«

»Aber sie ist meine Schwester!«

»Wach auf, Zita!«, schrie Aurora. »Sie hat Umberto im Stich gelassen! Welche Mutter tut das ihrem Kind an?«

»Aber sie hat es bereut. Und sie kam, um ihn zu holen. Trotz des vielen Geldes.« Mella schaute sich um. »Wo ist Rinaldo? Du hast doch gesagt, er war hier?«

»Er ist weggerannt, als er sie am Boden liegen sah. Dachte wohl, sie sei tot, und bekam Panik. Er ist schließlich schuld, dass sie gestürzt ist.«

Mella fühlte, wie ihre Kehle sich zuschnürte. Sie beugte sich wieder zu Valentina und versuchte, sie hochzuheben, aber merkte, dass sie zu schwer war. Unmöglich würde sie sie runter ins Dorf tragen können. Valerio war mit dem einzigen Wagen unterwegs. Sie stand wieder auf. »Ich muss den Arzt anrufen! Lass mich durch!«

»Nein!«

Mella wich einen Schritt zurück und starrte Aurora entsetzt an. Sie erkannte die Ruhe in ihrem Blick, die gefasste, eisige Entschlossenheit. Es war, als stünde eine Fremde vor ihr. Und plötzlich wusste sie, dass die Geschichte über Pepe und Emma gelogen war.

»Emma und Pepe waren gute Menschen, habe ich recht? Sie haben dir nie etwas getan. Und doch hast du Pepe sterben lassen, als er in die Falle geriet.«

»Warum kommst du jetzt damit? Aber gut, wenn du unbedingt darüber sprechen willst. Sie waren keine guten Menschen! Sie haben mir mein Kind weggenommen und zur Adoption freigegeben, weil ich angeblich noch zu jung war.«

»War es von Pepe? Das Kind?«

»Nein. Vom Sohn des Pfarrers. Georgio.« Sie lachte bitter auf. »Ich habe ihn so sehr geliebt. Und ich wollte, dass wir heiraten und eine Familie gründen. Es war immer mein größter Wunsch, eine Familie zu haben, weil ich selbst nie eine hatte. Dann wurde ich schwanger. Ich war so glücklich. Aber als ich es Georgio sagte, wurde er wütend und befahl mir, es wegmachen zu lassen. Er würde nie eine Waise wie mich heiraten und wolle erst recht kein Kind mit mir. Ich vertraute Pepe und Emma alles an, und sie wollten mir helfen. Sie sprachen tatsächlich mit Georgios Vater, daraufhin wurde Georgio allerdings auf eine Militärschule geschickt. Pepe und Emma versprachen mir, mich mit dem Kind zu unterstützen. Ich habe ihnen geglaubt. Und dann kam die Geburt, ich schlief ein, als alles vorüber war, und als ich erwachte, war mein Kind verschwunden. Ich stellte sie zur Rede, und sie taten so, als hätten sie mir einen Gefallen getan. Dabei haben sie mir mein Kind gestohlen, es an eine andere Familie weitergegeben. Sie sagten, es sei nur zu meinem Besten. Oh, wie ich sie hasste! Neun Monate diese Heuchelei, um mich dann zu verraten. Ich durchsuchte ihr Büro, in der Hoffnung, die Adresse der Adoptiveltern zu finden, aber Pepe erwischte mich. Er wollte mit mir reden, doch ich rannte weg. Er hat mich verfolgt, dabei ist er in die Falle geraten.«

»Und du hast ihn einfach sterben lassen.«

»Er hatte es verdient, zu sterben.«

»Nein, hatte er nicht. Er und Emma wollten dir doch nur helfen. Oh, Aurora, du bist krank und brauchst Hilfe.«

»Was redest du da? Zita, wir beide sind gleich. Du hast den kleinen Umberto gerettet, weil seine Mutter ihn im Stich ließ und du wusstest, dass es ihm nicht gut gehen würde bei Fausto. Dafür hast du Opfer in Kauf genommen. Und ich habe Pepe sterben lassen, weil er mir mein Kind gestohlen hat. Wir beide wollen Gerechtigkeit.«

»Das kannst du nicht vergleichen.«

Aurora richtete plötzlich das Gewehr auf sie. »Ich dachte, du wärst auf meiner Seite?«

Mellas Blick wanderte zu Valentina, deren Atem flach ging. Ennio schluchzte vor sich hin, der arme Junge. Aurora würde sie doch nicht erschießen? Zuzutrauen wäre es ihr, denn sie wirkte wie eine Wahnsinnige, wie sie da stand mit dem Gewehr im Anschlag.

Sie verstand ihre Beweggründe. Als Waise hatte sie nie eine Familie gehabt, und als sich ihr Wunsch endlich zu erfüllen schien, wurde sie verraten. Man nahm ihr den Säugling weg. Und dann traf sie auf Valerio, wurde schwanger und verlor das Kind. Dann wurde sie erneut schwanger, brachte einen Jungen zur Welt. Umberto, der kurz nach der Geburt verstarb. Zum dritten Mal wurde ihr ein Kind genommen, wenn auch auf andere Art. Und Auroras letzter verzweifelter Akt war, aus Ennio Umberto zu machen. Nun fürchtete sie, man könnte ihn ihr auch wegnehmen – und sie würde alles tun, um das zu verhindern.

Plötzlich kam Mella der Verdacht, dass Aurora die Geschichte mit Rinaldo erfunden hatte. Bestimmt war sie für Valentinas Sturz verantwortlich. Aber das spielte jetzt keine Rolle.

»Bitte, Aurora, lass mich Hilfe holen für Valentina.«

»Nein! Sie hat es nicht verdient. Du musst dich jetzt entscheiden, Zita. Für uns oder für deine Schwester.«

»Und wenn ich mich für Valentina entscheide? Erschießt du mich dann?«

Aurora gab keine Antwort, und Mella fuhr fort. »Wie willst du das Valerio erklären, hm?«

»Er wird mich verstehen.«

»Nein! Das wird er nicht! Er wird endgültig wissen, dass du eine Verrückte bist. Und dann lässt er dich in eine Irrenanstalt einweisen. Oder in ein Gefängnis. Dann siehst du Ennio – Umberto – nie wieder.«

Aurora riss die Augen auf. »Aber … er ist doch mein Junge. Ich liebe ihn!«

»Wirklich? Wie kannst du ihm dann so etwas antun? Siehst du nicht, wie er leidet?« Sie zeigte auf den wimmernden Ennio. »Hör zu, Aurora, wenn du mich jetzt Hilfe holen lässt für Valentina, dann bleibt das alles unter uns, versprochen.«

Aurora legte den Kopf leicht schief und schien nachzudenken.

»Und ich werde Valentina, sollte sie überleben, davon überzeugen, euch in Ruhe zu lassen.« Mella wusste zwar nicht, wie sie das anstellen sollte, aber sie würde sich etwas überlegen, wenn es so weit war.

Aurora blieb misstrauisch. »Wie kann ich dir trauen? Du weißt zu viel über mich, das du gegen mich verwenden kannst. Du kennst meine Vergangenheit.«

Mella nickte. Sie hatte recht. »Ich gebe dir auch etwas, das du gegen mich in der Hand haben wirst. Ein Geständnis. Ich schreibe es auf.«

»Ach, dass du diesen Faschisten umgebracht hast? Es interessiert doch jetzt niemanden mehr, dass du im Krieg einen Feind getötet hast. Die Schweizer sowieso nicht.«

»Nicht den Faschisten«, sagte Mella. »Einen Schweizer Grenzsoldaten.« Sie erzählte Aurora rasch von dem Vorfall an der Grenze. »Es stand in der Zeitung, erinnerst du dich?«

Aurora nickte langsam, schien nachzudenken. »In Ordnung. Und wo willst du es aufschreiben?«

»In mein Rezeptbuch. So wäre jedem klar, dass das Geständnis tatsächlich von mir stammt. Und du darfst es behalten.«

»Gut. Dann komm mit.«

Sie gingen mit dem verstörten Ennio ins Haus, und während Aurora den Jungen zu beruhigen versuchte, setzte sich Mella an den Schreibtisch, den Blick auf die letzte Seite in ihrem Buch gerichtet. Ihre Hand zitterte, als sie das Geständnis notierte. Jeder Buchstabe fühlte sich schwerer an als der letzte, als würde die Wahrheit selbst das Gewicht auf ihre Schultern legen. Der Gedanke an den Grenzbeamten, an den Moment, als sie auf ihn geschossen hatte, stand ihr wieder klar vor Augen. Ihr Herz pochte, als sie weiterschrieb. Es musste sein.

Nachdem Aurora Mellas Niederschrift gelesen hatte, rief sie endlich einen Arzt an.

Kapitel 29

Morcote, Oktober 2023
Cara

Cara und Casimiro hörten Mario Galli gebannt zu, während er von Rinaldos Leben erzählte, dessen Schmugglernetz und seiner Partisanenzeit. Cara konnte noch immer kaum glauben, dass ihre beiden Nachforschungen miteinander zusammenhingen. Die Spur zu Neves Tod hatte sie zu Mario Galli geführt, der Gespräche mit Dinos Bruder Rinaldo geführt hatte – dem Dino, der die Zeichnungen in Mellas Rezeptbuch angefertigt hatte. Doch noch war vieles nebulös, und sie hoffte, Mario Galli könne Licht ins Dunkel bringen.

Während er berichtete, tauchten nach und nach weitere Namen auf, die Cara aus Mellas Rezeptbuch und von Don Antonio, dem Pfarrer aus Santa Castagna, kannte. Valentina, Tadeo.

»Als Valentina sich den Partisanen anschließen wollte, war Rinaldo zuerst dagegen, weil er nicht viel von Frauen als Kämpferinnen hielt. Doch Tadeo überredete ihn. Valentina war Tadeos Freundin gewesen. Sie wurde schwanger von ihm, aber weil er mehrgleisig fuhr, heiratete Valentina einen anderen Mann und gab das Kind als seines aus. Doch dieser Mann, Fausto, schlug Valentina, und irgendwann hielt sie es nicht mehr aus. Sie schloss sich den Partisanen an, kämpfte an Tadeos Seite und kam wieder mit ihm zusammen. Ihren Sohn, Ennio, hatte sie zurückgelassen. Da ihre Schwester Mella befürchtete, Fausto würde den Jungen irgendwann misshandeln, wollte sie mit ihm in die Schweiz flüchten, Dino half ihr dabei. Noch in Santa Castagna wurden sie von Fausto und seinen Männern aufgegriffen, dabei verriet Mella Fausto, dass Ennio nicht sein Sohn ist. Mella gelang die Flucht, sie schaffte es in die Schweiz auf das Weingut der Casolis. Dino hingegen wurde festgenommen, und so erfuhr Fausto von dem Versteck der Partisanen. Er wollte Valentina töten, aber Tadeo konnte sie retten. Es kam zu einem Kampf, bei dem nicht nur Tadeo starb, sondern auch Valentinas und Mellas Vater.« Galli brach kurz ab und trank einen Schluck Wasser. »Nach dem Krieg wurden Valentina und Rinaldo ein Paar, und bald wollte Valentina unbedingt ihren Sohn zurückholen. Von Dino wusste sie Mellas Aufenthaltsort. Obwohl Rinaldo ihr die Reise auszureden versuchte und sie kaum Geld dafür hatten, war Valentina fest entschlossen, ihr Kind zu holen. Sie raffte alles zusammen, was sie auftreiben konnte, und so reisten sie im Herbst 1945 in die Schweiz. Nun war es so, dass die Casolis, Valerio und Aurora, den Jungen wie einen eigenen Sohn liebten und nicht hergeben wollten. Sie boten Valentina Geld an, und sie ging darauf ein, nachdem Rinaldo sie überzeugt hatte.« An dieser Stelle brach er ab.

Casimiro sah ihn entsetzt an. »Sie meinen, meine Großeltern haben Ennio *gekauft*? Aber wir kennen keinen Ennio. Haben Valentina und Rinaldo ihn doch mitgenommen?«

Mario Galli seufzte. »Nein. Ich gehe gleich näher darauf ein. Das wird Sie nämlich schockieren … Nachdem der Handel erfolgreich über die Bühne gegangen war, entschied sich Valentina vor der Abreise plötzlich um. Sie sagte Rinaldo, dass sie das Geld zurückbringen und Ennio holen müssten. Ihr Kind. Kein Geld der

Welt sei es wert, auf ihn zu verzichten. Und sie würden es schon irgendwie schaffen. Rinaldo sah das anders, realistischer. Ennio war nur sein Neffe. Er wollte sich mit dem Geld ein neues Leben aufbauen. Valentina jedoch entschloss sich, das Geld zurückzubringen, und suchte die Casolis auf. Sie traf auf Aurora. Rinaldo, der ihr gefolgt war, versuchte, sie umzustimmen. Es kam zum Streit, dabei muss Valentina gestürzt sein. Sie blieb bewusstlos liegen. Rinaldo bekam Angst und rannte davon, mit dem Geld. Was er später zutiefst bereut hat. Das Geld habe ihm nur Unglück gebracht. Mit Frauen. Der Arbeit. Er geriet in eine Spiel- und Alkoholsucht, nur sein Bruder Franco half ihm, da rauszukommen. Dank ihm bekam er sein Leben wieder einigermaßen in den Griff. Franco starb mit sechzig an einem zweiten Schlaganfall, ab dann war Rinaldo ein sehr einsamer Mann. Er bat mich …«

»Was ist mit Ennio passiert?«, fragte Casimiro ungeduldig, stand auf und stützte die Hände auf Mario Gallis Schreibtisch.

»Ennio lebt. Er ist … Umberto.«

»Was? Mein *Onkel* Umberto?«

»Ja. Aurora und Valerio hatten tatsächlich einen Sohn mit diesem Namen. Er starb jedoch, kurz bevor Mella bei ihnen auftauchte. Sie beschlossen, Ennio Umbertos Identität zu geben.«

»Wie das? Das müsste doch jemand gemerkt haben?«

»So genau wusste es Rinaldo auch nicht.«

»Das glaube ich einfach nicht. Sind Sie sicher, dass es stimmt? Und dass dieser Rinaldo die Wahrheit gesagt hat? Schließlich war er alkoholsüchtig, wie Sie selbst erwähnt haben. Vielleicht hatte er getrunken? Und er war sehr krank! Sicherlich nicht mehr zurechnungsfähig.«

Mario Galli stieß einen tiefen Seufzer aus. »Betrunken war er definitiv nicht, er war seit Jahren trocken. Aber ja, er war sehr krank, und manchmal sprach er tatsächlich etwas wirres Zeug. Dennoch …«

»Na also!« Casimiro warf Cara einen triumphierenden Blick zu. »Das habe ich doch gesagt: nicht zurechnungsfähig.«

»Nein, nein«, widersprach Mario Galli energisch. »Es war zwar nicht immer leicht, ihm zu folgen, aber ich hatte das Gefühl, dass an seiner Geschichte etwas dran war. Es klang glaubwürdig, ebenso wie seine Erzählungen aus der Resistenza, die sich historisch einwandfrei belegen ließen. Rinaldo wollte unbedingt, dass ich nach Morcote reise, um Ennio, oder besser gesagt, Umberto, die Wahrheit zu sagen. Er meinte, dieser habe ein Recht darauf, zu erfahren, was seine vermeintlichen Eltern getan hatten. Gleichzeitig bat er mich, Valentina zu finden und sie in seinem Namen um Verzeihung zu bitten. Ich …«

»Warten Sie«, sagte Cara verwirrt. »Ich dachte, Valentina blieb durch den Sturz bewusstlos liegen, und deshalb rannte Rinaldo aus Angst davon? Woher wusste er, dass sie nicht gestorben war?«

»Das wollte ich auch von ihm wissen. Er erzählte mir, er habe Jahre später erfahren, dass sie überlebt hat. Allerdings …« Er rieb sich über das Kinn, als wüsste er nicht recht, ob er den Gedanken aussprechen sollte. »Nun, das war ein Moment, in dem ich mir tatsächlich auch selbst nicht sicher war, ob seine Aussage der Wahrheit entsprach. Als ich nachbohrte, woher er das wisse, wirkte er plötzlich unsicher. Aber er war halt ein alter Mann, lag im Sterben, deshalb dachte ich mir nichts dabei. Es könnte ja sein, dass er noch mitbekam, dass Valentina überlebte, bevor er das Dorf verließ. Wie auch immer, ich versprach ihm, seinen Wünschen nachzukommen, da ich wusste, dass er nicht mehr lange zu leben hatte. Als er starb, entschied ich, mein Wort zu halten. Immerhin hatte ich Rinaldo viel zu verdanken. Dank ihm habe ich meine Bachelorarbeit mit summa cum laude bestanden.«

Casimiro runzelte die Stirn, doch Galli fuhr unbeirrt fort: »Da ich mir vor dem Masterstudium ohnehin eine Auszeit nehmen und etwas Geld verdienen wollte, reiste ich als Saisonarbeiter nach Morcote. Dort lernte ich Umberto kennen … Am Ende entschied ich mich dagegen, ihm die Wahrheit zu sagen.« Er schluckte, wirkte beschämt, weil er immerhin ein Versprechen gebrochen hatte, das er einem sterbenden Mann gegeben hatte.

»Warum nicht?«, fragte Casimiro.

»Er hatte genug andere Sorgen. Er steckte gerade in einer Scheidung, und ich spürte zudem, dass er darunter litt, wie sein Vater ihn behandelte. Valerio hatte die Leitung des Weinguts seinem anderen Sohn übertragen.«

»Ja, meinem Vater!«, meinte Casimiro aufgebracht. »Und zwar aus gutem Grund. Umberto hätte beinahe Etikettenschwindel betrieben.«

Galli nickte. »Ich habe natürlich auch bemerkt, dass Umberto kein einfacher Mann ist. Trotzdem fand ich es nicht richtig, etwas aufzuwühlen. Außerdem hatte ich keine Lust, für einen Skandal verantwortlich zu sein. Ich mochte Valerio und Aurora, sie waren gut zu mir … Ich beschloss also, die Saison zu Ende zu arbeiten und zu schweigen. Aber dann fand Umberto meine Notizen über ihn und seine Eltern, die ich während Rinaldos Gespräch gemacht hatte. Er stellte mich zur Rede, dachte, ich sei Journalist. Ich erzählte ihm daraufhin alles. Er glaubte mir nicht, und ich riet ihm, mit seinen Eltern zu sprechen. Das tat er, daraufhin gab es einen Streit.«

»Ich erinnere mich vage daran«, sagte Casimiro. »Umberto war wahnsinnig wütend. Als mein Vater meine Großeltern darauf ansprach, meinten sie nur, sie hätten sich erneut wegen des Etikettenschwindels gestritten.«

»Mhm. Und kurz darauf kam Neve ums Leben. Ich bereute sehr, die Wahrheit ans Licht gebracht zu haben.«

»Warum? Dachten Sie etwa, Neves Tod hatte etwas damit zu tun?«, fragte Cara.

Kleine Schweißperlen bildeten sich auf Gallis kahlem Schädel. »Weil sie mein Gespräch mit Umberto gefilmt haben könnte.«

Cara schlug sich die Hand vor den Mund, ihr fehlten die Worte.

»Haben könnte?«, bohrte Casimiro nach. »Sie sind sich nicht sicher?«

»Wie erwähnt, als ich herausfand, dass sie noch minderjährig ist, beendete ich unsere Affäre. Sie ließ aber nicht locker und suchte mich ständig auf. An jenem Abend, als ich mit Umberto im Weinkeller war und ihm die Wahrheit sagte, entdeckte ich nach dem Gespräch Neve – mit der Kamera in der Hand. Sie hatte sich hinter den Weinfässern versteckt. Als ich sie danach fragte, was sie gehört habe, meinte sie, sie sei gerade erst gekommen. Ich habe ihr nicht geglaubt. Und als ich zwei Wochen später von ihrem Tod erfuhr und dass man ihre Kamera nicht fand, ahnte ich nichts Gutes.«

»Sie hätten zur Polizei gehen müssen.« Caras Stimme zitterte, und ein Kloß bildete sich in ihrem Hals. Es war kaum zu ertragen, Gallis Schilderung über ihre Schwester zu hören – zu wissen, dass Neve mit ihrer geliebten Kamera herumgeschlichen war und dann diese Aufnahme gemacht hatte. Sie konnte sie sich regelrecht vorstellen, so lebendig, voller Tatendrang.

»Ich weiß, aber ich hatte Angst«, fuhr Galli fort. »Außerdem redete ich mir ein, dass ihr Tod ein Unfall war und die Kamera einfach so verschwand. Aber jetzt, nachdem Sie mir von der Erpressung erzählt haben, denke ich, dass tatsächlich mehr dahinterstecken könnte.«

Cara sah hilflos zu Casimiro, der angestrengt zu überlegen schien, was er als Nächstes sagen sollte.

»Ob Umberto sie getötet hat? Weil er nicht wollte, dass sein Geheimnis herauskommt? Dass er kein echter Casoli ist?«, überlegte Cara.

»Dann hätten auch meine Großeltern ein Motiv gehabt. Aber ich kann mir beim besten Willen nicht vorstellen, dass die beiden Neve etwas angetan haben könnten.«

»Ich auch nicht«, stimmte Cara ihm zu. Allein der Gedanke ließ ihr das Blut in den Adern gefrieren. Valerio und Aurora? Nein. Das war unmöglich. Oder?

Sie schob den Zweifel beiseite und wandte sich an Mario. »Sie haben erwähnt, dass Sie in Rinaldos Auftrag auch Valentina finden sollten. Waren Sie erfolgreich?«

»Nein. Ich fand weder sie noch ihre Schwester Mella. Aurora und Valerio konnte ich nicht fragen, sie hätten mein Interesse bestimmt merkwürdig gefunden, und ich wollte unbedingt vermeiden, dass jemand die wahre Absicht meines Aufenthaltes erfährt. Dann erzählte mir Neve von der im Wald lebenden Kastanienfrau, die sie für ihr Schulprojekt filmen wollte, und ich mutmaßte, dass es sich bei ihr um Valentina oder Mella handeln könnte.« Er dachte kurz nach. »Zita Maldini hieß sie. Ich vermutete, dass vielleicht Mella ihren Namen geändert hatte, als sie in die Schweiz kam, um von Fausto nicht gefunden zu werden. Ich suchte die Frau auf, aber als ich sie auf Rinaldo, Mella und Valentina ansprach, schickte sie mich sofort weg. Ich versuchte es ein weiteres Mal, da drohte sie mir, wegen Belästigung die Polizei zu rufen. Das war's dann für mich.«

Cara tauschte einen kurzen Blick mit Casimiro, der zustimmend nickte, dann erzählte sie Mario Galli von Mellas Rezeptbuch.

»Meine Tochter und ich waren bei ihr, um ihr das Rezeptbuch zu zeigen, und es war eindeutig, dass sie es kannte, aber sie wollte uns nichts darüber sagen. Zudem war die letzte Seite herausgerissen.«

»Vielleicht ist sie wirklich Mella«, meinte Galli.

»Angenommen, sie ist es tatsächlich, was mag dann aus Valentina geworden sein?«, murmelte Cara mehr zu sich selbst.

Mario Galli und Casimiro schauten sie schweigend an.

Auf der Heimfahrt diskutierten Cara und Casimiro über die neuesten Erkenntnisse. Während Cara sicher war, dass jemand von den Casolis hinter der ganzen Erpressungsgeschichte mit Neve steckte, und darin ein Mordmotiv vermutete, betrachtete Casimiro das Ganze immer noch als Unfall und wollte keinen Zusammenhang zwischen dem Ganzen sehen.

»Nicht dein Ernst!«, fuhr ihn Cara fassungslos an, die auf dem Beifahrersitz saß. »Inzwischen ist doch klar, dass die Casolis etwas damit zu tun haben. Neve hat jemanden von ihnen erpresst, schließlich hatte sie das Gespräch zwischen Mario und Umberto auf Video aufgenommen.«

»Reine Vermutung. Auch Mario Galli war sich dessen nicht sicher.«

»Okay, aber gehen wir davon aus, dass sie es tat: Es ist doch naheliegend, dass sie jemanden von den Casolis erpresst hat, weil die um jeden Preis einen Skandal vermeiden wollten.«

Casimiro verzog das Gesicht, während er auf die Straße blickte. »Ich kann mir nicht vorstellen, dass Valerio oder Aurora Neve getötet haben. Das ist so absurd! Und Umberto? Klar, er ist kein einfacher Mensch, aber ein Mörder?«

»Du kannst deine Augen nicht vor der Realität verschließen. Auch wenn es schwer ist, zu akzeptieren, dass jemand aus der eigenen Familie dahinterstecken könnte. Ach, und dann ist da noch

Fulvia! Sie wusste, dass Neve und Mario etwas miteinander hatten, aber sie hat nichts gesagt. Warum?«

Casimiro schwieg, achtete konzentriert auf die Straße und überholte einen Wagen nach dem anderen. Er fuhr schneller als das erlaubte Tempo von hundertdreißig, und Cara musste ihn mehrmals darum bitten, die Geschwindigkeit zu drosseln.

»In Italien fahren die Leute schneller, das ist normal«, entgegnete er gereizt. »Ich habe alles unter Kontrolle.«

Cara erinnerte sich, dass er auf der Hinfahrt nicht so schnell gefahren war. Auch nicht, als sie mit Lily den Ausflug nach Cuneo unternommen hatten.

»Das, was du heute über Umberto und deine Großeltern erfahren hast, muss schlimm für dich sein, nicht? Ich meine, weil sie doch Ennio als Umberto ausgaben und ihn Valentina abkauften.«

Er schwieg, aber sie bemerkte, dass er schluckte. Schließlich sagte er: »Wenn das wirklich stimmt, dann frage ich mich, wie sie so weit gehen konnten.«

»Aus Verzweiflung, denke ich. Sie litten unter dem Tod ihres Kindes und füllten die Lücke mit Ennio.«

Kurz vor Morcote erhielt Cara einen Anruf von Lily. »Hey, Liebes, wir sind gleich da und …«

»Oh, Mama!« Lilys Stimme stockte, sie schluchzte auf.

»Lily, was ist passiert?«

»Mama, ich habe Angst!« Lilys Stimme zitterte so sehr, dass Cara sofort in Alarmbereitschaft war. »Was ist los? Wo bist du?« Ihre Finger krallten sich am Handy fest, während sie versuchte, ruhig zu bleiben. Aus dem Hörer kam nur ein Kratzen, dann ein dumpfes Rauschen. Sie blickte zu Casimiro, der ihr einen besorgten Blick zuwarf, ehe er wieder auf die Straße sah.

»Was ist mit Lily?«

»Ich weiß nicht. Die Verbindung ist so schlecht! Mist! Lily? Lily, wo bist du?«

»Im Wald … ich …« Lilys Stimme brach ab, dann war erneut ein Schluchzen zu hören. »Ich habe die Kastanienfrau wieder getroffen. Ich wollte … ich wollte noch mal mit ihr über das Rezeptbuch sprechen.«

Cara schloss kurz die Augen. Die Kastanienfrau! Das konnte nichts Gutes bedeuten.

»Und dann? Was ist passiert?« Sie machte den Lautsprecher an, damit Casimiro mithören konnte.

»Sie ging gar nicht darauf ein und hat von Neve geredet. Sie meinte, dass sie wirklich nichts mit ihrem Tod zu tun hat. Wir kamen dann auf Neves Filmprojekt zu sprechen, weil ich wissen wollte, ob sie zugelassen hätte, dass Neve sie als Hexe darstellt. Sie verneinte und meinte, es sei viel schlimmer, dass Neve sich auf dem Friedhof gefilmt hat, als Tote neben einem Grab inszeniert!« Lily brach ab. Ihre Stimme war inzwischen richtig schrill geworden.

»Aber das konnte sie doch eigentlich gar nicht wissen, oder? Also das mit dem Friedhof?«

Cara stockte der Atem. Ihre Gedanken rasten. Neve hatte Luna von der Friedhofszene geschrieben. Und Fulvia wusste ebenfalls Bescheid, weil es ihre Idee gewesen war. Aber Lily hatte recht, die Kastanienfrau konnte dies nicht wissen.

»Du meinst, die Kastanienfrau hat das Video gesehen?«, flüsterte Cara.

»Das habe ich sie auch gefragt!« Lilys Stimme wurde lauter, panischer. »Ich dachte, sie hätte eine Erklärung dafür, aber sie hat so seltsam geschaut. Als ob ich sie erwischt hätte. Und dann … dann bin ich weggelaufen.«

»Lily, wo bist du jetzt?« Caras Herz raste, während sie zu Casimiro sah. »Fahr schneller!«, verlangte sie.

»Ich … ich habe mich verirrt. Ich weiß nicht mehr, wo ich bin. Ich habe solche Angst, dass sie mir gefolgt ist. Bitte kommt!«

Cara fühlte, wie sich ihr Magen erneut zusammenzog, als sie die Verzweiflung ihrer Tochter hörte. »Bleib ruhig, Lily. Hörst du mich? Wir sind gleich bei dir. Versuch, irgendwohin zu gehen, wo du dich verstecken kannst, in eine Höhle oder so.«

»Hier ist nichts! Nur Bäume … Aber ich glaube, in der Nähe ist ein Bach. Das Wasser rauscht.«

Cara horchte auf. Der kleine Wasserfall beim Bach vielleicht? Dort, wo Neve gestorben war?

»Hör zu, Schatz. Wir finden dich. Ich glaube, ich weiß ungefähr, wo du bist. Schick mir aber noch deinen Standort und …«

In dem Moment wurde die Verbindung unterbrochen. Cara starrte auf ihr Handy, versuchte, Lily anzurufen, aber die Leitung war tot.

»Mist! Fahr schneller!«

Während Casimiro das Auto durch die engen Straßen lenkte, schien die Zeit sich zu dehnen. Was, wenn die Kastanienfrau Lily etwas antat?

Sie hielten den Wagen so nah wie möglich am Waldrand. Als sie gerade ausstiegen, kam ihnen Fulvia mit Amy entgegen, die sofort zu kläffen begann.

»Was ist denn mit euch los?« Fulvia schob sich die Sonnenbrille ins Haar.

»Lily ist weg, hat sich im Wald verirrt. Hast du sie gesehen?«

»Nein, ich habe aber nur eine kleine Runde gedreht. Ich komme mit und helfe euch bei der Suche. Vielleicht findet Amy ja Lily.«

»Die kleine Kläfferin, na klar«, murmelte Casimiro.

»Hey, das habe ich gehört!«

Während sie in den Wald eilten, allen voran Cara, schilderte Casimiro seiner Schwester die Situation.

»Das ist ja bizarr. Ich finde die alte Frau ja auch schräg, aber die tut doch Lily nichts an. Und mit Neves Tod hat sie sicher auch nichts zu tun. Ihr übertreibt wirklich.«

Cara schnappte nach Luft und blieb stehen. »Entweder du hilfst uns bei der Suche und lässt deine blöden Kommentare, oder du kannst gehen, okay?«

Fulvia rollte die Augen. »Ist ja gut. Du meine Güte.«

»Warum hast du eigentlich wegen Mario Galli und Neve gelogen?«, fragte Cara und marschierte weiter den Hang hoch.

»Ich habe nicht gelogen!«

»Streit es nicht ab«, sagte Casimiro. »Wir wissen Bescheid. Wir haben uns mit Mario Galli getroffen.«

»Oh!«

»Und?«, hakte Casimiro nach.

Sie verdrehte erneut die Augen und seufzte. »Also gut. Ja, ich wusste Bescheid. Und ich war verdammt wütend auf Neve, weil ich selbst ein Auge auf Mario geworfen hatte. Deshalb habe ich ihm verraten, dass sie noch minderjährig ist. Er war ziemlich erschüttert.«

»Und warum hast du niemandem davon erzählt? Kam es dir nicht seltsam vor, dass Galli kurz nach Neves Tod einfach abgereist ist?«

»Doch, natürlich. Aber ich wollte keinen Ärger bekommen. Unsere Eltern hätten bestimmt gesagt, ich hätte sie sofort informieren müssen, als ich von der Affäre der beiden erfuhr. Und je mehr Zeit verging, desto unmöglicher wurde es, die Wahrheit zu sagen.«

Als sie bei der Verzweigung ankamen, blieb Cara stehen. »Das war idiotisch von dir, Fulvia. Aber wie auch immer, Mario Galli hatte offenbar nichts damit zu tun. Wir müssen jetzt Lily suchen, und ich schlage vor, dass wir uns aufteilen. Fulvia, du gehst hier lang, und du, Casimiro, gehst zum Haus der Kastanienfrau. Ich Richtung Wasserfall.«

Das Rauschen des Wassers kam immer näher, als Cara den steilen Pfad hochrannte. Sie schwitzte und keuchte, sogar für sie als Sportlerin war dieser Hang eine Herausforderung, aber sie hatte nur ein Ziel: Lily zu finden. Dass sie hierfür zu der Stelle musste, wo Neve gestorben war, spielte jetzt keine Rolle.

Als sie endlich auf der Kuppe ankam, erblickte sie auch schon die Holzbrücke, auf ihr eine schmale, kleine Gestalt. Lily. Gott sei Dank. Neben ihr stand eine alte Frau mit einer wilden, zerzausten Frisur und in dunkler Kleidung. Es war die Kastanienfrau.

»Lily!«, rief Cara aufgeregt, ihre Stimme zitterte vor Erleichterung und Schrecken zugleich, und sie stürzte nach vorne. Eco, der an einem Baum angebunden war, begann, unaufhörlich zu bellen, als wollte er die Stille des Waldes in Stücke reißen.

Lily drehte sich um, ihre Wangen waren von Tränen und Dreck verschmiert. Sie taumelte Cara entgegen und fiel ihr in die Arme.

»Schsch, alles ist gut«, flüsterte sie, und nachdem sich Lily etwas beruhigt hatte, wandte sie sich an die Kastanienfrau. »Was haben Sie ihr angetan?«

»Ich …« Die Kastanienfrau hob die Hände, als wollte sie zeigen, dass von ihr keine Gefahr ausging.

»Sie hat mir geholfen, Mama«, erklärte Lily. »Ich bin dort drüben ausgerutscht und hingefallen. Ich konnte mich an der Wurzel festhalten, schaffte es aber nicht, mich hochzuziehen.« Sie zeigte zu dem Hang hinüber. Der Abgrund war nicht tief, aber steil und dicht mit Sträuchern bewachsen. Ein Sturz hätte zu ernsthaften Verletzungen führen können, dachte Cara.

»Die Kastanienfrau hat meine Hilferufe gehört und mir einen Ast gereicht, damit ich mich hochziehen konnte.«

Cara fixierte die alte Frau misstrauisch. »Danke, dass Sie Lily geholfen haben … Aber ich will jetzt wissen, was damals mit Neve passiert ist.«

Die Kastanienfrau schloss die Augen, dann nickte sie langsam. »Gut. Ihr sollt die Wahrheit erfahren. Ich schwöre, ich habe Neve nicht getötet.« Ihre Stimme war ruhig, aber aufgewühlt. »Es stimmt, ich habe ihre Kamera gefunden und mir die Aufnahmen angesehen.«

»Und?«

»Eines der Videos zeigte, wie der junge Mann, Mario Galli, der auf dem Weingut gearbeitet hat, Umberto erzählte, dass er nicht das leibliche Kind von Valerio und Aurora sei, sondern Ennio.«

»Der Sohn von Valentina und Tadeo«, sagte Cara, und die Kastanienfrau sah sie überrascht an.

»Sie wissen es?«

»Ja, einen Teil. Erzählen Sie weiter.«

»Mario Galli sagte Umberto, dass Valerio und Aurora ihn als ihren verstorbenen Sohn ausgegeben haben, weil ihr eigener Sohn gestorben war. Doch später tauchte Umbertos leibliche Mutter auf und wollte ihn zurück. Sie und ihr Freund gingen einen Handel ein mit den Casolis, die ihn den beiden abkauften.« Sie schluchzte plötzlich auf, und als sie sich wieder gefasst hatte, blickte sie Cara direkt in die Augen. »Ich wusste bereits, dass Neve mit diesem Video die Casolis, also Valerio, Aurora und Umberto, erpresste. Umberto hat mich nämlich am Tag vor Neves Tod aufgesucht. Mario Galli erzählte ihm, dass ich vermutlich seine Tante Mella oder seine Mutter Valentina sei.« Sie brach ab, und Cara starrte sie gebannt an. »Und wer sind Sie nun? Mella?«

»Nein.« Ihre Stimme war kaum mehr als ein Flüstern. Tränen

stiegen in ihre Augen, doch sie blinzelte sie fort. »Ich bin Valentina …« Sie ließ die Aussage einen Moment in der Luft hängen, ehe sie fortfuhr. »Als Umberto wissen wollte, wer ich nun sei, sagte ich ihm, dass ich seine Mutter bin. Daraufhin wurde er wütend. Weil ich ihm das alles eingebrockt hatte. Ihn damals im Stich ließ, um mit den Partisanen zu kämpfen. Ich wollte ihm sagen, dass ich es bereut habe, aber er ließ mich nicht zu Wort kommen. Er sagte mir, dass Valerio sich entschieden habe, sich nicht mehr weiter von Neve erpressen zu lassen, aber Aurora und er selbst seien dagegen, aus Angst vor einem Skandal. Umberto verabscheute zwar die Tat seiner Eltern, aber er wollte trotzdem verhindern, dass die Wahrheit ans Licht kommt und man erfährt, dass er kein echter Casoli ist. Wissen Sie, Umberto war schon immer eifersüchtig auf seinen kleinen Bruder Pietro, den seine Eltern sehr spät noch bekommen haben. Er hatte immer das Gefühl, sie würden ihn bevorzugen. Als er erfuhr, dass er kein echter Casoli ist, war das schlimmer für ihn als die Tatsache, dass Valerio und Aurora ihn *abgekauft* hatten. Sein Stolz ist grenzenlos. Als Casoli genoss er immerhin noch Ansehen, und obwohl man ihn bei der Leitung des Weinguts benachteiligt hatte, besaß er wenigstens noch die Olivenölproduktion. Umberto meinte, dass er sich von einer *kleinen Göre* nicht sein Leben zerstören lassen würde. Dann ging er.«

Cara starrte die alte Frau an, ihr Kopf schwirrte vor Fragen. »Sie denken demnach, Umberto hat Neve getötet? Weil Valerio alles offenlegen wollte?«

Valentina blickte schuldbewusst zu Boden. »Ja, das denke ich. Wisst ihr, Neve kam in der Nacht ihres Todes zu mir. Sie schlich um mein Haus herum mit ihrer Taschenlampe und der Kamera. Ich beschloss, mit ihr zu reden und sie zu überzeugen, mit der Erpressung aufzuhören. Leider habe ich ihr einen richtigen Schrecken eingejagt. Als sie mich sah, schrie sie und rannte weg. Die Kamera fiel dabei auf den Boden. Ich wollte ihr nach, aber es war zu dunkel, und ich beschloss, sie ihr tags darauf zu bringen. Als ich dann am nächsten Morgen meinen Spaziergang machte, fand ich sie tot auf.«

»Warum sind Sie so sicher, dass Umberto dahintersteckte?«

»Weil ich wusste, dass Umberto alles tun würde, um sein Geheimnis zu bewahren … Und in unmittelbarer Nähe entdeckte ich mehrere große Schuhabdrücke in der Erde – und Umbertos Hut, den er immer trug.« Valentina senkte den Blick. »Die Spuren habe ich verwischt, und den Hut nahm ich mit.«

»Warum zum Teufel haben Sie ihn gedeckt?«, rief Casimiro, der sich ihnen genähert und offenbar alles mitangehört hatte. Lily fiel ihm in die Arme.

»Weil ich es ihm schuldig war! Ich ließ ihn als Säugling im Stich. Deshalb brachte meine Schwester ihn in die Schweiz. Er kam zu den Casolis, nahm die Identität eines Toten an. Dann …« Sie rieb sich die Schläfen. »Er hat als Kind so viel durchgemacht. Auch wenn er noch zu klein war, um sich daran zu erinnern, muss ihn das doch verstört haben. Ihn für sein Leben geprägt haben! Aus diesem Grund wurde er zu einem solch rastlosen Mann.«

Cara spürte, wie sich ihre Wut aufstaute. Sie hatte kein Verständnis. »Sie haben vermutlich einen Mord vertuscht!«

»Ich weiß, aber ich konnte nicht zulassen, dass sie Umberto wegsperren. Ich habe Mella versprochen, auf ihn aufzupassen. Ein Auge auf ihn zu haben. Mella hat ihn damals vor Fausto gerettet, und ich musste ihn vor Aurora beschützen.«

»Vor Aurora?« Casimiro sah sie verdutzt an. »Warum vor Aurora?«

»Weil sie eine sehr dunkle Seele hatte. Wenn ihr etwas nicht passte, dann zögerte sie nicht, zu töten.«

Casimiro lachte. »So ein Unsinn! Ausgerechnet Aurora!«

»Sie ist eine hervorragende Schauspielerin. Sie hatte das Talent, alle zu täuschen. Und sie hatte schon einen Menschen auf dem Gewissen.«

»Wen hat sie getötet?«, fragte Cara.

»Einen Mann namens Pepe, der das Kinderheim geleitet hat, in dem sie lebte. Sie hat ihn wohl nicht direkt getötet, sondern verbluten lassen. Er trat in eine Tierfalle, und sie ließ ihn einfach zurück. Und zwar nur, weil er und seine Frau ihr Kind zur Adoption freigegeben haben.«

»Wann war das?«

»Oh, das war, bevor sie in die Schweiz kam. Mella hat es mir gesagt.«

»Deshalb verschwieg Aurora ihre Vergangenheit.« Cara seufzte tief und schaute zu Casimiro und Lily, die ebenfalls ganz verstört wirkten.

Casimiro holte tief Luft. »Nun gut, angenommen, es ist wahr, dass Aurora so kaltblütig war: Dann könnte ja sie Neve getötet haben?« In seiner Stimme lag so viel Sarkasmus, dass Valentina ihn wütend anblickte.

»Aurora hatte damals einen Gips. Erinnern Sie sich nicht? Sie hatte sich bei einem Fahrradunfall das Bein gebrochen. Sie hätte unmöglich nachts in den Wald gehen können. Und die Fußabdrücke stammten eindeutig von einem Mann! Und dann war da noch Umbertos Hut.«

Cara nickte. Sie erinnerte sich vage daran, dass sie Aurora damals ab und zu mit ihrem Gips im Dorf gesehen hatte.

»Das war auch nicht ernst gemeint«, stellte Casimiro schnaubend klar. »Als würde meine Großmutter ein Mädchen töten. Und meinem Großvater traue ich es auch nicht zu.«

»Nein, Valerio wollte ja sowieso reinen Tisch machen.«

Für einen Moment wurde es still auf der Brücke, nur das Rauschen des Wassers war zu hören.

Schließlich fragte Cara mit bebender Stimme: »Und was machen wir jetzt?«

»Wir stellen Umberto zur Rede«, sagte Casimiro. »Allerdings, wenn er es tatsächlich war, wird er es bestimmt nicht einfach zugeben.«

Cara nickte. »Denke ich auch.«

»Kommt, wir gehen.«

Sie schritten durch den Wald, als Fulvia an einer Weggabelung zu ihnen stieß. Erleichterung stand ihr ins Gesicht geschrieben. Lily war gefunden, und sie konnte endlich nach Hause. Doch als sie die Kastanienfrau bemerkte, wandte sie sich überrascht an ihren Bruder.

»Was macht die hier?«

Während ihr Casimiro alles erklärte, kämpfte Cara damit, ihre Gedanken zu ordnen und all die neuen Erkenntnisse in einen sinnvollen Zusammenhang zu bringen. Dabei fiel ihr auf, dass eine Frage noch immer unbeantwortet geblieben war. Sie wandte sich an Valentina. »Sagen Sie, was ist eigentlich aus Ihrer Schwester Mella geworden? Und warum haben Sie deren Namen Zita Maldini angenommen?«

Kapitel 30

Morcote, Oktober 1955
Mella

Der Wald war still, bis auf das Rascheln der Blätter unter Mellas Schritten. Die Luft roch nach feuchtem Laub und Kastanien, die überall verstreut am Boden lagen. Mella bückte sich, hob eine Frucht auf und warf sie in ihren Korb. Sie blickte zu Valentina, die auf einem moosbewachsenen Stein saß, die Flasche an den Lippen, die braunen Haare von der Herbstsonne durchleuchtet. Vor ihr stand ein randvoller Korb, ordentlich gefüllt wie immer.

Fast wie früher in Santa Castagna, dachte Mella wehmütig und spürte einen Stich im Herzen, weil sich Valentina nicht mehr an diese Zeit erinnern konnte.

Mella setzte sich neben sie, zog die Brote aus der Tasche und wickelte sie langsam aus, reichte eines Valentina.

Zehn Jahre waren nun seit Valentinas Unfall auf dem Weingut vergangen. Zum Glück war der Arzt damals schnell gekommen, nachdem sie ihn endlich angerufen hatte. Sie und Aurora hatten ihm gesagt, dass Valentina gestürzt sei, was ja auch stimmte. Rinaldo erwähnten sie nicht.

Die Verletzung heilte rasch, aber nach ein paar Tagen stellte sich heraus, dass sich Valentina an nichts erinnerte. Amnesie, so die Diagnose des Arztes. Sie wusste nichts mehr, kannte nicht einmal ihren Namen.

Mella hatte in Erwägung gezogen, Morcote zusammen mit Valentina zu verlassen. Weg von Aurora. Doch ohne Ennio wollte sie nicht gehen, und mitnehmen konnte sie ihn nicht. Aurora hätte es nie zugelassen. Sie hätte ihnen die Polizei auf den Hals gehetzt, sie wären auf ständiger Flucht gewesen.

Zudem musste sie einsehen, dass Aurora zwar vieles war, aber keine schlechte Mutter. Sie liebte Ennio über alles, und er liebte sie. Er hielt Aurora und Valerio für seine Eltern. Würde sie ihn von ihnen trennen, täte sie ihm weh, und das konnte sie nicht verantworten. Ennios Glück stand über allem.

Aber unter einem Dach mit Aurora zu leben war unmöglich. Valerio hatte keine Ahnung, weshalb sie plötzlich diesen Groll gegen Aurora hegte. Da sie nicht wusste, wohin, bot er ihr an, in der ehemaligen Jagdhütte im Wald zu wohnen, einem Steinhaus auf einer Lichtung. Er ließ es sogar für sie umbauen, und sie erhielt einen Vertrag mit Wohnrecht auf Lebenszeit, ausgestellt auf ihren Namen Zita Maldini. Mella hielt es nicht für notwendig, Valentina ebenfalls in die Papiere aufzunehmen.

Sie erinnerte sich noch an Auroras Worte damals: »Mir wäre es zwar lieber gewesen, wenn diese Frau von der Bildfläche verschwunden wäre, aber so haben wir sie wenigstens unter Kontrolle.«

Und dort lebte sie nun mit Valentina, tat alles, damit es ihr gut ging. Sie legte einen Garten an, ließ einen *metato* errichten, eine Trockenhütte nach alter Tradition, wie sie sie auf den Selven in Santa Castagna gehabt hatten. Sie kochte und buk viel mit ihr. Nur nicht aus ihrem Rezeptbuch, das sie bei Aurora als Pfand zurückgelassen hatte. Sie wollte es ohnehin nicht mehr. Die Erinnerungen an Dino hätten sie zerstört.

Renato Gabriotti hatte ihr vor ein paar Jahren einen Heiratsantrag gemacht, doch sie hatte ihn abgelehnt. Inzwischen hatte er eine andere zur Frau genommen. Es war in Ordnung für Mella. Sie hatte kein Glück verdient.

Sie biss in ihr Brot und beobachtete Valentina, die wieder begann, Kastanien aufzulesen.

»Das ist genau wie früher«, sagte sie zu ihr. »Ich weiß, dass du dich nicht daran erinnern kannst, aber wir sind stundenlang durch die Wälder von Santa Castagna gezogen. Einmal haben wir …« Sie erzählte Valentina wie so oft eine von vielen Geschichten, und sie hörte ihr aufmerksam zu. »Du warst immer mein großes Vorbild, weißt du. Ich habe dich bewundert für deinen Mut und deine Schönheit, ich wollte genauso sein wie du.«

»Und jetzt willst du das nicht mehr?«, fragte Valentina. »Weil ich … schwach bin?«

Mella trat auf sie zu und beugte sich zu ihr, strich ihr über den Rücken. »Du bist nicht schwach. Du hast nur kein Erinnerungsvermögen mehr. Aber der Arzt meinte damals, dass es vielleicht irgendwann zurückkommen könnte?« Mella versuchte, zuversichtlich zu klingen, aber nach all den Jahren glaubte sie nicht mehr daran. Doch sie ließ es sich nicht anmerken, drückte Valentinas Hände. »Und ich bewundere dich noch immer. Du bist meine große Schwester, und ich liebe dich.«

Valentina starrte sie an, dann schloss sie die Augen und atmete tief durch. Sie schwieg lange, und Mella fuhr mit der Arbeit fort.

Plötzlich sagte Valentina: »Ich liebe dich auch, mein kleines Kastanienmädchen.«

Mella hielt in der Bewegung inne, die Kastanie fiel ihr aus den Händen, und sie wandte sich um. Kastanienmädchen! So hatte sie Valentina seit Santa Castagna nie mehr genannt. War das ein Zufall? Sie blickte ihr ins Gesicht, und Valentina lächelte leicht.

»Du erinnerst dich«, flüsterte Mella. »Du erinnerst dich wieder!«

Valentina schwieg einen Moment, dann erhob sie sich und ging ein paar Schritte, Mella folgte ihr. »Ja«, sagte sie schließlich. »Ich erinnere mich. An alles. Und zwar schon seit einiger Zeit. Die Erinnerungen kamen nach ein paar Monaten zurück. Nach und nach. Besonders im Wald. Vielleicht auch, weil du mir unermüdlich so viel über mein Leben erzählt hast.«

Eine Welle kalten Entsetzens überkam Mella. Valentina hatte ihr die ganze Zeit etwas vorgemacht? Tatsächlich hatte sie ihre Schwester auf Anraten des Arztes immer wieder mit Informationen über ihr früheres Leben versorgt, in der Hoffnung, dass dies helfen würde, ihr Gedächtnis zurückzubringen und sie emotional zu stabilisieren.

»Warum hast du nie etwas gesagt?«, fragte sie.

Valentina lachte bitter auf. »Willst du die Wahrheit wissen? Weil es mir damals gefiel, dich leiden zu sehen. Deine Schuldgefühle mir gegenüber. Dass du Dino verloren hast. Dass du hier wie eine Gefangene lebst und nicht wegkannst wegen Ennio. Ich fand, dass du dieses Schicksal verdient hast. Für all das, was du mir angetan hast. Du hast mich an Fausto verraten. Wegen dir mussten Papa und Tadeo sterben. Und du hast mir meinen Sohn weggenommen.« Ihre Augen wirkten glasig.

»Ich wollte immer nur das Richtige tun!«, erwiderte Mella energisch.

Valentina ging ein paar Schritte weiter und lehnte sich an einen Baumstamm, stieß einen tiefen Seufzer aus. »Ja, ich weiß, Mella. Es fällt mir schwer, das zuzugeben, aber ich glaube, du hast tatsächlich richtig gehandelt. Im Sinne von Ennio ... Als meine Erinnerungen allmählich wieder zurückkamen und ich realisierte, was damals passiert war, beschloss ich, Ennio zu holen und mit ihm zu flüchten. Aber dann sah ich Aurora und Valerio, wie sie mit ihm spielten. Da wurde mir bewusst, wie sehr sie ihn lieben, und er sie. Ich stellte mir vor, wie unser Leben wäre, und bekam Angst. Ich würde meinem Sohn nie dieses Glück bieten können wie die Casolis. Und vielleicht nicht mal die gleiche Liebe.«

»Warum bist du hiergeblieben?«

»Warum wohl? Um in Ennios Nähe zu sein. Er sollte nie erfahren, wer ich bin, aber ich wollte über ihn wachen. Weil ich ihn damals verließ. Es ist meine Lebensaufgabe, meinen Fehler wiedergutzumachen.«

»Hattest du denn nie Bedenken, ihn bei der Frau zu lassen, die für deine Amnesie verantwortlich ist?« Es war nicht das erste Mal, dass Mella Valentina auf den Vorfall ansprach. Sie hatte die Wochen nach ihrer Diagnose immer wieder versucht, etwas über die Geschehnisse an diesem Tag aus ihr herauszukitzeln, indem sie ihr wiederholt erzählt hatte, was laut Aurora damals passiert war. Davon, dass Rinaldo sie angeblich geschlagen hatte. Aber Valentina hatte sich an nichts erinnert.

»Aurora hatte nichts damit zu tun. Es war Rinaldo. An dem Tag, als wir mit dem Geld der Casolis abreisen wollten, hatte ich eine Eingebung. Ich hielt es für falsch, Ennio an die Casolis zu verkaufen. Deshalb schrieb ich Rinaldo, der noch schlief, eine kurze Notiz und teilte ihm mit, dass ich den Casolis das Geld zurückbringe und Umberto hole. Als ich auf dem Weingut ankam, sah ich Aurora und Umberto im Garten. Ich ging zu ihr, gab ihr den Rucksack mit dem Geld und sagte, dass ich es mir anders überlegt hätte. Sie wurde wütend, und in dem Moment erschien Rinaldo. Wir stritten, und ich habe ihn beschimpft, nannte ihn einen Krüppel und Verräter. Er schlug mich, und ich stürzte. Ab dann verlieren sich meine Erinnerungen. Als mein Gedächtnis zurückkehrte, ergab alles, was du mir über den Unfall erzählt hattest, plötzlich Sinn. Anders als du wusste ich aber, dass es stimmte, was Aurora dir erzählt hat. Rinaldo ist für den Unfall verantwortlich. Und er hat mich einfach zurückgelassen. Mit dieser Erkenntnis hatte ich schwer zu kämpfen all die Jahre.«

Sie schwiegen, bis Mella sagte: »Bist du mir noch böse? Wegen Ennio?«

Valentina schluckte. »Was soll ich sagen? Du bist meine Schwester, und was ich vorhin gesagt habe, war ernst gemeint. Ich liebe dich … Aber du hast mich verraten, und ich glaube nicht, dass ich dir das jemals verzeihen kann. Trotzdem hast du genug gebüßt. Zehn Jahre warst du an meiner Seite, hast sogar Renatos Heiratsantrag ausgeschlagen. Und ich sehe jetzt ein, dass auch du dein Glück verdient hast.«

»Wie meinst du das?«

Sie hob den Kopf, kniff die Augen zusammen. »Dino lebt noch. Ich habe damals gelogen.«

»Dino lebt?« Mella spürte, wie ihr eine Gänsehaut über den Rücken lief.

»Ja«, sagte Valentina und hielt dabei Mellas Blick fest. »Er wurde damals verhaftet, das stimmt. Aber er starb nicht.«

Mella schloss die Augen und atmete langsam aus. Die Worte sanken schwer in ihr Bewusstsein. Dino lebte! Eine tiefe Erleichterung erfasste sie, aber gleichzeitig war sie verwirrt.

»Warum hast du mich belogen?«

»Warum wohl? Ich hatte meinen Tadeo wegen dir verloren, deshalb solltest du Dino auch nicht bekommen.«

Mella versuchte, das riesige Durcheinander in ihrem Kopf zu ordnen. Sie war so wütend auf Valentina, aber auch glücklich wegen Dino, und sie hatte so viele Fragen.

»Warum hat er mir nicht geschrieben? Er wusste doch, wo ich bin! Ja, er kannte meinen neuen Namen nicht, aber er hätte den Brief einfach den Casolis schicken können.«

Valentina starrte zu Boden und fixierte einen Pilz, dessen Schirmchen nur noch aus einer Hälfte bestand. »Er hat dir geschrieben.«

»Was? Aber …«

Sie sah auf. Mella bemerkte nun eine Spur von Reue in ihren Augen. »Als Rinaldo und ich ihn nach dem Krieg im Gefängnis in Mailand besucht haben, bat er mich, dich bei den Casolis aufzusuchen. Er gab mir einen Brief für dich mit. Darin stand, dass er zu weiteren acht Jahren Haft verurteilt wurde, er aber danach zu dir in die Schweiz kommen könne. Er liebe dich, würde aber verstehen, wenn du nicht warten wolltest.«

Mella spürte, wie eine erneute Welle des Zorns in ihr aufstieg, heiß und unaufhaltsam. Sie ballte die Hände zu Fäusten. Noch immer fassungslos schluckte sie hart, und die Enttäuschung brannte in ihrer Brust.

»Warum hast du mir den Brief nicht gegeben?«

Valentina schnaubte. »Ich habe es dir nicht gegönnt, dass deine große Liebe noch lebte und meine nicht. Ich finde, du hattest es nicht verdient, mit ihm glücklich zu werden. Deshalb schrieb ich Dino kurz nach meiner Ankunft in Morcote, dass du verheiratet wärst und er dich in Ruhe lassen soll.«

Mella sog scharf die Luft ein. Valentina hatte sie nicht nur in dem Glauben gelassen, Dino wäre tot, sondern ihm auch geschrieben, sie wäre vergeben. Dino musste inzwischen aus der Haft entlassen worden sein, und sie war nicht für ihn da gewesen.

»Wie konntest du nur? Ich habe deinen Sohn in Sicherheit gebracht, und das ist der Dank?« Nun geriet Mella regelrecht in Rage. »Und sag jetzt nicht, dass du dich wegen Tadeo gerächt hast, denn ich bin nicht schuld! Weißt du eigentlich, was ich alles getan habe für dich? Als Rinaldo dich einfach im Stich ließ und du bewusstlos am Boden lagst, wollte Aurora dich sterben lassen! Ich habe mich für dich eingesetzt, ich gab ihr sozusagen ein Pfand!«

»Was für ein Pfand?«

Mella berichtete ihr daraufhin von dem Grenzsoldaten, von Auroras unterlassener Hilfeleistung gegenüber Pepe, ihrem Geständnis im Rezeptbuch. »Und das alles habe ich für dich getan! Aber du weißt ja nie etwas zu schätzen.«

»Es tut mir leid, Mella. Wirklich. Aber jetzt sind wir quitt.«

»Quitt?«, schrie Mella und raufte sich das Haar. »Du bist nicht mehr meine Schwester!«

Kapitel 31

Morcote, Oktober 2023
Cara

Cara, Casimiro und Lily hingen gebannt an Valentinas Lippen. Sie hatten sich unterwegs auf eine Bank gesetzt, weil sie nicht gleichzeitig reden und gehen konnte. Fulvia hatte sich längst von ihnen verabschiedet mit der Ausrede, Amy habe Hunger.

»Und was hat Mella dann getan?«, fragte Cara. »Ging sie zu Dino?«

»Ja, sie reiste noch am selben Tag ab. Sie rang mit sich, weil sie Ennio nicht im Stich lassen wollte, aber sie musste unbedingt zu Dino. Ich versprach ihr, auf Ennio aufzupassen, das war das Mindeste, was ich tun konnte … Ich weiß aber nicht, was aus ihr wurde. Ich habe danach nie wieder von ihr gehört. Sie ließ ihren gefälschten Ausweis hier, und ich entschied, fortan als Zita Maldini weiterzuleben. Ich sprach mit Valerio, und er war einverstanden. Ich war sowieso kaum unter den Leuten.« Ihr Blick verschleierte sich. »Es brach mir das Herz, Mella zu verlieren, aber ich war selbst schuld. Meine letzte Möglichkeit, es wiedergutzumachen, war, Auroras Geheimnis zu bewahren. Wenn ich den Behörden von Auroras Tat erzählt hätte, dann hätte diese im Gegenzug Mella verraten. Mella war zwar weg, und ich vermutete, dass sie nach Italien ging, aber ich wollte nichts riskieren. Zudem war ich überzeugt, dass Aurora ohnehin alles abgestritten hätte. Zu dem Zeitpunkt war sie schon ziemlich erfolgreich, und der Wein, der nach ihr benannt wurde, genoss Anerkennung auf der ganzen Welt. Ich wollte einen Skandal um jeden Preis vermeiden. Es hätte am Ende nur Ennio geschadet. All die Jahre habe ich ihn im Auge behalten. Wie er als Kind spielte, als Jugendlicher heimlich im Wald geraucht, getrunken und gekifft hat. Wie er manchmal seinen kleinen Bruder Pietro schikanierte, ihn an Bäume fesselte. Er litt sehr, als sein Bruder auf die Welt kam. Für Aurora und Valerio war Pietro wie ein Wunder, er war ihr Fleisch und Blut, Ennio nicht. Und ich glaube, er spürte das. Deshalb begann er zu rebellieren. Einmal sprach ich ihn an, da war er etwa sechzehn. Ich redete ihm ins Gewissen, doch er lachte mich nur aus und nannte mich eine verbitterte Hexe.«

»Wie war das Verhältnis zwischen Ihnen und Aurora?«, wollte Cara wissen.

Ihre Augen verfinsterten sich. »Wir gingen uns aus dem Weg.«

»Warum wollten Sie damals nicht mit Mario Galli sprechen?«, fragte Casimiro.

»Weil Rinaldo mich zutiefst verletzt hatte. Er ließ mich einfach liegen, dabei hätte er sich um mich kümmern müssen. Hätte sich Mella nicht für mich eingesetzt, wäre ich vermutlich gestorben.« Einen Moment lang schwieg sie. Ihre Finger krallten sich in den Stoff ihrer Jacke, und sie starrte auf den Boden. »Als Mario Galli mir sagte, warum er hier sei, wurde ich wütend und traurig. Als könnte Rinaldo, indem er einen Boten schickt, irgendetwas wiedergutmachen! Deshalb jagte ich Mario Galli weg. Ich konnte diese Erinnerungen an Rinaldo und das Erlebte einfach nicht ertragen.« Sie atmete einmal tief durch, schloss kurz die Augen. Eco, der die ganze Zeit still an ihrer Seite geblieben war, winselte leise und stupste mit der Schnauze sanft gegen ihre Hand. Mit einem Seufzen richtete sie sich langsam auf.

»Gehen wir weiter.«

Der Weg zum Weingut verlief schweigend. Jeder Schritt schien die alte Frau Kraft zu kosten. Auch Lily war ungewöhnlich still. Sie ging Hand in Hand mit Casimiro voran, den Blick gesenkt. Der Sturz und die Angst saßen ihr noch immer in den Gliedern, das war deutlich zu sehen.

Zwischen den Bäumen lag eine gedämpfte, fast ehrfürchtige Ruhe. Nur gelegentlich unterbrochen, wenn ein Vogel im Unterholz aufflatterte oder Eco stehen blieb, um neugierig im Gestrüpp zu schnuppern.

Als sie das Weingut erreichten, dämmerte es bereits. Casimiro schickte Lily ins Haus und wies sie an, dort zu warten.

»Aber ich will bei euch bleiben!«

»Nein, Lily! Jetzt hör endlich mal auf uns! Du gehst ins Haus und bleibst bei deiner Nonna.«

Valentina drückte Lily Ecos Leine in die Hände. »Hier, du darfst dafür in der Zwischenzeit auf ihn aufpassen.«

Lilys Augen weiteten sich vor Überraschung, und ein breites Grinsen trat auf ihr Gesicht. »Danke!«, rief sie und verschwand eilig mit dem Hund im Haus.

Als Cara, Casimiro und Valentina kurz darauf bei Umberto eintrafen, sah er sie erstaunt an, und als er seine leibliche Mutter erblickte, wurde sein Blick feindselig.

»Was hat die hier verloren?«

»Können wir reinkommen?«, fragte Casimiro und setzte bereits einen Fuß ins Haus.

Drinnen zögerte er nicht lange, kam gleich auf den Punkt. »Wir wissen, dass du Valentinas Sohn bist. Und wir wissen auch, dass

Neve dich, Aurora und Valerio damit erpresst hat. Außerdem ist uns klar, dass du in jener Nacht im Wald warst. Valentina fand deine Spuren und deinen Hut.«

Umbertos Gesicht verzog sich vor Zorn. »Verdammte Scheiße, was soll das! Wollt ihr mir etwa tatsächlich unterstellen, dass ich Neve getötet habe? Das war ein Unfall!«

»Das denken wir nicht«, widersprach Cara.

Schnaubend trat Umberto an einen Servierwagen, der mit einer Auswahl an hochprozentigen Flaschen gefüllt war. Ohne zu zögern, griff er nach einem Grappa, schenkte sich davon in ein Kristallglas und trank es in einem Zug.

»Okay, ich gebe zu, Neve hat mich damals erpresst, weil sie das Gespräch zwischen Galli und mir aufgenommen hat. Und ja, es hat mich rasend gemacht, mich von dieser kleinen Göre erpressen zu lassen. Valerio zog in Erwägung, alles zu gestehen, aber Aurora und ich wollten das nicht. Zu viel hing davon ab. Ich beschloss, nochmals mit Neve zu reden, wollte sie etwas einschüchtern, aber dazu bin ich gar nicht gekommen, da sie bereits tot war, als ich im Wald eintraf. Ich habe sie nicht getötet.«

Cara trat auf ihn zu. »Ich glaube dir nicht! Valentina ist auch überzeugt, dass du dahintersteckst. Sie hat nur geschwiegen, um dich zu beschützen.«

Er wirkte verdattert und schaute zu Valentina. »Du bist doch verrückt!«

Sie schüttelte den Kopf. »Ich habe all die Jahre geschwiegen, weil ich meinen Fehler dir gegenüber wiedergutmachen wollte. Aber das war falsch.«

Umberto schnaubte. »Hör mit diesem Mist auf! Ich habe Neve nicht umgebracht! Und diese angeblichen Spuren in der Erde und der Hut beweisen gar nichts. Es könnte jemand anders gewesen sein, der Hut wurde mir vielleicht gestohlen? Mein Gott, ihr seid alle verrückt!«

Casimiro räusperte sich. »Du hast Valentina gegenüber gesagt, dass du dich nicht weiter erpressen lassen wirst. Und am selben Abend starb Neve.«

Umberto starrte Casimiro entsetzt an, suchte nach Worten.

Cara zog ihr Handy hervor. »Ich rufe jetzt die Polizei.«

Plötzlich öffnete sich die Tür mit einem lauten Knarren. Felice stand im Raum, er wirkte blass und aufgelöst. »Hört auf! Hört endlich auf, meinen Vater zu beschuldigen.«

»Felice?« Cara sah ihn erstaunt an.

Er stützte sich gegen die Tür. »Ich … war dabei, als Neve starb.«

Stille. Cara kam es vor, als würde ihr Herz von einer eisigen Klinge durchbohrt.

»Was?«, brachte sie schließlich hervor.

Felice zögerte, bevor er weitersprach. »Ich bin schuld an Neves Tod. Nicht absichtlich … es war ein Unfall. Aber ich bin schuld.«

Cara hörte die Worte, doch sie schienen in ihrem Kopf zu schweben, ohne festen Halt zu finden. Sie konnte es nicht fassen.

Casimiro ging auf Felice zu. »Was redest du da? Du warst doch bei uns am Lagerfeuer?«

»Nein, ich … bin Neve gefolgt. Wollte …« Er klang, als kämpfte er darum, die Worte auszusprechen. »Ich wollte sie zur Rede stellen. Ich wusste von der Erpressung, weil ich gehört hatte, wie mein Vater und meine Großeltern darüber sprachen. Mein Großvater hatte vor, alles zu gestehen, aber das wollten mein Vater und meine Großmutter nicht, weil es einen riesigen Skandal gegeben und dem Weingut geschadet hätte. Doch Valerio war fest entschlossen, die Wahrheit ans Licht zu bringen. Ich hatte Angst. Mein Leben war schon ein Trümmerhaufen durch die Scheidung meiner Eltern … Das Weingut war mein einziger Halt, und ich wusste, dass der

Skandal uns zerstören könnte. Deshalb beschloss ich, mit Neve zu reden. Als ich sie auf der Brücke fand, war sie völlig verstört. Sie sagte, sie sei der Kastanienfrau begegnet, die wie eine Hexe ausgesehen habe. Ich beruhigte sie, und dann sprach ich sie auf die Erpressung an. Ich bat sie, damit aufzuhören, aber sie hat gelacht und gesagt, ich solle mich nicht einmischen. Sie wollte gehen, da stellte ich mich vor sie, sprach erneut auf sie ein. Sie hat sich an mir vorbeigedrängt, und dann plötzlich ist sie ausgerutscht und runtergefallen in den Bach, schlug mit dem Kopf an einen Stein. Sie lag dann da unten, regungslos. Ich stieg hinab und bemerkte, dass sie eine Wunde am Kopf hatte. Sie war tot. Ich … ich habe Panik bekommen und bin davongerannt.« Er atmete auf. »Ich trug Vaters Hut an jenem Abend. Erinnerst du dich nicht, Casimiro? Ihr habt noch Scherze gemacht, mich John Wayne genannt. Jedenfalls habe ich ihn verloren, doch das wurde mir erst am nächsten Tag bewusst, als Vater wissen wollte, wo sein Lieblingshut sei … Ich wollte in den Wald, um ihn zu holen, aber dann war bereits die Polizei da. Ich nahm mir vor, alles zu gestehen, als mich die Beamten befragten, denn ich war mir sicher, dass sie den Hut bereits gefunden hatten. Aber sie taten es nicht, und ich schwieg.«

Stille. Schwer, erdrückend.

Valentina sah Felice traurig an, die Hand vor den Mund geschlagen. Casimiro und Umberto blickten schweigend ins Leere. Cara wirkte wie erstarrt, ihre Gedanken rasten. »Warum hast du nichts gesagt?«, fragte sie Felice leise. »Wenn es doch ein Unfall war? Oder war es das nicht? Hast du sie etwa geschubst?«

Felice schüttelte heftig den Kopf, seine Augen geweitet. »Nein! Das habe ich nicht! Aber ich fühlte mich trotzdem schuldig, weil sie wegen mir ausgerutscht ist. Und ich hatte Angst, dass ich Ärger bekomme. Auch wenn ich sie nicht getötet hatte, so war sie zumindest wegen mir ausgerutscht.«

Cara starrte ihn fassungslos an. Wut, Schmerz, Mitgefühl; alles prallte aufeinander. »Dein Schweigen hat alles noch schlimmer gemacht!«

Felice ließ den Kopf hängen, Tränen liefen über seine Wangen. »Ich weiß. Und es tut mir so leid.«

Cara fühlte, wie sich eine unendliche Müdigkeit über sie legte, aber sie hatte noch Fragen an Felice. »Hast du die letzte Seite aus dem Rezeptbuch gerissen? Wolltest du es deshalb unbedingt sehen?«

»Ja. Als du von dem Fund erzählt hast, war ich in Alarmbereitschaft. Ich fragte mich, was darin stehen könnte, dass meine Großmutter es versteckt hatte. Ich beschloss, es mir anzusehen, und tatsächlich entdeckte ich ein Geständnis von Mella. Natürlich wusste ich nicht, weshalb sie es in das Buch geschrieben hatte, aber ich ahnte bereits, dass meine Großmutter etwas in der Hand gehabt hatte. Ich beschloss, die Seite sicherheitshalber herauszunehmen, damit du nicht noch mehr Grund hast, nachzuforschen, und dabei auf das Geheimnis stößt.«

Cara wandte sich ab, sie konnte ihm nicht mehr zuhören. Sie bekam mit, wie Casimiro etwas sagte, aber sie blickte aus dem Fenster in die Dämmerung. Der Schatten der Vergangenheit hatte ihre Leben für immer verändert, doch vielleicht, dachte sie, war dies der erste Schritt in Richtung Heilung.

Kapitel 32

Santa Castagna, Oktober 1955
Mella

Mella zitterte, als sie durch die vertrauten, aber auch veränderten Gassen von Santa Castagna ging. Der Ort, der einst voller Leben gewesen war, wirkte an diesem tristen Oktobertag wie eine verblassende Erinnerung. Die Fensterläden an den Häusern hingen nach wie vor teilweise schief, dafür gab es neue Straßenschilder und Geschäfte. Die Bäckerei trug einen neuen Namen, das Wirtshaus den alten. Der Duft der Kastanien lag noch immer in der Luft. Mella spürte, wie eine Welle von Trauer und Nostalgie über sie hinwegrollte, aber sie riss sich zusammen. Im Gemeindehaus beantragte sie einen Personalausweis, der in ein paar Wochen fertig wäre. Bis dahin erhielt sie provisorische Papiere. Sie war wieder Mariella Leone.

»Mella? Mella Leone? Bist du das?« Ein humpelnder Mann kam auf sie zu und musterte sie neugierig. Es war Adriano, Vittorias Sohn. Wie lange war es her!

»Adriano!« Sie ging auf ihn zu und fiel ihm in die Arme.

In der darauffolgenden Stunde erzählte Adriano, dass fast nur noch alte Menschen das Dorf bewohnten, die meisten Jungen in die Städte gezogen seien. Er jedoch blieb. Seine Mutter sei vor einem Jahr gestorben. Er habe geheiratet und zwei Kinder. Die Schulen von Soracielo und Santa Castagna seien zusammengelegt worden. In der Villa von Musso habe lange Zeit ein Amerikaner gewohnt, der sei aber vor drei Jahren abgereist. Jetzt stehe die Villa leer.

Was aus Mussos Töchtern wurde, wollte Mella wissen, doch Adriano konnte ihr keine Antwort darauf geben. Viele seien während des Krieges geflüchtet.

Weiter berichtete er, wer noch lebte, wer gestorben war.

Mella hörte ihm aufmerksam zu, doch als Adriano ihr wiederum Fragen stellte, wich sie aus. Sie sei in der Schweiz gewesen, Valentina auch. Und nun suche sie nach Dino.

»Weißt du, wo er sein könnte?«

»Nein, ich habe ihn nie wieder gesehen seit dem Krieg. Kein Wunder, er war ja lange in Haft. Ich erinnere mich aber, dass Franco mal gesagt hat, dass er jetzt herumreist.«

»Er reist herum? Wo?«

»Das weiß ich nicht, Mella. Am besten fragst du Franco. Er lebt noch immer in Soracielo, ist mit Serafina verheiratet.«

In Soracielo angekommen, die alte Eiche stand noch immer beim Dorfeingang, dauerte es nicht lange, bis sie vor dem kleinen Steinhaus stehen blieb. Die Eingangstür war grün gestrichen, aber die Farbe blätterte ab.

Eine hochschwangere Frau mit leuchtenden Augen öffnete die Tür, ein Junge hing an ihrem Rockzipfel. Das musste also Serafina sein, für die Dino in Francos Auftrag damals Gedichte und Zeichnungen angefertigt hatte. Ob Franco ihr je die Wahrheit gesagt hatte?

Mella stellte sich vor und fragte nach Franco, woraufhin Serafina sie hineinbat.

»Franco, Mella ist hier.«

»Mella?«, erklang es von einem Sessel her, der mit Blick zu einem kleinen Fenster stand.

»Mella Leone.«

Der Mann stand auf, legte die Zeitung auf den Tisch. Er kam auf Mella zu. Sein Gesicht war härter geworden, die Jahre hatten ihn gezeichnet, er war aber unverkennbar Franco, immer noch ziemlich dick.

»Was hast du hier verloren?«, fragte er.

»Ich suche Dino.«

»Der kam wegen dir in den Knast! Du hast uns alle verraten!«

Serafina ging dazwischen. »Franco!«, zischte sie. »Lass gut sein!«

»Aber wegen ihr haben sie Dino festgenommen und ihn verhört. Wegen ihr kam Tadeo um, und viele weitere. Sogar ihr eigener Vater.«

»Es war Krieg«, erwiderte Serafina. »Fausto Musso hätte euch früher oder später sowieso gefunden.«

Franco murmelte etwas vor sich hin.

»Ich suche nach Dino«, erklärte Mella erneut.

»Warum?«, fragte er. »Was willst du von ihm? Du hast doch geheiratet, hat er mir erzählt.«

»Nein, das hat Valentina erfunden, weil sie wütend war. Und ich dachte, Dino sei tot.«

Franco fuhr sich über das Gesicht. »Du hast ihm nur Unglück gebracht, also lass ihn in Ruhe. Und uns auch!« Mit diesen Worten stürmte er nach draußen und schlug die Tür hinter sich zu.

Mella wollte ihm nach, aber Serafina zog sie an der Hand zurück. »Lass ihn. Er ist sehr nachtragend. Tadeo war der Bruder, der ihm am nächsten stand. Sein Tod hat ihn sehr mitgenommen. Außerdem …« Sie hielt inne und winkte ab. »Ach, nicht so wichtig.«

»Doch, bitte sag's mir.«

Serafina seufzte. »Also gut. Franco und Dino haben sich zerstritten. Als Dino vor vier Jahren aus der Haft entlassen wurde, kam er hierher. Zuerst war die Freude natürlich groß. Dino erzählte von seinen Plänen, die Welt zu bereisen und zu malen, Franco von den Kindern und so weiter. Aber dann kamen die alten Themen wieder hoch. Tadeos Tod, Fausto … und du. Franco nannte dich eine Verräterin, und Dino ist ausgerastet. Er hat dich verteidigt, was Franco nicht verstand. Für ihn war es unbegreiflich, dass Dino den Mord an dem Faschisten auf sich nahm. Und dass er, obwohl du Tadeo und Valentina verraten hattest und in der Schweiz einen anderen Mann geheiratet hast, trotzdem zu dir hielt.«

Mellas Beine zitterten, und sie stützte sich mit einer Hand an der Wand ab.

»Möchtest du dich hinsetzen?«, fragte Serafina. »Oder etwas Wasser?«

»Nein, nein. Es geht schon. Was ist dann passiert?«

»Franco hat überreagiert und Dino rausgeworfen. Das hat er später übrigens bereut. Er liebt seinen kleinen Bruder, aber er ist zu stolz, um das zuzugeben.«

»Weißt du, wo Dino jetzt ist? Reist er wirklich um die Welt?«

»Ja, er hat seine Pläne wohl tatsächlich umgesetzt. Das wissen wir von Rinaldo. Er steht noch in Kontakt mit Dino und erhält gelegentlich Ansichtskarten von ihm.«

»Und wo ist er zurzeit?«, fragte Mella ungeduldig.

Serafina überlegte. »Hm, ich glaube, Rinaldo hat mal was von Casablanca gesagt. Das ist in Marokko.«

»Marokko?« Mella spürte, wie ihre Hoffnung in sich zusammensank. Paris, zum Beispiel, hätte besser gepasst. Vielleicht hätte sie ihn dort sogar besuchen können. Aber Marokko?

»Das ist aber schon eine Weile her«, fügte Serafina hinzu. »Vielleicht ist er inzwischen woanders. Du solltest Rinaldo fragen, er kann dir womöglich weiterhelfen. Warte, ich gebe dir seine Adresse. Er wohnt in Verbania.«

Rinaldo, dachte Mella. Ausgerechnet Rinaldo! Aber ihr blieb keine andere Wahl.

Serafina schrieb etwas auf einen Zettel und reichte ihn ihr. »Aber du musst wissen, dass es Rinaldo nicht gut geht. Er hat ein Alkoholproblem. Vielleicht hast du Glück und erwischst ihn in einem guten Moment. Von denen gibt es allerdings nicht viele … Falls er nicht zu Hause ist, findest du ihn im *La Barchetta* am Hafen. Das ist eine Bar. Franco hat mir gesagt, dass er dort oft hingeht.«

Als Mella in Verbania ankam, war es schon spät. Der Taxifahrer hielt vor der Adresse, die ihr Serafina gegeben hatte, aber niemand öffnete die Tür. Mit einem leisen Seufzen stieg sie wieder ein und ließ sich zum *La Barchetta* fahren.

Beim Anblick der Bar bekam sie ein ungutes Gefühl. Die flackernden Lampen tauchten alles in ein schummriges, fast bedrohliches Licht, vor dem Eingang standen zwei rauchende Männer, die sie von oben bis unten musterten.

Kaum betrat sie den Raum, glitt ihr Blick über die wenigen Tische, und sofort entdeckte sie ihn. Rinaldo saß zusammengesunken auf einem Hocker an der Bar, rauchend und ein Glas mit einer honigfarbenen Flüssigkeit vor sich. Der Raum roch nach Alkohol und abgestandenem Zigarettenrauch, die Luft war stickig und schwer.

Langsam schritt sie auf ihn zu. Zwei Männer am Billardtisch beäugten sie prüfend, und einer pfiff anerkennend.

Mella ignorierte sie, atmete tief ein und trat näher.

»Rinaldo?«

Er drehte sich zu ihr, und Mella fiel ein Veilchen auf, das sein linkes Auge zierte, und eine Verletzung an der Lippe. Sein kinnlanges Haar hing fettig an seinem Kopf, und auch im Dämmerlicht konnte sie den Schleier in seinen Augen erkennen. Wie traurig, ihn so zu sehen. Einst hatte er sie und Dino vor den Banditen im Wald gerettet, und nun war er – trotz Valerios Geld – so tief gesunken.

»Hey, Süße«, lallte er. »Willst auch 'nen Whisky?«

Mella seufzte. Sie hatte ihn offenbar in keinem guten Moment erwischt. Er wirkte schon ziemlich betrunken.

»Rinaldo, ich bin's, Mella. Erkennst du mich nicht?«

»Mell-aa?« Er lachte. »Sorry, Schätzchen, ich erinnere mich nicht an jede Frau, die ich schon hatte. Obwohl, du bist ein ziemlich heißer Feger. Seltsam, dass ich …«

Mella überlegte, ob sie das Gespräch besser verschieben sollte, aber sie war viel zu ungeduldig. Egal, wenn Rinaldo sie nicht erkannte.

Langsam setzte sie sich auf den Hocker neben ihn. Die Geräusche der Bar, das Klirren der Gläser, das gelegentliche Lachen drangen an sie heran, doch sie ließ sich nicht ablenken.

»Ich suche Dino. Ich weiß von Valentina, dass er nicht tot ist.«

Ein sehnsüchtiges Leuchten glomm in seinen Augen auf. »Valentina! An die erinnere ich mich. Die schönste Frau der Welt. Ich habe sie geliebt. Dachte, die sei tot.«

»Nein, es geht ihr gut. Obwohl du sie damals einfach liegen gelassen hast.«

Er fuhr sich über das Kinn, runzelte die Stirn und nahm einen Schluck.

Mella versuchte, ihm auf die Sprünge zu helfen. »Das Geld war dir wichtiger als sie.«

Er rülpste, und Mella wich zurück. »Schön, dass du etwas daraus gemacht hast«, murmelte sie. »Jedenfalls suche ich deinen Bruder Dino. Weißt du, wo ich ihn finde? Serafina erwähnte Marokko, Casablanca. Ist er immer noch dort?«

Rinaldo starrte eine Weile vor sich hin, und als Mella schon nachhaken wollte, sagte er: »Dino. Der ist jetzt berühmt. Ein großer Künstler. Lebt in London. Seine Bilder hängen in einer noblen Galerie. Das hat er mir erst kürzlich geschrieben.« Er lachte bitter auf. »Und ich sitze hier.«

»London? Also nicht Casablanca?«

»Ne. London. Hab' eine Postkarte gekriegt mit diesem Uhrenturm drauf. Big … Big irgendwas.«

»Hast du eine Adresse von ihm?«

Rinaldo schüttelte lachend den Kopf und gab dem Barmann ein Zeichen, dass er noch einen Whisky wolle. Plötzlich legte er ihr die Hand aufs Bein. »Also, Süße, was trinkst du?«

Mella stand auf und ging ohne ein weiteres Wort davon. Hier würde sie nichts weiter erfahren. Obwohl sie sich mehr erhofft hatte, war sie zumindest erleichtert, Dinos Aufenthaltsort zu kennen – vorausgesetzt, Rinaldo hatte keinen Mist erzählt. Doch um ihn zu finden, musste sie nach London reisen. Dafür fehlte ihr allerdings das nötige Geld. Ihr Erspartes, das sie als Haushälterin bei den Casolis angesammelt hatte, war durch die Reise nach Italien fast vollständig aufgebraucht.

Entschlossen fuhr sie nach Lugano und rief Valerio in dessen Büro an. Sie wollte keinesfalls riskieren, mit Aurora oder gar Valentina sprechen zu müssen – mit beiden Frauen hatte sie endgültig abgeschlossen.

Zu ihrem Glück nahm Valerio tatsächlich ab. Sie erklärte ihm knapp, dass sie finanzielle Unterstützung benötige, und noch am selben Tag trafen sie sich in Lugano, wo er ihr den Scheck überreichte. Bevor er ihr den Umschlag übergab, hielt er plötzlich ihre Hand fest.

»Hör zu, Mella«, begann er mit ernster Stimme. »Ich habe nie genau nachgefragt, was damals zwischen dir und Aurora passiert ist. Ich habe dir das Haus im Wald gegeben, damit du und deine Schwester dort wohnen könnt. Und dann bist du von einem Tag auf den anderen verschwunden. Jetzt rufst du mich an und bittest um Geld. Ich helfe dir gern, aber bitte, sag mir wenigstens die Wahrheit.«

Mella schluckte. Es gäbe so viel zu sagen! Besonders die Wahrheit über Auroras Tat. Doch damals hatte sie sich entschieden zu schweigen, aus Liebe zu Umberto und um ihre Schwester zu retten. Sie wusste, dass die Wahrheit Valerio dazu bringen könnte, Aurora zu verlassen. Und das hätte Umberto mehr verletzt, als sie es ertragen konnte.

Schließlich hob sie den Blick und sagte leise: »Dino lebt noch.« Dann erzählte sie ihm, was sie von Valentina erfahren hatte.

»Dann leidet Valentina also nicht mehr an Amnesie?«

»Nein, schon länger nicht mehr.«

»Warum ist sie in Morcote geblieben?«

»Weil sie nicht viele Perspektiven hat. Und weil sie in Umbertos Nähe sein will.«

Er runzelte die Stirn, sichtlich angespannt. »Denkst du, sie wird ihm irgendwann die Wahrheit sagen?«

Mella dachte an das Gespräch, das sie kurz vor ihrer Abreise mit Valentina geführt hatte. Valentina würde schweigen, für Umberto. »Nein, das wird sie nicht.«

Wenige Tage später fand sich Mella in London wieder. Die Stadt überwältigte sie. Die Hektik, die Menschenmengen, die Sprache, die kalte Eleganz der Architektur – es war eine Welt, die so anders war als ihre Heimat. Sie suchte unzählige Galerien ab und fragte überall nach Dino. Valerio hatte ihr die wichtigsten Sätze sorgfältig auf Englisch aufgeschrieben und ihr wiederholt erklärt, wie man sie aussprach. Zusätzlich hatte sie sich ein Wörterbuch gekauft, um sich besser verständigen zu können.

Die meisten Galeristen, die sie ansprach, musterten sie nur von oben herab, doch schließlich hatte sie Glück, und ein Angestellter von Winthrope & Blythe schickte sie in die Winslow Gallery.

Und nun stand sie da, umgeben von Dinos Bildern. Sie blinzelte. Ein Schauer jagte ihr über den Rücken, und für einen Moment war es, als stünde die Welt still. Dinos Bilder! Sie waren anders als damals, reifer und intensiver, aber sie erkannte seinen unverkennbaren Stil sofort. Sie wusste nicht, wie lange sie dort stand. Gerade, als sich die Tränen ihren Weg bahnten, trat ein schwarz gekleideter Mann an sie heran und musterte sie abschätzig.

»Kann ich Ihnen helfen?«

Mella räusperte sich, versuchte, Haltung zu bewahren. »Ich … ich würde gerne mit dem Künstler sprechen. Mit … Dino Gagliardi.«

Der Mann zog eine Augenbraue hoch und lächelte kühl.

»Das wird schwierig. Mr Gagliardi ist äußerst beschäftigt«, sagte er in schnellem Englisch, das Mella kaum verstand.

»Darf ich eine Nachricht hinterlassen?«, fragte sie und war überzeugt, dass sie die Wörter falsch aussprach.

Der Galerist rümpfte auch bereits die Nase, schob ihr dann aber Zettel und Stift zu. Mella notierte ein paar Worte auf Italienisch und die Adresse ihres Hotels, faltete den Zettel zusammen.

Als sie die Galerie verließ, zweifelte sie daran, dass der Galerist die Nachricht Dino übergeben würde. Und selbst wenn, würde er sich überhaupt melden?

Kapitel 33

Morcote, Oktober 2023
Cara

Cara unternahm einen Ausflug in den Wald zur Stelle auf der Brücke, wo Neve verstorben war. Die Hände in den Taschen ihrer Jacke vergraben, schaute sie auf das Wasser des Flusses. Sie spürte ihre Trauer beinahe körperlich.

Weil Neve auf das alte Familiengeheimnis der Casolis gestoßen war und daraus Profit hatte ziehen wollen, musste sie sterben.

Cara legte eine Hand auf die raue Rinde der Kastanie und schloss die Augen. »Ich liebe dich, Neve«, flüsterte sie. In ihrem Inneren breitete sich ein Frieden aus, den sie lange nicht erlebt hatte. Seit sie wusste, dass die Kastanienfrau, Valentina, nichts mit Neves Tod zu tun hatte, war ihre Angst verschwunden.

Als sie sich umdrehte, sah sie Casimiro am Ende der Brücke stehen. »Lily hat mir gesagt, dass du hierherwolltest.«

»Ich musste kommen.«

Er trat auf sie zu. »Wenn es dich beruhigt: Am Ende hat Neve dazu beigetragen, das dunkle Geheimnis ans Licht zu bringen. Ohne die Briefe von Luna hätten wir nie davon erfahren.«

»Und jetzt? Was bringt es? Aurora und Valerio, die dafür verantwortlich waren, können nicht mehr zur Rechenschaft gezogen werden.«

»Ich weiß. Aber ich habe mich entschieden, das Jubiläumsbuch nicht zu veröffentlichen.«

»Was?«

»Du erhältst natürlich trotzdem dein Honorar«, sagte er schnell, doch Cara winkte ab. »Nicht deswegen … Aber was ist mit Felice und Fulvia? Sind sie damit einverstanden?«

»Felice hat gar nichts zu melden, und das weiß er auch. Er hat zwar kein Verbrechen begangen, aber durch sein Schweigen hat er sich schuldig gemacht.« Er schüttelte den Kopf. »Er hat sich jedenfalls jedes Recht verspielt. Mit Fulvia hingegen ist es schwieriger. Sie sieht nicht ein, dass Aurora und Valerio falsch gehandelt haben, weil sie Ennio die Identität ihres verstorbenen Sohnes gaben. Na ja, Mutter und ich werden sie schon noch überzeugen können. Auch, indem wir vielleicht den *Aurora*-Wein umbenennen werden.«

»Aber das hätte negative Auswirkungen für euch.« Cara ahnte, dass eine Namensänderung zu einem kurzfristigen Rückgang des Absatzes führen würde, da sich Verbraucher an einen neuen Namen erst gewöhnen müssten. Es würde nicht nur erhebliche Investitionen in Marketing und Markenbildung erfordern, sondern auch in der Presse für Aufmerksamkeit sorgen. Wie würden sie es erklären?

»Ich kann den Namen nicht mehr sehen, geschweige denn aussprechen«, sagte Casimiro leise. »Aurora mag viel für das Weingut getan haben, aber nach allem, was ich über sie erfahren habe … Es ist ohnehin Zeit, dass wir unseren eigenen Weg gehen. Dieser Jahrgang wird definitiv anders heißen. Es wird schwer werden, aber ich bin bereit, das Risiko einzugehen.«

Cara legte eine Hand auf seine Schulter. »Du schaffst das.«

Er sah sie an. »Danke. Weshalb ich dich eigentlich gesucht

habe: Ich habe eine Überraschung für dich. Dino hat sich gemeldet.«

Epilog

Elba, November 2023

Die Sonne stand tief am Novemberhimmel über der Insel Elba, als Cara, Casimiro und Lily das Anwesen von Dino erreichten. Die Luft war mild, mit einem leichten Hauch von Salz und Erde, der von den Pinienwäldern und der Küste herüberwehte. Das Steinhaus von Dino thronte auf einem Hügel, umgeben von wildem Rosmarin, Lavendel, Olivenbäumen und hohen Zypressen. Unter ihnen die weite Aussicht über das Meer.

Dino wartete vor dem Haus, seine schlanke Gestalt leicht nach vorn gebeugt, doch in seinen Augen lag ein Funkeln. Er trug einen dunkelblauen Strickpullover und hatte die Hände tief in die Taschen seiner Hose gesteckt. Neben ihm stand ein kleiner Tisch, auf dem dampfender Kaffee und eine Schale mit Keksen bereitstanden.

»Willkommen«, sagte er mit rauer Stimme, als Cara, Casimiro und Lily aus dem Auto stiegen. »Kommt, setzt euch. Es ist noch angenehm draußen.«

Nach einem kurzen Austausch von Höflichkeiten reichte Cara Dino das alte Rezeptbuch. Seine Hände zitterten leicht, als er es entgegennahm und aufschlug. Seine Augen wurden feucht, während er durch die Seiten blätterte, die mit Mellas schwungvoller Handschrift und seinen Zeichnungen gefüllt waren.

»Ich hätte nicht gedacht, dass ich es noch mal sehen würde. Vielen Dank, dass Sie es mir gebracht haben.« Er blickte auf. »Woher haben Sie es?«

»Also eigentlich fand ich es in einem Bücherregal«, antwortete Cara. »Aber dahinter steckt eine lange Geschichte.«

Dino grinste. »Ich habe Zeit.«

Und so begann Cara zu erzählen: wie Aurora das Buch versteckt unter dem Bett aufbewahrt hatte, von ihren Bemühungen, herauszufinden, in welcher Verbindung Aurora zu Mella stand, und von dem Besuch bei der Kastanienfrau, die ebenfalls aus Santa Castagna stammte – und als Erste bemerkte, dass die letzte Buchseite fehlte.

An dieser Stelle hob Dino, der bisher nur zugehört und hin und wieder genickt hatte, den Kopf.

»Mella hat mir von ihrer Tat und ihrem Geständnis, das sie in dem Buch notiert hatte, erzählt. Sie hat damit ihre Schwester gerettet. Aurora muss eine furchtbare Person gewesen sein.«

Cara warf Casimiro einen Blick zu. Er wirkte zermürbt, immerhin sprach Dino über seine Großmutter, die er bis vor Kurzem noch bewundert hatte. Sie konnte sich gut vorstellen, wie er sich fühlte, und strich ihm tröstend über die Hand. Seine Augen trafen ihre, und für einen Moment lag darin stiller Dank.

Auch Dino schien Casimiros Betroffenheit zu bemerken und fügte rasch hinzu: »*Furchtbar* ist vielleicht nicht das richtige Wort. Im Grunde hat sie viel durchgemacht und war wohl einfach krank. Auch wenn es ihr die meiste Zeit offenbar erstaunlich gut gelang, diese Seite zu verbergen.«

Kurzes Schweigen legte sich über den Tisch, bevor Cara weitererzählte – von Neve, Lunas Briefen, der Erpressung und davon, wie sie schließlich auf das Geheimnis gestoßen waren. Und dass sich am Ende herausstellte, dass ihre beiden Nachforschungen miteinander zusammenhingen.

»Tja, und jetzt bin ich hier. Ich freue mich wirklich, dass Sie und Mella trotz allem, was passiert ist, doch noch zueinander gefunden haben.«

»Ja. Mella hat mich damals aufgefangen, als ich ein verlorener Mann war«, begann er, während er die Finger vorsichtig über die vergilbten Seiten gleiten ließ. »Ich habe sie nie vergessen. Die Erinnerungen an sie gaben mir Kraft, als ich in Gefangenschaft war. Auch, als ich den Brief von Valentina erhielt, mit der Information, dass Mella verheiratet sei, hörte ich nicht auf, sie zu lieben. Daran erkennt man, dass es richtige Liebe ist. Wenn man einfach nur möchte, dass die Person glücklich ist, auch wenn man nicht mit ihr zusammen sein kann … Als ich rauskam, bereiste ich die Welt, malte, wurde berühmt. Aber das alles bedeutete mir nichts. Ich war einsam. Und dann stand sie eines Tages plötzlich vor mir, in der Galerie in London. Es war Zufall, ich wollte mich eigentlich nur von dem Galeristen verabschieden, da ich vorhatte, nach New York zu gehen. Später erfuhr ich, dass Mella ihm einen Zettel mit ihrer Adresse gegeben hatte, den er mir jedoch nicht weitergeleitet hatte. Aber zum Glück tauchte sie dann nochmals in der Galerie auf … Sie können sich nicht vorstellen, wie das Wiedersehen war. Unbeschreiblich. Die Gefühle waren sofort wieder da. Da wir viele wertvolle Jahre verloren hatten, wollten wir nicht lange warten. Wir heirateten, bekamen bald eine Tochter. Mella eröffnete ein Restaurant hier auf Elba, und wir hatten ein glückliches und erfülltes Leben.« Er brach ab, schloss das Buch und blickte Cara direkt an. »Mella starb an einem Herbsttag vor neun Jahren in meinen Armen am Meer, im Alter von sechsundachtzig. Sie hatte Krebs.« Er schluckte und wischte sich eine Träne weg. »Das ist ein stolzes Alter, ich weiß, aber sie fehlt mir jeden Tag.«

Auch Cara spürte, wie ihre Augen feucht wurden.

Dino lächelte. »Unsere Tochter, Isabella, ist inzwischen sechsundsechzig. Sie hat drei Kinder, und ich bin der Urgroßvater von insgesamt vier Urenkelkindern.« Er zeigte auf das Buch. »Isabella würde dieses Buch viel bedeuten. Sie ist Köchin, müssen Sie wissen. Sie hat das Restaurant ihrer Mutter in Portoferraio weitergeführt.«

Cara war gerührt. »Ich habe viele von Mellas Rezepten ausprobiert, und sie waren hervorragend.«

Casimiro räusperte sich. »Ich hatte soeben einen Einfall. Wir wollten ja ein Jubiläumsbuch des Weinguts herausbringen. Aber es fühlt sich einfach nicht richtig an. Nun dachte ich, wir könnten stattdessen Mellas Rezeptbuch veröffentlichen – mit Ihrem und dem Einverständnis Ihrer Tochter natürlich.«

Dino lächelte, seine Augen glänzten tief gerührt. »Das hätte Mella bestimmt gefallen.«

Als sie sich wenig später verabschiedeten, legte Dino Cara einen Arm auf den Rücken und blickte zu Casimiro, der bereits mit Lily zum Wagen schritt. Er sah aus, als ob er die Worte sorgsam wählte. »Das Leben gibt uns keine Garantie, dass wir morgen noch zusammen sind. Aber es gibt uns die Chance, heute zu lieben. Manchmal reicht das, um alles andere zu tragen.« Er zwinkerte ihr zu.

Cara lächelte nickend. Dino hatte recht. Und vielleicht war es an der Zeit, die Vergangenheit ruhen zu lassen. Sie hatte so lange an alten Verletzungen festgehalten, doch was brachte ihr das? Casimiro war hier, er bereute seine Fehler, und sie spürte, dass auch sie endlich loslassen musste.

In dem Moment drehte sich Casimiro zu ihr um, und ihre Blicke trafen sich. Zum ersten Mal fühlte sie keinen Schmerz mehr, nur die leise Ahnung, dass Vergebung manchmal der einzige Weg nach vorn war.

Ende

Mellas
Torta di Castagna

4 Eier
150 g weiche Butter
1 Prise Salz schaumig rühren

1 Teelöffel Vanillepaste (oder Vanillezucker)
100 g Zucker mitrühren

250 g weiches Kastanienpüree
2 Teelöffel Backpulver
100 g gemahlene Mandeln beigeben

ca. 100 g Kastanienfrüchte (zerstückelt)
100 g dunkle Schokolade in kleine Würfel
schneiden, beigeben

Backen:

Masse in eine mit Backpapier ausgelegte Kastenform (Durchmesser ca. 24 cm) füllen, glatt streichen.

Im vorgeheizten Backofen bei 180 Grad, Ober- und Unterhitze, Ofenmitte, ca. 55 Minuten backen.

Glasur:

100 g dunkle Schokolade
50 g Butter

Schokolade mit der Butter schmelzen, glatt rühren und den abgekühlten Kuchen bestreichen.

Frosting:

140 g weiche Butter
180 g Puderzucker (gesiebt)
1 Teelöffel Vanillepaste

Butter schaumig schlagen, nach und nach den Puderzucker unterrühren, Vanillepaste dazugeben.

Mit Spritzbeutel den Kuchen verzieren.

Nachwort

Hinter jedem Roman stecken verschiedene Quellen der Inspiration. Dieses Mal waren es vor allem Berichte über die Partisanen in Norditalien während des Zweiten Weltkriegs, die mich nicht mehr losgelassen haben – ebenso wie die beeindruckenden, teils jahrhundertealten Kastanienbäume, die den Menschen ihre köstlichen Früchte schenken. Aus Kastanien lassen sich unzählige wunderbare Gerichte zaubern, und natürlich konnte ich nicht widerstehen, einige Rezepte selbst auszuprobieren. Mein persönlicher Favorit? Der Kastanienhackbraten. Wer neugierig ist, findet im Internet zahlreiche Varianten. Auch Kastanienkuchen gibt es in vielen Ausführungen – *Mellas Torta di Castagna* jedoch ist meine ganz eigene Kreation. Ich hoffe, sie schmeckt!

Wer mich kennt oder mir auf den sozialen Medien folgt, weiß, dass ich viel Zeit im Tessin verbringe, meine zweite Heimat sozusagen. Eine Wanderung vom Monte Salvatore bei Lugano führte uns einst durch Kastanienwälder bis ins malerische Morcote – eine Ortschaft, die ich jedem ans Herz legen kann. Ein Weingut gibt es dort übrigens tatsächlich: das *Tenuta Castello di Morcote*. Mein fiktives Weingut der Casolis steht jedoch in keiner direkten Verbindung dazu, ebenso wenig wie die Figuren an reale Personen angelehnt sind.

Die Ortschaften Santa Castagna und Soracielo sind frei erfunden, und doch könnten ähnliche Bergdörfer in den Kriegsjahren unweit von Verbania im Piemont existiert haben. Die Schilderungen des entbehrungsreichen Alltags, der Partisanenkämpfe und der Gewalt der Faschisten entsprechen dem, was historisch über die Region bekannt ist.

Mein Wissen über Wein verdanke ich mehreren Besuchen auf Weingütern in der Schweiz und in Italien. Besonders in Erinnerung geblieben ist mir Agriloro in Mendrisio, wo wir nicht nur die exzellenten Weine verkosten durften, sondern auch eine Führung durch das Weingut und den Weinkeller erhielten. Dort erfuhr ich vieles über den Anbau und die Herstellung – faszinierende Einblicke, die ihren Weg in diesen Roman gefunden haben. Meine männliche Hauptfigur Casimiro verdankt ihren Namen übrigens einem der Rotweine von Agriloro. Diese Idee inspirierte mich wiederum dazu, den berühmten Wein meines Roman-Weinguts *Tenute Casoli* nach einer Person zu benennen: *Aurora.*

Trotz sorgfältiger Recherche können sich Fehler eingeschlichen haben. Sollten Euch welche auffallen, gehen sie auf mein Konto. Ich bitte dafür um Nachsicht.

Mein herzlichster Dank gilt dem wunderbaren Team von Ullstein, insbesondere meinen Lektorinnen Miriam Kagerer und Larissa Krusche, die diesem Manuskript den letzten Feinschliff verliehen haben. Ein großes Dankeschön auch an meinen Mann Fabian – für seine unendliche Geduld, sein Verständnis und seine kreativen Ideen, wenn ich mal nicht weiterweiß. Und ich liebe es über alles, mit ihm bei einem guten Glas Wein zu sitzen und einfach unser Leben zu genießen.

Danke an meine Familie, Freunde und Bekannten, die meine Bücher so eifrig weiterempfehlen, und natürlich an meine treuen Erstleserinnen und -leser: Lisa Jäggi, Ruedi Jäggi, Nadine Gerber, Alexandra Schädlich und Danielle Jeckelmann. Eure Anregungen bereichern meine Geschichten ungemein, und dafür bin ich Euch zutiefst dankbar.

Ein besonderer Dank geht an alle Buchhändlerinnen und Buchhändler, die meine Romane mit so viel Leidenschaft empfehlen und an ihre Kundschaft bringen. Und damit sind wir auch schon bei Euch, liebe Leserinnen und Leser – ohne Euch gäbe es meine Bücher nicht. Wenn ich eine Geschichte beende, fällt es mir immer schwer, meine lieb gewordenen Figuren ziehen zu lassen. Doch der Gedanke, dass Ihr sie auf ihrer Reise begleitet, mit ihnen mitfiebert und sie (hoffentlich) ins Herz schließt, macht mich glücklich.